AF398574

NICOLA LAYNE
ANDERSON

DER
PATIENT

Erstausgabe Juni 2024

Copyright © 2024 dp Verlag, ein Imprint der
dp DIGITAL PUBLISHERS GmbH
Made in Stuttgart with ♥
Alle Rechte vorbehalten

DER PATIENT

ISBN: 978-3-98778-555-9
E-Book-ISBN: 978-3-98778-486-6

Covergestaltung: Nadine Most
Umschlaggestaltung: ARTC.ore Design
Unter Verwendung von Abbildungen von
shutterstock.com: © Sergio Foto, © New Africa, © sdecoret
Lektorat: Sandra Effert
Satz: dp DIGITAL PUBLISHERS GmbH
Druck und Bindung: Books on Demand GmbH, Norderstedt

PROLOG

20. Dezember, London.

Seit zwanzig Minuten war kein anderes Fahrzeug in Sicht. Nur sie fuhren allein auf der Straße, umhüllt vom anhaltenden Regen, der seit Stunden auf London herniederging. Der Streifenwagen bahnte sich seinen Weg; seine Scheinwerfer durchbrachen die Dunkelheit. Es knisterte aus dem Funkgerät. Constable Carter schnaubte und drehte den Ton des Radios leiser.

„Zentrale an alle verfügbaren Einheiten in der Umgebung – es gibt einen Brand in der Dreadmoor Forensic Psychiatry. Feuerwehr und Rettungskräfte sind unterwegs, wir benötigen Einheiten zur Unterstützung bei der Evakuierung und Sicherung des Geländes." Carter kannte die Klinik nur vom Hören. Den Blicken seiner Kollegin Caldenbeath nach zu urteilen, ging es ihr ähnlich. Mit einem Griff drehte sie das Lenkrad und der Wagen änderte abrupt die Richtung.

„Zentrale, wir bestätigen und sind auf dem Weg zur Dreadmoor Klinik." Er aktivierte das Blaulicht. Hinter der Stadtgrenze fügte sich ein zweiter Streifenwagen in die Formation ein, ein dritter kam rasch hinzu. Das Tor zum Gelände, das eigentlich nachts verschlossen und bewacht sein sollte, stand weit offen. In der Kabine des Pförtnerhäuschens saß ein Mann, der fieberhaft in sein Telefon sprach und dabei wild gestikulierte. Constable

Caldenbeath verlangsamte den Wagen und lenkte ihn mit geübter Hand in die Einfahrt. Der Pförtner, aufgeschreckt vom Motorenlärm und einem kurzen Aufblitzen der Lichthupe, blickte auf. Er deutete nur in Richtung der Auffahrt, während er weiter in das Telefon sprach. Sie fuhren so nahe wie möglich an den Haupteingang heran und betrachteten das Chaos. Patienten wie Pfleger hatten die Räumlichkeiten hinter sich gelassen. Die Ergebnisse der Räumung hatte Carter draußen begutachten können – aufgelöstes Personal, das Hin und Her rannte und sich Befehle zurief, ohne Überblick wer noch drinnen war; Patienten, die in Schlafanzüge gekleidet den winterlichen Temperaturen und der Nässe ausgesetzt wurden und zitterten. Er griff sich einen der Pfleger, fragte ihn was los sei.

„Es sind noch Leute drinnen, wir haben nicht alle aus dem Nordflügel evakuiert!", rief der Mann über den Lärm hinweg und zeigte in eine Richtung.

Die Sirenen hallten durch die verwaisten Flure des Nordflügels. Jedes aufkommende Schrillen zerrte an Carters Konzentration. Seine Kollegin ging direkt hinter ihm. Die Zellentüren standen weit offen. Bisher war jeder Raum verlassen gewesen. Er ließ seinen Blick durch die Zimmer schweifen und zog sich eilig wieder zurück. Es war eines der Dinge, die ihm in seiner Ausbildung eingebläut wurden: Besser einmal zu viel gucken als einmal zu wenig. Er bog in den nächsten Flur ein und hielt inne. Nur eine Sekunde lang. Das Atmen wurde schwer; Rauch waberte ihnen entgegen. Carter hielt sich einen Ärmel vor den Mund. Er blickte über die Schulter, sah nach seiner Kollegin. Sie hustete stark, als sie an einer Türklinke rüttelte. Die Tür war verschlossen. Schwarzer Rauch kroch unter ihr hervor, vergiftete die Luft auf ihrem Weg. Carter legte seine Hand an die Tür, die wie eine Heizung strahlte. Es knisterte und grollte dahinter. Frenetisch sprach seine Kollegin etwas in das Funkgerät. Ein Knall ertönte, durchdringender als der Alarm oder das aufbrausende Grollen des Feuers. Hatte jemand einen Schuss abgegeben? Carter sah sich um. „Schütze im Gebäude, Korridor B, zweiter Stock", raunte er in das an der Brust befestigte Funkgerät. „Verstanden. Verstärkung ist unterwegs", rauschte es zur Antwort.

Durch den Rauch hindurch sah er eine offene Tür, aus der der Schuss gekommen sein musste. Am Türrahmen hielt er kurz inne, die Waffe vor sich. Ein Patient in Einheitskleidung richtete eine Pistole auf einen Mann, der beschwichtigend die Hände vor sich hielt. Carter musterte die Umgebung und starrte in die leeren Augen der Toten am Boden.

„Polizei! Waffe fallen lassen!", schrie er.

Der Patient reagierte nicht, hielt die Waffe unbeirrt im Anschlag.

„Nicht schießen! Er braucht dringend Hilfe!", schrie sein Gegenüber.

„Runter mit der Waffe!", brüllte Carter.

Der Patient wandte sich schlagartig um. Carter hörte den Knall im selben Moment, wie er den Einschlag der Kugel spürte. Seine Waffe glitt ihm aus der Hand. Sein Hemd wurde nass und er ging zu Boden, als ein zweiter Schuss durch den Raum schallte.

KAPITEL 1

Der diensthabende Chief Inspector Clifford Parker zündete sich eine Zigarette an und beobachtete die Szene vor ihm mit einem grüblerischen Blick. Es war weit nach Mitternacht. Die Fahrzeuge, die kreuz und quer auf dem Gelände verteilt standen, waren ein Zusammenspiel aus Streifenwagen, Feuerwehr- und Notdienstfahrzeugen.

Die Nachzügler unter ihnen hatten keinen freien Parkplatz mehr gefunden. Sie hatten die Fahrzeuge im nassen Gras abgestellt und tiefe Furchen hinterlassen. Ein einzelner Einsatzwagen des Metropolitan Police Service stand vor dem Hauptgebäude. Niemand saß darin. Das Blaulicht warf tanzende Schatten auf die Mauern der forensischen Psychiatrie. Ein weißer Van löste sich langsam rückwärts aus der Reihe. Die Scheinwerfer waren falsch eingestellt, zu hoch, und blendeten jeden, der in ihre Richtung sah. Er kniff die Augen zusammen. Die Vans waren von den Mitarbeitern zum Abtransport der Patient genutzt worden.

Sie waren die Arbeitstiere unter den Fahrzeugen, ständig in Bewegung.

In einer Reihe aufgestellt, abseits des hektischen Treibens, standen die Leichenwagen. Sie warteten geduldig, bereit, diejenigen fortzubringen, die weniger Glück gehabt hatten.

Parker ließ den Rauch langsam aus seinen Lungen entweichen. Der Qualm verlor sich in Wind und Regen. Eigentlich wäre er heute nicht hier gewesen, aber das Schicksal hatte es anders gewollt. Die Klinik, eingebettet in die sanften Hügel des westlichen Londoner Umlands, lag am Rande seines Zuständigkeitsbereiches und der eigentlich zuständige Kollege war aus gesundheitlichen Gründen ausgefallen. Die Anwohner standen der Einrichtung skeptisch gegenüber, bislang waren die Sorgen jedoch unbegründet gewesen. Nun blickten Dutzende Schaulustige auf das Gelände, standen am Rand. Aufgeweckt durch die Sirenen und dem Sicherheitsaufgebot brauchten sie nicht lang, bis sie die Quelle der Unruhe identifiziert hatten. Sie hofften darauf, etwas Spannendes zu beobachten, während jede im Umkreis verfügbare Person in Uniform auf dem Gelände arbeitete.

Zwei Männer der Feuerwehreinsatztruppe sprinteten an Parker vorbei. Er sah ihnen einen Moment nach. Dann betrachtete Clifford Parker die glühende Spitze der Zigarette, ließ seine Gedanken darin versinken, bevor er sie mit einer Bewegung in den Regen schnippte. Das Leuchten erlosch sofort.

Mit entschlossenen Schritten betrat Detective Chief Inspector Parker den Haupteingang der forensischen Anstalt. Ein wachhabender Polizist hielt ihn am Eingang auf – ein übliches Prozedere, das er mit Gelassenheit über sich ergehen ließ. Er präsentierte seinen Dienstausweis, hielt ihn hoch genug, dass das Licht der Deckenlampen darauf fiel. Der Regen perlte an seinem Mantel hinunter und sammelte sich in Form einer Pfütze auf dem Boden. Mit einem Nicken ging er an dem Kollegen vorbei und schnappte sich eine Mappe, die er zur sicheren und vor allem trockenen Aufbewahrung hinterlegt hatte.

In den sterilen Fluren herrschte Hektik. Menschen hasteten vorbei. Er beachtete sie nicht, sondern bahnte sich zielstrebig einen Weg durch die langen Gänge, auf ein provisorisch eingerichtetes Verhörzimmer zu. Ursprünglich war es ein Besprechungsraum gewesen, aber die Umstände hatten eine schnelle Umfunktionierung erforderlich gemacht.

Vor der Tür des Raumes wartete eine Polizistin. Sie sah ihn von Weitem und spannte sich an.

„War der Sanitäter schon bei ihm?", fragte Parker bestimmt, sobald er in Hörweite war.

„Sie haben ihn notdürftig versorgt. Er ist vernehmungsfähig. Der Arzt sollte bald hier sein."

„Notdürftig ist für den Moment ausreichend. Ist er allein in dem Raum?"

„Zwei Kollegen sind bei ihm."

Sein Blick fiel auf ihr Namensschild, das sie als Ms. Caldenbeath identifizierte. Sie war Teil der ersten Einsatzgruppe gewesen, die auf den Notruf reagiert hatte, als das volle Ausmaß der Situation noch nicht bekannt gewesen war.

Für das durchschnittliche Alter des Reviers war sie jung. Ihr blondes Haar hatte sie nach hinten gebunden. Ihre Uniform saß akkurat. Sie wirkte überanstrengt. Unter ihren Augen zeichneten sich dunkle Ringe ab.

„Gönnen Sie sich eine Pause", sagte er mit der Fürsorge eines besorgten Vaters. „Sie sehen müde aus. Wir kommen auch ohne Türsteherin zurecht. Gehen Sie einen Kaffee trinken."

„Nicht nötig", entgegnete sie, kreuzte ihre Arme vor der Brust und zwang sich zu einem Lächeln.

„Wie Sie meinen." Parker zuckte mit den Schultern. Die Nachtschicht hatte bereits vor Stunden begonnen. Ein Ende war bisher nicht absehbar. Ihr musste das ebenso klar sein wie ihm. Eine Pause, und sei sie noch so kurz, konnte in solchen Situationen Gold wert sein. Ein Kaffee konnte helfen, durchzuhalten und einen Unterschied machen, wenn es darauf ankam. Aber er würde ihr das Angebot nicht noch einmal unterbreiten.

Parker ging an der jungen Polizistin vorbei und klopfte an die Holztür. Sie öffnete sich nach wenigen Sekunden, als ein Polizist sie aufzog.

Ein Gemisch aus unangenehmen Gerüchen traf Parker und ließ ihn die Nase rümpfen. Ein kurzer Blick auf den Mann, der da auf der anderen Seite des Tisches saß, machte ihm die Herkunft nur allzu klar.

Der Verdächtige war laut Akte dreiunddreißig Jahre alt. Das dichte dunkle Haar klebte blutverkrustet an seiner Stirn, sein Gesicht und die graue Joggingkleidung waren mit Blutspritzern übersät. Die Luft im Raum war abgestanden und getränkt mit einem schweren Geruch von Eisen, der sich wie ein unsichtbarer Schleier durch den Raum zog.

Auf einem wackeligen Stuhl gegenüber dem Inhaftierten nahm Parker Platz. Er beugte sich vor, faltete seine durchnässten Notizen zu einem kleinen Bündel und klemmte sie unter ein Stuhlbein. Als er sein Gewicht verlagerte, um zu prüfen, ob seine improvisierte Lösung Wirkung zeigte, murmelte er: „Schon besser, wenn auch nicht perfekt."

Sein Gegenüber würdigte ihn keines Blickes. Seine Augen waren starr auf einen Punkt auf der metallenen Tischplatte zwischen ihnen gerichtet, als würde er irgendetwas dort suchen. Bei genauerem Hinsehen bemerkte Parker, dass der Mann ausgelaugt wirkte. Das schmale Gesicht des Mannes war von einem Drei-Tage-Bart umrahmt. Die Nacht hatte deutliche Spuren hinterlassen. Unter dem rechten Auge erinnerte eine offene Wunde an einen kraftvollen Schlag. Seine linke Schulter hing schlaff herab.

Parker tat es ihm gleich und beachtete ihn nicht, stattdessen konzentrierte er sich auf die dünne Mappe, die als provisorische Akte vor ihm lag.

Er blätterte durch die Seiten. Beiläufig nahm er wahr, wie der Mann ihm gegenüber seinen Bewegungen folgte.

„Ich hätte gern ein Heißgetränk", sagte Parker und schlug unvermittelt mit der Hand auf den Tisch. Sein Ehering traf die Metallplatte mit einem klingenden Ton. Nach Jahrzehnten Ehe störten ihn die Kratzer und Kerben im Gold nicht mehr.

„Wären sie so freundlich? Bringen Sie sich und dem Kollegen auch gern etwas mit", sagte er dem großgewachsenen Polizisten in der Tür. „Und Sie, Mr. Evans? Möchten Sie auch etwas trinken?"

„Kaffee", antwortete Evans knapp, ohne Parker anzusehen.

„Ich bin auch ein Fan von Kaffee, wissen Sie?"

„Sparen Sie sich bitte das Geplänkel." Zum ersten Mal seit Beginn des Gesprächs hob Evans den Blick.

Parker nickte verständnisvoll, klappte die Akte zu und lehnte sich vor. „Nun gut, Mr. Evans. Ich kenne

Ihre Akte. Zwar sind Sie kein unbeschriebenes Blatt für uns, aber ich hätte Sie nicht für jemanden gehalten, der auf einen Polizisten schießt", erläuterte Parker und beobachtete Evans genau.

„Der Schuss war notwendig", erwiderte Evans.

„Notwendig?" Parker zog die Augenbrauen hoch. „Mir fallen keine Situationen ein, in denen dies notwendig wäre."

„Er hätte mich aufgehalten."

Parkers Gesicht verzog sich. Die Antwort stellte ihn nicht zufrieden. „Und der anschließende Schuss?"

Evans starrte auf den Tisch und vermied den Blick des Ermittlers. Seine Kollegen hatten den Fall nach dem ersten Verhör bereits ad acta gelegt. Die Beweise waren erdrückend. Es gab keinen Zweifel daran, dass Evans mindestens zweimal abgedrückt hatte. Doch das Gesamtbild stimmte nicht. In keiner der Akten war zu lesen, dass Evans Erfahrung im Umgang mit Schusswaffen hatte. Auch konnte er die Waffe nicht allein in die gesicherte Einrichtung geschmuggelt haben. „Ein gemeinsamer Bekannter von uns ist unter den Toten – ob er es verdient hatte zu sterben, muss jeder für sich selbst beantworten", sagte Parker. Er hatte sich diese Frage bereits gestellt und seine Antwort darauf gefunden. „Ungeachtet dessen stand er unter dem Schutz dieser Institution und keine Tat rechtfertigt seine Exekution. Anders kann ich es leider nicht benennen und die Reinigungskräfte werden ihre Freude haben." Er fixierte Evans mit seinen Augen. „Rache und Vergeltung mögen kurzfristig Befriedigung bringen, doch sie führen nicht zu dem inneren Frieden, den man sich erhofft. Oder sehen Sie das anders?"

Evans schluckte hörbar. „Nein", hauchte er und schüttelte den Kopf. Parker machte sich eine kurze Notiz und blätterte durch die Fallakte. Er nahm sich bewusst Zeit dafür und ließ Evans allein mit seinen Gedanken.

„Ein weiteres Opfer wurde durch einen Genickbruch getötet. So viel wissen wir bereits. Möchten Sie mir noch mal schildern, wie es dazu kam?"

„Ich habe das Ihren Kollegen bereits ausführlich und mehrmals geschildert. Das können Sie also selbst nachlesen", entgegnete Evans mit gereiztem Unterton.

„Gut. Meine Kollegen haben, wie Sie gerade sagten, bereits mit Ihnen gesprochen. Der formelle Teil ist also offiziell abgeschlossen. Sie sollten verstehen, dass ich nicht zwangsläufig mit Ihnen sprechen muss. Ich tue es nicht, weil es mir aufgetragen wurde, sondern weil es in Ihrem Interesse ist." Er machte eine kurze Pause. „Wenn Sie das nicht möchten, werden meine Kollegen Sie umgehend in Einzelhaft bringen."

Einer der Polizisten rührte sich geräuschvoll im Hintergrund, um die gerade gemachte Aussage zu bestätigen.

„Ich versteh es nicht, ehrlich nicht", erwiderte Evans und schüttelte den Kopf. „Ich habe Ihren Kollegen doch alles erzählt. Es ändert sich absolut nichts an den Tatsachen meiner Aussage."

Evans hatte seine Lippen zu einem schmalen Strich zusammengepresst. „Ich habe Ihren Kollegen bereits alles erzählt, was ich weiß."

„Ihre Bedenken sind nachvollziehbar, Mr. Evans, aber sie sind nicht gerechtfertigt. Wenn wir Ihre Aussage als

Tatsache, als einen Fakt, anerkennen, stehen Sie vor der Aussicht auf viele Jahre Haft."

Evans lachte auf. „Da bin ich doch schon, oder nicht?"

„In gewisser Weise, ja." Parker nickte. „Aber ich spreche von der Dauer Ihrer Inhaftierung, falls überhaupt eine Aussicht auf Entlassung besteht. Vielleicht können Sie die Dinge ins rechte Licht rücken, wenn Sie bereit sind, mir Ihre vollständige Sicht der Geschichte zu erzählen. Es gibt einige Lücken in Ihrem Bericht, die ich gerne schließen würde."

Für einen Moment war das einzige Geräusch im Raum das leise Surren der Neonröhren über ihren Köpfen. Parker legte seine Arme auf dem Tisch ab und musterte den Mann vor sich, der nun die Augen zusammenkniff und sich zurücklehnte. Etwas musste Evans beschäftigen, denn er ließ seinen Blick unstet auf ihm verweilen. War es der Umstand, dass er keine Uniform trug, sondern lediglich einen schlichten Pullover mit dem Wappen der Metropolitan Police? Oder war es doch das schlechtverheilte Narbengewebe in seinem Gesicht, das die linke Gesichtshälfte zierte, fragte sich Parker.

„Wissen Sie ... wir haben eine weitere Leiche in einem anderen Raum gefunden. Vielleicht wäre es hilfreich, wenn wir zuerst darüber sprechen würden", sagte Parker.

Statt einer Antwort rieb sich Evans über den Arm, bis rote Striemen auf seiner Haut sichtbar wurden. „Wir sind bei drei Toten im Nordflügel – die Verletzten nicht eingerechnet."

Er ließ die Worte einen Moment in der Luft hängen, gab Evans Zeit, sie zu verarbeiten.

Dann sagte er: „Jetzt, Mr. Evans, ist es an Ihnen, uns zu erklären, was genau passiert ist." Ein weiterer Polizist tauchte in der Tür auf, zuckte mit dem Kopf in Richtung des Flures. „Der behandelnde Psychiater Mr. Thompson wartet vor der Tür. Er bittet um sofortige Rücksprache mit Ihnen."

„Würden Sie mich bitte entschuldigen?", fragte Parker und erhob sich von seinem Stuhl.

„Ich gehe nirgends hin", erwiderte Evans und hob demonstrativ die Handschellen, die seine Handgelenke aneinanderfesselten.

Parker nickte ihm kurz zu, bevor er den Raum verließ und den Polizisten auf den Flur hinausschob. Dort hatten sich bereits zwei Männer zu Ms. Caldenbeath gesellt. Der Mann zu seiner Linken trug einen gemütlichen Pullover und Jeans. Parker erkannte ihn sofort als Simon Campbell, den Bereitschaftsarzt, den sie gerufen hatten. Sie waren sich bereits bei anderen Einsätzen begegnet. Der andere Mann war ihm unbekannt, trug einen weißen Kittel über einem Anzug.

„Detective Chief Inspector Parker?", fragte der Fremde. „Mir wurde gesagt, dass Sie die Ermittlungen leiten und einer meiner Patienten in Ihrem Gewahrsam ist."

„Sie müssen der Leiter der Abteilung sein. Mr. Thompson, richtig?", fragte Parker.

Thompson nickte zur Bestätigung. Er war ein grauhaariger Mann mit hohen Wangenknochen und einem makellosen Gesicht. Laut der Akte leitete er die Einrichtung seit über einem Jahrzehnt. Das Foto auf der Homepage der Klinik musste jedoch älter sein, denn dort waren seine Haare noch dunkelblond.

Sie konnten altersmäßig nicht weit auseinanderliegen, doch Parker wurde schmerzhaft bewusst, dass Thompson den Alterungsprozess offensichtlich besser meisterte als er selbst.

„Entschuldigen Sie, dass ich es nicht früher geschafft habe. Ich musste die letzten Evakuierungen beaufsichtigen und koordinieren.

„Ihr Patient, Mr. Christian Evans, ist tatsächlich in unserem Gewahrsam und wird es für absehbare Zeit bleiben“, erklärte Parker mit fester Stimme. „Ich werde ihn jetzt verhören und danach sehen wir weiter.“

Thompsons Gesicht verfinsterte sich leicht, doch bevor er etwas erwidern konnte, wandte sich Parker bereits an den Bereitschaftsarzt. „Sie, Campbell, werden sich bitte um seine Wunden kümmern. Und Sie, Mr. Thompson ...“, flüsterte er und fixierte den Psychiater mit einem durchdringenden Blick. „Sie sehen aus, als hätten Sie gerade in eine Zitrone gebissen. Haben Sie noch etwas hinzuzufügen?“

„Ich muss vehement gegen ein Verhör zu diesem Zeitpunkt protestieren“, entgegnete Thompson. „Mr. Evans ist momentan psychisch instabil. Jegliche Art von Stress könnte langfristige Schäden verursachen. Zudem muss eine Vertrauensperson anwesend sein. Sie gefährden das Wohl des Patienten.“

Parker wartete, bis die Anschuldigung gänzlich verklungen war, bevor er antwortete. „Hören Sie gut zu, Thompson, denn ich werde das nur einmal sagen und danach ist die Diskussion beendet.“ Thompson öffnete den Mund, um zu antworten, doch Parker schnitt ihm das Wort ab. „Gegen Ihren Patienten besteht ein dringender Tatverdacht in Bezug auf mehrere Tötungsdelikte, untermauert durch Zeugenaussagen und die eigene Aussage von Mr. Evans. Wenn ich mich recht entsinne, wurde er Ihnen anvertraut, was bedeutet, dass Sie die volle Verantwortung für sein Wohlergehen und die Aufsichtspflicht Ihren Patienten gegenüber haben. Eine Verantwortung, der Sie nicht nur unzureichend nachgekommen sind, sondern die Sie sträflich vernachlässigt haben", zischte Parker und baute sich vor dem Arzt auf. „Daher werden wir ihn verhören, so lange und wo immer wir es für angemessen halten."

Thompsons Gesichtszüge verhärteten sich unter Parkers verbalem Angriff, doch anstatt zu widersprechen, blieb er still, während der Detective fortfuhr. „In der Zwischenzeit steht Mr. Evans unter der ärztlichen Aufsicht von Doktor Campbell. Sie bleiben im Gebäude, bis jemand Ihnen etwas anderes sagt, und stehen für unsere Fragen zur Verfügung."

Parker kniff die Augen zusammen und wartete auf eine Reaktion des Arztes.

Dieser nickte stumm, drehte sich um und wandte sich zum Gehen.

Parker schloss die Tür zum Verhörraum hinter sich und wartete, bis Campbell ihm mit einem Nicken zu verstehen gab, dass Evans' körperlicher Zustand stabil genug für das bevorstehende Gespräch war. Mit einer kurzen Kopfbewegung wies Parker den Arzt an, sich in einer Ecke des Raumes niederzulassen, außerhalb von Evans Sichtfeld. Mit einem kratzenden Geräusch zog Parker seinen Stuhl zurück und setzte sich.

„Nun, Mr. Evans. Ich glaube daran, dass jede Entscheidung ihren Ursprung hat. Jede Wahl, jedes Vorgehen hat einen Grund, ein Ziel oder eine Geschichte. Sie haben sich dafür entschieden, auf …" Er blickte in die Akte und stockte. Der Name des Mannes, der Evans' Blutrausch zum Opfer fiel, begleitete ihn schon so lange. „Wo war ich? Ah, richtig! Sie haben erheblichen Widerstand gegen die Polizei geleistet und einen Polizisten angeschossen. Er hat Ihren Angriff überlebt und wird derzeit im Central Hospital behandelt."

Evans blieb stumm, doch seine Augen verrieten eine Spur von Erleichterung. *Er ist also doch nicht so skrupellos, wie es zunächst den Anschein hatte*, dachte Parker. Das war gut, damit konnte er arbeiten.

„Ich würde gerne verstehen, was Sie dazu bewogen hat, zu solch extremer Gewalt zu greifen." Seine Worte blieben unbeantwortet. Die Tür öffnete sich und Smith stellte zwei Becher dampfenden Kaffees auf den Tisch. Parker schob einen der Becher zu Evans herüber, der ihn mit beiden Händen umklammerte. Er wartete, bis Evans einen Schluck nahm.

„Sehen Sie, ich bin schon lange im Polizeidienst. Ich habe gute Männer Schlechtes tun sehen, weil sie glaubten, es sei das Richtige oder weil sie aus bestimmten Gründen dazu gezwungen waren. Auch Sie hatten sicherlich Ihre Gründe für Ihr Handeln, oder? Sie waren verärgert, vermutlich zu Recht. Aber dann … ist vielleicht alles etwas aus dem Ruder gelaufen."

„So war das nicht."

„Dann helfen Sie mir, es zu verstehen. Wie hat das alles begonnen?", sagte Parker und faltete seine Hände.

Evans verharrte einen Moment in Stille.

„Sie haben gute Menschen Schlechtes tun sehen?", hauchte er, seine Augen suchten die des Detectives. „Ich habe schlechte Menschen Schlechtes tun sehen und die Konsequenzen daraus gezogen."

Parker studierte ihn, nicht sicher, wie er ihn einordnen sollte. Diesen Mr. Evans, der, laut Aussage des angeschossenen Polizisten, kaltblütig Menschenleben ausgelöscht hatte. Es wäre sein gutes Recht, die Aussage abzubrechen, und Parker rechnete fast damit.

„Haben Sie denn noch etwas zu verlieren, Mr. Evans?", fragte Parker nach einer Weile.

Evans' Blick war wieder gesenkt und auf den Tisch gerichtet. „Sie werden mir doch auch nicht glauben?"

„Das kann ich Ihnen nicht versprechen, aber ich höre Ihnen zu. Wenn Sie bereit sind, mit mir zu reden. Ihnen wird es an nichts fehlen. Ein Wort von Ihnen und wir hören auf. Wenn Sie sich aufgrund von Schmerzen in ein Krankenhaus begeben wollen, brechen wir das Verhör ab. Aktuell schätzt Doktor Campbell Sie jedoch als vernehmungsfähig ein. Die Entscheidung liegt jedoch in letzter Instanz bei Ihnen und hängt davon ab, ob Sie sich bereit fühlen."

„Haben Sie eine Zigarette?", fragte er und raschelte mit den Handschellen.

Obwohl das Rauchen im Verhörraum – wie in der gesamten Forensischen Psychiatrie – verboten war, griff Parker in seine Hosentasche und reichte Evans eine. Dann stieg er auf den Stuhl und entfernte mit einer schnellen Drehbewegung den blinkenden Feuermelder von der Decke, nahm die Batterie raus.

Evans klemmte die Zigarette zwischen seine Lippen.

Parker zündete sie mit seinem verchromten Sturmfeuerzeug an – einem Geschenk seines ehemaligen Partners Opton zur Beförderung.

„Wenn Sie wirklich meine Geschichte hören wollen, wird es eine lange Nacht für Sie." Er nahm einen tiefen Zug, klopfte die Asche von der Zigarette auf den Tisch. „Vielleicht sollten Sie Ihren Kollegen schon mal frischen Kaffee aufsetzen lassen."

KAPITEL 2

Zwei Jahrzehnte zuvor, Manchester.

Knirschend grub sich das Reifenprofil des grauen Ford Focus in den Kies der Einfahrt. Hochgewachsenes Pampasgras säumte den Schotterweg, wog sich sanft im Wind. Der Auspuff knackte einen Moment, als sich das aufgeheizte Metall abkühlte und zusammenzog. Bevor David die Tür öffnete, ließ er seinen Blick durch den Innenraum des Wagens schweifen. Auf der Rückbank lag ein Kuscheltier, ein braunes Kaninchen mit schlaffen Ohren. Mit einem Griff schnappte er sich das Plüschtier und zog es an den Ohren nach vorn. Zwischen den Vordersitzen stand noch der Kaffeepappbecher, den er vor zwei Tagen an einer Tankstelle an der A57 nahe Glossop gekauft hatte. Ein kleiner Rest war übrig geblieben und verströmte einen muffigen Geruch. David packte den Becher, schwang seine Tasche über die Schulter und machte sich auf den kurzen Weg zur Haustür, vorbei an der weißen Rispenhortensie, die jedes Jahr mehr Raum für sich beanspruchte. Wenn er sie nicht bald zurückschnitt, würde sie im nächsten Jahr den Türrahmen erreichen. Es war nur eine von vielen Aufgaben auf einer stetig wachsenden Liste, die er abarbeiten wollte. Doch Zeit war ein knappes Gut. Zwischen der Arbeit, den langen Fahrten und dem Stehen im Berufsverkehr, den Kindern und dem Haus blieb am

Ende des Tages oft nur noch genug Energie, um zu essen und zu schlafen. Kaum hatte er die Tür hinter sich geschlossen, drangen Stimmen aus dem Fernseher zu ihm herüber.

Es war keine der Serien, die Nicole so liebte. Ihr Geschmack war ihm ein Rätsel, eine Mischung aus trockenem Humor und Trash-Movies, die oft erst spätabends oder wieder in den frühen Morgenstunden gesendet wurden, wenn die Kinder und er schon lange schliefen.

Das, was jetzt aus dem Wohnzimmer drang, war das vertraute Geplapper einer Zeichentrickserie. Er warf den säuerlich riechenden Kaffeebecher in den Mülleimer und spähte ins Wohnzimmer. Dort saßen seine Töchter Mia und Emily mit starren Augen vor dem Fernseher.

„Hat Mama euch erlaubt, fernzusehen?", fragte er, lehnte sich mit der Schulter an den Türrahmen.

„Ja", antwortete Mia, ohne den Blick vom Bildschirm zu nehmen. Obwohl sie erst sieben Jahre alt war, hatte sie schon die selbstbewusste Art ihrer Mutter angenommen.

„Und wo ist Mama?"

„Oben", sagte Mia, immer noch ohne den Fernseher aus den Augen zu lassen.

Er hörte das Klacken von Absatzschuhen auf dem knarzenden Holz der Treppe. Seine Frau kam herunter. Sie trug ein elegantes Cocktailkleid, das sie seit Jahren nicht mehr angezogen hatte. Es stammte aus der Zeit vor ihrer letzten Schwangerschaft. Sein heutiger Dienstplan hatte ihr ein paar Stunden Freizeit verschafft. Sie wollte mit Stephanie ausgehen, einer

Freundin aus Universitätstagen. Ein seltenes Vergnügen in ihrem sonst so hektischen Alltag. Sie sah schön aus.

„Liebling!", begrüßte seine Frau ihn knapp, während sie im Gehen ihre Ohrringe anlegte. „Ich muss jetzt schon los, sonst komme ich zu spät."

Er hielt ihr den Autoschlüssel entgegen. „Du schaffst es noch rechtzeitig", sagte er.

„Danke dir", antwortete sie und hauchte einen Kuss auf seine Wange. Sie wühlte in der Handtasche, zog parallel die Speisekarte einer Pizzeria aus einer Schublade hervor. „Die Kinder waren jetzt lange genug vor der Flimmerkiste."

Er blickte aus dem Fenster, hinter dem die Sonnenstrahlen den Garten fluteten. Die Sonne stand noch hoch am Himmel. Es war das perfekte Wetter für die Kinder, um draußen zu spielen. Der Rasen war etwas wild und hochgewachsen, übersät von Wildblumen.

„Weißt du schon, wie lang du weg sein wirst?"

„Es könnte spät werden. Bestellt euch was Leckeres oder wärmt die Lasagne von gestern auf. Du brauchst später nicht auf mich warten; bring die beiden nur rechtzeitig ins Bett."

Sie verabschiedete sich mit einem Kuss und ging zur Tür hinaus. Zwei Minuten später hörte er den Motor, der seit einigen Monaten nicht mehr rund lief.

Schon bald würde er sich darum kümmern müssen. Noch eine Aufgabe mehr auf seiner immer länger werdenden To-do-Liste. Doch er schob den Gedanken beiseite und griff nach der Fernbedienung, was den misstrauischen Blick seiner Töchter auf sich zog. Bevor sie protestieren konnten, hatte er bereits den Sportkanal eingeschaltet, auf dem ein Fußballspiel ausgestrahlt wurde.

„Aber Papa …", jammerte Emily. „Lass uns doch bitte die Serie zu Ende schauen. Nur noch diese eine Folge."

„Ich habe eine bessere Idee", erwiderte er und hob beschwichtigend die Hand. „Ich nehme die Folge auf, damit ihr nichts verpasst. Ihr geht raus und spielt ein bisschen an der frischen Luft. Später wärme ich die Lasagne auf und wir schauen die restliche Folge beim Essen. Was haltet ihr davon?"

Sie blickten sich an, als würden sie in einer nur ihnen vertrauten Geheimsprache kommunizieren.

„Einverstanden", stimmte Mia zu und nahm ihre kleine Schwester an der Hand.

„Aber das bleibt unser kleines Geheimnis. Mama muss davon nichts wissen."

„Welche Lasagne?", fragte sie, kurz bevor sie die Terrassentür zum Garten erreichte. Sie drehte sich noch einmal mit einem fragenden Ausdruck im Gesicht um und legte den Kopf schief.

„Die von gestern Abend. Die schmeckt am nächsten Tag noch besser", antwortete er wahrheitsgemäß und lächelte.

„Können wir stattdessen Pizza haben?"

Mia hatte das Gespräch zwischen ihm und Nicole mitgehört und war eine hartnäckige Verhandlerin. Er dachte an die unglücklichen Seelen, die in der Zukunft versuchen würden, mit seiner Tochter zu debattieren. Sie würden es nicht leicht haben.

„Na gut, dann also Pizza", seufzte er, um einer weiteren Diskussion aus dem Weg zu gehen.

Er nahm ein kühles Bier aus dem Kühlschrank und ließ sich in den alten, bequemen Sessel sinken. Dieser Sessel war mehr als nur ein Möbelstück – er war sein treuer Gefährte, den er um keinen Preis der Welt austauschen würde, obwohl Nicole das alte Ding schon lange herausschmeißen wollte.

Nicole durfte alles in ihrem gemeinsamen Heim einrichten, aber dieser Sessel war seine letzte Bastion. Das Fußballspiel würde noch eine ganze Stunde dauern. Ein Duell, das genau seinen Geschmack traf. Er genoss diesen Moment der Ruhe, weit entfernt von der Hektik der Arbeit und warf gelegentlich einen prüfenden Blick durch die gläserne Terrassentür, um nach seinen Töchtern zu sehen. Schließlich wurde das Spiel abgepfiffen. Er sah auf seine Uhr. Seine Frau müsste mittlerweile bei ihrer Verabredung angekommen sein.

Mit einem Seufzer hievte er sich aus dem Sessel und schlug die Speisekarte auf, die Nicole ihnen dagelassen hatte. Mit einem Lächeln auf den Lippen lauschte er dem Spiel seiner Töchter.

„Kommt mal rein, ihr beiden", rief er in den Garten hinein. Innerhalb von Sekunden stürmten die beiden Mädchen aus dem grünen Refugium, streiften nach einem strengen Seitenblick von ihm ihre schmutzigen Schuhe ab und ließen sich auf das Sofa fallen.

Es dauerte nicht lange, bis Mia ihre Wahl getroffen hatte. Die jüngere Emily, die ihrer großen Schwester in allem nacheiferte, wählte das Gleiche. Er gab die Bestellung am Telefon auf und hörte ein Klopfen an der Haustür. Josephine, Mias beste Freundin, stand unangekündigt vor ihm.

„Können Emily und Mia zum Spielen rauskommen?",
fragte sie leise. Er sah über die Schulter zu seinen Töchtern, beide sahen ihn mit flehenden Augen an.

„Na gut", sagte er und seufzte. „Aber ihr bleibt im Garten und spielt nicht auf der Straße. Und sobald die Pizza geliefert wird, kommt ihr ohne Murren zum Essen rein."

„Ja!", ertönte es, als seine Töchter an ihm vorbeistürmten.

„Josephine, möchtest du bei uns mitessen? Dann sag ich deinen Eltern Bescheid", rief er ihnen hinterher.

Sie schüttelte den Kopf. „Papa kocht später."

Nach fünfzig Minuten klingelte es erneut an der Haustür. Ein junger Lieferjunge, keine zwanzig Jahre alt. David zog die Scheine aus dem Portemonnaie und nahm im Tausch drei Pizzen, davon zwei kleine und eine große, plus ein kleines triefendes Tütchen mit Fettflecken. Nachdem er die dampfenden Pizzen in der Küche abgestellt und die Pommes in eine blaue Schale umgeschüttet hatte, ging er hinaus in den Garten. Dort waren die drei Mädels nicht zu sehen. Er hatte ihnen doch verboten, auf der Straße zu spielen. Sein Herz raste und pumpte. Am Haus vorbei lief er auf die Schottereinfahrt. „Mia!" Der Kies knatschte unter seinen Füßen, belegte seine Schuhe mit einer gräulichen Staubschicht. „Emily!" Er sah die Ashdene Road hinunter. „Wo seid ihr?", schrie er jetzt, während eine Gänsehaut seinen Rücken emporkroch. Die Kinder waren auch hier nirgends zu sehen. Zurück im Haus öffnete er die Glastür zum Garten und sah dort noch mal genauer nach. Der Garten war nicht groß. Groß genug, dass die Kinder dort spielen konnten, aber zu klein, um sich dort lange zu verstecken. Oft genug fand er sie auf Anhieb. Falls er tatsächlich einmal suchen musste, verriet sie ein leises, zweistimmiges Gekicher.

„Mia, Emily, das Essen ist da", rief er und wartete auf eine Antwort, die ausblieb, ehe er das Lieblingsversteck der beiden aufsuchte, den schmalen Raum zwischen der Gartenhütte und dem Nachbargrundstück. Spätestens jetzt hätte er ein Kichern vernehmen müssen, aber der Garten blieb still. Er rannte zur Haustür zurück und schob die weißen Blüten der Rispenhortensie zur Seite. Die Kinder hatten sich hier schon einmal versteckt. Doch nicht diesmal.

„Mia, Emily, wenn ihr jetzt nicht reinkommt, esse ich ohne euch", sagte er laut. Die subtile Drohung würde sie auf jeden Fall aus dem Versteck locken. Doch nichts bewegte sich in der Einfahrt, nichts außer das sich im Wind wiegende Pampasgras, das sanft von der tiefer stehenden rötlichen Sonne in Szene gesetzt wurde.

„Josephine?", brüllte er. Als noch immer nichts passierte, rief er noch einmal, diesmal lauter. Zurück im Haus rannte er die Treppe nach oben, nahm dabei zwei Stufen auf einmal. Die Kinderzimmer waren leer; das Badezimmer war leer. „Mia! Emily!", rief er, lauschte, vernahm aber nur die entfernten Geräusche der Straße, die gedämpft zu ihm drangen.

Ein Blick auf das Mobiltelefon verriet ihm, dass Nicole und Stephanie den ersten Cocktail tranken. Nicole trank einen Piña Colada und die Frauen lächelten breit in die Kamera. Er drückte die Nachricht weg und rannte zu den Eltern von Josephine. Wahrscheinlich hatten sie ihr Spiel nach drinnen verlegt und die Zeit aus den Augen verloren.

Das Haus der Millers war drei Grundstücke die Straße hinunter.

David stürzte ins Haus, kaum dass die Tür nach seinem hektischen Klingeln geöffnet wurde. „Walter, sind Emily und Mia hier?"

„Nein, sind sie nicht", antwortete Walter und runzelte die Stirn.

„Sie haben mit Josephine in unserem Garten gespielt und jetzt finde ich die drei nirgends", erklärte David und schaute an seinem Nachbarn vorbei.

„Josephine ist schon seit einer Weile zurück, wir essen gerade in der Küche", erwiderte dieser und deutete mit dem Daumen in den Raum.

„Seit einer Weile?" Die Panik in Davids Stimme war nun unverkennbar. Sie überrollte ihn wie eine Welle, die sich seit dem ersten unbeantworteten Ruf aufgebaut hatte und nun brach. Ohne ein weiteres Wort drängte er sich an Walter vorbei und eilte in die Küche, wo das Kratzen von Besteck auf Porzellan zu hören war.

Walter folgte ihm.

Cathrine Miller warf ihrem Mann einen fragenden Blick zu.

„Hi." David wandte sich direkt an das kleine Mädchen, das gerade in ihr Abendessen vertieft war. „Weißt du, wo Emily und Mia sind?"

„Weiß ich nicht", antwortete Josephine und zuckte mit den Schultern.

„Aber ihr habt doch zusammen gespielt, richtig?"

Sie nickte mit vollem Mund.

„Wo habt ihr zuletzt gespielt? Josephine das ist jetzt wirklich wichtig."

„Auf der Straße, aber dann hat Papa zum Essen gerufen."

„Ich hatte es doch verboten. Ich hatte euch doch gesagt, dass ihr nicht auf der Straße spielen sollt."

„Ja schon, aber ... Emilys Ball ist aus dem Gartentor gerollt."

„Emilys Ball?", flüsterte David und fuhr seine Hand übers Gesicht. „Und dann? Was haben meine Töchter gemacht, als du zum Essen gegangen bist?"

Josephine zuckte erneut mit den Schultern und nahm einen weiteren Bissen, ohne dabei von ihrem Teller aufzublicken.

„Was habt ihr dann gemacht?", fragte er nun lauter.

„David, das reicht! Sie weiß es nicht", schimpfte Cathrine.

„Wir helfen dir suchen. Du musst dir keine Sorgen machen. Es wird ihnen nichts passiert sein." Walter legte ihm die Hand auf die Schulter und zog ihn beiseite. „Wir suchen die Straße ab. Sie können nicht weit gekommen sein", ermutigte ihn Walter und griff nach seiner Windjacke. „Wir werden sie finden."

„Wenn du mir die Schlüssel gibst, bleiben Josephine und ich bei dir zu Hause und rufen dich sofort an, sobald sie zurückkommen", sagte Cathrine.

David fuhr mit der Hand in die Tasche seiner Jeans, zog den Schlüsselbund heraus. Ein auffälliger Anhänger schmückte den Bund. Ein neongrüner Dinosaurier aus Kunststoff, ihre Lieblingsfigur aus der Kinderserie, die sie jeden Abend gemeinsam sahen. Die Kinder hatten ihn, mit Nicoles Hilfe, ausgesucht und als Geschenk zu seinem Geburtstag verpackt.

„Das ist der Haustürschlüssel", erklärte David und hielt einen Schlüssel mit rundem Kopf zwischen Daumen und Zeigefinger hoch. „Und das ist der Kellerschlüssel, drei Plätze rechts vom Haustürschlüssel, markiert mit Weiß." Er gab Cathrine den Schlüsselbund und eilte mit Walter hinaus. An der Tür drehte er sich noch einmal um. „Die Mädchen haben Angst vor dem Keller, aber bitte, Cathrine, kontrolliere das noch mal, ja?"

„Mach ich. Ich ruf dich an, sobald wir die Mädchen sehen."

Als sie die Tür hinter sich schlossen, zeigte das Telefon von David Bennett 18:37 Uhr an.

David wählte die 999 und meldete die Kinder als vermisst. Sie warteten draußen auf das Eintreffen eines Streifenwagens. Ein ums andere Mal ging er die Straße hoch und runter, hielt Ausschau. Als endlich ein Streifenwagen in der Ashdene Road hielt, stiegen zwei Beamte aus.

„Wann wurden die Kinder zuletzt gesehen?", fragte einer der Polizisten, während der andere ums Haus herumging. David schaute zu seinem Nachbarn.

„Josephine ist ungefähr um 18:20 Uhr nach Hause gekommen", sagte Walter. David schluckte. „Also siebzehn Minuten bevor ..."

Lange genug für zwei kleine Mädchen, um mehrere Straßen zu passieren. Sogar, um bis zum nächsten Supermarkt zu gelangen. Nun konnten sie schon viel weiter weg sein.

„In Ordnung", antwortete der Polizist. David folgte dem Blick des Polizisten zum Kollegen, der den Kopf schüttelte. Nun griff der Polizist zum Funkgerät.

„Zwei vermisste Kinder, weiblich, fünf und sieben Jahre. Bitten um Verstärkung.“

KAPITEL 3

Vor dreiundzwanzig Tagen war Clifford Parker zum Inspector befördert worden und hatte das neue Büro bezogen. Der Raum war im zweiten Stock des blockartigen Gebäudes gelegen. Es war ein merkwürdiges Gefühl, endlich angekommen zu sein. Es erfüllte ihn mit naiver, kindlicher Freude, seine Stifte in seinen eigenen Behälter einzuordnen. Einige Zentimeter davon entfernt, weit genug, um nicht zu stören, stand ein silberner Bilderrahmen mit einem Foto, das seine Tochter mit der Golden-Retriever-Hündin Ruby zeigte. Natalie war damals acht Jahre und bereite sich nun auf das Studium vor. Ruby war vor fünf Jahren im hohen Alter gestorben. Das Foto war sein einziger persönlicher Gegenstand im Büro.

Gerade arbeitete er sich durch die Einzelheiten eines Falls, den er vor zwei Wochen übernommen hatte. Ein Raubüberfall, ohne allzu großen Wert. Der Verkäufer war verletzt worden, als der Täter ihn zu Boden schlug. Ein sachtes Klopfen an der Tür zog seine Aufmerksamkeit weg von den Zeugenaussagen und hin zum Neuankömmling. Im Türrahmen stand Intendant Higgins, der sich anlehnte.

„Parker, haben Sie einen Moment Zeit?"

„Ich komm gleich, in Ordnung? Geben Sie mir fünf Minuten."

Higgins lächelte, ging aber nicht fort. „Mapleton möchte uns sprechen."

Parker schloss das Programm sofort, sperrte seinen PC und folgte ihm hinaus. Mapleton war einer der Chief Super Intendants des Bezirkes und stand im Rang weit über ihnen – weit genug, um über die Geschicke der Polizei mitzubestimmen und nur wenigen Rechenschaft schuldig zu sein.

„Sie hätten damit anfangen können, dass es um Mapleton geht", sagte Parker und schloss die Bürotür ab.

„Es sollte keine Rolle spielen, um wen es geht. Die Belange Mapletons sind Ihnen nur wichtiger als meine, aber ich verstehe das. Ich war auch so."

Parker rümpfte die Nase und kam sich ertappt vor.

„Worum geht es denn?", fragte Parker beiläufig, während sie das Revier durchquerten und an den Kollegen vorbeigingen.

„Das erfahren Sie gleich", antwortete Higgins und schmunzelte.

Das Büro war mehr als doppelt so groß wie das von Parker und bot genügend Platz für einen geräumigen Tisch, auf dem Karten und Akten ausgebreitet lagen. Mapleton war dort nicht allein. Zwei Männer saßen neben ihm, je einer an jeder Seite.

„Darf ich vorstellen?" Mapleton deutete auf die Neuankömmlinge. „Intendant Higgins und Inspector Parker."

Parker nickte.

„Und dies sind unsere Gäste aus der nördlichen Command Area, Superintendant Mallett von der Rochdale Division und Superintendant Nichols von der Bury Division."

Sie nahmen alle an dem großen runden Tisch Platz und Mrs. Green, Mapletons unverzichtbare Sekretärin, trat mit einem Tablett ein. Sie schenkte Kaffee, Tee oder Wasser aus, stellte eine Auswahl an Gebäck in die Mitte eines Beistelltisches. Parker nutzte diese kleine Pause, um einen Blick auf die Dokumente und Karten zu werfen.

Einige Blätter konzentrierten sich auf den Norden von Manchester, andere zeigten die gesamte Umgebung. Er erkannte Straßenpläne und topografische Karten, die das Gelände in all seinen Details darstellten.

„Danke, Margaret", sagte Mapleton und entließ seine Sekretärin mit einem Kopfnicken. „Wir sind jetzt vollständig, also lasst uns anfangen." Die Ernsthaftigkeit in seiner Stimme sicherte ihm die Aufmerksamkeit. „Gestern Abend wurden zwei Kinder in der Ashdene Road als vermisst gemeldet. Beides Mädchen – eins sieben, das andere fünf Jahre alt." Er lehnte sich vor, griff eine schwarze Akte und reichte sie Parker. Die Akte war dünn – zwei Fotografien, drei Zeugenaussagen. Die Mädchen waren unverkennbar Schwestern. Parker sah es an der Gesichtspartie, noch bevor er ihre Namen gelesen hatte.

Higgins lehnte sich zu ihm herüber und warf ebenfalls einen Blick auf die Berichte. „Sie wurden zuletzt gegen 18:20 Uhr gesehen, danach fehlt jede Spur. Es gibt zwar Zeugenaussagen, aber bis jetzt hat keine davon zu einem Ergebnis geführt."

„Darf ich eine Anmerkung machen?", fragte Parker und musterte weiterhin die dünne Akte. „Dieser Fall würde normalerweise in Inspector Cambolts Bereich fallen ... Ich möchte vermeiden, dass es zu Unstimmigkeiten bezüglich der Zuständigkeit kommt."

Mapleton nickte. „Inspector Cambolt hat eine vierjährige Tochter. Angesichts der Natur dieses Falls habe ich es für angebracht gehalten, den Fall jemandem zu übergeben, der emotional weniger involviert ist. Nach Rücksprache mit ihm und Intendant Higgins, natürlich. Ich bin im Bilde, Mr. Parker, dass Ihre eigene Tochter im Sommer bereits aufs College geht, richtig? Ich weiß das, weil ich Ihre Akte gelesen habe und weil meine jüngste Tochter im selben Jahrgang wie Ihre ist. Die vermissten Mädchen sind Teil einer alarmierenden Serie von Kindesentführungen." Mapleton beugte sich nach vorn und faltete die Hände. „In den letzten Monaten wurden mehrere Kinder als vermisst gemeldet, bisher ausschließlich im nördlichen Umkreis. Die Command Area in Stockport wurde besonders hart getroffen – vier Fälle. Dieser hier ist der Erste, der uns direkt betrifft." Er hielt inne und blickte auf seine Kollegen. „Wir haben uns nach intensiven Gesprächen darauf geeinigt, dass es im besten Interesse der Polizeiarbeit, der Kinder und ihrer Familien ist, unsere Kräfte zu bündeln und eine Sondereinheit mit den Ermittlungen zu betrauen. Und wir möchten, dass Sie diese Einheit leiten, Parker."

„Dass Sie berücksichtigt wurden, habe ich zu verantworten", warf Higgins an Parker gerichtet ein. „Mr. Mapleton wollte einen erfahrenen Inspector, aber ich habe ihn überzeugt, dass Sie das kalte Wasser abkönnen. Außerdem können wir einen frischen Blickwinkel gebrauchen. Sehen Sie es als Gelegenheit, als Herausforderung."

„Higgins wird Ihnen die Einzelheiten mitteilen, insbesondere die Zusammensetzung der Kommission, wo Sie tätig sein werden und so weiter", erklärte Mapleton, während er sie mit einem Handwink wieder hinausbefahl.

Parker folgte Higgins in die Kantine.

„Wollen Sie auch etwas?", fragte Higgins und wandte sich zu ihm. „Besprechungen machen mich immer hungrig."

„Milchkaffee und einen Muffin", antwortete Parker.

„In Ordnung, ich mach das schon. Suchen Sie einen Platz."

Parker sah sich um. Er wählte einen Tisch mit zwei Stühlen. Higgins nahm ihm gegenüber Platz und stellte das Tablett ab.

„Sie sehen aus, als ob Sie etwas loswerden wollen", bemerkte Higgins, als er einen Schluck seines Espressos nahm.

Parker zögerte; seine Finger spielten mit dem Rand seiner Tasse. „Ich frage mich nur ... Es muss doch andere geeignete Kandidaten gegeben haben."

„Sicher. Es gibt immer andere", antwortete Higgins.

Parker hob seine Tasse, setzte sie aber wieder ab, ohne einen Schluck genommen zu haben. „Ich habe wenig Erfahrung in diesem Bereich. Ich meine, ich bin Ihnen dankbar für das Vertrauen, mich zu beweisen, aber ich bin erst seit Kurzem Inspector und ..."

„Aber Sie sind schon seit Jahren im Polizeidienst. Sie kennen die Arbeit und wissen, was von Ihnen erwartet wird. Wir brauchen jemanden, der Ruhe und Erfahrung ausstrahlt." Higgins hielt kurz inne, sein Blick fest auf Parker gerichtet. „Außerdem scheinen Sie besonnen und lassen sich nicht leicht einschüchtern. Dazu charismatisches Auftreten ... Das ist auch im Umgang mit der Presse wichtig. Und Sie können sicher sein, dass dieser Fall großes mediales Interesse wecken wird.“

Parker rührte den Schaum in seinem Kaffee um und legte den Löffel zur Seite. Er nahm einen kleinen Schluck und verzog das Gesicht. Der Milchkaffee war nicht besonders gut, zu dünn. „Darf ich ehrlich und offen sprechen?“

„Nur zu.“

„Ich habe die Befürchtung, dass die Sonderkommission hinter den Erwartungen zurückbleiben wird. Der letzte Fall ist sechs Monate her, der älteste fast ein Jahr. Und alle Spuren verlaufen bis jetzt ins Leere.“

Higgins biss in sein Sandwich und nahm einen Schluck des Espressos. „Ich will ehrlich zu Ihnen sein.“ Er wischte sich den Mund mit einer dünnen Serviette ab. „Jedes Jahr werden über eintausend Kinder entführt, nur in Großbritannien. Die Erfahrungen zeigen, dass die meisten vermissten Kinder in den folgenden Tagen wieder auftauchen. Bei der Zeitspanne, über die wir hier reden, gehen wir nicht davon aus, dass sie noch am Leben sind. Statistisch gesehen sind sie alle tot oder außerhalb unserer Reichweite. Dies gilt umso mehr, da die Entführungen nach unserer Einschätzung nicht durch Familienmitglieder durchgeführt wurden. Also konzentrieren Sie sich nur auf die Bennett-Kinder. Finden Sie die anderen Kinder, wäre das ein Bonus, aber niemand erwartet das.“ Niemals hätte Higgins so vor einer Kamera gesprochen. Jeder Polizist war zu vorsichtigem Optimismus verpflichtet, ohne sich in Zusagen oder Zugeständnisse zu verwickeln. Jede falsche Aussage, jeder mediale Fehltritt, konnte schwerwiegende Konsequenzen nach sich ziehen.

„Statistik ist nicht alles", erwiderte Parker.

„Ich weiß. Um Ihnen die bestmöglichen Voraussetzungen für die Führung der Gruppe zu geben, können Sie sich Polizisten aus unserer Division aussuchen, die mit Ihnen zusammenarbeiten werden. Ich würde Ihnen aber empfehlen, auch über den Tellerrand hinauszublicken."

„Heißt das, ich kann beliebige Personen auswählen?" Im Kopf ging Parker schon die Kollegen durch und suchte nach geeigneten Kandidaten.

„Nein. Die gewählten Kollegen müssen von Mapleton abgesegnet werden. Und von mir. Aber ich vertrau Ihrem Urteil." Higgins lächelte. „Mapleton hingegen ... Er wird Ihnen keinen Kollegen geben, der auf seiner Liste steht."

Die ‚Mapleton-Liste' war eine urbane Legende geworden, die sich seit zwei Jahrzehnten hartnäckig hielt. Einige glaubten, es gäbe tatsächlich eine physische Liste mit den Namen von Polizisten, die bei Mapleton in Ungnade gefallen waren. Nur Mrs. Green wusste, ob diese Liste existierte. Doch sie schwieg beharrlich.

Parker trank einen letzten Schluck seines Milchkaffees und verfiel in nachdenkliches Schweigen. Higgins rutschte auf seinem Stuhl nach vorn, als Parker sein Schweigen brach.

„Wie viele kann ich auswählen?"

„Das Team wird aus acht Leuten bestehen, Sie mitgerechnet. Zwei Kollegen werden von der Rochester- und zwei von der Bury-Division gestellt. Sie haben also noch drei Personen, die Sie vorschlagen können."

„Geben Sie mir Jones und Sturbridge."

Higgins zückte einen Notizblock und notierte die Namen, daneben setzte er kleine Anmerkungen. Er nickte. Jones hatte jahrelange Erfahrung mit Entführungsfällen, Sturbridge hatte drei Jahre bei der Missing Persons Unit gearbeitet.

„Haben Sie noch jemanden im Sinn?"

„Geben Sie mir Charles Opton."

Higgins blickte auf. „Warum in aller Welt Opton?"

„Ich habe fast zwei Jahrzehnte an seiner Seite gearbeitet. Er ist ein guter Polizist. Pragmatisch. Er packt Probleme direkt an der Wurzel und wird uns eine Hilfe sein."

Higgins rieb sich die Stirn. „Ich kann nicht wirklich sehen, wie er eine Bereicherung sein könnte. Aber ich werde sehen, was ich tun kann." Dann stützte Higgins sich mit beiden Händen auf dem Tisch ab. „Sind Sie so weit? Wir haben noch einiges an Arbeit vor uns."

Bereits am Nachmittag begrüßte Parker seine Kollegen im Besprechungsraum. Versteckt am Ende eines ruhigen Flurs waren sie mit Telefonen, Computeranschlüssen und Pinnwänden ausgestattet worden. Er sah sich um. Die Kollegen aus den nördlichen Divisionen hielten sich für sich, Sturbridge und Jones unterhielten sich leise, während Opton schweigend zwischen Jones und Carson saß.

„Guten Abend", begrüßte er die Gruppe. „Unsere Sonderkommission hat den Auftrag, die Bennett-Kinder zu finden. Ich verzichte auf die Einzelheiten des Falls, da ich davon ausgehe, dass Sie alle das Dossier gelesen haben, bevor Sie hierherkamen. Wir werden methodisch vorgehen. Zunächst brauchen wir die Akten der anderen Alt-Fälle." Sein Blick wanderte zu den Kollegen aus Rochester und Bury. „Bringen Sie die Akten hierher – noch heute. Alles, was Sie haben. Wenn irgendwo etwas zu den Fällen notiert wurde, sei es auf Notizzetteln, Servietten oder Bierdeckeln, möchte ich es hier haben."

Die Männer nickten.

„Darüber hinaus werden wir Zeugenaussagen aufnehmen und das gesamte Gelände samt Umgebung durchkämmen. Ich habe auch die Anordnung gegeben, Spürhunde einzusetzen. Nach Rücksprache mit Higgins wird die Öffentlichkeit eingeschaltet. Sturbridge, könnten Sie das bitte vorbereiten? Wir möchten sowohl im Radio, Internet, als auch im TV auf die Entführungs-Opfer aufmerksam machen."

„Ich setze mich gleich dran", antwortete sie.

„Als vierten Punkt durchsuchen wir unsere Datenbanken nach bekannten Sexualstraftätern und Personen, die in Verbindung mit Verbrechen gegen Kinder stehen." Er pinnte eine Karte der Stadt an die Wand und nahm einen schwarzen Marker zur Hand. Mit einem roten Fähnchen markierte er die Ashdene Road und malte schwarze Kreise auf die Karte. „Das sind unsere Suchraster. Wir arbeiten sie eins nach dem anderen ab. Diejenigen in räumlicher Nähe prüfen wir zuerst. Morgen werde ich persönlich noch einmal das Ehepaar Bennett aufsuchen."

KAPITEL 4

Die Luft im Raum hatte den Geruch des frittierten Essens angenommen, dass geliefert worden war. Parker wühlte sich durch die Akten. Er spürte die wachsende Anspannung im Nacken, schloss die Augen und massierte sich die Schläfen, um die aufkommenden Kopfschmerzen zu vertreiben.

„Das bringt mich hier nicht weiter", murmelte er vor sich hin und erhob sich. Frische Luft, der Geruch von Natur und der Geschmack von Tabak. Das war, was er brauchte. Unter dem Vordach zündete er sich eine Zigarette an. Er hatte nicht viele Laster, aber das Rauchen war eines davon. Mit jedem Zug ließ die Anspannung nach. Prasselnder Regen bot ein beruhigendes Schauspiel.

„Was haben Sie?", hörte er eine Stimme neben sich fragen. Es war keine Frage nach seinem Befinden, sondern eine Aufforderung zur Berichterstattung. Die Stimme gehörte zu Higgins.

„Etliche Treffer für Personen mit einschlägigem Hintergrund im weiteren Umkreis", erklärte Parker.

„Das war zu erwarten", antwortete Higgins, ohne eine Spur von Überraschung in seiner Stimme. „Wie gedenken Sie, vorzugehen?"

„Schritt für Schritt. Wir schicken Teams zu allen potenziellen Treffern und lassen sie überprüfen." Er schnippte die aufgerauchte Zigarette in eine Pfütze, wo sie sofort erlosch.

Higgins rümpfte die Nase.

„Ich melde mich, sobald ich etwas Konkretes habe."

„Also gab es bis jetzt nichts Konkretes?" Higgins' Frage war mehr eine Feststellung als eine Frage.

Parker schnaubte. „Wir haben Hunderte von Anrufen erhalten und gehen jedem glaubwürdigen Hinweis nach. Aber wenn wir jedem Anrufer Glauben schenken würden, wären die Kinder gleichzeitig an fünf verschiedenen Orten." Die Pressekonferenz und die Medienpräsenz hatten Tausende von Stadtbewohnern alarmiert und dazu ermutigt, wachsam zu sein und bei kleinsten Anomalien die Polizei zu informieren.

Mehrere Constables hatten – auf Parkers Bitte hin und mit Higgins' Zustimmung – die eingehenden Anrufe und Benachrichtigungen entgegengenommen und katalogisiert. Doch ein entscheidender Hinweis auf den Aufenthaltsort der Mädchen blieb aus. Mit jedem neuen Anruf wurde die Frustration größer. Ratlosigkeit herrschte vor.

Es war eben diese Ratlosigkeit, die Parker auf dem Weg zur Ashdene Road Kopfschmerzen bereitete. Opton steuerte den Streifenwagen durch den dichten Verkehr, während Parker gedankenverloren die Akten studierte. Dabei ließ er sich nicht von Opton ablenken, der zunächst gut gelaunt war, mit zunehmender Fahrt jedoch eine Aversion gegen die anderen Verkehrsteilnehmer entwickelte. Parker hörte nur mit halbem Ohr zu, doch sie fuhren entweder zu langsam, zu weit rechts oder vergaßen den Schulterblick. Es dauerte über eine halbe Stunde, bis sie endlich im Süden Manchesters ankamen, vorbei an der Baustelle des neuen Stadions, das für die Commonwealth Games errichtet wurde und durch mehrere verstopfte Hauptverkehrsadern. Er legte die Akten erst beiseite, als Opton den Wagen in die Ashdene Road lenkte und am Straßenrand parkte, vor dem Haus der Bennetts.

Schon zu Beginn des Gesprächs mit David Bennett wusste Parker, dass seine Probleme nicht kleiner werden würden.

Bennetts Blick trug Spuren tiefer Trauer. Seine müden, geröteten Augen spiegelten den Schmerz und Verzweiflung wider, die sein Inneres erfüllten. Sein Gesicht wirkte eingefallen und bleich, sein Haar ungekämmt und strähnig, als hätte er vergessen, sich darum zu kümmern. Es war beunruhigend zu sehen, wie wenig Zeit es brauchte, um einem Menschen seine Lebenskraft zu rauben. Nicole Bennett ging es kaum besser. Ihr Blick war leer. In ihren Augen lag der gleiche Schmerz, ihre Lippen zitterten. Noch hielt sie sich beisammen. Sie führte die Polizisten ins Wohnzimmer, bevor sie ihnen Tee brachte.

„Danke Ihnen", sagte Parker und lächelte. Er legte Wärme in das Lächeln, um ihr ein wenig Halt und das Versprechen zu geben, dass man sie nicht allein lassen würde. Zwar war er sich nicht sicher, ob ihr das Versprechen viel wert sein würde, wenn das Undenkbare eintrat, aber es war alles, was er geben konnte. „Mr. und Mrs. Bennett, ich möchte Ihnen versichern, dass wir alles in unserer Macht Stehende tun, um Ihre Töchter zu finden. Wir ..."

„Und wenn das nicht genug ist?", stammelte David Bennett und suchte den Blick des Polizisten.

„Wir arbeiten mit Hochdruck an der Suche", antwortete Parker. Er straffte sich und erwiderte den Blick.

Nicole legte ihrem Mann eine Hand aufs Bein.

„Dürfen wir noch einmal nachfragen, wie Sie den Abend erlebt haben? Haben Sie irgendetwas Ungewöhnliches bemerkt? Vielleicht ein Auto, das sonst nicht da ist? Einen Fremden, der Ihnen aufgefallen ist? Etwas in dieser Art?"

David schüttelte den Kopf. „Nein, ich hatte gesagt, ich rufe sie rein, sobald das Essen angekommen ist. Die Lieferung kam und ich bin rausgegangen, um sie zu rufen."

„Wissen Sie noch, wo Sie die Bestellung aufgegeben hatten?"

„Natürlich." Er legte die Hand seiner Frau beiseite und stand auf. Aus der Küche hörten sie das Rascheln von Papier, bevor er mit einer zerknitterten Quittung in der Hand zurückkehrte.

Parker zog zwei Gummihandschuhe aus seiner Tasche sowie ein Plastiktütchen. Mit vorsichtigen Bewegungen verstaute er die Quittung darin.

„Und wann haben Sie Ihre Töchter noch mal zuletzt gesehen?" Parker hatte eine Vorliebe für Kontrollfragen – eine Technik, die er häufig einsetzte, um auf Widersprüche in der Erzählung zu achten. Er wusste, dass Erinnerungen trügerisch sein konnten, sich verändern und anpassen, je öfter sie erzählt werden. Deshalb wiederholte er seine Fragen, soweit es die Situation zuließ, immer wieder, bis er das Gefühl hatte, das wahre Bild dessen zu sehen, was vorgefallen war.

„Als ich die Bestellung aufgegeben habe", antwortete David. „17:45 Uhr – ich hatte gerade angerufen. Zwei, vielleicht drei Minuten später waren sie draußen zum Spielen. Ich habe kurz danach noch einmal durch das Fenster nach ihnen Ausschau gehalten, doch die genaue Uhrzeit kann ich nicht sagen."

Parker nickte und machte sich eine Notiz in seinem Heft. Er betrachtete das Ehepaar vor ihm. „Wir sammeln alle Hinweise und haben bereits die Medien eingeschaltet. Ich bin zuversichtlich, dass wir bald einen sachdienlichen Hinweis bekommen werden."

„Wir danken Ihnen", sagte Nicole. Ihre Hand suchte die ihres Mannes, drückte sie fest.

„Eine letzte Frage habe ich noch", sagte Parker. „Haben Sie jemanden, der Ihnen schaden möchte und dabei nicht davor zurückschrecken würde, Ihren Töchtern etwas anzutun?" Die Bennetts erstarrten auf der Stelle. Ihre Augen wurden größer. Erst starrten sie einander, dann den Polizisten an.

„Sie meinen, Feinde?", fragte David, runzelte die Stirn und zog seine Frau eng an sich. Sein Mund stand offen. „Welche Feinde denn?", wisperte Nicole und sah Hilfe suchend zu ihrem Mann hoch. Es war ein weiterer Schlag ins Gesicht, eine weitere schmerzhafte Frage in einer ohnehin schon unerträglichen Situation. Aber es war eine Frage, die gestellt werden musste.

Alles in allem war das Gespräch ein Misserfolg gewesen. Parker wusste nicht, was er erwartet hatte. Nur, dass er mehr erwartet hatte, als eine Quittung für drei Pizzen und Pommes. Jones – derjenige mit der saubersten Handschrift – malte einen Zeitstrahl, auf dem die relevanten Daten standen. Zwischen der letzten Sichtung durch die Freundin der Mädchen und der Lieferung lagen nur wenige Minuten. Hatte der Fahrer also, wie die Karte es vermuten ließ, die Parsonage Road genommen, um in die Ashdene Road einzubiegen? War er an dem Haus der Millers vorbeigefahren?

Es dauerte nicht lange und er schickte einen Streifenwagen auf den Weg zur Pizzeria. Die möglichen Verdächtigen lagen auf einem großen Stapel. Parker hatte sie selbst durchgeschaut und dabei ein Sortiersystem angewendet. Diejenigen, die nah dran wohnten, lagen oben auf dem Stapel. Es war eine Auswahl von Leuten, die in der Vergangenheit auffällig geworden waren. Sie hatten eine großflächige Karte der Umgebung auf die Pinnwand geheftet und diese dann mit zahlreichen Stecknadeln einer breiten Farbpalette bearbeitet. Grün waren die Wohnorte der in Betracht kommenden Mitbürger. Weiß waren Hinweise, die mit an Sicherheit grenzender Wahrscheinlichkeit nichts mit den Mädchen zu tun hatten oder falsch waren. Gelb waren Hinweise, die einer näheren Prüfung bedurften. Und Rot markierte die Hinweise, denen sie eine große Bedeutung einräumten.

Als die Beamten von der Pizzeria zurückkehrten, hielten sie vor versammelter Runde ihren Bericht, konnten aber keine konkreten Hinweise vorweisen.

„Der Lieferant muss doch etwas gesehen haben", murmelte Parker.

Jones trat nach vorn. „Der Pizzabote konnte sich an nichts Ungewöhnliches erinnern, was in direktem Zusammenhang mit dem Verschwinden der Mädchen stehen könnte", sagte er. „Er hat die Bestellung wie üblich ausgeliefert und konnte uns lediglich Informationen zu Fahrzeugen geben, die ihm auf seiner Route begegnet sind."

Laut dem Pizzaboten hatte er die Mädchen nicht bemerkt, aber er konnte sich an mehrere Fahrzeuge entlang der Ashdene Road erinnern. Zwei waren ihm entgegengekommen, als er in die Straße hineinfuhr: ein weißer Transporter und ein blauer Kombi. Ein weiteres Fahrzeug – ein gelber Kleinwagen – war in Richtung des School Grove gefahren und möglicherweise weiter in Richtung Stephens Road. Das Kennzeichen konnte er zu keinem der Fahrzeuge nennen.

„Er kann sich allerdings nicht mit Sicherheit erinnern und hatte danach auch direkt die nächste Lieferung", schloss Jones seinen Bericht.

Parker rieb sich über das Kinn, schlug dann geräuschvoll auf den Tisch vor sich. „Prüft noch einmal die Verkehrsüberwachung an den Hauptverkehrsrouten. Ich will die Kennzeichen dieser Fahrzeuge haben, von jeder Kamera, aus jedem Winkel, sowie die Route, die sie genommen haben. Sämtliche Verkehrskameras an den relevanten Punkten wurden doch bereits ausgewertet, oder?"

„Ja, das wurden sie. Aber ein weißer Van aus der Richtung taucht dort nirgends auf. Das habe ich selbst überprüft", antwortete Jones.

„Dann möchte ich, dass zwei von euch jeden Nachbarn und jedes Geschäft nach privaten Überwachungskameras befragen. Und außerdem ..." Das Telefon von Leary klingelte. Parker warf einen Blick zu dem Kollegen. Hören, was dieser sagte, konnte er nicht, aber er

bemerkte, dass Leary einzelne Worte auf einen Notizblock kritzelte. Leary unterstrich ein Wort doppelt und
hielt den Block hoch, damit alle es sehen konnten.

Stockport

stand in Großbuchstaben auf dem Zettel. Parker
wandte sich dem Stapel mit den potenziellen Verdächtigen zu und überflog die Wohnorte. Nur zehn von
ihnen wohnten in Stockport oder in der direkten Umgebung.

Als Leary auflegte und sich zu Parker drehte, konnte
man die Anspannung in seinem Gesicht sehen. „Sir,
eine Zeugin behauptet, einen Mann mit zwei Mädchen
vor dem Supermarkt an der Water Street gesehen zu
haben." Er machte eine kurze Pause, bevor er fortfuhr.
„Die Beschreibung der Kleidung passt. Ein Mädchen
hatte offene Haare, das andere einen Pferdeschwanz.
Sie erwähnte Blumen auf der Kleidung."

Worauf Leary anspielte, war eine auffällige bestickte
Blume auf dem linken Ärmel von Emilys T-Shirt – ein
Detail, das sie bewusst nicht an die Medien weitergege-
ben hatten. Das T-Shirt war ursprünglich Mias gewesen, bis sie zu groß dafür geworden war. Eines Tages
hatte sie beim Spielen im Garten einen Ast mit dem Ärmel erwischt und das Loch, das dabei entstanden war,
wurde von ihrer Mutter Nicole liebevoll in Form einer
Blume überstickt. Parker hatte bestimmt, dieses Detail
unerwähnt zu lassen. Parker wollte den Entführer
nicht unnötig dazu drängen, die Kleidung der Kinder
vorzeitig zu wechseln und so das wertvolle Identifizie-
rungsmerkmal zu verlieren. Es war wichtig, dass diese

Information so lange wie möglich ihre Gültigkeit behielt. Setzte man den Täter zu früh zu sehr unter Druck, würde er nervös und frustriert werden. Das konnte gefährliche Konsequenzen haben, denn ein Täter ließ diese Frustration nicht selten am Opfer aus.

Parker drückte eine rote Stecknadel in die Karte.

„Das würde zu den Indizien passen, die wir im County Park und am Fred Perry Way gefunden haben", murmelte Parker. „Haben wir eine Personenbeschreibung?"

„Laut Zeugenaussage trug er einen dunkelgrünen Pullover. Er war schätzungsweise 1,80 Meter groß oder größer, von normaler Statur, hatte dunkle Haare und eine kaukasische Hautfarbe. Keine weiteren markanten äußeren Merkmale", berichtete Leary.

„Hier gibt es einen passenden Treffer. Scott Reford, 42 Jahre alt. Hat zwei Jahre im Gefängnis verbracht und wurde vor sieben Jahren aufgrund guter Führung vorzeitig entlassen. Er ist vor einem Jahr nach Stockport gezogen", fügte Opton hinzu.

Parker nahm die Informationen auf, während er durch den Raum ging. „Wo hat er vorher gelebt?"

„Watford", antwortete Opton, nachdem er die Daten überprüft hatte. „Soll ich die Polizei in Stockport bitten, ihn zu befragen?"

„Das wird nicht nötig sein", erwiderte Parker und zog seine Jacke vom Stuhl. „Wir kümmern uns selbst darum. Leary, während wir unterwegs sind, hast du das Kommando hier. Frag bei den Kollegen in Watford nach, ob es Auffälligkeiten gab."

„Verstanden."

Parker sah zu Opton. „Kommst du mit? Wie in alten Zeiten?"

Nach nur wenigen Minuten saßen sie bereits in einem der Polizeiwagen, der sich seinen Weg durch den dichten Verkehr bahnte. Opton bog in die Shawcross Street ein und setzte den Blinker, um zu parken. Die Straße war gesäumt von Bäumen auf der einen, von roten Backsteinhäusern auf der anderen Seite. Er hatte Parker die Zusammenfassung der Akte übergeben, die dieser während der Fahrt durchging.

„Laut unseren Kollegen arbeitet er als Techniker", las Parker laut vor, noch immer vertieft in die Akten.

„Dann kommt er sicherlich viel herum." Opton parkte den Wagen einige Meter vom Haus entfernt, außerhalb des Sichtfelds der Fenster. Parker legte die Akte in das Handschuhfach und trat auf den Bürgersteig. Opton ließ einen Wagen auf der Straße passieren, folgte ihm dann und richtete im Gehen seine Jacke.

Sie erreichten die Eingangstür des Hauses. Opton suchte die Klingelschilder ab und fand schließlich den Namen ‚Reford'. Noch bevor der Türöffner summte, bemerkte Parker eine Bewegung an einem der Fenster. „Oberes Stockwerk, dicht bebaute Straße", flüsterte er. „Wenn er wirklich involviert ist, hat er die Mädchen wahrscheinlich nicht hier versteckt. Durchgangsflur, neugierige Nachbarn. Ein zu hohes Risiko."

Opton nickte, drückte die Tür auf und sie stiegen die Treppe hinauf. Am oberen Ende wurden sie von einem lächelnden Mann begrüßt.

„Mr. Reford? Scott Reford?"

„Ja, das bin ich. Wie kann ich Ihnen helfen?", erwiderte der Mann.

„Dürfen wir ein paar Worte mit Ihnen wechseln? Vielleicht im Inneren ihrer Wohnung?"

Scott Reford trat zur Seite und wies ihnen den Weg in das Wohnzimmer. „Ich habe gerade etwas auf dem Herd. Bitte entschuldigen Sie mich einen Augenblick."

Parker warf Opton einen bedeutungsvollen Blick zu, der klar vermittelte, dass er die Gelegenheit nutzen sollte, sich diskret in der Wohnung umzusehen. Währenddessen wartete Parker geduldig im Türrahmen zur Küche. Reford kehrte mit drei vollen Tassen Earl Grey zurück, die er auf den Wohnzimmertisch stellte, ohne einen einzigen Tropfen zu verschütten. Der Duft des frischen Tees erfüllte den Raum. Opton gesellte sich wieder zu ihnen und schüttelte kaum merklich den Kopf.

„Also, verraten Sie mir, worum es geht? Was verschafft mir das Vergnügen?"

„Haben Sie von den vermissten Kindern gehört?", fragte Parker.

„Aus Manchester?", ergänzte Opton.

„Ja, das habe ich. Die Radiomeldungen waren unüberhörbar und auch im Fernsehen gab es Berichte darüber", erwiderte Reford und steckte die Hände in seine Hosentaschen.

„Es gibt Zeugen, die behaupten, die Mädchen in Begleitung eines Mannes gesehen zu haben, auf den Ihre Beschreibung passt. Es war vor dem Tesco in der Water Street", sagte Opton. „Waren sie vor Kurzem in der Nähe dieses Tescos?"

„Welche Beschreibung?“, fragte Reford, ohne auf die vorherige Frage zu antworten.

„Ungefähr 1,80 Meter groß, dunkle Haare, Ihre Statur, heller Teint“, antwortete Opton.

„Es gibt Hunderte, nein, Tausende von Menschen, auf die diese Beschreibung zutrifft. Allein in Stockport.“

„Das stimmt“, sagte Parker. Er selbst entsprach fast dem beschriebenen Profil. „Aber die überwiegende Mehrheit dieser Menschen hat keine vorherige Strafakte.“

Parker wusste bereits von der Zentrale, dass die Mädchen und mit ihnen auch der Täter nicht im Bereich der Überwachungskameras auf dem Parkplatz gesichtet wurden. Sie hatten also nichts Handfestes.

„Wollen Sie mir ernsthaft einreden, Einkäufe bei Tesco seien strafbar? Ist das der einzige Grund, warum Sie hier sind? Ja, ich gebe zu, ich kaufe dort gelegentlich ein. Aber eines will ich hier mal klarstellen: Was ich in der Vergangenheit getan habe, war ein schwerwiegender Fehler, ein verhängnisvoller Fehltritt, den ich zutiefst bereue. Und ich habe bereits meine gerechte Strafe dafür erhalten und abgesessen“, zischte Reford. Seine Antwort klang bitter, fast schon angeklagt, als wäre es eine ungeheure Ungerechtigkeit, dass man ihn nun wegen seiner Vergangenheit aufsuchte. „Ich habe mich seitdem tadellos verhalten und dennoch stehen Sie hier in meiner Wohnung.“

„Wir sind uns bewusst, dass Sie sich seitdem nichts zuschulden kommen ließen“, erwiderte Parker und zwang seine Lippen zu einem Lächeln, um eine Deeskalation zu erreichen.

„Glauben Sie wirklich, Sie wären die Ersten, die seitdem an meiner Tür geklopft haben?", fragte Reford, seine Stimme schwoll in einem Anflug von Empörung an. „Drohungen, Anschuldigungen, Verleumdungen – ich musste so viel ertragen. Und das völlig grundlos. Nicht nur hier. Überall, wo ich hinkam. Haben Sie eine Ahnung, wie oft ich umziehen musste? Wie schwer es ist, immer wieder von vorn zu beginnen, nur weil jemand etwas an Nachbarn hat durchsickern lassen? Wo waren Sie da?" Parker machte eine beschwichtigende Geste mit der Hand, räusperte sich laut und verschaffte sich so die Zeit, das Gespräch wieder auf eine professionelle Ebene zu bringen.

„Wir haben nur einige Fragen, dann sind wir auch schon wieder weg."

Reford atmete tief durch.

„Bitte sagen Sie uns, wo Sie am 13. zwischen 18:00 und 19:30 Uhr waren und wo Sie gestern um 10:00 Uhr waren."

„Am 13. war ich bei der Arbeit; gestern habe ich meine Verwandten besucht."

„Gibt es Zeugen, die das bestätigen können?", fragte Parker.

„Natürlich", antwortete Reford und diktierte die Adressen der Zeugen.

„Wir werden Ihre Angaben umgehend überprüfen."

„Selbstverständlich werden Sie das tun. Ich hoffe aufrichtig, dass die Mädchen unversehrt gefunden werden", erwiderte Reford.

„Opton, leite diese Informationen bitte an Leary weiter. Er soll die Alibis prüfen und uns sofort informieren", sagte Parker. „Mr. Reford, hätten Sie etwas dagegen, wenn ich einen Blick durch Ihre Wohnung werfe? Ich habe keinen Durchsuchungsbefehl – alles wäre auf freiwilliger Basis. Sie könnten die Durchsuchung jederzeit abbrechen oder von vornherein ablehnen. Es würde nicht lange dauern, nur, bis wir den Rückruf aus der Zentrale erhalten haben. Mein Kollege würde währenddessen bei Ihnen bleiben."

„Machen Sie nur. Sie verschwenden hier nur unser aller Zeit. Das kann ich Ihnen versichern."

„Vielen Dank für Ihre Kooperation", entgegnete Parker und ging zum Wagen, um Handschuhe und andere Hilfsmittel zu holen.

Zurück in der Wohnung blickte Parker sich um: In jedem Zimmer hingen Kreuze. Auf einem Tisch fiel ihm eine zerschlissene Bibel auf. Mit Gründlichkeit, aber auch mit einer gewissen Eile durchsuchte Parker die Wohnung. Er hob Teppiche an, klopfte die Dielen nach Hohlräumen ab, bewegte sogar Möbel, um einen geheimen Durchgang in der Wand auszuschließen. Sogar die Kleidung durchsuchte er nach dem besagten grünen Pullover. Doch er fand nichts. Die Wohnung war klein, und angesichts der Lage des Hauses war es unwahrscheinlich, dass sich die Kinder hier aufhielten. Er wischte sich den Schweiß von der Stirn, bevor er ins Wohnzimmer zurückkehrte, wo Reford immer noch Tee trank und vor sich hinstarrte.

„Gibt es Kellerräume oder einen Dachboden?" Parker studierte sorgfältig seine Augen, suchte nach einem Hinweis in seiner Mimik. Doch Refords Gesichtszüge blieben unergründlich – kein Muskel zuckte.

„Das Gebäude hat keinen Keller. Aber es gibt einen gemeinschaftlichen Dachboden, der zum Trocknen der Wäsche genutzt wird."

„Haben Sie etwas dagegen, wenn mein Kollege sich dort einmal umsieht?", fragte Parker.

Reford kramte in seinen Taschen, zog die Schlüssel heraus und reichte sie Opton.

„Sieh bitte nach, ob es tatsächlich keine Keller, Brunnenzugänge oder Ähnliches auf dem Grundstück gibt", flüsterte er Opton zu.

Parker widmete sich nun dem Wohnzimmer mit großer Sorgfalt. Reford seufzte und zog sich in die Küche zurück. Dort lehnte er sich lässig gegen den Türrahmen und beobachtete Parker.

Als Opton zurückkam, tauschten sie kurze Blicke aus. Enttäuschung stand in Optons Blick geschrieben. Parker gab das Zeichen zum Aufbruch, während er sich noch einmal umdrehte. „Noch eine letzte Frage. Welches Auto fahren Sie, Mr. Reford?"

„Ich fahre einen silbernen Volkswagen. Er steht vor dem Haus an der Straße."

„Danke, das war's dann."

„Ich begleite Sie nach unten und zeige Ihnen den Wagen."

Wie angekündigt parkte das Auto am Straßenrand. Es war ein unauffälliges, älteres Modell. Opton inspizierte das Äußere des Fahrzeugs, während Parker einen Blick in das Innere warf. Die Reifen waren abgefahren, das Profil gerade noch innerhalb der gesetzlichen Grenzen. Das Innere des Wagens war besser gepflegt als manch ein Polizeifahrzeug – keine Zigarettenstummel, keine Krümel auf den Sitzen.

Parkers Telefon surrte. Er entschuldigte sich bei Opton und Reford und trat einige Schritte die Straße hinunter, um außer Hörweite zu sein. „Ja, bitte?"

„Wir haben drei weitere potenzielle Verdächtige identifiziert, alle in Stockport", sagte Leary. „Ich habe unsere Kollegen schon gebeten, nach dem Rechten zu sehen." Er wartete auf eine Antwort, aber Parker hatte sich wieder dem Haus zugewandt und betrachtete das schmutzbraune Dach. Opton hatte derweil Reford in ein Gespräch verwickelt. Wenn er Opton richtig kannte, diskutierten sie wahrscheinlich über technische Daten des Fahrzeugs. Ein Thema, das bei diesem Modell nicht allzu viel Gesprächsstoff bieten würde.

„Könnten Sie bitte ein Kennzeichen für mich überprüfen?", fragte Parker und gab die Kennung sogleich an Leary weiter.

„Wissen Sie schon, wann Sie zurück in der Zentrale sind?"

„Sobald wir das Kennzeichen überprüft haben", erwiderte Parker und blickte instinktiv nach oben. Er hatte das Gefühl, beobachtet zu werden.

Die Ankunft des Polizeiwagens hatte die Nachbarschaft aufgeschreckt und die Bewohner an ihre Fenster gelockt. Sein Blick fiel auf das Gesicht eines Knaben, der ungefähr das achte Lebensjahr erreicht hatte und ihn musterte. Parker zog die Handschellen hervor und präsentierte sie. Die Augen des Jungen leuchteten vor Begeisterung auf.

„Der Wagen ist auf Scott Reford zugelassen; erste Zulassung vor fünfzehn Jahren."

„Weitere Zulassungen? Auffälligkeiten?", fragte Parker.

„Nichts. Nicht einmal ein Strafzettel."

Ohne ein weiteres Wort beendete er das Gespräch, gab Opton ein Zeichen zum Aufbruch und machte sich auf den Weg zu ihrem Streifenwagen.

***

Die Akten zu den bisherigen Vermisstenfällen füllten drei Kartons voller Zeugenaussagen, Befragungsprotokollen und Berichten. Moric und Demir hatten die Kartons von den verschiedenen Polizeistationen gesammelt und in den Konferenzraum geschleppt, wo Parker sie stichprobenartig durchsah.

„Ich habe an dem Fall Kathleen Smith mitgearbeitet", sagte Moric.

Parker war gerade dabei, die Protokolle zu überfliegen. „Erzählen Sie mir mehr über den Fall."

„Ich glaube nicht, dass wir sie noch finden werden. Wenn überhaupt, dann nur ihre Leiche, und selbst das nur, wenn wir Glück haben."

Diese nüchterne Tatsache hinterließ einen bitteren Nachgeschmack. Parker hatte seinen Namen in vielen Protokollen und Berichten gesehen. Moric war sehr aktiv gewesen, hatte mit Dutzenden von Zeugen gesprochen. Die damals verfolgte Strategie ähnelte der seinen. Parker konnte nicht umhin, sich zu fragen, ob das ein schlechtes Omen war.

„Wissen Sie, Parker, mit jedem vergehenden Tag wird die Suche schwieriger. Mit jedem Ticken der Uhr schwinden nicht nur die Chancen, dass sie je zu ihren Eltern zurückkehren, nein, es zermürbt einen auch.

58

Diese Arbeit ... Dieses ständige Suchen und Hoffen frisst einen von innen heraus auf."

Parker blieb still, ließ Moric seine Gedanken aussprechen. „Besonders schwer wiegt bei mir der Fall der kleinen Lacie. Sie war das erste entführte Kind. Bei jedem Besuch, jeder Befragung brach die Mutter zusammen. Es gab Lebenszeichen. Spuren, denen wir folgten."

„Welche Art von Spuren?"

„Darf ich?", fragte Moric und trat neben Parker. Er griff nach einem Ordner und blätterte darin. Moric legte seinen Zeigefinger auf eine Seite, tippte darauf und schnaufte. „Damals führten wir umfangreiche Suchaktionen durch, oft bis tief in die Nacht hinein. Drei Tage lang durchkämmten wir die Nachbarschaft; erst am vierten Tag fanden wir etwas. Ein Kuscheltier, das offenbar Lacie gehörte. Weniger als zweihundert Meter vom Haus entfernt lag es. Auch hier trudelte eine konkrete Zeugenaussage ein, die glaubwürdig war. Wieder auf einem Supermarktparkplatz, aber nicht bei Tesco. Der Täter wusste genau, wo die Überwachungskameras positioniert waren. Er bewegte sich mit einer beängstigenden Sorglosigkeit über das Gelände, blieb jedoch stets im toten Winkel. Vielleicht nutzte er diese unsichtbaren Ecken, um die Kleidung der Kinder zu wechseln oder das Fluchtfahrzeug zu tauschen. Wir konnten es nie mit Sicherheit sagen." Moric ließ die Schultern hängen und seufzte, sein Zeigefinger verweilte auf einem Foto. „Das war der einzige Fund. Bei den anderen Mädchen hatten wir weniger Glück."

„Waren DNA-Spuren vorhanden?" Parker betrachtete das dazugehörige Bild. Ein kleiner Teddybär mit braunem Fell, verloren im nassen Gras.

„Nur die der Familie. Wir vermuten, dass sie ihn fallen ließ, als sie in ein Auto gezogen wurde.“

„Lacie, Kathleen und Ella. Wenn es tatsächlich ein und derselbe Täter sein sollte, wird er neue Opfer auswählen, sobald er sich der alten entledigt hat“, sagte Parker. Moric öffnete den Mund, um etwas zu erwidern, schloss ihn jedoch ohne etwas gesagt zu haben, als würde er über die Konsequenzen dieser Möglichkeit nachdenken. Die Schlussfolgerung war unvermeidlich. Sie führten einen Wettlauf gegen die Zeit.

Mit wachsender Sorge beobachtete Parker im Laufe der Wochen, wie die Polizisten, die ihm nach langem Ringen für den Telefondienst zugeteilt worden waren, sich trotz Bereitschaftsdienst zunehmend anderen Aufgaben widmeten. Mangels Informationen aus der Bevölkerung hatten sie kaum noch etwas zu tun. Anfangs, als die medialen Aufrufe Wirkung gezeigt hatten, waren zahlreiche Hinweise eingegangen – hunderte innerhalb weniger Stunden. Doch mittlerweile blieben die Telefone immer öfter stumm und der Informationsfluss ebbte ab. Einer der Kollegen führte gerade ein Gespräch. Nach kurzer Zeit legte er auf, wartete zehn Sekunden, ob ein neuer Anruf in der Warteschleife war, und erhob sich dann. Er streckte sich ausgiebig und zuckte zusammen, als er Parker an der Wand bemerkte.

„Entschuldigung, ich habe Sie nicht gesehen“, sagte der junge Polizist.

Parker winkte ab, nahm die Protokolle aus dem Fach und überflog sie, bevor er das Telefonzentrum verließ.

Zurück im Besprechungsraum legte er den Stapel auf den Tisch und durchsuchte ihn. Er markierte die wichtigsten Details und machte die Orte auf der Karte kenntlich, bevor er Kollegen zu den ausgewählten Orten schickte, die wahrscheinlich unverrichteter Dinge zurückkehren würden. Die Spuren verloren sich im Nichts. Die Kinder hatten sich förmlich in der Luft aufgelöst.

KAPITEL 5

„Wir sind da", sagte Opton und lenkte den Wagen an den Rand der Fairholme Road, die parallel zur Ashdene Road verlief. Das Haus der Bennetts lag nur zwei Grundstücke weiter auf der gegenüberliegenden Straßenseite. Während der Fahrt waren Optons Gedanken immer wieder zu dem Fall abgeschweift, der sie in den letzten Monaten so intensiv beschäftigt hatte und der ihm jetzt wiederholt Routineeinsätze einbrachte. Parker hatte etliche Gefälligkeiten eingefordert. Dies führte dazu, dass jedenfalls ein Mitglied der Taskforce bei Einsätzen in der unmittelbaren Umgebung dabei war. Angesichts des offenbaren Scheiterns der Taskforce war es kein leichtes Unterfangen gewesen.

Seine zugewiesene Partnerin, Constable Peers, blickte von ihrem Mobiltelefon auf, verstaute es dann in der Tasche.

„In Ordnung, dann auf geht's. Das ist die Hausnummer. Der Name lautet Fisher", sagte Opton. Kaum war Opton aus dem Auto gestiegen, erblickte er einen Mann, dessen Gesicht eine Maske aus Sorge und Resignation war.

„Constable Opton", stellte er sich vor, „und das ist meine Partnerin, Constable Peers."

„Angenehm. Declan Phillips. Ich bin der Vermieter von Mrs. Fisher."

„Sie haben am Telefon erwähnt, dass die Post seit einigen Wochen unangetastet bleibt, stimmt das?"

„Genau. Der Briefkasten von Mrs. Fisher ist zum Bersten voll."

„Könnten Sie uns bitte die Wohnung zeigen?"

Phillips kramte in seiner Hosentasche und zog einen Schlüssel hervor, mit dem er die Haustür aufschloss.

Er wies auf den Briefkasten, der mit Post, Prospekten und Zeitschriften überfüllt war.

„In diesem Gebäude leben sechs Parteien, hat niemand etwas bemerkt?", fragte Peers.

„Wir befinden uns noch immer in einer Großstadt, unabhängig davon, wie weit wir vom Zentrum entfernt sind", erklärte Phillips. „Für die anderen Mieter wurde Mrs. Fisher erst interessant, als aus ihrer Wohnung ein unangenehmer Geruch drang und sie sich dadurch gestört fühlten. Die Dame ist schon älter. Solange sie keine Pakete für die Nachbarn annimmt, scheint niemand bei ihr nach dem Rechten zu sehen."

„Und niemand hat sie gesehen?", fragte Opton.

„Nicht, dass ich wüsste", antwortete Phillips und kratzte sich am Hinterkopf, „sie könnte natürlich im Krankenhaus liegen oder eine Kur machen, aber es kommt ein unangenehmer Geruch aus der Wohnung. Jedenfalls wurde ich gebeten, etwas dagegen zu unternehmen."

„Wonach riecht es?"

„Als würde etwas in der Wohnung verrotten. Nach verdorbenem Essen, altem Parmesan, nur noch durchdringender und schwerer."

Opton wusste, was er meinte. Zu oft hatte er ihn schon in der Nase gehabt. Es war eine von vielen möglichen Arten von Verwesungsgeruch. Er behielt es für sich.

Der Vermieter führte sie die Treppe hinauf. Auch vor der Tür lagen Briefe auf der Fußmatte.

Opton läutete die Klingel. Wie erwartet gab es keine Reaktion.

„Mrs. Fisher?" Er polterte an der Tür, wieder keine Reaktion.

„Ich habe doch gesagt, sie ist nicht da." Phillips blickte den Polizisten an und verkniff die Lippen.

„Geduld, Mr. Phillips. Ich vermute, dass Frau Fisher in der Wohnung ist. Bitte warten Sie draußen, bis wir uns bei Ihnen melden", sagte Opton und wandte sich zu ihm um.

Phillips nickte und reichte Opton den Schlüssel. „Ich warte draußen an der frischen Luft."

Sie warteten, bis sie die Haustür ins Schloss fallen hörten, bevor Opton den Schlüssel umdrehte und die Wohnungstür öffnete. Der schwere Geruch verstärkte sich schlagartig. Instinktiv hielt sich Opton den Arm vor die Nase und verzog das Gesicht.

„Mrs. Fisher?", rief Peers in die Wohnung. „Polizei! Wir kommen herein."

Opton hatte so etwas schon oft genug erlebt, um zu wissen, dass niemand antworten würde. Wie erwartet, blieb alles still.

Peers ging voraus. Ihre Schritte verstummten abrupt. „Ich hab sie gefunden", sagte Peers und blieb am Eingang zum Wohnzimmer stehen. „Darf ich vorstellen, Mrs. Fisher." Sie deutete mit der Hand auf den Boden, auf dem ein Frauenkörper übersät von Maden und Fliegen lag. Ein Fleck hatte sich auf dem Boden ausgebreitet – einst feucht und nun ausgetrocknet –, dort, wo die Körperflüssigkeiten der Leiche absorbiert und verteilt worden waren.

Die Hitze hatte ein makabres Meisterwerk erschaffen. Der Geruch war bestialisch – ein olfaktorisches Manifest des Verfalls.

Opton zog sein Telefon hervor und hielt es in die Höhe. „Ich übernehme die Anrufe, geh ruhig raus zu Mr. Phillips. Du siehst etwas blass aus."

Nachdem die Überreste von Mrs. Fisher von den angeforderten Mitarbeitern in einem schwarzen Leichensack abtransportiert worden waren, wandte Opton seine Aufmerksamkeit der Wohnung zu. Das Schlafzimmer war das erste Zimmer. Das Bett war ordentlich gemacht und unbenutzt, die Schränke waren geschlossen und makellos eingerichtet. Das Bett war nicht sehr breit, ganz klar für eine einzige Person konzipiert. Der Rahmen war aus edlem Holz gefertigt. Rechts neben dem Bett stand ein dazu passender Nachttisch. Opton durchquerte den Raum und beugte sich hinab.

Ein Blick in die Schränke konnte intim sein, aber es war notwendig, um mögliche Medikamente zu identifizieren.

Er räumte drei alte Zeitschriften aus dem Weg und schob die Unterwäsche beiseite. In der untersten Schublade fand er eine King-James-Bibel. Medikamente entdeckte er keine, aber alten Goldschmuck und eine Bernsteinkette. Keine Unregelmäßigkeiten, keine Anzeichen für einen Einbruch. Die Dame war bereits in einem fortgeschrittenen Alter. Wahrscheinlich war sie gestürzt und konnte nicht mehr allein aufstehen. Es handelte sich auf um einen alltäglichen Vorfall. Doch die genauen Umstände, die feinen Nuancen des Geschehens, würden erst durch eine Obduktion bekannt werden.

***

Unter normalen Umständen wäre eine Obduktion nicht notwendig gewesen. Aber Parker kämpfte mit der Führung um jede zusätzliche Genehmigung. Er klammerte sich an Unregelmäßigkeiten und Ereignisse, gleich wie unbedeutend, die sich innerhalb des Radius der Ashdene Road ereignete.

Nach Phillips' Aussage hatte er nie Angehörige oder Besucher in der Wohnung gesehen. Die Dame starb, wie sie gelebt hatte. Abgeschieden von der Welt. Allein.

KAPITEL 6

Der zuständige Mediziner, Joseph Blyth, begrüßte sie und führte sie in einen der lichtarmen Räume der Pathologie und ließ sie stehen.

„Warten Sie einen Augenblick, ja?" Blyth schlüpfte in ein Paar Latexhandschuhe und zog eine Bahre aus einem der Fächer.

„Mir ist nicht wohl dabei", wisperte Peers. Opton sah sie an. Peers würgte ob des Geruches, der sich nun ausbreitete, und wandte die Augen von der Bahre. Blyth beachtete die Polizisten nicht, holte einige Instrumente und trank einen raschen Schluck Wasser, bevor er sich wieder den Besuchern und dem Metalltisch widmete.

„Obduktionen nehmen doch normalerweise etwas Zeit in Anspruch. Vor allem, wenn der Körper stark verwest ist. Wie kommt es, dass Sie bereits Ergebnisse haben? Nur wenige Stunden später?", fragte Opton.

Blyth hielt inne und umfasste das Leichentuch mit seinen Händen. „Das ist richtig. Die Obduktion von Mrs. Fisher ist noch nicht abgeschlossen. Aber bei der Erstuntersuchung habe ich etwas entdeckt, dass ich nach einer gründlicheren Untersuchung als mutmaßliche Todesursache festlegen konnte." Er seufzte. „Ich bin über diesen Weg auch nicht glücklich, aber ihr Vorgesetzter drängte auf eine rasche Vorlage der Ergebnisse. Am liebsten hätte er sie sofort auf seinem

Schreibtisch gehabt. Ich kann jedoch keinen unvollständigen Bericht abgeben – das müssen Sie verstehen", entgegnete Blyth in einer Mischung aus Entschuldigung und Verteidigung. „Sie werden das Gesagte also inoffiziell an Ihren Vorgesetzten weitergeben müssen. Ich versichere Ihnen, ich gebe mein Bestes, um den vollständigen Bericht so schnell wie möglich zu erstellen." Mit diesen Worten zog er das Tuch zurück und legte den Leichnam frei.

„Ach, kommen Sie schon", stöhnte Peers und drehte sich von der Bahre weg. „Sie hätten uns auch eine Nachricht schicken oder es einfach sagen können."

„Es ist wichtig, dass Sie es sehen, um zu verstehen, womit wir es zu tun haben", sagte Blyth und griff nach einem Laserpointer, mit dem er auf den Halsbereich zeigte.

„Sehen Sie genau hin", sagte er sie mit fester Stimme und zog mit dem Laserpointer kleine Kreise. „Das Gewebe ist natürlich stark geschädigt und teilweise komplett zersetzt, aber wenn Sie hier genau hinsehen, können wir Strangulationsmale erkennen."

„Ich erkenne dort nichts", sagte Peers.

„Genau hier." Blyths Finger strichen über die Haut. „Die Struktur dieser Male lässt darauf schließen, dass Mrs. Fisher nicht mit bloßen Händen gewürgt wurde, sondern mit einem Band oder einem ähnlichen Gegenstand. Die Fasern, die wir gefunden haben, sind bereits auf dem Weg ins Labor für weitere Untersuchungen." Er machte eine kurze Pause und fuhr dann fort. „Es gibt keine Fingerabdrücke. Der Angreifer war vorbereitet, hat vermutlich Handschuhe getragen." Er ließ Opton und Peers kurz an dem Tisch stehen und kam zwei Minuten später mit einer kleinen Schale zurück. „Hier ist eine der Stofffasern. Vermutlich hat sie sich abgerieben."

„Wir hatten angenommen, sie wäre unglücklich gestürzt", sagte Opton.

Blyth ließ seinen Blick über den Leichnam schweifen. „Ich würde gänzlich ausschließen, dass es sich um einen natürlichen Tod handelt. Mehr noch. Eine Tat im Affekt würde ich ebenfalls ausschließen."

„Wenn das so ist, müssen wir den Fall an die Kriminalpolizei übergeben", sagte Peers.

„Du hast zwar recht, aber nein ..." Opton zog sein Telefon aus der Tasche. „Würde es Ihnen etwas ausmachen?"

„Nur zu", erwiderte Blyth.

Mit dem Mobiltelefon in der Hand trat Opton vor die Tür der Gerichtsmedizin und wählte Parkers Nummer. Er wartete, bis das Freizeichen verstummte.

„Cliff? Blyth glaubt, dass Mrs. Fisher erdrosselt wurde."

Die Stimme am anderen Ende der Leitung zögerte kaum. „Wann? Wann genau ist sie gestorben?"

„Warte kurz", sagte Opton und öffnete erneut die Tür zur Pathologie. „Blyth", rief er durch den Raum, seine Stimme hallte von den sterilen Wänden wider. „Wann genau hat Mrs. Fisher ihr Leben verloren?"

Der Gerichtsmediziner blickte auf. „Vor etwa zwei Monaten, schätze ich", antwortete er, seine Stimme war so emotionslos wie das Metall des Seziertisches unter seinen Händen. „Ich kann es zu diesem Zeitpunkt noch nicht genauer bestimmen", sagte er und musterte die Tote. „Sobald meine Untersuchungen abgeschlossen sind, wird es im Bericht stehen." Er hob den Blick und sah Opton direkt in die Augen. „Aber zwei Monate könnten durchaus hinkommen."

„Hast du das gehört?", fragte Opton an Parker gerichtet.

„Zwei Monate? Das passt zu der Zeit, als die Bennett-Kinder verschwunden sind. Ihr beide kommt sofort zurück."

„Verstanden", sagte Opton, hörte das Klacken der Leitung und rümpfte die Nase. „Doktor Blyth, vielen Dank für die Erkenntnisse und Einblicke, aber wir müssen wieder los."

***

„Seht euch die Misere an", raunte Parker und breitete eine Reihe von Fotos über den Tisch aus. Die Winkel, die Helligkeit und die Schärfe variierten von Bild zu Bild, doch die Bilder hatten einen gemeinsamen Nenner. „Das ist die Scheiße, für die man uns öffentlich durch den Dreck ziehen wird."

„Wieso zeigen Sie uns das?", fragte Demir und nahm eines der Bilder in die Hand.

„Das sind die sterblichen Überreste von Mrs. Jenny Fisher, Fairholme Road. Mrs. Elizabeth Laughlin, Sunhill Close, Rochdale. Mrs. Jane Whiteside, Woods Avenue, Bury. Und zuletzt Mrs. Miriam Knox, North Light Way, Heywood." Die Kollegen verstummten, vor allem die Gäste aus Bury und Rochester mieden seinen Blick.

Als er seine Darstellung abgeschlossen und die Fotografien an der Wand befestigt hatte, kennzeichnete er die Wohnorte mit Fähnchen auf einer Landkarte.

„Das sind die Wohnorte von vier Personen, die samt und sonders tot in ihren Wohnungen aufgefunden wurden." Er griff sich einen Block vom Tisch und las die dort niedergeschriebenen Daten ab. „Mrs. Laughlin – Todesursache: Sturz, gefunden: drei Wochen nach dem Versterben. Keine Fremdeinwirkung sicher feststellbar. Mr. Whiteside – Todesursache: Sturz, gefunden: einen Monat nach dem Versterben. Keine Fremdeinwirkung sicher feststellbar." Das war genug, um das Muster zu erkennen. Er hielt inne, ließ einen Moment verstreichen und gab seinen Kollegen die Gelegenheit, das Gesagte, die Karte und ihre Bedeutung in sich aufzunehmen.

„Was fällt euch auf?", fragte er und ließ seinen Blick über die Kollegen schweifen. Emsiges Gemurmel machte sich im Raum breit, doch niemand ergriff das Wort. Parker wandte sich um, griff sich weitere Fähnchen und steckte sie in die Karte. Parker lehnte sich vor, seine Hände auf der Tischplatte abgestützt. „Wir haben vier Todesfälle, alle in unmittelbarer Nähe zu den Häusern der vermissten Kinder. Dreimal hat die Obduktion ergeben, dass keine Fremdeinwirkung vorlag und die Fälle – angesichts des Alters der Damen und des Umstands, dass keine Einbruchsspuren zu sehen waren, zu schnell ad acta gelegt. Mrs. Fisher jedoch wurde getötet. Es mag dahingestellt bleiben, ob wir einen Zusammenhang zwischen den Toten und den Kindern hätten feststellen können, die Presse wird sagen ja, aber wichtig ist nur eines. Wir haben einen Mord und wir haben eine Entführung." Er deutete auf die Karte. „Zwei unterschiedliche Verbrechen, zwei unterschiedliche Abteilungen, aber: was wäre, wenn die Verbrechen zusammenhängen würden? Wenn derjenige, der Mrs. Fisher umgebracht hat, auch die Bennett-Kinder entführte?"

Demir räusperte sich und legte seine Stirn in Falten, während er die Karte mit den verschiedenen markierten Punkten betrachtete, die aufgrund des Maßstabs nur wenige Millimeter voneinander entfernt waren.

„Die Wohnungen von alten, gebrechlichen Frauen standen nie im Fokus unserer Suche", erklärte er. „Aber wir können uns nichts vorwerfen, und ich bin sicher, auch Mapleton wird das so sehen." Er blickte sich um, suchte bei den anderen nach Zustimmung.

„Lass Mapleton mal außen vor", antwortete Parker, „konzentrieren wir uns auf das Wesentliche. Wie kommen wir in den Ermittlungen voran? Wie finden wir die Töchter von David und Nicole Bennett? Die Presse wird zu Recht sauer sein, aber uns ist das für den Moment egal."

„Wäre es nicht sinnvoll, die damaligen Zeugen erneut zu befragen? Vielleicht können sie uns noch wichtige Hinweise geben?", fragte Opton.

Parker wiegte seinen Kopf hin und her, als würde er das Für und Wider abwägen. Optons Vorschlag war durchaus berechtigt, doch der Nutzen dieser Maßnahme blieb ungewiss.

„Das werden wir sicherlich tun", entgegnete er, „aber ich bin skeptisch, ob dies uns weiterbringen wird. Die meisten Zeugen können sich nach ein paar Tagen kaum noch an Details erinnern – sechs oder neun Monate später? Die Chancen sind gering. Unser Fokus sollte auf Mrs. Fisher's Wohnung liegen. In den anderen Wohnungen werden wir kaum noch etwas finden. Nachdem die Vermieter die Todesfälle bemerkt hatten, wurden alle Wohnungen gründlich gereinigt. Sie sind vermutlich bereits renoviert und wieder bewohnt. Weniger kontaminierte Tatorte könnten wir kaum auswählen."

„Gibt es irgendein Indiz für Abwehrspuren, Selbstverteidigung, etwas in dieser Richtung bei Mrs. Fisher?", fragte Moric in die Runde.

Opton, mit zwei Berichten vor ihm – seinem Einsatzbericht und dem Autopsiebericht – nahm das Wort. „Keine Spuren eines Einbruchs. Die Tür war unversehrt, an den Fenstern nichts Auffälliges. Kein Raub und auch keine Anzeichen von Selbstverteidigung. Mrs. Fisher wurde schnell und effizient erdrosselt. Eine Tatwaffe haben wir nicht gefunden, aber die Spuren an ihrem Hals weisen auf einen Strick hin. Fasern konnten von der Gerichtsmedizin sichergestellt werden. Die Todesursache bei den anderen Opfern auf das Alter, Stürze oder andere natürliche Umstände zurückgeführt. Wenn wir von einem Zusammenhang zwischen den Toten und den entführten Kindern ausgehen, waren diese eventuell nicht natürlichen Ursprungs. Möglicherweise war Mrs. Fisher noch am Leben und hat um Hilfe gerufen, weshalb er sie zum Schweigen bringen musste. Keiner der Nachbarn hat etwas gehört, oder sie trauen sich nicht, dies gegenüber der Polizei zuzugeben. Aber Spekulationen bringen uns nicht weiter.

Könnten wir nicht die Leichen exhumieren lassen? Eine zweite Obduktion?“

Parker schüttelte den Kopf; sein Gesicht war ernst und nachdenklich. „Das habe ich bereits in Betracht gezogen“, sagte er. „Alle potenziellen Opfer lebten isoliert und ohne nahe Verwandte, die sich um eine Grabstätte gekümmert hätten. Sie wurden rest- und ausnahmslos eingeäschert. Das ist also eine Sackgasse.“ Er rieb sich das Kinn, starrte ins Leere, während er alle Optionen abwog. „Was wäre jedoch, wenn der Täter die Kinder von diesen Wohnungen aus beobachtet hat?“, fragte Parker und warf mit einem Laserpointer einen roten Punkt auf das betroffene Haus an der Stellwand. „Die Wohnungen befinden sich jeweils in den oberen Etagen und bieten einen freien Blick auf die Straße, auf die Häuser oder die Wohnungen, in denen die Kinder lebten. Oder er hat sich dort zusammen mit den Kindern versteckt gehalten und erst später seinen Standort gewechselt.“

„Glauben wir das wirklich?“, fragte Moric und blickte in die Runde. „Glauben wir wirklich, dass er so abgebrüht ist, die Kinder direkt vor unserer Nase zu verstecken?“

„Es wäre eine logische Wahl“, antwortete Parker. „Sobald der Verdacht aufkam, dass ein Fahrzeug im Spiel war, richteten sich alle Augen der Polizei auf die Straßen. Im Fall der Bennett-Kinder haben wir die Öffentlichkeit einbezogen, was bedeutet, dass Aufenthalte in der Öffentlichkeit gefährlich waren. Niemand kam auf die Idee, dass die Kinder auf der gegenüberliegenden Straßenseite bei einer älteren Dame sein könnten. Vor allem, weil die Spürhunde auf der Straße die Fährte verloren haben."

„Keiner von ihnen schlug an, nachdem die Fährte abrupt mitten auf der Straße geendet hat. Wie erklären wir uns das?" Morics Einwand war berechtigt.

„Ich weiß es nicht", sagte Parker. „Die Kinder hatten ja auch zuvor auf der Straße gespielt. Vielleicht hat er sie in sein Fahrzeug verfrachtet und ist von der anderen Straßenseite direkt auf das Gelände gefahren. Ich kann hier nur spekulieren. Aber es kann nicht der gleiche Wagen gewesen sein. Eines der Häuser in der Nachbarschaft verfügt über eine Überwachungskamera an der Einfahrt. Sie hat die Kinder beim Spielen eingefangen, aber keines der Autos ist zweimal an der Linse vorbeigefahren." Er hielt inne, ließ die Information wirken. „Auch die Kinder sind diesen Weg nicht zurückgekommen, außer Josephine." Seine Faust knallte auf den Tisch. „Die Kamera ist kurz nach dem Haus von Mrs. Fisher positioniert. Ist er um den Block gefahren? Hat er dabei auch noch das Auto gewechselt und sich dann in Ruhe das Spektakel aus der ersten Reihe angesehen?"

„Aber jetzt haben wir ein anderes Problem", sagte Opton. „Peers und ich waren in der Wohnung ... Die Kinder waren nicht dort. Wann also hat er sie weggebracht? Und wohin?"

„Ich habe die Spurensicherung bereits in die Wohnung geschickt und Ihnen die Aufgaben für morgen gegeben, damit wir möglichst bald Antworten auf diese Fragen bekommen", antwortete Parker.

Am nächsten Morgen war Parker gerade erst im Revier angekommen, als sein Diensttelefon schrill klingelte und vibrierte. „Das Labor“, sagte er knapp, nahm den Anruf entgegen und stellte ihn auf Lautsprecher. „Parker hier. Sie sind auf Lautsprecher. Was haben Sie für mich?“

„Wir haben in der Wohnung von Mrs. Fisher mehrere DNA-Spuren sichergestellt und mit den vorliegenden Proben verglichen – Mia und Emily Bennett waren in der Wohnung.“ Die Stimmung im Raum kippte schlagartig. Dass die Kinder in der Wohnung der ermordeten Frau versteckt wurden, war bisher nur eine grausame Theorie gewesen. Nun standen sie vor der Gewissheit.

„Kranker Bastard“, murmelte Opton und brachte damit zum Ausdruck, was alle dachten.

„Eine Sache noch“, fuhr der Mitarbeiter vom Labor fort. „Es gibt mehrere Spuren einer unbekannten Person, die jedoch zu stark verunreinigt sind und nicht für einen Abgleich ausreichen. Aber wir haben auch vollständige Spuren gefunden, die wir einem gewissen Simon Pollock zuschreiben konnten.“

„Danke Ihnen“, beendete Parker das Gespräch und wandte sich an die Gruppe von Polizisten. Sie hatten eine Spur. Doch wer zum Teufel war Simon Pollock?

„Ich will, dass sofort jemand das Mietshaus von Mr. Declan Phillips aufsucht. Befragt jeden Bewohner, klärt die Situation um ihre Autos und findet heraus, ob vor zwei Monaten ein unbekanntes Fahrzeug dort abgestellt wurde. Ich vermute, eines der drei von uns gesichteten Autos hat die Kinder transportiert.“ Parker hielt inne. „Er ist clever, hat das Auto gewechselt, weil er damit rechnen musste, dass wir gezielt nach diesem suchen werden. Er ist mit einem neuen Auto in die Ashdene Road eingebogen, von derselben Seite wie beim ersten Mal. Ich will diesen Wagen!" Parker lauschte, wie im Raum rege Betriebsamkeit ausbrach. Die Gruppe von Polizisten stob auseinander und folgte den Anweisungen. Indes widmete er sich den Akten.

Simon Pollock war ein Name, der in Verbindung mit einer Reihe von Vergehen stand. Ein 38-jähriger Mann, vorbestraft wegen Diebstahl und Raub. Seine Akte erzählte die Geschichte einer Jugend, die vorzeitig in Kriminalität abdriftete und zu einer Gefängnisstrafe führte.

Auf seinem Bürostuhl grübelnd, konnte Parker keine Hinweise auf eine Verbindung zwischen Pollock und den Bennetts finden, die Licht ins Dunkel bringen konnte. Allerdings gab es einen Aspekt im Lebenslauf von Pollock, der eine plausible Erklärung lieferte, weshalb er sich in der Wohnung aufgehalten haben konnte – seine Berufswahl. Pollock war Klempner, tätig in Manchester und Umgebung. Seine Online-Präsenz warb damit, dass er weit über die Grenzen der Stadt hinaus arbeitete. Reparaturarbeiten waren eine Erklärung für seine Präsenz in der Wohnung und warum Mrs. Fisher die Wohnung freiwillig öffnete. Parker wandte sich an Jones. „Ich möchte, alles über diesen Mann erfahren. Jedes Detail zählt. Wenn er jemals ein Knöllchen für Falschparken bekommen hat, will ich es wissen. Ich brauche alle Informationen, und zwar so schnell wie möglich."

KAPITEL 7

Ein schwarzer Pick-up – das war es, was sie suchten. Niemand im Mietshaus besaß einen solchen Wagen; keiner der Partner oder Besucher konnte ihm zugeordnet werden. Sie befragten auch die Bewohner aller angrenzenden Häuser, doch der Eigentümer des Fahrzeugs blieb ein Phantom. Er tauchte auch auf keiner Überwachungskamera auf, musste also die Hauptverkehrswege gemieden haben und die Ashdene Road nie komplett zu Ende gefahren sein.

Parker, bewaffnet mit einem Arsenal an bunten Pinnnadeln, beugte sich über die Karte, die auf der Leinwand prangte. Es war nicht mehr die Karte, die sie zu Beginn ihrer Ermittlungen genutzt hatten. Mit jeder neuen Entdeckung, jedem neu gesetzten Pin und jeder zusätzlichen Markierung wurde die Karte unübersichtlicher, bis sie schließlich ausgetauscht und die bisherigen Ergebnisse archiviert werden mussten. Währenddessen durchforsteten Demir und Moric erneut die alten Fallakten.

„Gibt es ein Muster? Einen Ort, bei dem sich die Sichtungen in Verbindung mit Pollock häufen?", fragte Demir, als Parker mit weißen Pins die neuesten Sichtungen markierte.

„Es gab die letzten Wochen kein nachvollziehbares Muster", antwortete Parker und doch steckte er eine

Stecknadel nach der anderen in die Karte – jede Nadel war ein Punkt in einem chaotischen Muster.

„Was ist dort?" Demir und Moric standen auf und betrachteten die Ansammlung von Nadelköpfen. Drei Stecknadeln, die in kurzen Abständen voneinander in der Karte steckten und vermeintliche Sichtungen der Bennett-Kinder markierten.

„Eine Wohngegend", raunte Parker und griff nach der Akte über Pollock, die auf dem Tisch lag. Er markierte die Adresse im Osten Manchesters mit einem roten Textmarker. Der Kreis lag nicht in unmittelbarer Nähe zu den Nadeln, aber nahe genug, um einen Zusammenhang zumindest in Betracht zu ziehen.

„Was wissen wir bereits über Pollock? Abgesehen von dem, was in seiner Akte steht?", fragte Parker in die Runde. „Haben wir irgendetwas Neues? Etwas Konkretes?"

„Nein, er ist zum ersten Mal für uns auffällig geworden. Bisher hatten wir ihn nicht auf dem Radar; optisch passt er ins Raster", antwortete Moric.

„Wo genau in der Wohnung wurden Pollocks DNA-Spuren gefunden?"

Moric blätterte durch den Abschlussbericht der Spurensicherung, der in der Nacht eingegangen war.

„In der Wohnung selbst, am Teppichboden, an zwei Schränken, aber nicht bei Mrs. Fisher."

„Gibt es Neuigkeiten bezüglich der anderen DNA-Spuren?"

„Keine Chance", sagte Moric und schüttelte den Kopf. „Die anderen Spuren konnten nicht ausreichend analysiert werden. Sie haben sie nochmals durchlaufen lassen."

Parker nahm einen Schluck Wasser aus einem hohen, stielförmigen Glas, um seinen Geist wieder in Schwung zu bringen. „Wir werden folgendermaßen vorgehen", verkündete er schließlich. „Mit den DNA-Spuren haben wir einen hinreichenden Verdacht, um Pollock vorläufig festzunehmen. Wir werden seine Wohnung durchsuchen und wenn es eine Verbindung zu den Mädchen oder zum Tod von Mrs. Fisher gibt, werden wir sie im Laufe eines Verhörs aufdecken. Zumindest werde ich versuchen, das durchzusetzen." Während er sprach, wandte er sich der Karte zu und betrachtete noch einmal die markierten Punkte. Zwei der Pins, die er vor wenigen Minuten gesetzt hatte, waren nahe Pollocks Wohnort, die Mehrheit jedoch nicht.

„Es ist lediglich eine Vermutung", bemerkte Higgins, als Parker ihm seine Hypothese vorlegte. Er schloss die Mappe, in der Parker die Beweismittel zusammengetragen hatte.

„Ja", entgegnete Parker. „Aber es ist eine Hypothese, die auf konkreten Indizien beruht. Pollocks DNA wurde in Mrs. Fishers Wohnung gefunden. Ich weiß selbst, dass er eventuell nur beruflich für Klempnerarbeiten dort gewesen war."

Higgins wiegte den Kopf hin und her, seine Gedanken sichtbar in Bewegung. „Es wäre sinnvoll, seinen Arbeitsplan oder seine Aufträge zu überprüfen." Er erhob sich von seinem Stuhl und legte eine Kaffeekapsel in die Maschine. Für einen kurzen Moment erfüllte das Geräusch der arbeitenden Maschine den Raum, bevor der frisch gebrühte Kaffee in eine Tasse floss.

„Er war dort, wir wissen es, auch ohne die Unterlagen. Und? Was halten Sie davon?", fragte Parker, während er die Mappe anhob und Higgins ein Foto der Karte zeigte, auf der sie einen bestimmten Bereich eingekreist hatten. „Sehen Sie hier", sagte er und deutete auf zwei markierte Punkte. „Wir haben zwei unabhängige Berichte über mögliche Sichtungen. Beide in einem Radius von zwei Kilometern um seine Wohnung. Das optische Profil stimmt ebenfalls mit Pollock überein. Mehr haben wir im Moment nicht. Ich würde es mir aber nie verzeihen, wenn wir dem nicht gründlich nachgehen würden."

„Bis heute haben wir etwa siebenhundert Anrufe erhalten."

Parker zögerte einen Moment, als die Zahl ausgesprochen wurde. „Ein beachtlicher Teil davon betrifft mögliche Sichtungen. Wenn wir jedem dieser Anrufe Glauben schenken würden, müssten wir annehmen, dass die Mädchen gleichzeitig durch ganz Manchester irren", sagte Higgins.

„Das ist mir durchaus bewusst", erwiderte Parker, seine Augen fest auf die Karte vor ihnen gerichtet. „Aber diese Hinweise wurden von meinen Kollegen als glaubwürdig eingestuft. Sie haben Erfahrung in solchen Angelegenheiten. Wir können es uns nicht leisten, sie zu ignorieren." Seine Fingerspitze drückte sich nachdrücklich in das Papier der vor ihm liegenden Akte.

Higgins stöhnte, die Anspannung in seinem Ausdruck war unübersehbar.

„Pollock ist wahrscheinlich nicht derjenige, den Sie suchen", sagte Higgins.

„Möglicherweise. Aber wie ich bereits erwähnt habe, deuten eine Reihe von Indizien auf seine Wohngegend hin. Er passt vielleicht nicht in unser ursprüngliches Täterprofil, aber er hat eine kriminelle Vergangenheit und das reicht aus, um ihn ins Visier zu nehmen."

„Und wenn es sich als weiterer Fehlschlag herausstellt, wie wollen sie dann vorgehen?"

„Gleichzeitig werden wir den schwarzen Pick-up weiterhin suchen. Da er bisher auf keiner Verkehrskamera aufgetaucht ist, müssen wir unseren Suchradius erweitern. Mein Team durchkämmt bereits alle Nebenstraßen, Schleichwege und Landstraßen. Sie fragen bei jedem Geschäft auf den Wegen nach möglicher Videoüberwachung. Wir müssen das Kennzeichen herausfinden. Und was noch wichtiger ist, dieser Pick-up wird uns zu den Mädchen führen. Davon bin ich überzeugt."

Higgins schüttelte nachdenklich den Kopf. Dann griff sich Higgins die Kaffeetasse und stürzte den Kaffee in einer Art hinunter, die Parker glauben machte, er hätte unbemerkt etwas Hochprozentiges dazu gemischt.

„Sollte das hier schiefgehen, liegt die Verantwortung bei Ihnen. Wenn Pollock die Öffentlichkeit einschaltet, um sich zu wehren, dann werden Sie dafür geradestehen müssen", sagte er schließlich. „Ihnen droht ein Spitzenplatz auf ‚Der Liste'."

Parker dachte an seine Tochter, die gerade in einer Vorlesung sitzen sollte. Würde sie entführt werden, würde er alles tun, um sie zu retten. Ganz gleich, wie viel es kostete. Er schuldete den Bennetts und den anderen Eltern genau diese Entschlossenheit. Andernfalls würde sein Gewissen ihm keine Ruhe lassen.

„In Ordnung", erwiderte er schließlich. „Wenn es schiefgeht, übernehme ich die volle Verantwortung und die Konsequenzen."

„Das wollte ich hören." Mit einem resignierten Seufzen griff Higgins zum Telefon und wählte die Nummer eines befreundeten Richters. „Ich stelle Ihnen zwanzig Leute zur Verfügung, darunter ein bewaffnetes Einsatzteam, falls die Situation eskalieren sollte."

Zwanzig Mann waren mehr, als er erwartet hatte, doch die Zusage eines Armed Response Teams ließ ihn innehalten. Es bedeutete maskierte Polizisten mit Maschinenpistolen, hoch qualifizierte Spezialisten, die bis an die Zähne bewaffnet waren.

„Sie wollten doch ein Zeichen setzen, oder nicht?", fragte Higgins, zwinkerte und lächelte wölfisch.

KAPITEL 8

In dem gedämpften Licht des Polizeireviers lag eine drückende Stille. Die Vorhänge verdeckten die Fenster und nur das schwache Flackern des Projektors schnitt durch die Dunkelheit. Parker trat vor die Leinwand, auf der schemenhafte Bilder erschienen. Er räusperte sich.

Die Stimmung im Raum war angespannt. Jeder Einzelne verstand die Tragweite der Situation, die Bedeutung ihrer Aufgabe. Die Gesichter der Ermittler spiegelten Konzentration und Entschlossenheit wider, während die Schatten, die von den Bildern auf der Leinwand geworfen wurden, über die Gesichter der Anwesenden tanzten.

Es war das erste Mal, dass Parker eine solche Besprechung leitete. Zwei Dutzend Mal hatte er in seiner Karriere an ähnlichen Vorbesprechungen teilgenommen, jedoch stets auf der anderen Seite des kleinen Pults, oft genug in den hinteren Reihen. Nun saßen einundzwanzig Einsatzkräfte ihm gegenüber. Die Blicke der Kollegen lagen auf ihm, aber er ließ sich nichts anmerken.

Er sah Mitglieder der Armed Response Unit. Das bedeutete, sie wurden nicht nur von Polizisten mit entsprechender Waffenausbildung begleitet, sondern von taktisch ausgebildeten Einsatzkräften. Diese waren mit kugelsicheren Westen, Pistolen und halbautomatischen Maschinenpistolen ausgestattet, speziell geschult und bereit, potenziell gefährliche Individuen festzunehmen und schwierige Situationen zu entschärfen.

Parker war dankbar für die Unterstützung. Er hatte selbst miterlebt, wie effektiv diese Kollegen vorgingen. Doch es gab auch ein unbestreitbares Risiko. Sollte der Einsatz scheitern, würden unweigerlich Fragen aufkommen.

„Unser Ziel ist Simon Pollock, wohnhaft in der Windermere Road, Stockport. Mr. Pollock steht unter dem Verdacht, in das Verschwinden der Bennett-Kinder verwickelt zu sein."

Parker drückte einen Knopf auf der Fernbedienung und das Bild eines selbstsicher lächelnden Mannes, Mitte dreißig, erschien auf der Leinwand. „Wir wollen ihn unvorbereitet erwischen. Wir werden in zivilen Fahrzeugen im Konvoi fahren, ohne Kennzeichnungen. Er wird erst wissen, was los ist, wenn wir vor ihm stehen. Einzig zwei Streifenwagen werden den Konvoi abschließen und Straßensperren errichten – einer sperrt die Zufahrt zur Patterdale Road, der andere zur Nangreave Road. Constable Opton und ich werden etwas versetzt losfahren und die Koordination übernehmen."

Die Anwesenden schwiegen. Wenn jemand Bedenken hatte, behielt er sie für sich.

„Da unsere Unterlagen darauf hinweisen, dass Mr. Pollock durch seine Mitgliedschaft im Jagdverein im Besitz mehrerer Feuerwaffen ist, wird eine schwer bewaffnete Einheit den Zugriff durchführen. Die Fahrtzeit beträgt zwanzig Minuten, die Festnahme selbst sollte nicht länger als zehn Minuten dauern. Währenddessen werden die übrigen Polizisten die Umgebung sichern und verhindern, dass mögliche Zivilisten in die Schusslinie geraten. Wir werden dieses Haus bis ins Detail durchsuchen, um jeden Hinweis auf das Schicksal der verschwundenen Mädchen zu finden. Das gilt ebenfalls für das Büro. Kein Winkel bleibt unberührt. Ich bitte Sie, mit äußerster Sorgfalt und Präzision vorzugehen."

Parker wartete im Fahrzeug auf Optons Rückkehr, bei der dieser ihm eine Handfeuerwaffe und eine schusssichere Weste reichte. Opton hatte das kluge Urteilsvermögen bewiesen, die Weste schon im Voraus anzuziehen und sah nun belustigt zu, wie Parker in der beengten Fahrerkabine mit der Weste kämpfte. Unter normalen Umständen würden sie diese Ausrüstung nicht benötigen.

Parker verfolgte die fortschreitende Zeit auf dem Display und runzelte die Stirn.

„Bist du aufgeregt?", fragte Opton. „Denn ich bin es definitiv."

Parker gab keine Antwort. Noch fünfzehn Minuten.

Das Mobiltelefon piepte und Parker aktivierte die Freisprecheinrichtung. „Leary, was gibt es Neues?"

„Gerade erhielt ich einen Rückruf des Unternehmens", erklärte Leary, seine Stimme aufgeregt und fast atemlos.

„Wegen Pollock?", fragte Opton und wandte sich zu Parker, sah ihn mit großen Augen an.

„Nein, von der Firma, bei der Scott Refords als Techniker arbeitet. Es sind gewisse Unstimmigkeiten aufgetreten", entgegnete Leary.

„Unstimmigkeiten? Inwiefern?" fragte Parker, während er und Opton sich einen besorgten Blick zuwarfen.

„Ich hatte doch die Anfrage bezüglich der Arbeitszeiten gestellt", antwortete Leary.

„Leary, bitte komm zum Punkt", sagte Parker.

„Der Anruf kam aus der Personalabteilung der Firma, für die Scott Reford arbeitet – der Mann aus Stockport, bei dem ihr im Haus wart und der im Raster war. Sie hatte die Unterlagen noch einmal überprüft." Er holte tief Luft. „Sie hat mir eröffnet, dass einige Aufträge fehlerhaft zugeordnet waren. Vertauscht, sogar. Sie konnte sich das nicht erklären und hat alle Einträge noch einmal überprüft und uns eine Korrektur übermittelt. Reford war fünf Tage vor den Entführungen in der Wohngegend der Bennetts im Einsatz. Nicht bei Mrs. Fisher, aber seine Auskunft war falsch."

„Wurden die Bücher manipuliert?", fragte Parker.

„Sie konnte es nicht mit Sicherheit sagen. Es könnte auch einfach ein Fehler der Vertretung gewesen sein. Die Bücher werden nur einmal im Monat kontrolliert, danach nicht wieder. Würde eine Änderung vorgenommen werden und ein Dienst getauscht, fällt das nicht weiter auf. Sie hat nur wegen ihrer Abwesenheit noch mal einen Blick drauf geworfen."

„Und jetzt?" Opton sah Parker an, der seinerseits grüblerisch zum Mobiltelefon blickte. Der Countdown auf seinem Display zeigte noch zehn Minuten, bis die

Polizei mit einem großen Aufgebot an Simon Pollocks Haustür klopfen würde.

„Wir haben seine Wohnung durchsucht“, sagte Parker und rieb sich die Stirn. „Wenn er tatsächlich involviert ist, sind die Mädchen jedenfalls nicht dort. Leary, haben wir eine Ahnung, wo er sich zurzeit aufhält?“

„Geben Sie mir einen Moment“, antwortete Leary. „Ich werde sofort bei seinem Arbeitgeber nachfragen, welchen Auftrag er heute ausführen soll.“

„Das genügt nicht“, sagte Parker. „Vergleichen Sie die Daten noch mit unseren Verkehrsüberwachungssystemen. Wenn er in das Visier einer unserer Kameras geraten ist, will ich es wissen. Wenn wir irgendein Signal von ihm empfangen können, will ich es aufgreifen.“

„Warten Sie bitte.“ Learys Stimme klang nun ebenfalls angespannt. „Sein Mobiltelefon versendet ein aktives Signal. Der entsprechende Funkmast versorgt unter anderem einen alten Industriepark.“

„Gibt es dort noch aktive Betriebe oder irgendeine Verbindung zu ihm, beruflich oder privat?“ Parker griff nach seinem eigenen Mobiltelefon und gab die durchgegebene Adresse ein.

„Das Gelände beherbergt eine noch aktive Textilfabrik und verschiedene Produzenten für Bauteile“, sagte Leary mit gedrückter Stimme. „Außerdem gibt es dort leer stehende Hallen ... Moment mal, genau drei verlassene Fabrikgebäude befinden sich auf dem Areal.“

„Schreiben Sie mir, welche das sind.“

Parker beendete das Gespräch abrupt, ohne ein weiteres Wort zu verlieren, und griff nach dem Funkgerät.

„Ich kann sehen, was du vorhast, Cliff“, sagte Opton. „Das wäre ein vollkommener Schuss ins Blaue.“

„Taktikfahrzeug, hier PT19", funkte Parker. „Wir haben einen zusätzlichen Hinweis erhalten, dem wir nachgehen werden. Führen Sie den Zugriff wie geplant durch. Die Koordination übernimmt Constable Leary in der Zentrale."

„Verstanden, PT19. Geschätzte Ankunftszeit am Einsatzort: Acht Minuten."

„Wir fahren zu dem Industriegebiet", erklärte Parker. „Laut Navi ist das Areal dreizehn Minuten von hier entfernt. Sollen die Kollegen das allein machen. Wenn wir da sind, wurde Pollock bereits verhaftet." Er griff erneut zum Funkgerät. „Zentrale, hier PT19. Ich benötige sofort weitere bewaffnete Einsatzkräfte am Industriegebiet", sagte Parker und gab die Adresse durch.

„Verstanden, PT19. Einsatzkräfte sind alarmiert. ETA 19:30 Uhr."

„Mehr als eine halbe Stunde", fluchte Opton leise.

„Kann das nicht schneller gehen?", fragte Parker.

Der Operator am anderen Ende schnaubte. „Negativ, PT19. Alle verfügbaren Einsatzkräfte sind bereits unterwegs."

Das Funkgerät klickte.

„Wir werden nicht warten", stellte Parker fest. Mit zwei schnellen Handgriffen aktivierte er das Blaulicht und die Sirene. Er trat auf das Gaspedal, schaltete die Kupplung und lenkte das Auto mit einer Drehung auf der Kreuzung in die entgegengesetzte Richtung.

Alsbald steuerte er den Polizeiwagen durch die trostlose Einöde eines Industriegebiets. Es war Wochenende und das Gelände lag verlassen da, als hätte es die

Menschheit aufgegeben. Opton lauschte den Funksprüchen, während sie sich ihrem Ziel näherten. Verstärkung war unterwegs.

Mit Vorsicht lenkte Parker den Wagen etwa hundert Meter vor dem Ziel zur Seite und stellte ihn außerhalb des Sichtfelds der ersten stillgelegten Fabrikhalle ab. Er verharrte einen Moment. Sein Blick richtete sich auf die großen Gebäude und Hallen, die vor ihnen aufragten.

Aus dem Kofferraum holte Opton zwei schwere Stabtaschenlampen und schloss ihn behutsam. Das Industriegelände erstreckte sich weitläufig vor ihnen. Lagerhallen reihten sich aneinander, Relikte einer vergangenen industriellen Ära, die ihren Nutzen zum Teil eingebüßt hatten. Einige Fenster waren zerbrochen, boten einen Einblick in das düstere Innere der großen Kolosse.

Ein Sommergewitter kündigte sich in der Ferne bereits durch sein dumpfes Grollen an. Regenwolken zogen über dem Horizont auf und verdunkelten den Himmel.

Leary hatte aus der Einsatzzentrale die Standorte der beiden verlassenen Fabrikgebäude durchgegeben. Bei dem ersten Gebäude fanden sie keinerlei Hinweise auf Aktivität und die Fenster waren zu hoch, um hineinzuklettern oder hineinzuspähen. Mit vorsichtigen Schritten umrundeten sie das verlassene Gebäude, ihre Augen auf die Umgebung gerichtet, und gingen weiter.

Sie schritten die Reihe der Gebäude ab. Die meisten waren fest verschlossen; ihre schweren alten Beschläge ein Beweis für die Abgeschiedenheit dieses Ortes. Der

Boden aus Sand und Kies nahm erste Regentropfen auf. Kleine, dunkle Kreise säumten sich auf ihrem Weg.

Opton hob den Kopf und betrachtete den zunehmend trüber werdenden Himmel. „Der Regen wird uns jede Spur wegspülen", bemerkte er.

Parker entgegnete nichts, seine Aufmerksamkeit weiterhin vollends auf ihre Umgebung gerichtet. An einem der Tore hielt er inne. Es gab kein Licht, kein Geräusch, das nach draußen drang. Das Gebäude war verlassen. Doch das Schloss war anders. Es war neuer, kleiner – fast so, als ob es erst kürzlich angebracht worden wäre. Die anderen Schlösser zeigten Spuren von Rost und Abnutzung, dieses jedoch nicht. Fahrspuren und Fußabdrücke führten an der Halle vorbei und – was viel interessanter war – durch das verschlossene Tor hindurch, obwohl sie auf Learys Aufzählung als stillgelegt dotiert war.

In weißen Buchstaben prangte ‚Großhalle 6' an den alten Mauern. „Charles, frag bitte, wie lange sie noch brauchen. Ich seh mich hier einmal um." Charles Opton griff an das Funkgerät an seiner Brust, sprach leise hinein. Mit schnellen Schritten umrundete Parker das Gebäude. Es gab nur den Eingang am Haupttor, keine Hintertür, kein tiefgelegenes Fenster.

„Sie brauchen noch zwanzig Minuten", sagte Opton, als Parker um die Ecke trat.

„Es gibt keinen anderen Zugang", berichtete Parker. „Dieser hier ist von außen verschlossen. Das heißt, der Täter oder die Täter können nicht in der Halle sein. Jetzt ist der beste Zeitpunkt, um zu handeln, Charles."

„Sollten wir nicht auf das Team warten?", fragte Opton.

„Uns bleibt keine Zeit. Wir sichern das Gebäude – Zugang durch das Haupttor. Ich gebe die genaue Position durch: Großhalle 6", sprach Parker ins Funkgerät.

Das Tor zur Fabrikhalle war aus solidem Stahl. Parker nahm die schwere Stabtaschenlampe. Mit einem festen Griff hob er sie hoch und schlug mit aller Kraft auf das Schloss. Krachend gab es nach und das Innere der Halle frei. Der laute Knall ließ einige Tauben auffliegen, die in den Himmel stoben.

„Sehr dezent und unauffällig", grummelte Opton und sah dem Tauben nach.

„Mit einem Bolzenschneider wären wir da jedenfalls nicht durchgekommen", sagte Parker schulterzuckend.

Parker schüttelte den Kopf. „Du brauchst nicht mitzukommen, wenn du das nicht möchtest."

„Ich kann dich da ja wohl schlecht allein reingehen lassen." Sie lauschten angespannt, doch aus der Halle war nichts zu hören. Mit seiner linken Hand zog Opton das Tor zur Seite auf, während er mit der rechten seine Pistole in den Raum richtete.

Mit bedächtigen Bewegungen schob Parker das Stahltor hinter ihnen zu. Jedes Geräusch, jede Bewegung wurde von der Dunkelheit um sie herum verstärkt. Er war vorsichtig, um kein unnötiges Aufsehen von außen zu erregen. Das Letzte, was sie jetzt brauchten, war noch mehr Aufmerksamkeit nach dem verursachten Krach.

Die Stimmung in der verlassenen Fabrikhalle war erdrückend. Die Luft roch abgestanden, als hätte die Feuchtigkeit schon vor Jahrzehnten von ihr Besitz ergriffen. Staubpartikel trieben im Licht, das durch die

schmutzigen Fenster hoch oben an den Wänden her-
eindrang und sich mit den rotierenden Lichtkegeln ihrer Taschenlampen vermischten.

Parker richtete die Lampe nach unten.

Auf dem Boden zeichneten sich Spuren ab. Fußabdrücke, geformt aus eingetrockneter Erde und Schutt, die
von draußen hereingetragen worden waren. Sie waren
konsistent in ihrer Form und Größe – das immer gleiche Profil auf einem abgetretenen Pfad.

Neben den Fußspuren zogen sich Schleifspuren entlang wie eine dunkle Linie, die sich neben dem rhyth-
mischen Muster der Schritte erstreckte. Diese verloren
sich jedoch nach einiger Zeit. Ohne ein Wort zu wechseln, folgten sie der Richtung, die sie zu einer Stahl-
treppe führte. Beide richteten ihre Blicke nach oben.

Plötzlich hörten sie ein Knarren aus der Dunkelheit
zu ihrer Linken. Das Geräusch durchschnitt die Stille
wie ein scharfes Messer. Mit angehaltenem Atem
lauschten sie in die Dunkelheit. Etwas knackte.

„Sehen wir uns das eben an", flüsterte Opton. „Danach rücken wir in den oberen Bereich vor."

Mit der Waffe im Anschlag bewegten sie sich in Richtung der Ecke der Halle, aus der das Geräusch gekommen war.

Vor ihnen türmten sich alte Holzkisten, übereinan-
dergestapelt wie eine unordentliche Mauer. Weiter
hinten, versteckt in der dunkelsten Ecke der Halle,
stand ein Fahrzeug unter einer Plane. Mit einem Ruck
riss Parker die Abdeckung herunter, aber die Fahrerkabine war leer. Ein Gefühl der Erleichterung durchströmte ihn und er ließ die Waffe sinken.

Es war der Van, der so oft auf den Überwachungskameras aufgetaucht war. Opton ging um das Fahrzeug herum.

„Die Kennzeichen sind entfernt worden, sowohl vorn als auch hinten", sagte er.

Der Wind wehte durch die Halle, während das Knacken und Knistern in den Wänden zu hören war. Wahrscheinlich hatte sich nur eine Spannung in den alten Mauern gelöst.

„Jetzt hoch", antwortete Parker und nickte mit dem Kopf in Richtung des Aufgangs.

Die Treppe endete in einem langen Korridor, der sich bis zum Ende des Gebäudekomplexes erstreckte und in mehrere Räumlichkeiten führte. Alle Türen waren verschlossen.

Parker schlich leisen Schrittes von Tür zu Tür, legte sein Ohr an jede einzelne. Bei der vierten vernahm er ein leises Scharren.

„Hallo, ist da jemand?", fragte er. Seine innere Anspannung verbarg er. Er klopfte. Keine Reaktion.

Etwas – oder jemand – bewegte sich. „Hallo?", rief Parker nun. Wieder keine Antwort. „Zurück von der Tür! In Ordnung? Bitte geht von der Tür weg!" Mit einer rauen Bewegung zog er Opton hinter sich und feuerte auf die Türscharniere. Sie gaben unter dem Aufprall nach und die Tür wurde aus ihren Angeln gehoben. Seine Taschenlampe leuchtete in den Raum hinein, die Waffe immer noch bereit zum Schuss. Der Strahl traf ein kleines Mädchen. Die ältere der Schwestern. Obwohl wach, reagierte sie nicht.

„Wir sind von der Polizei, wir werden dir nichts tun. Das ist Charles und ich bin Clifford. Deine Eltern haben uns geschickt.“

Mia war mit Schmutz bedeckt, die Haare verfilzt, die Fingernägel voller Dreck und Blut. Ihre Kleidung war viel zu dünn für diese Umgebung. Sie fröstelte und wirkte apathisch.

„Kannst du uns sagen, wo Emily ist?“, fragte Parker.

Das Mädchen starrte in die Dunkelheit, reagierte nicht.

„Ruf einen Krankenwagen“, sagte er zu Opton, ohne seinen Blick von dem Mädchen abzuwenden. Parker näherte sich und bemerkte die Schnitte an ihren Armen, die blauen Flecken, die ihren zierlichen Körper bedeckten. „Mia, könntest du bitte für mich einmal in meine Augen sehen?“, wisperte Parker sanft und strich ihr dabei über das blutverkrustete Gesicht.

Das Mädchen blieb stumm, trotz der Ansprache.

Parker hob sie auf seinen Arm, den sie umklammerte. Er erinnerte sich daran, wie seine Tochter als Kind das Gefühl von Halt suchte, indem sie sich an irgendetwas festhielt.

„Wir haben hier keinen Empfang“, sagte Opton und schüttelte den Kopf. Knisterndes Rauschen drang aus dem Funkgerät heraus. „Wir müssen wieder runter.“

Parker bemühte sich, seine Fassung zu bewahren, und lächelte das Mädchen an. „Charles, wir müssen die anderen Räume untersuchen. Nur für den Fall, dass Emily ... Vielleicht hat er sie getrennt.“

„Dann bleib du bei ihr. Du kommst sowieso besser mit Kindern zurecht als ich“, antwortete Opton und verschwand auf den Gang.

Parker setzte sich mit dem Mädchen auf den Boden. „Es wird gleich kurz laut sein. Aber hab keine Angst, ich pass auf dich auf." Er legte seine Handflächen über die Ohren des Mädchens, während Opton die Türen zu den anderen Räumen gewaltsam und lautstark eintrat.

***

Opton kehrte kopfschüttelnd zu ihnen zurück.

„Wir gehen jetzt zu deinen Eltern. Alles wird gut. Du hast mein Wort", sagte Parker dem Mädchen. Dann wandte er sich an Opton und flüsterte: „Lass uns Mia erst mal ins Auto bringen, bis der Krankenwagen kommt. Dort ist es wärmer und wir haben Decken. Die Kleine bereitet mir ernsthafte Sorgen. Informiere das Einsatzteam, sobald wir Empfang haben – geh bitte schon mal vor und beeil dich. Ich komme dann gleich mit dem Mädchen nach."

Opton rannte voran, die stählerne Treppe hinunter und die ausladende Halle hinter sich lassend. Ein letzter Blick zurück offenbarte ihm das Bild von Parker, der das Mädchen die Treppe vorsichtig hinabtrug. Opton hatte beinahe die Eingangstore erreicht, als sich das schwere Tor öffnete und ein grelles Licht den Raum erfüllte. Es wirkte fast blendend im Vergleich zur Dunkelheit, die vorher geherrscht hatte.

Ein Mann trat in die Halle und blickte sich um. Hatte das Einsatzteam es eher geschafft, fragte er sich.

Der Mann sagte nichts, schritt aber auf ihn zu. Opton hielt den Atem an. Sein Blick fixierte sich auf die Gestalt, die immer näherkam. Und dann sah er es: Die

Waffe, die auf ihn gerichtet war. Sein Herzschlag beschleunigte sich, als er die drohende Gefahr erkannte. „Polizei! Bleiben Sie stehen!“, schrie Opton durch die Halle.

***

Parker erstarrte. Ein Schauer lief ihm über den Rücken, als er begriff, was sich vor seinen Augen abspielte. Sein Blick suchte verzweifelt den von Opton, der seine Waffe gezogen hatte und zielte, doch zögerte.

„Nehmen Sie die Waffe herunter und bleiben Sie stehen!“, schrie Opton, wich einen Schritt zurück.

Der Fremde zielte auf Opton und drückte ab.

Parker reagierte instinktiv; sein Griff um das Kind verstärkte sich. Er rannte die letzten Stufen der Treppe runter und sprang zur Seite, hinter einen Stapel Holzkisten. Der Aufprall auf dem harten Betonboden schmerzte, aber er zwang sich, den Schmerz zu ignorieren. Er setzte das Mädchen ab, dessen Augen vor Schreck weit aufgerissen, aber weiterhin nicht fokussiert waren.

„Alles wird gut“, flüsterte er ihr zu, während er sich gegen die Holzkisten lehnte und zur Ruhe zwang. Er hörte schnelle Schritte, registrierte sie als Optons, der in eine Deckung gehuscht sein musste.

Dreimal zerriss das Krachen von Schüssen die Stille. Dreimal erhellte Mündungsfeuer die Dunkelheit und warf flackernde Schatten auf die verlassenen Maschinen und Lagerkisten.

Die Kugeln schlugen in das morsche Holz hinter Parker ein, der zusammen mit Mia immer noch hinter den

Kisten hockte. Der Schütze zielte auf ihn und Mia. Parker hielt die Kleine vor sich im Arm, wandte dem Schützen den Rücken zu, um sie bestmöglich zu schützen. Als der Lärm nachließ, verklangen auch die Schritte des Mannes, der zur Tür hastete. Parker hörte weitere Schüsse – mindestens einer davon stammte aus einer Polizeiwaffe und verriet ihm, dass Opton das Feuer erwidert hatte. Dann erklang ein Schmerzensschrei. Es war Opton. Parker schob Mia zur Seite und sprang aus der Deckung hervor, richtete seine eigene Waffe auf den Flüchtenden und feuerte, ehe er sich wieder in Deckung begab. Die Kugel streifte das Bein des Mannes, aber es reichte nicht, um ihn zu stoppen. Der Schütze verschwand durch das Tor.

Parker griff nach dem Funkgerät an seinem Revers und schrie hinein.

„PT19 hier, Schusswechsel! Wiederhole: Schusswechsel!" Die Hoffnung, nah genug am Ausgang zu sein, um Funkkontakt herstellen zu können, war der letzte Strohhalm, an den er sich klammerte. Stille antwortete auf seine Rufe.

„Woraus zum Teufel ist dieses Gebäude gemacht?", keuchte er, während er sich umsah. Die Wände schluckten jedes Signal.

Inzwischen hatte der Regen an Intensität zugenommen und trommelte lautstark auf das Dach der alten Fabrikhalle. Das Geräusch war monoton im Vergleich zu dem Chaos, das sich gerade in der Halle abspielte.

„Charles?", fragte Parker und hörte ein Ächzen zur Antwort. Schlurfende Schritte ertönten, ehe Opton ins Blickfeld trat. „Was nun, Cliff?", fragte er mit zischender, wackliger Stimme.

Mit aufgeschürften Händen stemmte Parker sich hoch und blickte zu seinem Kollegen, dessen Gesicht von Schmerz verzerrt war. „Du bist getroffen", sagte Parker.

„Ich weiß. Es geht schon", raunte Opton, während er seine Hand auf die blutende Wunde presste. „Ich kann nur nicht mehr die Waffe halten. Tut mir leid."

Parker wandte seinen Blick auf das Mädchen, das flach atmete und sichtlich unter Schock stand. Sie hatte sich zusammengekauert. Zähneknirschend sah er wieder zu seinem Freund Charles, der beunruhigend viel Blut verlor.

„Wir können ihn nicht verfolgen. Er kann immer noch auf dem Gelände sein und ihr müsst beide rasch ins Krankenhaus", sagte er. „Mia – du musst durchhalten, ja? Charles hier passt auf dich auf."

Parker hielt seine Waffe vor sich ausgestreckt, schritt durch das Tor und spähte umher, ob irgendwo der Schütze lauerte, und sprintete zurück zum Streifenwagen. Es blieb keine Zeit, das Gelände zu sichern. Er stieg ein, startete den Motor und gab Gas. Mit hoher Geschwindigkeit fuhr er den Wagen direkt in die Halle. Sobald der Wagen zum Stillstand gekommen war, stieg er mit gezogener Waffe aus und bewegte sich rückwärts zu den beiden zurückgelassenen.

„Ich bringe euch zwei direkt ins Krankenhaus. Das geht schneller. Ich informiere die Zentrale unterwegs", erklärte er und versuchte das Mädchen anzulächeln, die vielleicht nicht verstand, was er sagte, ein warmes Lächeln jedoch gebrauchen konnte.

Opton saß kreidebleich auf dem Boden.

„Kannst du allein laufen?", fragte Parker und sah immer wieder durch die Halle.

Opton nickte und zog sich am Rand einer der Kisten hoch. Währenddessen nahm Parker das Mädchen auf den Arm und trug sie zur Rückbank des Wagens, schnallte sie an und legte ihr eine Decke über, die bereits auf dem Rücksitz bereitlag.

Als Opton endlich das Auto erreichte, half Parker ihm hinein. „Wir müssen deine Blutung stoppen." Parker löste seinen Gürtel und band ihn fest oberhalb der Schusswunde, bevor er sich selbst ans Steuer setzte und mit Vollgas in den strömenden Regen hinausfuhr.

„Zentrale, hier PT19. Schusswechsel bei uns, Schütze auf der Flucht, Identifikation nicht möglich. Ich fahre direkt zum Krankenhaus, zwei Verletzte", funkte er. „Jetzt wird alles gut", murmelte Parker immer wieder vor sich hin, auch um sich selbst zu beruhigen, während Opton immer blasser wurde. Sie hatten das erste Mädchen in Sicherheit gebracht, waren dem Täter auf der Spur und Opton würde seine Verletzung überleben. Vielleicht würde er einige Monate dienstunfähig sein, aber danach hätte er eine aufregende Geschichte zu erzählen, die er den jüngeren Kollegen auftischen konnte, um sie in den ersten Wochen zu beeindrucken. „Es wird alles gut", flüsterte er vor sich hin.

„Wieso machen die denn keinen Platz?", fluchte Parker und schlug auf das Lenkrad. Wütend schaltete er das Blaulicht aus und wieder an, blinkte mit dem Fernlicht, während die Sirene dröhnte. Einzelne Fahrzeuge machten ihm Platz, andere stellten sich in der Bemühung kreuz und quer, blockierten mehr, als sie halfen.

Nur der Scheibenwischer ging auf der höchsten Stufe von Seite zu Seite und leistete einen hilfreichen Beitrag.

„Die Rettungsgasse funktioniert doch nie, wenn man es brauch", keuchte Opton mit einem gequälten Schmunzeln.

Parker warf einen Blick zu ihm hinüber. Sein Gesicht hatte kaum mehr Farbe. Er hatte Sorge, sein Kreislauf würde nicht mehr lange mitmachen. Seine Atmung war schwer. Auf dem Rücksitz schlummerte das Mädchen. Parker reichte nach hinten auf den Rücksitz und zog die Decke weiter hoch. Die Fahrzeuge vor ihm bewegten sich endlich weiter. Er legte den Gang ein, bereit, ihrem Beispiel zu folgen, bis sie die Mitte einer Kreuzung erreichten. Schrilles Hupen mehrerer Autos erklang.

Ein schwarzer Pick-up raste aus einer Seitenstraße direkt auf sie zu. Der Pick-up, der vor Mrs. Fishers Haus gesichtet wurde. Der Fahrer bremste nicht, beschleunigte noch.

Alles geschah zu schnell, als dass Parker noch eine Chance gehabt hätte, zu reagieren. Es gab nur einen kurzen Moment der Stille, bevor das Unvermeidliche geschah. Parker konnte gerade noch einen Blick auf den Fahrer erhaschen. Es war Reford. Natürlich war es Reford.

Der Innenraum des Wagens explodierte in einer Welle aus Lärm und umherfliegender Teile. Das Metall verbog sich, während der Wagen meterweit über die nasse Asphaltstraße geschleudert wurde. Die Airbags platzten mit einem lauten Knall auf.

Parker wurde gegen die Tür geschleudert, Schmerz fuhr wie ein Blitz durch Schulter und Arm. Sein Kopf prallte gegen die Tür und er verlor das Bewusstsein, während die Glassplitter der Frontscheibe seine Haut durchdrangen.

***

Als Opton die Augen öffnete, verschwamm sein Blick. Nach dem ohrenbetäubenden Lärm und dem grellen Licht schrillte es in seinen Ohren. Er blickte zu seinem Kollegen. Parker hing regungslos in seinem Sitz, das Blut von seinem zerschnittenen Gesicht tropfte auf seine schusssichere Weste. Opton drehte langsam den Kopf, um zur Rückbank zu blicken. Kein Laut drang mehr von dort herüber. Sein Atem stockte, als er sah, was mit dem Mädchen geschehen war.

Ruckartig richtete er seinen Blick wieder nach vorn.

Erst jetzt nahm er die große Metallstrebe wahr, die seinen Körper durchbohrte. Wie konnte er diese nur übersehen haben?

Optons Blut pulsierte in regelmäßigen Schüben aus seinem Körper. Es dauerte einen Moment, bis er begriff, dass er eingeklemmt war. Die Erkenntnis, dass er hier sterben und dem Mädchen und seinem Freund binnen kürzester Zeit folgen würde, sickerte langsam durch seine Schockstarre hindurch. Es war alles umsonst gewesen.

Verschwommene Lichter zogen an ihm vorbei, begleitet von einem ohrenbetäubenden Lärm, der wie eine Welle über ihn hinwegrollte. Stimmen überschlugen sich. Hastige Schritte hallten durch die Gänge und das

Atmen fiel ihm schwer, als ob eine tonnenschwere Last auf seiner Brust lag.

„Systolischer Druck fällt …“ Die Worte drangen nur gedämpft zu ihm durch, als ob sie durch einen dicken Vorhang gesprochen wurden. Mehrere Hände griffen nach ihm, hoben ihn hoch.

Er wollte schreien, aber kein Ton kam über seine Lippen. Alles, was blieb, war das dumpfe Rauschen in seinen Ohren. Das Licht änderte sich, wurde greller, blendender, bis es alles andere auslöschte.

KAPITEL 9

David blickte aus dem Küchenfenster und sah, wie ein Polizeiwagen am Straßenrand zum Stehen kam. Ein kalter Schauer lief ihm über den Rücken, eine Ahnung von Unheil.

Mit jedem Tag schwand die Hoffnung, seine Töchter lebend wiederzusehen. Die vergangenen Wochen waren ein endloser Albtraum gewesen, in dem es kein anderes Ziel, keinen anderen Gedanken gab, als seine Mädchen wiederzufinden. Sie hatten ihm und seiner Frau Nicole unermessliche Qualen bereitet.

Die beiden Polizeibeamten, die aus dem Fahrzeug stiegen, trugen besorgte Mienen, als sie das Grundstück betraten. Das Pampasgras in ihrer Auffahrt wiegte sich noch immer leicht im Wind, so wie es schon immer getan hatte, während das Leben seiner Familie stillschweigend zerbrach. Es klingelte an der Tür. David starrte die Türklinke einen Augenblick lang an, als bringe sie Unglück. Nicole stand hinter ihm. Wortlos. Schließlich öffnete er die Tür.

„Guten Tag, Mr. Bennett. Dürften wir reinkommen?"

David warf einen Blick zur Tür hinaus. Die Nachbarn hatten das Polizeiauto bemerkt, manche spähten aus den Fenstern.

„Sicher", wisperte er. Er führte sie ins Wohnzimmer, wo sie sich gegenüber dem Ehepaar setzten und sich als Higgins und Leary vorstellten.

„Haben Sie unsere Töchter?", fragte Nicole.

„Es gelang zwei Kollegen von uns, ihre Tochter Mia zu finden und zu befreien. Sie wurde auf einem Industriegebiet außerhalb Manchesters festgehalten", sagte Higgins und schluckte. David hoffte.

„Wo ist sie und wo ist Emily?", fragte er. Erste Tränen rannten seine Wange herunter.

„Der Streifenwagen geriet auf dem Weg in ein Krankenhaus in einen schweren Verkehrsunfall. Ihre Tochter … kam dabei ums Leben. Von Emily fehlt weiterhin jede Spur, aber wir haben Spezialisten darauf angesetzt, die Gegend nach Spuren abzusuchen."

„Sie haben sie getötet. Sie war unter ihrem Schutz und Sie haben sie getötet", hauchte David. Nicole schluchzte neben ihm, versank ihr Gesicht in den weichen Stoff des Plüschhasens mit den zu langen Ohren, den sie sich gegriffen hatte. „Wie … wieso?", fragte David, blickte von einem Polizisten zum anderen.

„Wir wünschten, es wäre anders gekommen, aber so bleibt uns nichts übrig, als Ihnen unser Beileid zu ihrem Verlust auszudrücken", antwortete Higgins. David verarbeitete die Informationen, spürte wie sich Wut und Trauer mischten.

„Ihre Beileidsbekundungen sind hier nicht willkommen", schimpfte er. „Verschwinden Sie! Raus hier!"

Die Polizisten sahen sich an. Ihr Blick wanderte zu Nicole, die schluchzte und nach Luft rang. Sie standen auf und gingen, ließen die Bennetts allein mit der

Trauer. David umarmte seine Frau, die ihn jedoch weg-
drückte. Als der körperliche Schmerz, der die Trauer
begleitete, gerade erträglich wurde – noch immer ste-
chend und quälend, doch nicht mehr lähmend, stand er
auf, hauchte einen Kuss auf ihre Wange und ging in die
Küche. Mit einem Glas Wasser in jeder Hand kehrte er
zurück.

„Hier, trink das“, sagte er. Er legte eine Hand auf ihre
Schulter. Sie bedachte das Glas mit einem Blick, den
David nicht deuten konnte. Ihre Augen waren rot unterlaufen und geschwollen von den Tränen, ihre Lippen bebten.

„Du … Du bist an allem schuld“, flüsterte sie. „Du hast
unsere Kinder unbeaufsichtigt gelassen, um dein verdammtes Spiel zu gucken. Du hättest sie beschützen
müssen! Du bist schuld am Tod unserer Tochter!“

„Nicole … ich …“, haspelte David. Dann krachte es.
Nicole warf das Glas mit Wasser, das an der Wand zer-
schellte. Sie ging an ihm vorbei in die Küche. David
hörte, wie der Schrank geöffnet wurde. Teller knallten
zu Boden und gingen zu Bruch. Mit vier Tellern in der
Hand kam Nicole zurück ins Wohnzimmer.

Der erste Teller flog zehn Zentimeter an ihm vorbei,
gegen die Wand.

KAPITEL 10

Die Welt kehrte zurück in Form von Tönen und Stimmen, die sich in einem stetigen Piepton verloren.

„Hören Sie mich? Mr. Parker, können Sie mich verstehen?" Jemand leuchtete ihm ihn die Augen.

„Ich glaube, er nimmt Sie nicht wahr."

„Wir mussten Sie in ein künstliches Koma versetzen …"

„Geben wir ihm noch etwas Zeit." Die Worte erreichten Parker nur als ein fernes Rauschen. Nur langsam kehrte sein Bewusstsein zurück. Die sterile Kälte prickelte auf seiner Haut. Immer wieder dämmerte er weg.

„Sie haben einen schweren Autounfall erlitten, Mr. Parker. Innere Verletzungen, Blutverlust … Es wird eine Weile dauern, bis Sie wieder ganz bei Kräften sind."

Parker bewegte seine Lippen, formte Worte, aber sie blieben stecken, unfähig, die Kluft zwischen Gedanken und Sprache zu überbrücken.

„Ich werde später wieder vorbeischauen, um nach Ihnen zu sehen", sagte der Arzt. Mit jedem Atemzug nahm Parker mehr von seiner Umgebung wahr. Ein Gewirr aus Schläuchen und Kabeln durchbohrte seinen Körper und verband ihn mit Maschinen. Ein Gefühl der Beklemmung überfiel ihn. Er erinnerte sich nicht an das Geschehene. Sein Gedächtnis war leer, als wäre es mit einem weißen Tuch abgedeckt.

Sein Hals war trocken. Sein schwaches Krächzen verhallte ungehört im Zimmer der Intensivstation. Die schiere Anstrengung, einen Laut hervorzubringen, ließ seinen Körper unter dem Gewicht der Erschöpfung erzittern. Er strebte danach, sich an irgendetwas festzuhalten. Doch die Schwäche, die seine Glieder lähmte, und das Chaos, das in seinem Kopf tobte, ließen jeden Versuch ins Leere laufen. So blieb nur die Decke, in die er seine Hände vergrub. In der Einsamkeit des Zimmers, umgeben von dem monotonen Piepen der Maschinen und dem Licht der Neonlampen, kämpfte Parker verzweifelt darum, die zersplitterten Fragmente seiner Erinnerungen wieder zusammenzufügen. Eine Angst breitete sich in ihm aus, kroch durch seine Adern und erfüllte jede Zelle seines Körpers. Was war nur mit ihm geschehen?

„Guten Morgen, Mr. Parker. Ich hoffe, die Nacht war erträglich?" Der Arzt trat aus dem Halbschatten des Flures in sein Krankenzimmer und näherte sich dem Bett.

Parker nickte schwach und ein heiseres ‚Ja' huschte über seine Lippen.

„Ich möchte die Gelegenheit nutzen, Sie nochmals über die Ereignisse zu informieren, da Sie heute besonders klar wirken." Der Arzt sprach mit ruhiger Stimme, als würde er auf dünnem Eis wandeln. „Es ist wichtig, dass Sie verstehen, was passiert ist und was Sie erwartet. Sie waren in einen schweren Autounfall verwickelt.

Sie haben eine beträchtliche Menge Blut verloren, innere Blutungen. Ihre Milz ist gerissen, mehrere Knochenbrüche, Schädel-Hirn-Trauma …"

Parker führte mit einer ungelenken Bewegung seine Hand zu seinem Gesicht. Ein Verband bedeckte einen Teil seines Gesichts. Mit einem fragenden Blick suchte er den Arzt.

Der Arzt nickte und erwiderte seinen Blick. „Ihr Gesicht hat bei dem Unfall ebenfalls Schaden genommen. Ihre Frau ist hier. Wir lassen sie gleich für einen Moment zu Ihnen. Sollten Sie sich überfordert fühlen, geben Sie uns bitte ein Zeichen. Diesen Notfallknopf lege ich Ihnen hier an die rechte Hand. Einfach drücken, wenn etwas ist."

„Die anderen?" Parkers Stimme war dünn und kraftlos, doch die drängende Frage lag schwer in der Luft. „Was ist mit ihnen?"

„Bezüglich der anderen Insassen des Fahrzeugs kann ich Ihnen leider keine Auskunft geben", antwortete der Arzt, mied seinen Blick und überprüfte die Werte auf den Maschinen. „Selbst wenn ich könnte, wäre es mir in Ihrem Fall nicht gestattet."

Die Tür glitt zur Seite und seine Frau trat in den Raum, ein Strahlen umspielte ihre Züge.

„Cliff! Oh, mein Liebling!" Sie rannte in schnellen Schritten zum Bett, die Handtasche achtlos zur Seite werfend.

„Ihre Freude ist ansteckend, Mrs. Parker, aber Ihr Mann braucht noch Ruhe. Bitte übertreiben Sie es nicht und machen Sie kurz", sagte der Arzt. Seine Worte verhallten ungehört.

Parker stöhnte vor Schmerzen, als seine Frau ihn umarmte.

Mit einem Seufzen zog sich der Arzt zurück, warf einen letzten Blick durch das Fensterglas der Tür auf das innig vereinte Paar.

„Ich bin so unendlich dankbar, dich wieder bei Bewusstsein zu sehen. Die Angst, dich zu verlieren, war unerträglich. Bitte, Cliff, tu mir so etwas nie wieder an. Ein Leben ohne dich kann und will ich mir nicht vorstellen." Tränen bahnten sich ihren Weg über ihre Wangen. Ihre Hand suchte die seine, streichelte sie sanft. „Alles wird wieder gut, hörst du?"

„Das Mädchen?" Parkers Stimme war kaum mehr als ein Flüstern.

„Unsere Große? Sie war schon hier, während du noch geschlafen hast", antwortete sie und strich ihm über den Arm. „Wir haben zusammen an deinem Bett gesessen, Cliff. Jeden Tag, solange sie uns gelassen haben. Die Ärzte haben die Besuchszeiten aus Rücksicht auf deinen Zustand sehr kurzgehalten. Und in den letzten Tagen durften wir dich gar nicht mehr besuchen. Aber ich habe ihr versprochen, sie sofort zu informieren, sobald du wach bist. Sie wird überglücklich sein, das zu hören."

„Nein, das ..."

Ihre Augen wurden groß und sie hob fragend die Augenbrauen. Hatte man ihr nichts erzählt? Also stellte er die nächste Frage, eine, auf die sie eine Antwort kennen musste.

„Opton?"

„Jetzt ist es erst mal wichtig, dass du gesund wirst, Cliff. Du musst dich erholen. Erst mal ist nur das wichtig.“

Parker fasste sich erneut an den Kopf, der immer noch fest verbunden war. „Liebling, du hast dir bei dem Aufprall des Wagens den Kopf schwer angestoßen. Die Autowände haben nachgegeben und die Scheibe ist zersplittert. Einige Schnitte sind knapp neben deinem Auge verlaufen. Das Auto wurde auf die Seite geschleudert.“ Sie schluckte und berührte ihn sanft. „Die Ärzte sagen, es sei ein Wunder, dass du dein Augenlicht nicht verloren hast.“

Die Schiebetür öffnete sich und eine der Krankenschwestern betrat den Raum. „Das war fürs Erste genug, Mrs. Parker. Ihr Mann braucht seine Ruhe. Sie können morgen wieder kommen.“

Sie küsste ihn auf die Stirn. „Bis morgen, mein Liebster. Ich liebe dich.“ Sie hob ihre Hand zum Abschied, bevor sie durch die Tür verschwand.

Auf dem Flur hörte er sie bitterlich weinen. Es zerriss ihm das Herz. Er hatte ihr das nicht antun wollen.

„Inspector Parker? Mein Name ist Ward und dies hier ist Mr. Callaghan.“ Die beiden Männer waren Parker völlig unbekannt.

„Innenrevision, nehme ich an?“, hauchte Parker aus einem Verdacht heraus. Seine Stimme war noch immer schwach, aber sie kehrte langsam zurück.

Ward schmunzelte. „Sie haben ein gutes Gespür, Inspector. Ich muss Ihnen einige Fragen zum Unfallhergang stellen.“

„Wie steht es um Opton, Constable Charles Opton? Ist er hier?“ Parker Blick suchte nach einer Antwort in Wards Gesicht.

Ward verstummte für einen Moment, sah zu Callaghan, dem uniformierten Polizisten neben ihm.

„Constable Opton ist im Dienst verstorben. Er erlag seinen Verletzungen noch am Unfallort“, sagte Callaghan nüchtern.

Parker krallte seine Hand in das Krankenhausbett. Er kämpfte gegen die aufkommenden Emotionen an, rang um Fassung. „Ich muss zu seiner Beerdigung“, stammelte Parker und richtete sich mühsam auf. Doch Callaghan drückte ihn zurück ins Kissen.

„Na, na, nicht doch. Bitte, das führt doch zu nichts. Constable Opton wurde bereits beigesetzt“, sagte Callaghan.

„Was? Nein!“ Parker blickte suchend zwischen den Besuchern hin und her und hielt Ausschau nach einem Funken Lüge. „Wann?“

„Das ist schon Wochen her“, antwortete Callaghan.

„Wochen?“ Tränen füllten seine Augen. „Und das Mädchen?“

Callaghan senkte den Blick. „Sie sind der einzige Überlebende des Unfalls, nimmt man den Unfallverursacher aus.“

„Das kann nicht. Sie müssen sich irren“, polterte Parker hervor. Die Anstrengung ließ ihn husten. Seine Gedanken überschlugen sich. Stumm starrte er auf seine Hände. Es war, als könnte er das Blut von drei Menschen an ihnen sehen – unsichtbar und doch so präsent wie das Gewicht seiner Schuld. Es war das Blut von Constable Charles Opton, seinem besten Freund und

Partner, der aufgrund seiner Entscheidungen verstorben war. Es war das Blut des kleinen Mädchens, das er mit der Decke auf den Rücksitz gesetzt hatte, dessen verzweifelte Augen ihn noch immer verfolgten. Es war das Blut von Emily, die er nicht im Gebäude hatte finden können.

Er hatte sie auf dem Gewissen. Sein engster Freund und Partner, ausgelöscht. Und hier lag er: Der Mann, der die Verantwortung für all das trug. *Falsch*, dachte er. *Es ist alles falsch und ungerecht.*

„Einen Moment bitte", wisperte er.

„Natürlich." Sie warteten erneut, während Parker sich sammelte.

„Scott Reford", sagte er schließlich. „Er war es, der uns gerammt hat. Was ist mit ihm?"

„Reford hat den Unfall überlebt und ist geflohen. Es läuft bereits eine landesweite Fahndung", sagte Ward.

Parker senkte den Blick. „Ist das der ganze Stand der Dinge? Haben sie nichts Greifbares in den Händen?"

Ward verschränkte die Arme. Ein müdes Lächeln lag auf seinen Lippen, als würde er eine alte Geschichte rekapitulieren. „Scott Reford hat in den letzten Jahren seine Finger im Spiel gehabt, wenn es um Überwachungstechnik ging. Kameras an Autobahnen und auf Supermarktparkplätzen – seine Arbeit bzw. das Werk seiner Firma. Er kannte die blinden Flecken jeder Linse, wusste genau, welche Winkel er meiden musste und wo er sich frei bewegen konnte. Simon Pollock haben wir einen ordentlichen Schrecken eingejagt und ihm Verstöße gegen das Waffengesetz nachweisen können. Jedoch nichts, das ihn mit dem Bennett-Fall in Verbindung bringt. Das war eine Pleite."

„Ich … Ich fühle mich nicht gut", sagte Parker mit brüchiger Stimme, die kaum über ein Flüstern hinauskam. Eine einsame Träne bahnte sich ihren Weg über seine Wange, zeichnete eine feuchte Spur.

„Das ist in Ordnung, Inspector", erwiderte Ward, lächelte und reichte Parker ein Taschentuch. „Wir können unser Gespräch zu einem späteren Zeitpunkt fortsetzen. Aber es ist unsere Pflicht, Sie darüber zu informieren, dass wir gezwungen sind, ein Disziplinarverfahren gegen Sie einzuleiten. Der Ausgang steht noch offen."

Parker nickte. Sein Blick richtete sich starr auf seine Hände, als ob sie ihm Antworten liefern konnten.

„Laut Vorschrift hätte ich warten sollen …" Er drehte sich zu Ward, wartete, bis das Beben seiner Lippen verklang. „Auf Verstärkung und Rettungskräfte. Aber das Gelände war nicht sicher. Das Mädchen wirkte instabil auf Charles und mich … Charles wurde angeschossen. Ich konnte nicht warten."

„Jetzt steht Ihre Genesung im Vordergrund, Inspector Parker", sagte Ward. „Wir werden uns zu geeigneter Zeit wieder bei Ihnen melden."

„Bitte warten Sie", rief Parker heiser, als sie zur Tür gingen. „Wie haben die Bennetts reagiert? Und Lydia, wie geht es ihr?"

„Mrs. Lydia Opton erlitt einen Schock, nachdem sie die Nachricht erhalten hatte. Sie wurde mittlerweile entlassen und ist wieder zu Hause", erklärte Callaghan. „Und was die Bennetts betrifft … nun, es gibt wohl nichts Schmerzhafteres als den Tod der eigenen Kinder."

„Vielleicht sollte ich mit ihnen sprechen – mit Lydia und den Bennetts. Ich möchte …“, hauchte Parker.

„Davon rate ich Ihnen dringend ab“, unterbrach Ward ihn. „Mrs. Opton wirft der Polizei Versagen und den Tod ihres Gatten vor. Sie und die Bennetts befinden sich in einem Ausnahmezustand. Sie haben den Unfall zwar nicht direkt verursacht und die daraus resultierenden Folgen, Inspector, aber es wäre besser, jeglichen Kontakt zu vermeiden. Im Interesse aller Beteiligten. Die Angehörigen sehen die Schuldfrage mit Verlaub anders.“

„Lydia ist eine alte Freundin. Ich muss doch …“

„Nein“, sagte Ward und unterstrich es mit einer Handgeste. „Mrs. Lydia Opton hat selbst Anklage gegen Sie erhoben. Sie will Sie nicht sehen. Ich hoffe, ich habe mich deutlich genug ausgedrückt.“

KAPITEL 11

Mit einem Seufzer ließ sich David in das Sofa sinken und schaltete den Fernseher ein. Die bewegten Bilder zogen an ihm vorbei, ohne dass er sie wirklich wahrnahm. Es war nur ein Hintergrundrauschen, um die Gedanken zu übertönen, die immer wieder die Kontrolle übernahmen. Sie führten ihn auf dunkle Pfade, die ihn hinab in die Tiefen seiner eigenen Verzweiflung zogen.

Er konnte nicht mehr. Er schaltete den Fernseher wieder aus und erhob sich mit großer Mühe. Langsam stieg er die Treppe hinauf. Auf dem Weg ins Schlafzimmer musste er zwangsweise an den Zimmern der Mädchen vorbeigehen.

Die fröhlichen Holzbuchstaben, die seine Frau einst mit liebevoller Sorgfalt an die Türen geklebt hatte, wirkten wie stumme Anklagen. Jeder einzelne Buchstabe war in einer anderen Farbe bemalt, mit Punkten und Blumen verziert. Ein kunterbuntes Alphabet, das ihm jeden Tag ins Gesicht schrie, was er verloren hatte.

Mias Tür war mittlerweile geschlossen. Doch Emilys Kinderzimmer stand seit dem Tag ihres Verschwindens offen; das Zimmer unberührt. Er hatte es nicht übers Herz gebracht, auch nur das kleinste Detail zu verändern. Ihre Spielzeuge lagen genau dort, wo sie zuletzt fallen gelassen worden waren. Alles an seinem alten Platz.

David betrat das Zimmer. Seine Hand zitterte, als er einen Teddybären vom Boden aufhob und ihn zurück auf seinen Platz legte. Es war ein kleiner Akt der Ordnung in einer Welt, die aus den Fugen geraten war.

Er verharrte auf dem Boden des Kinderzimmers, umgeben von verblassten Erinnerungen.

Wo sollte er noch hin? Mit sich und seinem Leben, das in Scherben lag. Er fühlte sich heimatlos in einer Welt, die weiterging, während seine stehenblieb. Er rappelte sich auf, ging die Treppe wieder hinab, die er eben erst hinaufgegangen war. Sie alle waren weg. Auch Nicole war ausgezogen. Im fahlen Licht der Küche durchwühlte er die Schubladen; seine Finger suchten nach einem passenden Messer. Es musste scharf sein – das war das einzige Kriterium, das in diesem Moment von Bedeutung war. Durch das Fenster drang das Geräusch eines Autos zu ihm, das die Straße entlangfuhr und irgendwo parkte. Außerhalb des Hauses ging das Leben weiter, kümmerte sich nicht um seine Verzweiflung, als wäre nichts geschehen, als wären Emily und Mia nie verschwunden, als hätten sie nie existiert. Der Schlüssel mit dem grünen Dino-Anhänger steckte noch von innen in der Haustür. Mit einem Klick verschloss er diese.

Danach ging er ins Wohnzimmer zurück und ließ sich in den Sessel sinken, der einst ein Ort der Geborgenheit gewesen war. David platzierte den Hasen, in den Nicole zuletzt hineingeweint hatte, neben sich auf der Lehne, als wollte er, dass dieser ihm ein letztes Mal

Trost spendete. Er wartete, atmete tief durch und lauschte in die Stille hinein. Keine Nicole, keine Emily, keine Mia.

Der Plüschhase sah ihn an, lächelte mit einem aufgenähten Schnütchen, das ihm in der Fabrik aufgezwungen worden war und den viel zu langen Ohren. Mit einem letzten Atemzug setzte er die Klinge an seinen Unterarm. Er zögerte einen Moment, ließ seine Gedanken noch einmal zu Mia und Emily schweifen.

Dann schnitt er zu. Der Schmerz war nichts im Vergleich zu dem seelischen Leid, das ihn seit ihrer Abwesenheit quälte. Das Blut floss, tropfte auf den Boden und bildete eine sich ausbreitende dunkle Pfütze.

Tief in seinem Herzen begrüßte er diese Erlösung mit offenen Armen und dachte daran, dass seine Mädchen auf ihn warten würden. Dass sie wieder vereint wären. Doch dann war da nichts mehr. Auch keine Mia, keine Emily.

KAPITEL 12

Christian Evans machte eine Pause und nahm einen Zug, pustete den Rauch zur Seite weg.

Parker lehnte sich zurück und fixierte Evans mit seinem Blick. „Und? Wie hat alles begonnen?", fragte er ihn nochmals. Sein Ziel war es, mögliche Fehler in den Aussagen ausfindig zu machen und die eine Frage zu beantworten, die nur Evans beantworten konnte. Wieso?

Parker nahm sich vor, jede Facette und jede Geste zu analysieren.

Evans seufzte, dann begann er die Ereignisse, die ihn hierherbrachten, zu schildern.

***

Ich stamme aus Manchester, studierte Wirtschaft und Marketing, bevor ich mir eine Stelle in London sicherte. Es war ein guter Job – herausfordernd, aber erfüllend. Doch nun hat all das keine Bedeutung mehr. Wir sind alle nur einen einzigen Schritt davon entfernt, in einer Abwärtsspirale gefangen zu sein. Ich war da keine Ausnahme.

Der Anfang nahm seinen Lauf mit einer Operation in einem Krankenhaus. Meine Gallenblase wurde entfernt. Ein Routineeingriff für die Ärzte. Minimales Risiko, sagte man mir. Ich wurde aus der schmerzfreien

Existenzlosigkeit gerissen. Anfangs wusste ich nicht, wo ich war. Die Erinnerung an die durchgeführte Operation verschwamm noch im Halbschlaf, als meine Sinne von der Umgebung eingeholt wurden.

Ich drehte den Kopf zur Seite, um dem grellen Licht zu entkommen, das mir in die Augen stach. Mein Blick fiel auf den dunkelblauen Vorhang, der mich von der Außenwelt abschirmte und Privatsphäre und Ruhe vermittelte. In unmittelbarer Nähe, aber unerreichbar für meine fixierten Arme, stand ein Infusionsständer. Von dort führte ein Schlauch zu einem Tropf, der kontinuierlich eine klare Flüssigkeit abgab, die in eine Kanüle in meinem linken Handrücken lief.

Mit jedem Tropfen, der in meinen Körper gelangte, kehrte die Erinnerung an den Grund meines Aufenthalts im Krankenhaus zurück. Die Kanüle hatte eine ungewöhnliche Farbe – ein sanftes Rosa, das an einen Flamingo oder einen Lachs erinnerte. Die Farbe irritierte mich, war in dieser sterilen Umgebung fehl am Platz. Die Nadel brannte unter meiner Haut wie ein Fremdkörper. Sie war schlecht gelegt und ich hatte das starke Bedürfnis, sie zu entfernen, wusste aber gleichzeitig, dass ich das nicht tun durfte. Nach dem Aufwachen trat eine Krankenschwester mit kurzen, braunen Haaren in mein Blickfeld. Ein ungutes Gefühl stieg in mir auf. Ihr strenges Gesicht erinnerte mich an Mrs. Buck, meine Mathelehrerin in der Oberstufe.

„Beruhigen Sie sich bitte“, sagte die Schwester und schickte sich an, mich zurück ins Bett zu drücken. Obwohl ich ihre Worte hörte, konnte ich sie nicht einordnen. Sie waren eindringlich und unmissverständlich, doch wusste ich nicht, womit ich sie verdient hatte.

„Ich mach doch gar nichts", antwortete ich irritiert.

„Haben Sie Schmerzen?", fuhr sie fort, ohne auf meine Worte einzugehen. Ich nickte und sie trat an den Infusionsständer, fuchtelte daran herum.

„Sie waren in der Narkose sehr unruhig", merkte sie an und bedachte mich mit einem vorwurfsvollen Blick. „Sie haben ganz schönes Chaos gestiftet, den Tisch mit samt Equipment umgeschmissen und sogar einen der Überwachungsmonitore zerlegt", fuhr sie fort, eher mit sich selbst als mit mir sprechend. Ich blickte zu dem Monitor, auf dem meine Vitalzeichen überwacht wurden und der offensichtlich funktionierte. „Die sind kostspielig, wissen Sie?"

Erwartete sie etwas von mir? Eine Entschuldigung vielleicht oder eine Bestätigung? Ich enttäuschte sie offensichtlich. Es gelang mir nicht, ihre Worte mit meinen letzten Erinnerungen auf einen gemeinsamen Nenner zu bringen. Stattdessen sah ich sie fragend an.

„Sie können ja nichts dafür. Trotzdem, so eine heftige Reaktion habe ich in den Jahren hier noch nie erlebt und wir sind heute unterbelegt. Zwei Kolleginnen haben sich unerwartet krankgemeldet", sagte sie.

Da es ein sehr einseitiges Gespräch war, bezweifelte ich, dass sie meine Meinung zu dem Ganzen hören wollte. Eine männliche Stimme erklang und rief die Schwester zu sich. Der Stoffvorhang eignete sich nur bedingt zur Schallisolation und dämpfte ihre Stimme nicht, weshalb ich sie auch weiterhin verstehen konnte. Das Gespräch wurde hitzig.

Sie löste die Klettschlingen, die meine Arme in der Bewegungsfreiheit einschränkten.

„Ich würde Sie gerne noch hierbehalten und ein Gespräch mit Ihnen führen, doch Ihr Bett muss frei werden. Man wird Sie gleich auf ein anderes Zimmer bringen."

Wenig später schob man mein Bett durch Gänge, die von der Zeit gezeichnet waren, weiter hinein in die Atmosphäre dieses morbiden Labyrinths und in einen massiven Aufzug. Mit einem Ruck hielt der Aufzug an, zwei Stockwerke darüber, und ich wurde in ein Zimmer geschoben, in dem bereits ein älterer Herr lag und Fernsehen sah. Ein Pfleger stützte mich, unangenehm ruppig, wie ich fand. Dann erledigte er einige Einstellungen und legte eine dünne Decke über mich.

Er fragte, ob bei mir alles in Ordnung sei, als er seine Arbeit am Bett beendet hatte. Ich nickte, doch er ging nicht sofort, sondern blickte mich noch einen Moment lang an, so lang, dass es unangenehm wurde. An einem anderen Tag hätte ich ihn sicher darauf angesprochen, doch ich besann mich eines Besseren, nicht zuletzt, weil ich einen großen, blauen Fleck an seinem rechten Handgelenk bemerkte und nicht umhinkam zu hoffen, dass er diesen nicht mir zu verdanken hatte.

Mein Mitbewohner hieß Edgar, ein lebensfroher Genosse. Er erzählte mir, dass er wegen des Herzens dort war und gerade noch einmal Glück gehabt hatte. In seinen Worten war es ein ‚Warnschuss‘. Er wurde engmaschig überwacht. Ein Monitor verfolgte jeden Herzschlag und piepte regelmäßig. Ich wusste, dass ich das Geräusch die ganze Nacht ertragen müsste. Eine neue Schwester kam und brachte einige Medikamente. Ich bat sie dann noch, mir mein Smartphone zu reichen und scrollte durch Neuigkeiten.

Noch waren meine Schmerzen gedämpft. Selbst das beständige Piepen des Monitors und all die Geräusche, die mit dem Aufenthalt auf der Station einhergingen, konnten mich nicht aus der Ruhe bringen. Edgar sah eine Serie und ich kam zu dem Schluss, dass er ebenfalls etwas an den Ohren haben müsse. Das Programm interessierte mich jedoch nicht. Mein Blick fiel auf Julias Kontakt und ich öffnete den Chat. Vor einem Jahr hatten wir das letzte Mal Kontakt miteinander geschrieben – ein flüchtiger Geburtstagsgruß und eine knappe Antwort. Mehr hatte ich nicht verdient.

Die Entscheidung, mich von Julia zu trennen, war ein Fehler, der mir bis heute keine Ruhe lässt. Nach fünf Jahren Beziehung sprach sie von einem Tag auf den anderen von Heirat und Kindern. Ich dachte, das Leben hätte mehr zu bieten und brach aus Dummheit ihr Herz, um im Nachtleben abzutauchen. Ich fühlte mich wie ein Gewinner, bis ich merkte, dass ich eigentlich alles verloren hatte. Julia zog mit Henry weiter, während ich über das, was ich verloren hatte, grübelte. Ihr blondes Haar, das sie so oft zum Fischgrätenzopf trug. Ihr fantastischer, skurriler Humor ... Sie fehlte mir. Bei keiner anderen Frau fand ich eine ähnliche Verbindung. Mit diesen Gedanken dämmerte ich langsam weg.

Ich wachte kurz nach sieben Uhr morgens auf, während draußen noch Dunkelheit herrschte und Edgar tief und fest schlief. Ein innerer Drang trieb mich nach draußen, doch vor der morgendlichen Visite konnte ich das Krankenhaus nicht verlassen, schon gar nicht ohne Begleitung. Entschlossen griff ich zum Smartphone, um Felix anzurufen – seine Nummer fand ich stets unter den jüngsten Anrufen. Als ich es in die Hand nahm, fiel mein Blick auf etwas Unerwartetes.

„Fuck", fluchte ich versehentlich laut, was Edgar scheinbar weckte, da das Schnarchen schlagartig aufhörte.

Ich hatte am gestrigen Tag nicht nur meine Galle verloren, sondern anscheinend auch meine Würde. Der Bildschirm zeigte ein siebenminütiges Gespräch mit Julia Clarke. Erinnern konnte ich mich nicht, aber ich hatte eine Vermutung, was der Inhalt des Gespräches war. Wie heftig war bitte das Narkosemittel? Mir blieb nur die Hoffnung, dass sie nicht tatsächlich abgenommen hatte und ihr nur auf die Mailbox sprach. Sieben Minuten, in denen ich mich bestenfalls Unsinn plapperte und lächerlich machte und schlimmstenfalls herumjammerte, wie sehr ich sie vermisste. Zum immer wieder anhören, für sie und ihren Verlobten. Später kam die Ärztin. Man kontrollierte meine Vitalwerte, erkundigte sich nach meinem Befinden und drückte mir einen Brief und einen Entlassungsplan in die Hand. Ich merkte an, dass mir das Frühstück nicht geschmeckt hatte – nicht schlecht geschmeckt, sondern tatsächlich nicht geschmeckt hatte. Ich schmeckte rein gar nichts mehr. Aber sie tat es ab. Das würde sich mit der Zeit geben. Man gab mir genügend Schmerzmittel für sieben Tage mit und ich verabschiedete mich.

KAPITEL 13

Zwei Wochen lang hielt ich mich an die ärztlichen Ratschläge und tat alles, um in die richtige Spur zu finden. Doch etwas stimmte nicht. Die Wunde heilte langsamer, als sie sollte und ich fühlte mich elend. In vier Tagen erwartete man mich zurück im Büro, aber ich war unsicher, ob ich überhaupt arbeitsfähig war. Die Schmerzmittel gingen zu Neige. Ich sträubte mich, neue Medikamente zu holen, und entschied, auf weitere Medikamente zu verzichten. Sie halfen ja nicht bei der Wundheilung. Ich achtete sonst auf ausgewogene Ernährung, regelmäßige leichte Bewegung und ausreichend Schlaf, wollte meinem Körper die Gelegenheit geben, es selbst auf die Reihe zu bekommen. Meine gemütliche, wenn auch überteuerte Zweizimmerwohnung im Herzen Londons, zehn Minuten von der Themse entfernt, war ein Segen, kurze Wege in beschaulichen Räumlichkeiten. Die Wohnung sollte eine Übergangslösung sein. Seit drei Jahren wohnte ich dort. Damals war sie nicht sehr einladend gewesen, aber ich renovierte sie, so gut ich konnte und schaffte es, sie stimmig einzurichten. Ein schmaler Flur verband alle Zimmer. Links lagen Schlaf- und Wohnzimmer, rechts das Badezimmer und am Ende des Flurs die kleine Küche mit Platz für zwei Stühle und einen Tisch. Im Gegensatz dazu war das Badezimmer überraschend geräumig und dank der Mühen meiner Freunde Harry und Felix, die mir beim Streichen und Fließen legen halfen, mittlerweile der schönste Raum der Wohnung. Nächtelang schlief ich unruhig, maximal drei bis vier Stunden. Ich verlor zunehmend an Substanz, schreckte aus dem Schlaf hoch. Ich schlurfte ins Wohnzimmer und schaltete den Fernseher ein, wieder einzuschlafen erschien unmöglich.

Ich sah nur noch selten fern, blieb den Nachrichten aber treu. Ich lehnte mich im Sessel zurück, einen dampfenden Kaffeebecher in der Hand. Mein Geschmackssinn kehrte langsam zurück. Gegessen hatte ich zuletzt wenig.

„Im Londoner Stadtteil Enfield wird ein Kind weiterhin vermisst. Es handelt sich um Andrea McDowell, sechs Jahre alt. Die Polizei bittet nun im ganzen Land um Mithilfe. Sollten Sie Hinweise auf den Aufenthaltsort des Mädchens haben, melden Sie diese Hinweise unter der Servicenummer ..." Es folgte ein Bericht über einen sogenannten Ehrenmord, ein Schwarz-Weiß-Foto einer Frau wurde eingeblendet, die durch ein Familienmitglied getötet wurde. Sie war Anfang zwanzig und ihr junges Leben wurde gewalttätig von ihrem Bruder beendet. „In der afghanischen Hauptstadt Kabul ereignete sich im Marktviertel ein schwerer Bombenanschlag."

Ich schaltete den Fernseher aus. Mir war klar, dass ich ein erfülltes Leben hatte. Frei von Gewalt, Terror und Schrecken. Eine kranke Welt, dachte ich, bevor ich mich zurück ins Schlafzimmer begab.

KAPITEL 14

An meinem ersten Arbeitstag, einem Montag, nahm ich die Central Line von der Haltestelle Holborn bis zum Oxford Circus. Die Firma war in einem modernen Bürokomplex, der sich in die Skyline einfügte. Ein Gebäude mit einem geschmackvollen Eingangsbereich. Wir waren nicht die einzige dort ansässige Firma. Auf dem großen Schild am Eingang präsentierten sich mehrere Versicherungen, Anwaltskanzleien und eine Bank.

Während der Stoßzeiten herrschte im Eingangsbereich ein lebhaftes Treiben, doch mit dem Betreten der Aufzüge verteilte sich die Menschenmenge auf die höheren Stockwerke. Jede Etage war wie ein eigener Mikrokosmos, abgeschieden von den anderen Firmen. Auf meiner Etage wurde ich von unserer Rezeptionistin Haylee begrüßt.

„Wie immer pünktlich und trotzdem knapp dran, Christian. Genau sieben Minuten vor dem ursprünglich angesetzten Meeting", sagte sie mit einem schelmischen Blick auf ihre silberne Armbanduhr, die sie am Handgelenk trug. Ich besaß die gleiche – ein Geschenk unseres Vorgesetzten George auf der letzten Weihnachtsfeier.

„Sieben Minuten reichen noch für einen Kaffee. Aber was meinst du mit ‚ursprünglich‘?“, erwiderte ich lächelnd, ohne ihr zu verraten, dass ich heute mehr Zeit als üblich gebraucht hatte, um mich angemessen herzurichten. Mein blasses Gesicht und die tiefen Augenringe kompensierte ich mit einem frisch gebügelten Hemd und einem gut sitzenden Anzug.

„George hat den Beginn des Meetings um zehn Minuten nach hinten verlegt. Schön, dass sie wieder bei uns sind“, sagte sie.

George, mein Vorgesetzter, zeichnete sich durch seine penible, beinahe pedantische Art aus. Haylee hingegen hatte als Einzige einen besonders direkten Draht zu ihm, kürzer als der aller anderen Mitarbeiter.

Mit einem Dank für die Information machte ich mich auf den Weg zur Teeküche, vorbei an den Büros. Dort zog ich mir einen heißen Kaffee aus dem italienischen Vollautomaten, der zuvor nicht dort stand. Gerade als der letzte Tropfen des köstlichen Kaffees in meine Tasse fiel, vernahm ich Schritte hinter mir.

„Christian, ich sehe, Ihre Operation ist erfolgreich verlaufen. Und? Was halten Sie von unserer neuen Anschaffung?“ George blickte in die Küche. Sein gesamtes Auftreten signalisierte, dass er eigentlich kaum Zeit hatte und wohl lieber anderswo wäre.

„Wirklich hervorragend“, erwiderte ich, während ich einen Zuckerwürfel in meinen Kaffee gleiten ließ. „Wir sehen uns dann gleich im Meeting.“ Mit einer kurzen Handbewegung zum Abschied eilte er davon, noch bevor ich weiter darauf eingehen konnte.

Durch die Verschiebung des Meetings eröffnete sich für mich eine knappe Zeitspanne, die ich nutzte, um den Berg an E-Mails zu sichten, der sich in meiner Abwesenheit aufgetürmt hatte. Offenbar hatte meine Vertretung ihre Verantwortung nicht sonderlich ernst wahrgenommen, wenn überhaupt. Wie ich das hasste.

Ich kam pünktlich im Konferenzraum an, einem weitläufigen, rechteckigen Zimmer, das eine gelungene Mischung aus Eleganz und Professionalität bot. In der Mitte stand ein großer Tisch aus dunklem Holz, dessen glänzende Oberfläche die sorgfältige Arbeit der Schreiner erkennen ließ. Rund um den Tisch waren mehrere Bürostühle aus dunklem Leder angeordnet.

Obwohl keine Namensschilder die Plätze kennzeichneten, spiegelte die Anordnung der Sitze subtil die Hierarchie wider. Ich hoffte, mein Platz würde sich zeitnah ändern. Ich bewarb mich auf den Posten eines Abteilungsleiters und meine Chancen, glaubte ich Haylees Gerüchteküche und den gelegentlichen Anspielungen, standen nicht schlecht.

„Gibt es etwas Neues, das wir kurz ansprechen sollten, bevor wir zu unseren Hauptthemen kommen?", startete George das Meeting und blickte in eine Runde von Kopfschüttlern. „Okay, wie ihr wisst, hat Devon uns verlassen, und natürlich wünschen wir ihm nur das Beste auf seinem Weg. Das heißt allerdings auch, dass die Leitungsposition im Bereich Kundenbetreuung momentan vakant ist." In mir wuchs die Spannung. Ich hatte eine Ahnung, was nun folgen würde. „Es war eine Freude, ausschließlich qualifizierte Kandidaten kennenzulernen", sagte George und sein Blick glitt über uns alle. Wir wussten, wer sich aus unserem Kreis und dem Rest der Firma beworben hatte. Einige hatten ernsthafte Chancen, andere hatten sich wohl mehr aus taktischen Gründen beworben, um für zukünftige Gehaltsverhandlungen besser aufgestellt zu sein. „Deshalb freue ich mich, euch mitteilen zu können, dass Nathan zukünftig die Rolle des Abteilungsleiters übernehmen wird. Nathan, kommst du bitte nach vorn?"

Seine Worte trafen mich wie ein Schlag in die Magengrube. Ich benötigte einen Moment, um zu realisieren, dass ich mich nicht verhört hatte. Die Beförderung gönnte ich Nathan nicht. Meine Arbeit war besser, hatte stets überzeugt und ich widmete dem Unternehmen mehr Jahre. Widerstrebend schloss ich mich dem Applaus der anderen an, setzte die Besprechung fort und zog mich dann in mein Büro zurück, um mir einige Minuten zu nehmen und meine Gedanken zu ordnen.

Es klopfte an meinem Büro.

„Christian, haben Sie einen Moment Zeit?", erklang eine Stimme hinter mir.

Während ich mich zu George umdrehte, unterdrückte ich ein Stöhnen – meine genähte Wunde schmerzte. „Wir haben eine neue Praktikantin. Amber. Sie ist die Tochter eines Bekannten."

„Inwiefern betrifft mich das?", entgegnete ich, vielleicht etwas barscher als beabsichtigt. Doch falls es ihn störte, ließ er es sich nicht anmerken.

„Ich möchte nicht, dass sie nur Däumchen dreht. Könnten Sie ein wenig auf sie achten? Ihr zeigen, woran wir hier arbeiten?"

„Sie wird sich wahrscheinlich zu Tode langweilen, wenn sie mir bei der Arbeit zusehen muss. Ich habe noch gefühlt hunderte E-Mails abzuarbeiten." Trotz meiner Abneigung gegenüber der Aufgabe konnte ich nicht direkt ablehnen, also argumentierte ich innerhalb meiner Möglichkeiten. „Sie werden schon eine Lösung finden, in Ordnung?" Ich seufzte.

Keine fünf Minuten später, führte er Amber, die etwas unsicher wirkte, in mein Büro.

„Also, du interessierst dich für die Werbebranche?", leitete ich das Gespräch nach einer kurzen Begrüßung ein.

Sie nickte.

Ich schätzte sie auf Anfang zwanzig, vermutlich im zweiten oder dritten Jahr ihres Studiums. Gedanklich ging ich meinen eigenen Studienverlauf durch und überlegte, wie viel Wissen ich ihr zumuten konnte. Ich beschloss, Zeit zu investieren, um herauszufinden, was sie bereits gelernt hatte und den nebulösen Begriff des Marketings in greifbare, praktische Beispiele zu übersetzen. ‚AIDA' war ihr bereits bekannt – Attention, Interest, Desire, Action.

„Hast du schon mal in einem Unternehmen dieser Art mitgearbeitet?"

„Noch nicht. Ich studiere Wirtschaft", erklärte sie. „Im Modul ‚Marketing' haben wir das Thema oberflächlich behandelt und ich glaube, es könnte interessant werden, später in diesem Bereich zu arbeiten. Was ich aber genau nach dem Studium machen möchte, weiß ich noch nicht."

„Das Wissen wohl auch nur die Wenigsten. Unsere Werbung zielt darauf ab, Entscheidungen zu beeinflussen. Wir müssen zunächst die Zielgruppe analysieren. Was sind ihre Motive, ihre Einstellungen? Wissen wir das, können wir gezielt ihre Emotionen ansprechen. Dabei müssen wir immer auch die sozialen Faktoren beachten, also die soziale Schicht, das Milieu, das direkte Umfeld wie Gruppen, Familie, Partner. Nicht alle Kaufentscheidungen treffen wir allein."

„Das mit den Gruppen verstehe ich nicht ganz", warf sie ein. „Familie und Freunde kann ich ja nachvollziehen, aber weder die Leute aus meinem Seminar an der Universität noch mein Sportverein beeinflussen meine Entscheidungen."

„Gut, dann werde ich es dir anhand eines Beispiels erklären. Was machst du heute nach Feierabend?"

„Ich treffe mich mit ein paar Freunden in einer Bar."

„Ok, eine Bar also ...", sagte ich und dachte kurz darüber nach, wie ich meine Erzählung weiterführen würde. „Wenn einer der Gäste bezahlt und ein hohes Trinkgeld gibt, kann es der Fall sein, dass der Barmann es einen Moment lang ignoriert und auf dem Tresen bewusst liegen lässt. Der Gast, der sich nun auf den freigewordenen Barhocker setzt, sieht dann unweigerlich, in welcher Höhe sein Vorgänger Trinkgeld gegeben hat und unter Umständen wird er sich an einen ähnlichen Richtwert halten. In der gleichen Bar könnte der Manager einen Türsteher damit beauftragen, nur eine gewisse Anzahl von Gästen in die Räumlichkeiten zu lassen, obwohl noch Plätze frei sind. Es würde sich also vor der Tür eine Warteschlange bilden. Vorbeilaufende Passanten werden denken, dass es sich lohnt, hier anzustehen, und werden sich im besten Fall einreihen, ohne die Räumlichkeiten überhaupt zu kennen. Das ist natürlich sehr grob erklärt die Soziale Bewährtheit. Man darf niemals die Konformität vernachlässigen. Menschen streben nach Zugehörigkeit zu einer

Gruppe, wollen aber dabei nicht ihre eigene Individualität aufgeben. Ansonsten kann es sogar den gegenteiligen Effekt zu Folge haben, verstehst du?" Sie nickte.

„Sie dürfen es im besten Fall also nicht bemerken?"

„Exakt, das ist die Kunst, die wir zu beherrschen suchen", erklärte ich. „Das ist es, wo sich plumpe Werbung von gutem Marketing unterscheidet."

Unter ihrem aufmerksamen Blick durchforstete ich die Projekte, die mir während meiner Abwesenheit zugeteilt worden waren, und machte mir eifrig Notizen. Bald entwarf ich einen Plan, der Amber nicht nur sinnvoll einband, sondern ihr auch eine wertvolle Lernaufgabe bot. Es war die effektivste Lernmethode: Ins kalte Wasser geworfen zu werden und lernen zu schwimmen. Mein Ziel war es, Amber eine Chance zu bieten, den Berufsalltag hautnah zu erleben.

Ich rechnete damit, dass sie oft um Hilfe bitten würde, aber ich war überzeugt, dass sie am Ende ihres Praktikums einen wirklichen Einblick in unsere tägliche Arbeit gewonnen haben würde. Nachdem wir den Plan festgelegt hatten, diskutierten wir ausführlich die Anforderungen, bevor wir uns jeweils unseren eigenen Aufgaben widmeten.

Ich entschied, sie früher nach Hause zu schicken. Schließlich hatte sie noch Pläne und wurde nicht für Überstunden bezahlt.

Schon lange vor dem offiziellen Feierabend fühlte ich mich ausgelaugt. Meine Glieder wurden schwer, mein Geist trüb. Ich sehnte mich nach dem Feierabend. Nathan, der durch die Flure stolzierte wie ein Pfau und sein neues Büro zelebrierte, machte es nicht besser. Als es schließlich an der Zeit war, meine Sachen zu packen, sortierte ich gerade meine Unterlagen und verstaute sie in meiner Aktentasche, als George leise, aber entschlossen an meine Tür klopfte. Ich hielt inne. „Und? Wie kommt unsere Praktikantin zurecht?", fragte er.

Sie musste mittlerweile zu Hause sein, oder genauer gesagt, in der Bar. „Sie macht ihre Sache gut, zeigt viel Engagement", antwortete ich knapp. Ich wollte dieses Gespräch nur noch schnell hinter mich bringen, um endlich nach Hause gehen zu können.

„Ich sehe, Sie sind schon auf dem Sprung. Dann also bis morgen, Christian." George drehte sich um, um zu gehen, doch der Frust, den ich seit dem Meeting mit mir herumtrug, überwog.

„Warte, George. Ich war etwas verwundert, dass ich für die Beförderung nicht in Betracht gezogen wurde." George hielt inne, trat wieder in mein Büro und schloss die Tür hinter sich.

„Ich verstehe Ihren Ärger. Sie leisten beide hervorragende Arbeit, aber Nathan erhielt den Vorzug, da er sich in Sachen Führung fortbildete. Gräm dich nicht! Sie werden auch noch eine Möglichkeit zum Aufstieg erhalten."

Mir war sofort klar, worauf George anspielte. Das fünftägige Führungsseminar in Brüssel, das erst vor einigen Wochen stattgefunden hatte. Ich hatte mich dafür angemeldet und wurde akzeptiert, nur um dann kurzfristig gebeten zu werden, wegen eines dringenden Projekts im Büro zu bleiben. Nathan nahm meinen Platz in dem Seminar ein. Und das sollte jetzt der ausschlaggebende Grund sein? Ich äußerte mich nicht weiter, doch George musste gespürt haben, dass ich mit seiner Erklärung nicht zufrieden war.

„Ich möchte ihnen einen Vorschlag unterbreiten. In Kürze ergibt sich für uns die Chance, einen neuen Großkunden zu gewinnen – einen der Big Four der Autoindustrie.“

„Um welchen Auftrag handelt es sich?“

„Es geht um die PR-Kampagne für ihr neuestes Modell. Die Details sende ich Ihnen per E-Mail. Ich möchte, dass sie den Pitch bis nächsten Montag vorbereiten. Wenn sie uns diesen Auftrag sichern, winkt ihnen eine beträchtliche Provision und eine Gehaltserhöhung von 8 Prozent ab dem nächsten Quartal. Und für die nächste Führungsposition habe ich Sie fest im Blick. Was sagen sie dazu?“

Provision und Zulage waren attraktiv, eine mündliche Zusage jedoch nicht viel Wert. Mir war klar, dass George die Versprechungen im Privaten gemacht hatte, ohne Beteiligung von Betriebsrat oder einem anderen Dritten, den ich als Zeuge hätte nutzen können. Plötzlich bereute ich es, Amber so früh weggeschickt zu haben. „In Ordnung.“

„Sehr schön. Dann sehen wir uns spätestens nächste Woche zur ersten Vorstellung eines Entwurfs wieder.“

„Dann würde ich mich mit den Unterlagen für den Rest der Woche, also Dienstag bis Freitag, ins Homeoffice verabschieden, um alles durchzugehen und vorzubereiten. Amber darf in der Zeit mein Büro nutzen und kann mich jederzeit mobil oder per Mail erreichen. Einen Auftrag habe ich ihr gegeben.“

George gab mir das Okay und ging. Ich sammelte die Unterlagen zusammen, die ich für die Zeit im Homeoffice benötigte, ehe ich mich auf den Weg nach Hause begab.

***

Parker lehnte sich nach hinten und räusperte sich, doch Evans fuhr unbeirrt davon fort.

„Ich warf einen letzten Blick aus der Glasfront der Werbeagentur, in der ich seinerzeit angestellt war. Addison & Sterling hieß sie, für den Fall, dass Sie das nachprüfen wollen. Mein Büro lag im fünften Stock des Gebäudekomplexes."

„Ist das relevant?", fragte Parker.

„Relevant? Ja, für mich schon."

Parker rieb sich über die Schläfe. Er hatte Evans um seine Geschichte und Beweggründe gebeten, aber noch war nichts Verwertbares in seiner Erzählung gefallen. Vielleicht konnte er es nicht besser, oder er machte sich einen Spaß daraus, allen den Feierabend zu ruinieren.

KAPITEL 15

In meiner Kindheit war ich ein wahres Energiebündel – ständig in Bewegung, immer auf der Suche nach dem nächsten Abenteuer. Ob auf Bäume klettern, auf Mauern balancieren oder durch Bäche streifen, ich war kaum zu bremsen. Diese Energie verließ mich auch als Erwachsener nicht. Selbst mit 33 fühlte ich mich meist energetisch und selten müde.

Doch nun fühlte ich mich plötzlich ausgelaugt und übermäßig erschöpft. Trotz dieser überwältigenden Müdigkeit fand ich jedoch keinen Weg, die Nacht durchgehend zu schlafen. Es war paradox. Am Mittwochmorgen gab ich schließlich nach und landete trotz meiner generellen Skepsis gegenüber Ärzten im Wartezimmer meines Hausarztes. Mir war klar, dass ich etwas ändern musste, wenn ich nicht wollte, dass meine Leistung bei der Arbeit darunter litt. Kaffee war keine Dauerlösung, und das Projekt, das George in meine Hände gelegt hatte, war einfach zu wichtig.

Die feuchtkalte Herbstluft mischte sich im Wartezimmer mit den von Erkältungen und Grippe gezeichneten Atemzügen der Patienten. Ringsum saßen die Menschen in ihren Stühlen, geplagt von Husten, Schnupfen und roten Nasen. Neben mir griff eine ältere Dame nach einem Taschentuch und schnäuzte sich mit Nachdruck.

Ich fühlte mich in dem Wartezimmer nicht sehr wohl. Eine Erkältung wäre etwas gewesen, mit dem ich klarkomme, mein Problem war jedoch ein anderes und es war zum Haare raufen, dass ich, obschon körperlich fit, mich nicht gesund fühlte. Nach etwas Abwechslung suchend, begutachtete ich die in der Praxis zur Schau gestellten Kunstwerke. Ein besonderes Bild zog meine Aufmerksamkeit auf sich: ein abstraktes Werk, dessen Motiv mir Rätsel aufgab. ‚Paradiesvogel‘, verriet ein kleines Messingschild neben der Leinwand. Abstrakte Kunst, eine wirre Zusammenstellung aus warmen Farbtönen. Ich betrachtete das Gemälde skeptisch. Unwillkürlich entwich mir ein Lachen.

Der ältere Herr warf mir einen verwunderten Blick zu. „Entschuldigen Sie, aber ich musste gerade über den Titel dieses Bildes schmunzeln. ‚Paradiesvogel‘.“ Ich deutete auf die roten- und orangefarbenen Striche und Flecken. „Sieht aus, als hätte jemand den armen Vogel erwischt, wenn man sich diese rote, gekleckerte Farbexplosion ansieht.“

Während der Mann das Bild genauer betrachtete, wurde sein Blick ernster. „Das ist Kunst, keine Kleckserei“, hauchte er mit heiserer Stimme.

„Mr. Evans, bitte folgen Sie mir in Behandlungszimmer 1“, bat die Arzthelferin. Dankbar dafür, aus der leicht unangenehmen Situation befreit worden zu sein, stand ich auf und begleitete die Dame.

Eine Liege stand im Raum, unweit davon ein Schreibtisch, auf dem ein Computer stand. Direkt im Sichtfeld des Arztes prangte an der Wand ein informatives Poster, das die menschliche Wirbelsäule detailliert darstellte. An einem Schrank waren gemalte Kinderbilder angebracht. Daneben hing ein privates Foto. *Eine sehr süße Familie*, dachte ich bei mir. Eine Weile verstrich in der Stille des Raumes, bis die Tür schließlich mit einem kräftigen Schwung aufgestoßen wurde.

Dr. Heavington, der sich dem Ruhestand näherte, was sein silbergraues Haar und die randlose Brille verrieten, wirkte sichtlich gestresst.

„Nun, Mr. Evans", sagte er und warf dabei einen Blick auf die elektronische Patientenakte. „Was verschafft mir das Vergnügen Ihres Besuchs heute?"

„Seit geraumer Zeit plagen mich Schlafstörungen. Ich habe Probleme beim Einschlafen und Durchschlafen. Man könnte sagen, dass ich ständig müde bin. Keine Ahnung, warum."

Dr. Heavington tippte auf der Tastatur, ohne seinen Blick von dem Bildschirm zu lösen.

„Gibt es einen bestimmten Auslöser, den Sie identifizieren können?", fragte er nach einem Moment.

„Mir wurde kürzlich die Galle entfernt; sie haben den Eingriff angesetzt. Möglicherweise macht mir die Anästhesie noch zu schaffen oder es gibt andere Nachwirkungen."

„Haben Sie noch andere körperliche Beschwerden oder Schmerzen, die Ihren Schlaf stören könnten?"

„Nein, nichts dergleichen. Es zwickt manchmal, aber das hält mich nicht wach. Meine Erschöpfung wird immer belastender."

„Die Operation liegt nun schon über zwei Wochen zurück", merkte Dr. Heavington mit einem überraschten Blick an.

„Ja, das ist korrekt", sagte ich.

„Wir werden überprüfen, ob möglicherweise eine Infektion dahintersteckt. Gibt es vielleicht andere Faktoren, die Sie noch nicht in Erwägung gezogen haben, welche unabhängig von Ihrer Operation sein könnten?", fragte er, während er zum ersten Mal den Blick vom Bildschirm löste und mich direkt ansah. „Haben Sie aktuell viel Stress? Im Beruf oder privat vielleicht?"

„Im Beruf gibt es derzeit einige anspruchsvolle Projekte, aber ..."

„Das könnte bereits eine Erklärung sein. Empfinden Sie eine Art innere Unruhe?"

Ich horchte in mich hinein, suchte nach der Antwort. Innere Unruhe, wie er es nannte, war es nicht, aber ich konnte auch nicht mit dem Finger auf etwas zeigen, das der Grund war. „Etwas hält mich definitiv wach. Nennen Sie es, wie Sie möchten."

„Ich verschreibe Ihnen ein Medikament, das schlaffördernd wirkt. Beginnen Sie mit einer halben Tablette."

„Ich bin nicht so der Fan von ..."

„Falls sich Ihre Situation in den nächsten Wochen nicht verbessert, empfehle ich Ihnen, erneut vorstellig zu werden. Zudem wäre es ratsam, der Ursache auf den Grund zu gehen, weshalb ich Ihnen nahelege, einen Termin bei einem Psychotherapeuten zu vereinbaren, für den Fall, dass die Blutuntersuchung keine Ergebnisse erbringen sollte."

„Ich brauche keinen Therapeuten, ich brauche nur etwas Schlaf. Dafür habe ich auch gar keine Zeit", erwiderte ich, doch er hörte mir scheinbar nicht zu.

„Ich verschreibe Ihnen zunächst nur eine kleine Einheit der Tablettenpackung. Bitte nehmen Sie abends vor dem Schlafengehen eine Tablette ein und beobachten Sie, wie Sie diese vertragen. Nach den Ergebnissen der Laboruntersuchung wissen wir vermutlich schon mehr."

Ich hatte eigentlich noch Fragen, doch ehe ich sie stellen konnte, stand er bereits wieder auf. Beim Hinausgehen wies er mich an, im Labor Platz für eine Blutentnahme zu nehmen, und verschwand auf Nimmerwiedersehen.

Eine Arzthelferin kam, um die Nadel zu setzen. Auf die Medikamente verzichtete ich vorerst, auch wenn ich sie abholte. Ich hoffte, meine Beschwerden würden vorübergehender Natur sein. Außerdem wollte ich erst die Testergebnisse abwarten.

KAPITEL 16

Ich arbeitete von zu Hause aus, oft bis in die Nacht hinein, bis mir die Decke auf den Kopf fiel. Ich streckte mich und schüttelte die Anstrengungen aus meinen Knochen und Muskeln. Vielleicht fehlten mir nur neue Impulse, etwas Dopamin, das meine Neuronen etwas in Schwung brächte.

Ich zog meine Lederjacke über und ging los. Mit der Metro fuhr ich bis zum Oxford Circus, von wo es nur ein kurzer Fußweg bis zum Szeneviertel Soho war.

Soho wird durch die Bewohner und Besucher zum Leben erweckt, hat eine ganz eigene Energie. Es gibt verwinkelte Gassen, in denen dutzende Bars und Restaurants darauf warten, entdeckt zu werden.

Es war deutlich kühler geworden, doch das Wetter war trocken und die Kneipen hatten die Gunst der Stunde genutzt und draußen Tische aufgestellt, die bis auf den letzten Platz gefüllt waren. Fürs Erste entschied ich mich für ein paar Drinks in einer Bar. Spätestens, als ich das Sortiment an farbenfrohen Flaschen hinter dem Tresen sah, wusste ich, dass ich hier gut aufgehoben war. Teurer Whiskey, noch teurerer Gin und erlesene Weine. Der Barkeeper hatte alle Hände voll zu tun und gab Glas um Glas über den Tresen. Unzählige Gläser hatten ihre Spuren in Form kreisrunder Wasserflecken auf der Theke hinterlassen – ein vertrautes Bild, fast wie auf meinem Küchentisch. Ich ließ meinen Finger langsam über den Kreis vor mir gleiten, bis der Barkeeper mir schließlich ein paar Sekunden wertvollen Zeit schenkte.

Ich bestellte Whiskey on the rocks und dazu ein Bier, um nicht wieder warten zu müssen. Aus den Lautsprechern klang Musik. Ich ließ meinen Blick über die Menge schweifen, während ich meinen Rücken an die Bar lehnte und das kühle Bier genoss. Die Gäste waren eine heterogene Masse: Paare und solche, die es vielleicht werden würden, wenn auch nur für eine Nacht, Frauengruppen, die zu laut lachten, ein paar Typen, die ein Fußballspiel im Bildschirm über der Theke verfolgten.

Mein Blick blieb plötzlich an einer Brünetten hängen. Sie hatte langes, glänzendes Haar, das über ihre Schultern fiel. Ihre Augen waren von einem intensiven Grün, das selbst im gedämpften Licht der Bar gut zu erkennen war. Ihr Gesicht war fein geschnitten, mit hohen Wangenknochen. Sie trug einen smaragdgrünen Minirock. Das anliegende schwarze Top, das sie dazu kombiniert hatte, betonte ihre schmale Taille. Für einen Moment kreuzten sich unsere Blicke. An ihren Händen war kein Ring. Bevor ich sie ansprechen konnte, verließ sie jedoch die Bar. Ich trank aus. Ich musste sie einfach kennenlernen, selbst wenn es nur für einen Augenblick sein würde. Zudem gefiel mir der Gedanke nicht, den Abend allein zu verbringen.

Als ich die zwei Treppenstufen der Bar hinabstieg, sah ich mich um. Von beiden Seiten ertönten Bässe und Gelächter. Meine Aufmerksamkeit wurde auf ein laut streitendes Paar gezogen.

„Elende Drecksschlampe", schrie der Typ sie an. Der ‚Typ' war ein kurzhaariger Mann in einem weißen T-Shirt, das sich über den Oberarmen spannte. Er überragte sie um beinahe zwei Köpfe. Seine Körpersprache war aggressiv, wie die eines knurrenden Hundes, der kurz davorstand, sein Opfer mit einem Biss niederzustrecken. Sein Gegenüber weinte. Es war die Brünette aus der Bar.

Er stieß sie an der Schulter, woraufhin sie zwei Schritte zurückwich und dabei fast das Gleichgewicht verlor. Ich sah mich um – niemand schritt ein. Unfassbar!

„Hey", schrie ich und trat auf ihn zu. Der Alkohol hatte mich mutiger gemacht, als angesichts meines groß gewachsenen Gegners angebracht gewesen wäre.

„Halt dich raus", antwortete er und hielt sie am Unterarm fest.

Sie setzte sich zur Wehr, hatte jedoch keine Chance. Meine Hand ballte sich zur Faust, ich ließ sie aus der Drehung nach vorn schnellen.

Der Schlag traf mit voller Wucht die Wangenknochen meines Gegners. Meine Faust schmerzte vom Aufprall. Die Siegesgewissheit verflog so schnell, wie sie gekommen war. Der Typ lächelte kurz und das Letzte, was ich sah, war die Faust, die mein Gesicht traf.

Die zögerliche Stimme einer Frau hallte in meinem Kopf wider. Ich öffnete schwerfällig die Augen. Die Sicht war verschwommen, das rechte Auge geschwollen und der Kopf dröhnte vor Schmerzen. Die Frau kniete neben mir auf dem Boden, drückte meinen Arm und sah mich mit großen Augen an.

Langsam richtete ich mich auf und stützte mich auf dem Asphalt ab. Mit den Fingern ertastete ich die schmerzende Stelle an meiner Schläfe. Warmes Blut lief über meine Hand. Ich schüttelte den Kopf, um die Benommenheit abzuschütteln, doch das verschlimmert nur den Schwindel.

„Alles in Ordnung", sagte ich und sah mich um. Wie ein Kaninchen, das sich vor dem Heraustreten aus dem Bau davon überzeugte, dass kein Raubtier in der Nähe wartete. Natürlich log ich in diesem Augenblick. Nichts war in Ordnung.

„Er ist weg", sagte sie meinem Blick folgend. „Nachdem du dazwischengegangen bist, hat er sich verzogen. Du bist der Held des Tages." Ihr Lächeln war hinreißend und auch ansteckend.

„Ohnmächtig rumliegen hat noch jeden in die Flucht geschlagen."

„Soll ich dich ins Krankenhaus bringen?" Es schüttelte mich innerlich bei dem Gedanken. Nicht schon wieder.

„Nicht nötig." Ich richtete mich auf und wischte den Dreck der Straße vom Leder meiner Jacke.

„Dann lass mich dich bitte wenigstens einladen."

Eigentlich wollte ich keine Einladung, nur schnellstmöglich wieder sitzen, vorzugsweise nicht auf der Straße.

Wir fanden einen freien Tisch im Außenbereich der Bar, und kaum hatten wir Platz genommen, bestellte sie für mich einen Whisky on the rocks. Sie stellte sich als Cora vor, eigentlich Coraline. Als mein Getränk ankam, griff sie sich einige Eiswürfel, und hielt sie mir vors Auge. Die Kühle war eine sofortige Erleichterung und wirkte schmerzlindernd.

„Das Eis kühlt und der Alkohol desinfiziert“, scherzte sie.

„Kanntest du diesen Typen?“, fragte ich, während ich mich an den Schlag erinnerte, der mich zu Boden geworfen hatte.

„Ich habe den heute zum letzten Mal gesehen“, versicherte sie mir.

Das Gespräch verlief gut, aber der Schwindel raubte mir die Sinne.

„Du“, sagte ich, „ich habe wirklich gerne geholfen, aber ich denke, es ist Zeit nach Hause zu gehen.“

„Natürlich“, antwortete sie. Sie rief den Kellner, zahlte auch mein Getränk und stand mit mir auf.

„Wo musst du hin?“, fragte sie.

„Oxford Circus.“

„Das liegt auf meinem Weg – darf ich dich vielleicht noch auf einen Donut einladen? Mein Lieblingsladen ist nicht weit weg.“

„Wenn es auf dem Weg liegt.“ Ich lächelte, soweit ich konnte, und ließ mich abseits des Stroms in eine Seitengasse führen. Ein kleines Schild wies das Geschäft aus, wurde von einer Straßenlaterne erhellte.

„Ist es in Ordnung, wenn ich draußen bleibe und noch eine rauche?“, fragte ich.

„Mach ruhig. Welchen willst du?“, fragte sie.

Ich zuckte mit den Schultern. Ehrlich gesagt mag ich keine Donuts. Der Teig ist zu süß und zu fettig für meinen Geschmack. Das sagte ich ihr jedoch nicht. „Entscheide du.“ Ich stützte mich an die Wand, nahm einen tiefen Atemzug und schloss die Augen. Rauchen tat ich nicht, ich brauchte nur eine Verschnaufpause. Meine Kopfschmerzen wurden immer schlimmer. Meine Begeisterung für das Nachtleben war längst verflogen und ich würde mich in die überfüllte Metro begeben müssen. Es schüttelte mich bei dem Gedanken.

Nicht lange, da überreichte sie mir eine braune Tüte mit dem Logo des Donut-Geschäftes. „Das ist das Mindeste, was ich tun kann. Die Wenigsten zeigen Courage, viele haben einfach weggeschaut. Aber nicht du."

„Hab ich gerne gemacht", antwortete ich und zwinkerte ihr zu. „Ich werde mich jetzt auf den Heimweg machen."

Während ich die Treppen zur Metro hinunterstieg, ging es mir zunehmend schlechter. Die grellen Lichter und die lauten Durchsagen hallten in meinem Kopf wider. Von der Menge wurde ich förmlich in den Waggon gedrängt, wo ich mich an einer Haltestange festkrallte, bis endlich ein Sitzplatz frei wurde. Mit geschlossenen Augen und flacher Atmung bemühte ich mich, mich auf die vorbeiziehenden Stationen zu konzentrieren, in der Hoffnung, dass meine Fahrt bald ein Ende finden würde. Die Metro stoppte immer wieder, ließ Passagiere ein- und aussteigen, während ich mich auf meinem Sitz zusammenkrümmte. Schließlich erreichte ich meine Station nahe der Themse – fast zu Hause.

Mit den letzten Reserven meiner Kraft bewältigte ich den Rest des Weges, um mich in der Sicherheit meiner eigenen vier Wände selbst zu versorgen. Nachdem ich die Treppe hinaufgestiegen war, steuerte ich direkt das Badezimmer an. Ohne zu zögern, griff ich nach meinen Kopfschmerztabletten und schluckte gleich zwei auf einmal herunter. Kurz entschlossen folgte eine dritte Tablette. Mein rechtes Auge präsentierte sich in einem alarmierenden Spektrum von tiefem Blau bis Rot; die Schwellung schränkte meine Sicht merklich ein.

Es war eine Qual, das Auge offenzuhalten. An meiner Schläfe zeugte eine klaffende Wunde von dem Schlag, der mich getroffen hatte. Mit zittrigen Händen öffnete ich den Medizinschrank, auf der Suche nach Desinfektionsmittel. Ich rüstete mich innerlich gegen den scharfen Schmerz, tränkte ein Taschentuch mit Wasserstoffperoxid und tupfte es auf die Verletzung, während ich die Luft anhielt und die Augen zusammenpresste. Nachdem die Blutung gestillt und die Wunde gereinigt war, betrachtete ich mein Spiegelbild – ich seufzte. Vielleicht hätte ich doch ins Krankenhaus gehen sollen?!

KAPITEL 17

Zu sagen, mir war nicht gut, wäre eine Untertreibung gewesen. Als ich mitten in der Nacht aufwachte, dröhnte mein Kopf, als stünde ich neben einem Gleis, während ein schwerbeladener Güterzug in Spitzengeschwindigkeit an mir vorbeidonnerte. In meiner Not suchte ich mit zerknitterter Stirn und nur halbgeöffneten Augen die Tabletten, die mir mein Hausarzt verordnet hatte. Mögliche Nebenwirkungen waren mir nun auch egal. Ich wollte, dass es mir schnell besser geht. Die Konsequenzen meiner Entscheidung ließen jedoch nicht lange auf sich warten und der medizinische Cocktail – Tabletten, Schmerzmittel und Alkohol – knockte mich komplett aus. Erschrocken stellte ich fest, den Samstag beinahe verschlafen zu haben – mir blieben noch etwas mehr als vierundzwanzig Stunden für das Projekt.

Am Morgen bot mein Spiegelbild das Porträt eines Boxers nach einem missglückten Kampf – ein Anblick, der sich so kurz vor meinem wichtigen Pitch kaum verbergen ließ. Ich bereitete mir einen frischen Kaffee zu und bemerkte dabei die Tüte, die ich in der Nacht von Freitag auf Samstag mit wenig Sorgfalt auf die Küchenzeile geworfen hatte. Neugierig öffnete ich die umgeschlagene Kante der Verpackung und entdeckte darin eine Telefonnummer, darunter sorgfältig mit Kugelschreiber der Name ‚Cora' vermerkt. Beim Hineingreifen fühlte ich die Textur von Zucker – in diesem Moment konnte ein wenig Süße sicher auch nicht mehr schaden. Ich fand einen Donut, verziert mit Karamellsplittern auf Schokoglasur, biss hinein und musste zugeben, dass er gar nicht übel war, für einen alten Donut wohlgemerkt. Die Nummer speicherte ich unter dem Kontakt ‚Cora-Soho' in meinem Telefon. Ich würde sie anrufen, nur eben heute noch nicht. Mit frischem Kaffee widmete ich mich meiner Arbeit und stellte den Pitch bis zum ersten Licht des Morgengrauens fertig.

Als ich meine Präsentation im Konferenzraum beendet hatte, hielt ich inne. Ich sah mich um, achtete auf irgendein Zeichen der Zustimmung – ein Nicken, ein Lächeln, selbst ein Klopfen auf den Tisch hätte genügt, um mich zu beruhigen. Doch nichts geschah. Mein Blick suchte George, dessen Mimik ernst blieb. Hat ihm das Konzept etwa nicht zugesagt? Seine Meinung war entscheidend – fand er Gefallen an der Idee, würde niemand wagen, Einwände zu erheben.

„Ich schätze das Konzept. Es ist gut und ich sehe, dass du dir Mühe gegeben hast", sagte George. Ich nickte und schmunzelte.

„Aber: Der Pitch ist schon bald und", er zeigte mit einer Handbewegung auf seinen Nebenmann, „Nathan wird die Aufgabe übernehmen. Nur um sicherzugehen", fuhr George fort.

„George, das ist mein Projekt, meine Idee. Das können Sie mir nicht wegnehmen." Natürlich war mir bewusst, dass er genau das tun konnte. George hatte die Macht, Entscheidungen nach seinem Gutdünken zu treffen.

„Was Sie in Ihrer Freizeit tun, geht mich nichts an, aber ..." Er machte eine weitere Geste in Richtung meiner Verletzungen. „... das hier ist bei einem Kunden dieser Größenordnung nicht vertretbar. In diesem Moment repräsentieren Sie nicht sich selbst, sondern das Unternehmen. Und in Ihrem jetzigen Zustand verkörpern Sie nicht die Professionalität, die wir auf dieser Ebene erwarten."

Unter den aufmerksamen Blicken meiner Kollegen verließ ich den Konferenzraum und warf, kaum in meinem Büro angekommen, die Notizen in den Papierkorb. *Das ist nicht fair.*

KAPITEL 18

Es brauchte ein paar Tage, bis die Spuren meines Kampfes sich besserten. Erst dann meldete ich mich bei meiner Soho-Bekanntschaft, um eine Verabredung auszumachen.

Ich sah Cora bereits von Weitem, als ich die Straße entlang auf die Bar zuging. Sie hatte mich noch nicht erblickt und schaute suchend in die andere Richtung der Straße. Die dunklen Haare trug sie offen. Ihr Kleidungsstil war leger und gleichzeitig elegant. Ein Cocktailkleid und ein beinahe durchsichtiger Bolero.

Ich blieb einen Augenblick stehen und betrachtete sie. Als sie sich in meine Richtung drehte, begrüßte ich sie.

„Hi", sagte ich und umarmte sie.

„Hi Christian", antwortete sie und hielt die Umarmung für einige Sekunden. „Wir können direkt reingehen, ich kenne den Besitzer und habe uns einen Tisch reserviert."

„Gut, dann geh voraus." Sie wechselte ein paar Worte mit einem Kellner, ging dann schnell und zielstrebig auf einen Tisch zu. Ich warf einen Blick auf die Karte, entdeckte einen Long Island Ice Tea und sah mich in der Bar um. Der Tresen schimmerte und spiegelte das rötliche Licht, das von der Hintergrundbeleuchtung geworfen wurde.

„Schätzchen", sagte ein Kellner zu Cora. „Lang nicht mehr gesehen. Was kann ich euch bringen?" Cora stand auf und umarmte den Kellner.

„Für mich einen Sex on the Beach und für ihn ..."

„Einen Long Island Ice Tea", sagte ich.

„Ich habe mal in dem Laden gearbeitet." Sie machte einen Wink mit der Hand. „Ist aber schon etwas her."

„Und? Was stellst du jetzt mit deiner Zeit an?", fragte ich.

„Das ... ich bin mir nicht sicher. Und du?"

„Ich arbeite bei einer Marketingagentur und war in meiner Vergangenheit kein Boxer."

Sie lachte hell.

„Ach, wirklich? Nun gut. Ich habe eine Schauspielausbildung gemacht und bin nun auf der Suche nach Auditions, um Rollen zu bekommen."

Ich musste unwillkürlich schmunzeln. Schauspiel und Kunst waren das Gegenteil zu meiner Bürowelt.

„Das ist spannend", sagte ich. „Jeder kann in einem Büro arbeiten, aber die Chance für eine Schauspielkarriere muss man ergreifen."

Es war schon weit nach Mitternacht, als wir wieder vor die Tür traten. Die Luft war kalt, fast beißend. Sie klapperte mit den Zähnen, umfasste ihren Körper mit den Armen. Als eine weitere Böe durch die Nacht zog und die trockenen Blätter durch den Wind segeln ließ.

„Ist dir kalt?"

„Etwas." Ich zog meine Jacke aus und gab sie ihr. Ohne zu zögern, legte ich meinen Arm um ihre Taille.

„Möchtest du noch mit zu mir?", sagte sie und zog leicht an meinem Shirt. Wie sollte ich da ablehnen?

Am nächsten Morgen wurde ich in ihrer Wohnung wach. Cora schlief noch immer. Mein Smartphone steckte noch in meiner Jeans, die achtlos neben dem Bett lag. Ich griff nach unten und kramte es aus der Hosentasche. Schon nach zehn Uhr. In dem Moment bewegte sich Cora. Ich streichelte über ihren Körper. „Morgen. Soll ich Frühstück machen?"

„Du hast aber eine tiefe Whiskeystimme", sagte sie noch verschlafen mit ihren durch die Nacht zerzausten Haaren.

Ich beugte mich zu ihr hinunter und küsste sie. „Die ist morgens immer etwas tiefer. Das gibt sich gleich. Also?"

„Später", sagte sie und drängte sich an mich.

Im November, bereits nach einem Monat, zog Cora zu mir.

Der Löwenanteil der Lebenskosten lag auf meinen Schultern, aber das war in Ordnung. Ich war glücklich.

KAPITEL 19

Wir hatten eine gute Zeit. Einige Monate lang. Irgendwann war still und heimlich der Alltag eingekehrt. Ich arbeitete hart, kämpfte mich durch Projekte und To-do-Listen, sowohl beruflich als auch privat. Es war viel Arbeit, zu viel, und meine Projekte litten darunter. Ich half ihr beim Üben, oft bis 23 Uhr, bis ich erschöpft aufgeben musste. Das kontinuierliche Lesen und Sprechen – ein endloses Wiederholen derselben Abläufe – ließ mich fast glauben, ich könnte die Rolle selbst übernehmen. Es lief jedoch nicht gut für sie. Wieder eine Audition, wieder eine Absage. So viel Mühe, so viel Aufwand, für nichts. So ging es nicht weiter.

„Wenn du dich damit unwohl fühlst, kannst du auch aufhören. Ich helfe dir auch etwas zu finden", schlug ich vor.

Sie drückte mich weg von sich. „Ich gebe noch nicht auf. Ich habe hart dafür gearbeitet."

„Weiß ich doch", sagte ich und nahm sie bei den Händen. „Was hältst du davon Essen zu gehen? Einfach mal rausgehen und die blöde Audition hinter sich lassen."

„Nur wenn ich das Restaurant auswählen darf."

Das von ihr ausgesuchte Lokal ließ keine Wünsche offen. Eine mediterran anmutende Einrichtung, Essen mit massenhaft Kohlenhydraten, gedimmtes Licht mit flackerndem Kerzenschein und eine musikalische Untermalung im Hintergrund. Wir hatten Spaß, wir lachten viel. Das änderte sich zu Hause.

Im Hausflur betätigte ich den Lichtschalter – ohne Erfolg.

„Ein Stromausfall?", fragte Cora und schmiegte sich an mich.

„Wahrscheinlich", antwortete ich. Das ganze Haus war in Dunkelheit gehüllt. Ich griff sie an der Hand, lächelte. Wir gingen hinauf. Deutlicher als sonst nahm ich wahr, wie die hölzernen Treppenstufen des alten Hauses unter unserem Gewicht ächzten.

Als wir bei unserer Etage angekommen waren, blieb Cora stehen. „Christian, schau, die Tür!", flüsterte Cora und erstarrte.

„Warte hier", sagte ich und ging auf die Tür zu.

„Komm zurück! Vielleicht sind es Einbrecher. Wir sollten die Polizei rufen!" Ich winkte ab und lauschte in die Wohnung hinein.

„Ich geh hinein", flüsterte ich, als ich keinen Laut hörte.

Ich schlich durch die Eingangstür in den Wohnungsflur. Meinen tropfenden Regenschirm hielt ich als Waffe vor mich. Ruckartig blickte ich in alle Zimmer hinein. Nichts fehlte. Niemand war da. Ich atmete auf.

„Es ist alles gut und sicher. Ich werde im Keller die Sicherung wieder anklemmen", sagte ich und ging auf sie zu. Sie packte mich am Arm.

Ihr Griff war erstaunlich fest für ihre Größe und ihren Körperbau. Cora umklammerte ihr Smartphone, das sie fest vor sich hielt, und beleuchtete den Türrahmen mit der eingebauten Lampe.

„Sieh mal! Das Schloss ist unbeschädigt, keine Kratzer. Es scheint nicht aufgebrochen worden zu sein." Sie sah mich an, stemmte ihre Hand in die Hüfte. „Christian, sag mir bitte, dass du nicht unsere Tür sperrangelweit offengelassen hast, als wir das Haus verlassen haben."

„Ich dachte, ich hätte abgeschlossen", antwortete ich. Seit meiner Jugend hatte ich es nie vergessen, die Tür abzuschließen oder den Schlüssel mitzunehmen.

„Da sind auch meine ganzen privaten Sachen in der Wohnung. Ich war vor dir unten und hab noch nach der Post gesehen. Es gibt keine äußerlichen Spuren an der Tür und gleichzeitig sagst du, es wurde nichts gestohlen. Ich meine, wie sieht es denn für dich aus?"

„Ich habe keine Ahnung, wer zuletzt hier oben war," murmelte ich und runzelte die Stirn. „Ich bin mir sicher, die Tür zugemacht zu haben." Coras plötzlicher Ausbruch brachte mich aus dem Konzept. Einerseits verstand ich ihre Sorgen, andererseits auch nicht, denn letztlich gab es keinen Grund, ein Fass aufzumachen. Keiner unserer Nachbarn würde, ohne zu fragen, in die Wohnung gehen. Es fehlte auf den ersten Blick nichts von Bedeutung. Darüber hinaus hatten wir einen wunderschönen Abend verbracht. Wenn ich einen Fehler gemacht hatte, dann sicherlich nicht mit Absicht. „Ich mache das routiniert, automatisch quasi, ohne viel darüber nachzudenken. Tut mir leid, wenn ich die Tür versehentlich offengelassen habe, okay?"

„Okay? Nein, es ist nicht okay. Weißt du eigentlich, was ich gerade für eine Angst hatte?" Sie zeigte in die Wohnung hinein und stampfte mit dem Fuß auf den

Boden. „Ich hatte Angst um dich! Sag doch einfach, dass du sie aufgelassen hast.“

„Ja, Herr Gott, vielleicht habe ich sie aufgelassen, aber doch nicht mit Absicht“, brüllte ich beinahe.

In diesem Moment kam einer der Nachbarn die Treppe herauf. „Ist alles in Ordnung?“, fragte er und sah zu Cora.

„Alles gut, danke“, sagte sie und richtete den Lichtschein des Telefons auf den Neuankömmling.

Er besah mich mit zusammengekniffenen Augen und drängte sich an uns vorbei.

„Christian, du bringst mich mit deinem Verhalten vor unserem Nachbarn in Verlegenheit“, zischte Cora, nachdem der Nachbar seinen Weg fortgesetzt hatte und außer Hörweite war.

„Du bist doch zuerst laut geworden“, zischte ich zurück.

„Jetzt ist es also meine Schuld, dass du so mit mir redest?“

„Weißt du was? Geh doch schon mal in die Wohnung. Ich checke im Keller, ob die Sicherungen das Problem sind, oder es vielleicht ein allgemeines Problem ist“, sagte ich und fasste sie an den Schultern.

„Und überhaupt, wenn du nicht ständig so unkonzentriert wärst, hätten wir jetzt gar keine Unstimmigkeit“, entgegnete sie und schlug meine Hand weg.

Ich wusste nicht, was ich darauf antworten sollte. Mir fehlten schlicht die Worte. Ich war gekränkt über ihre Aussage. Wortlos und ohne mich ihr weiter zu widmen, ging ich die knarrende Treppe wieder hinab bis zur Kellertür, als die Wohnungstür in der oberen Etage lautstark zugeknallt wurde. Ich drehte den Knauf des Kellerzugangs und Rabenschwärze starrte mir entgegen. Ich griff in meine Tasche und ins Leere. Das Smartphone hatte ich gerade wohl oben in der Wohnung abgelegt.

Noch einmal hochgehen wollte ich nicht, um Cora nicht auch noch den Beweis für meine Unfähigkeit zu geben. Ich tastete mich an der Wand entlang, balancierte über die viel zu schmale Holztreppe, die fast so steil wie eine Leiter war.

Ruckartig zog ich meine Hand zurück, als ich mit ihr durch den weichen Flaum eines Spinnennetzes fuhr. Ich schüttelte die Fäden und das darin zurückgebliebene tote Getier ab. Ein Schauer lief über meinen Rücken. Ich duckte mich unter ein Rohr hindurch. Die Heizung wummerte in der Dunkelheit. Ich tastete mich weiter mit beiden Händen an der Wand entlang, um den Kasten ausfindig zu machen. Er musste irgendwo hier sein. Irgendwo hier in der Dunkelheit. Und als ich endlich das kalte Metall des Sicherungskastens mit seinen unebenen Roststellen ertastete, fühlte ich mich einen Moment lang erleichtert.

Ein leises Rascheln klang aus der Ecke. Meine Nackenhaare stellten sich auf und meine Alarmglocken schrillten. Ich erstarrte, lauschte in die Stille hinein. War es nur meine Einbildung, oder war da tatsächlich etwas – oder jemand – bei mir im Keller? Es blieb still und ich rümpfte die Nase. Sicher war es nur ein Mäuschen oder mein Kopf hatte mir einen Streich gespielt. Ich ertastete die Schalter. Wie erwartet waren sie rausgesprungen. Ich ließ die Sicherungen wieder einrasten und augenblicklich wurde der Raum wieder erleuchtet.

Ich wischte mir die staubigen Hände an der Hose ab, ging aber nicht sofort zurück. Der Keller bestand aus mehreren Abteilen der Bewohner, die im Dunkel lagen. Alle außer einem. Aus einem drang Licht hervor – meinem Kellerabteil.

„Was zum …", flüsterte ich und trat zur Tür hin. Ich schloss auf und trat hinein, sah mich suchend um, ob es irgendetwas gab, dass den Umstand erklären würde. War das Licht seit dem letzten Mal an gewesen? Ich schloss auf, trat ein und erkannte, dass ich dringend aufräumen müsste. Die Kisten stapelten sich bis unter die Decke, in einige hatte ich seit Jahren nicht hineingeschaut. Eine der Kisten fiel mir ins Auge. Zentimeter dicker Staub hatte sich darauf abgelegt und sie war zugeklebt. Der Name meiner Mutter stand darauf geschrieben, beinahe unlesbar geworden. Ich hatte sie nie ausgeräumt.

„Chris?! Chris!", hörte ich aus dem Flur schallen. „Was tust du denn? Der Strom ist wieder da!" Ich ließ von der Kiste ab.

KAPITEL 20

Noch am selben Abend erhielt ich einen Anruf von Felix. Felix Peterson war seit dem Umzug nach London einer meiner engsten Freunde. Ich hatte ihn beim Snooker in einer Bar kennengelernt.

„Hey Felix, alles klar?"

„Sicher – hättest du morgen Zeit? Ich hab ein paar Leute eingeladen zum Essen – wollt ihr auch kommen? Du und Cora?"

Ich warf einen Blick über die Schulter – Cora hatte sich ins Wohnzimmer gesetzt und blätterte in einem Skript.

„Ich melde mich später, ok? Aber ich glaube, es klappt", sagte ich und legte auf.

„Wer war das?", fragte Cora.

„Felix", antwortete ich. „Kommst du morgen Abend mit zu ihm? Er hat uns eingeladen."

„Das geht nicht. Ich habe übermorgen ein Vorsprechen." Sie hielt das Manuskript in die Luft. „Am Tag davor wollte ich nichts trinken."

„Du könntest trotzdem mitkommen – du brauchst ja nichts trinken", sagte ich. Sie tippte mit dem Finger dreimal auf die Seiten.

„Das ist wichtiger."

„Eine kleine Pause kann doch nicht schaden und ich konnte dich Felix und den anderen noch gar nicht vorstellen. Überhaupt habe ich schon lange nichts mehr mit meinen Freunden gemacht."

„Du kannst tun, was du möchtest, aber ich habe keine Zeit."

„Dann geh ich allein, in Ordnung?" Sie nickte und griff zu einer Tasse Tee. Ich schrieb eine kurze Nachricht an Felix, dass ich kommen würde und setzte mich zu Cora ins Wohnzimmer. Fernsehen fiel aus, da ich sie nicht beim Üben stören wollte, aber ich steckte mir Kopfhörer in die Ohren und hörte etwas Musik. Zwischen den Liedern hörte ich Coras Stimme, die die ihr zugeteilten Texte sprach. Sie hatte die Stirn gerunzelt und warf die Seiten beiseite. Ich tippte ihr an die Schulter. „Was ist los?"

„Die Texte wollen nicht so sitzen, wie ich es gern hätte." Sie wandte sich zu mir um und ich entfernte die Kopfhörer. „Kannst du mir vielleicht helfen?", fragte sie. „Würde es dir etwas ausmachen?"

„Natürlich helfe ich dir, her damit", sagte ich und beugte mich zu ihr rüber.

„Aber ich meine auch morgen Abend. Das Vorsprechen ist mir wichtig. Könntest du morgen nicht doch zu Hause bleiben und mir helfen?"

Ich hatte den Mund offenstehen, fasste mich aber.

„Wenn es dir wichtig ist, mache ich das." Ich nahm sie in den Arm. „Du musst mir aber versprechen, dass ich dir Felix bald vorstellen kann."

„In Ordnung. Ich verspreche es." Ich gab ihr einen Kuss, froh darüber, den Abend noch in gute Bahnen gelenkt zu haben.

KAPITEL 21

Einige Tage später holte ich Cora nach einem Vorsprechen ab. Sie kam verspätet heraus, was normalerweise ein gutes Zeichen gewesen wäre, doch der Erfolg blieb weiterhin aus. Das sah ich ihr schon vom weiten an – herunterhängende Schultern. Zu Hause angekommen begegneten wir im Hausflur Mrs. Durham. Sie kam hastig die Treppe herunter aus ihrer Wohnung im fünften Stock. Ich nickte ihr zu. Sie lächelte kurz, bevor sie an uns vorbeieilte.

„Wer war das?", fragte Cora, kaum dass die Haustür ins Schloss fiel.

„Unsere Nachbarin von oben. Du hast sie bestimmt schon mal gesehen."

„Ich glaube nicht", entgegnete sie.

„Ach so? Ich kenne sie nur vom Sehen. Sie hat sich vor einem Jahr oder so vorgestellt, als sie eingezogen ist. Sie ist Studentin. Wie sie wohl die Miete bezahlen kann? Vermutlich wohlhabende Eltern." Ich lachte.

„Wie heißt sie?"

Ich überlegte einige Momente. „Ich bin mir nicht sicher. Anna, glaube ich. Aber könnte auch etwas anderes mit A gewesen sein." Ich wandte mich dem Briefkasten zu, die an der Wand aufgereiht waren. Drei Briefe lagen darin – allesamt an mich adressiert. Der erste war eine Nachricht vom Stromanbieter – sicher wieder eine

Preiserhöhung. Der zweite Brief war Werbung für einen neuen Mobilfunkvertrag. Der dritte Brief trug ein offizielles Siegel der Polizei auf dem Umschlag.

Mit einem mulmigen Gefühl in der Magengegend riss ich den Umschlag auf und zog den Brief heraus, um ihn zu überfliegen. Meine Schritte verlangsamten sich, als ich die Treppe Stockwerk für Stockwerk erklomm. Ich las das Schreiben wieder und wieder, als ob sich der Inhalt dadurch verändern würde.

Die Wohnungstür war angelehnt. Cora wuselte bereits in der Küche herum, packte die Einkäufe aus.

„Ich hab ne Anzeige am Hals – wegen Körperverletzung", murmelte ich und stützte mich an der Wand ab.

Cora ließ abrupt alles stehen und drehte sich zu mir um.

„Eine Anzeige?"

„Ja, der Typ vor der Bar. Er hat mich angezeigt. Könntest du eventuell bei der Polizei aussagen, dass ich nur geholfen habe?"

Sie zögerte einen Moment. „Nun, ganz unbegründet ist die Anzeige ja nicht. Immerhin hast du den ersten Schlag gesetzt."

„Ich glaube, ich höre nicht richtig." Ich ließ den Brief sinken.

„Wieso? Ist doch so", entgegnete sie und räumte eine Packung Kaffee in den Schrank.

„In dem Moment sah es für mich jedenfalls so aus, als wärst du ernsthaft in der Klemme." Ich dachte zurück an jenen Abend. An den Kerl, der laut auf sie einschrie. An Cora, die von ihm weggestoßen wurde.

„Ich hätte das auch allein klären können, aber du ..."

„Du hast doch selbst gesagt, ich sei dein Held gewesen. Danach hast du mir deine Nummer gegeben, erinnerst du dich nicht?“

„Ich fand dich süß und wirklich nett. Und ja, du hast dich irgendwie für mich eingesetzt“, sagte sie. „Ich wollte dich definitiv wiedersehen, aber das heißt nicht, dass ich jede deiner Handlungen gutheißen muss.“

„Als meine Partnerin solltest du zu mir stehen.“ Mittlerweile hatte ich hunderte Fragezeichen im Kopf und wartete auf die Auflösung. Darauf, dass sie mir versichern würde, dass es ein schlechter Scherz war und sie mich unterstützen würde.

„Das tue ich auch, aber ich werde nicht Partei gegen meinen Ex-Freund ergreifen.“

„Dein Ex?“, platzte es aus mir heraus. „Der Typ war dein Ex? Das hast du mir nie gesagt!“

„Ja“, sagte sie kaltschnäuzig und hob dabei eine Augenbraue. „Mein Ex.“ Sie lehnte sich gegen den Schrank, verschränkte die Arme vor der Brust und fixierte mich mit einem durchdringenden Blick. Dass ich zum Zeitpunkt des Vorfalls alkoholisiert war, was auch im Schreiben festgehalten wurde, spielte mir sicherlich nicht in die Karten. Eine Zeugenaussage hätte jedoch unabhängig von ihrer Parteilichkeit einen Unterschied machen können. Zwei Fragen kreisten unaufhörlich in meinem Kopf. Erstens: Wie hatte er meine Adresse, meine persönlichen Daten herausgefunden? Ich hatte es definitiv vermieden, mich bei ihm vorzustellen. Zweitens: Hatte ich die Situation damals falsch eingeschätzt?

Zweifellos hatte ich den ersten Schlag gesetzt, aus einem Grund, der mir damals gerechtfertigt erschien.

Mein Schlag hatte allerdings keinerlei Wirkung gezeigt, während sein Gegenschlag mich auf den Boden befördert und ein Veilchen als Souvenir hinterlassen hatte. Das hatte mich meine Präsentation gekostet. Wieso war ich jetzt der Schuldige? Und warum erst jetzt?

Im Büro arbeitete ich wie in Rage, blind und taub gegenüber allem, was mich ablenken konnte. Meine Kollegen waren schon lange in den Feierabend gegangen und ich hatte mich in einen längeren Text vertieft. Irgendwo in den Büros neben mir hörte ich das Rauschen des Staubsaugers, das immer näherkam. Ich tippte den Absatz zu Ende, sah zufrieden über die Wörter und schenkte mir ein Glas Wasser ein. Die Kühle des Wassers ließ mich wieder im Hier und Jetzt ankommen. Ich atmete tief durch. Mein Smartphone leuchtete auf der Tischplatte. Es war Cora.

„Hey!"

„Wo bist du denn? Kommst du langsam mal?"

„Was meinst du?", fragte ich Cora und lehnte mich zurück.

„Felix hat ein Krimidinner organisiert – weißt du das etwa nicht mehr? Willst du mir wirklich erzählen, dass du es vergessen hast?"

„Ich ... ich weiß von keinem Termin."

„Was soll das denn, Chris? Ich sitze hier ganz allein unter Leuten, die ich nicht kenne." Ich musste das Smartphone von mir weghalten, so laut war sie.

„Sorry, ich ..."

„Kommst du denn jetzt bitte?"

„Ich kann gerade nicht – Arbeit." Cora weinte am anderen Ende der Leitung. „Ich machs wieder gut, ja?"

Das Gespräch war beendet und ich sah im Smartphone, dass es nicht der erste Anruf gewesen war – sieben verpasste Anrufe, sechs davon von Cora, einer von Felix.

„Ist bei Ihnen alles in Ordnung?", hörte ich vom Flur. Die Reinigungskraft hatte den Staubsauger im Flur abgestellt und spähte in mein Büro.

„Klar", sagte ich. „Tut mir leid, dass Sie das mit anhören mussten. Ich wollte Sie nicht aufhalten."

Ich starrte wieder auf mein Smartphone, hörte wieder das Rauschen und versank in meinen Gedanken. Wieso konnte ich mich nicht an den Termin erinnern? Hatte Cora vergessen, es mir zu sagen. In meinem Kalender stand ebenfalls nichts. Vielleicht war es mir bei dem ganzen Stress einfach durchgerutscht.

„Mr. Evans", sagte mein Hausarzt am nächsten Tag, während er sich in seinem Stuhl zurücklehnte. „Haben Sie sich schon um einen Facharzttermin bemüht? Ihre Blutwerte waren unauffällig."

„Keine Zeit."

„Ich habe eine Empfehlung für Sie. Haben Sie schon einmal darüber nachgedacht, ein Tagebuch zu führen?"

Ich runzelte die Stirn und sah ihn verwirrt an. „Ein Tagebuch? Wie ein Teenager?"

Er schmunzelte und schüttelte den Kopf. „Nicht ganz. Es geht nicht darum, geheime Schwärmereien oder peinliche Momente festzuhalten. Es geht darum, Ihren Tag zu reflektieren."

Ich hob meine Augenbrauen und sah ihn an. „Und wie soll das helfen?"

Der Arzt lehnte sich vor und sah mir direkt in die Augen. „Ein Tagebuch könnte helfen, Ordnung ins Durcheinander der Geschehnisse zu bringen. Es ermöglicht uns, Ereignisse aus neuen Blickwinkeln zu betrachten. Alles wird festgehalten, schwarz auf weiß. Und wenn Sie sich einmal unsicher fühlen, können Sie einfach nachlesen und finden vielleicht Antworten, die Sie zuvor übersehen haben."

KAPITEL 22

Samstags saßen wir im Konferenzraum, während der Rest des Teams das Wochenende genoss. Meine Wahl war auf Miller und Dallingsfarn gefallen. Beide waren erfahren und ich verließ mich auf ihr Know-how beim Ausarbeiten der finalen Strategie für den Großkunden. Die Tische hatten wir mit Notizen, Präsentationsfolien und Statistiken übersät. Im Raum duftete es nach asiatischem Essen und einem intensiven Kombucha-Tee, den Dallingsfarn selbst angesetzt hatte. Ich entfloh dem Dunst für einen Moment und ging in mein eigenes Büro, um Unterlagen zu holen.

Noch immer mit dem Kopf in der Besprechung, klingelte mein Diensttelefon. Der Anruf kam von einer unterdrückten Nummer.

„Evans." Kein Wort. Stille. „Hallo? Wer ist da?", fragte ich erneut. Keine Antwort, nur das hörbare Atmen eines Unbekannten. Ein Scherzanruf? Ich legte auf. Für solche Spielchen hatte ich keine Zeit. Zurück im Besprechungsraum begann ich mit dem Probelauf der Präsentation – nur für uns, wohlgemerkt. Der Anrufer ließ nicht locker, das Klingeln zerrte jedes Mal an meiner Konzentration, doch ich beendete die Präsentation. Während die anderen aus Höflichkeit auf den Tisch klopften, blickte ich durch das Fenster hinaus auf die

Stadt. Es war Abend geworden, die Sonne schon untergegangen. Das Telefon klingelte zum neunten Mal und ich steckte den Anschluss aus. Guter Dinge präsentierten wir dem Kunden im Anschluss unsere Ergebnisse per Videocall und wurden eingeladen, das Projekt am kommenden Dienstag in ihrer Zentrale im kompletten Umfang vorzustellen – nur zwei Flugstunden von London entfernt. Der Erfolg, den ich so lange ersehnt hatte, war nur noch zwei Stunden Flug und eine Präsentation entfernt. Ich griff mein Smartphone und wählte Coras Nummer.

„Hey Schatz, ich hab gute Nachrichten. Dem Kunden gefiel der Pitch, in drei Tagen dürfen wir ihn besuchen und das Projekt den Entscheidungsträgern vorstellen."

„Das ist nett, aber musst du verreisen?", fragte sie. „Ich bin nicht so gern alleine."

„Nun … es ist mein Projekt. Wenn ich mich gut anstelle, kann ich vielleicht bald befördert werden. Du verstehst das doch, oder?"

„Wer reist denn noch mit dir?"

„Ich nehme Dallingsfarn mit." Ich hatte nicht das Gefühl, dass sie sich für mich freute.

Zwei Tage später eilte ich nach der Arbeit die Treppe hoch und steckte den Schlüssel ins Schloss – versuchte es jedenfalls, denn es war mir nicht möglich, die Wohnung zu öffnen.

„Cora?", rief ich und klopfte an die Tür. „Du hast den Schlüssel stecken lassen." Allzu laut konnte ich nicht sein, ohne mich bei den Nachbarn wieder unbeliebt zu machen. Ich drückte die Wahlwiederholung und wartete – ohne Erfolg. Ihr Telefon war ausgeschaltet oder

der Akku leer. Ich ließ mich auf den Treppenstufen nieder und schnaufte. *Verdammt, ich muss morgen früh zum Flughafen ...*

Von der Treppe erklangen Schritte und eine Nachbarin kam herunter. Sie sah mich im Vorbeigehen an, blickte dann zur Tür und hob die Augenbrauen.

„Hab mich ausgeschlossen", sagte ich. Immer wieder wählte ich Coras Nummer, hoffte auf ein anderes Ergebnis. Immer wieder klingelte ich Sturm und klopfte an der Tür.

Um 23:25 Uhr öffnete Cora die Tür. „Tut mir leid, ich bin wohl eingeschlafen", murmelte Cora.

„Schön, dass du mich in meine Wohnung lässt", sagte ich. „Du weißt schon, dass ich nicht rein kann, wenn der Schlüssel von innen steckt?" Ich stand auf und ging hinein.

„Wusste ich nicht. Außerdem meinst du wohl unsere Wohnung, nicht wahr?"

Am Abreisetag war ich spät dran für meinen Flug. Cora reichte mir meine Aktentasche.

Ich küsste ihre Wange, griff nach meinem Mantel und der Aktentasche, bevor ich die Wohnung verließ. Gerade noch rechtzeitig erreichte ich den Check-in am Flughafen Heathrow, eingebettet in die danebenliegende Seenlandschaft. Die Anzeigen flackerten unentwegt. Die angezeigten Flüge aktualisierten sich alle paar Minuten. Mein Flug war pünktlich.

Im Flugzeug suchte ich mir meinen Platz. Ich hatte genügend Routine in Flugreisen. ‚Bitte verstauen Sie ihr Gepäck über den Sitzen.' ‚Bitte beachten Sie das Rauchverbot im ganzen Flugzeug.' Meine Sachen verstaute ich und wartete. Ich hatte einen ruhigen Platz, keine lauten Nachbarn. Irgendwann hatten die Flugbegleiterinnen auch die letzten Passagiere eingewiesen. Dort, weg von dem Drama daheim, fand ich endlich einen Moment der Ruhe. Als die Anschnallzeichen erloschen, griff ich nach meiner Aktentasche, bereit, mich in die Statistiken für die anstehende Präsentation zu vertiefen. Doch beim Öffnen der Mappe stockte mir der Atem: Die Seiten mit den entscheidenden Daten fehlten.

In wachsender Panik durchwühlte ich meine Tasche, aber die Statistiken blieben verschollen. Ich kippte die Aktentasche aus. Mein Gesicht glühte vor Anspannung, Schweißtropfen rannen über meine Stirn. „Ich kriege das hin. Ich muss es einfach schaffen", redete ich mir immer wieder ein, bemüht, die aufkeimende Panik zu unterdrücken.

Das ist eine Katastrophe, ging es mir im nächsten Moment durch meinen überhitzten Schädel. Ich konnte die Zahlen nicht auswendig, dafür waren es zu viele. In meiner Brust zog sich alles zusammen. Ich japste nach Luft, von der nicht mehr genug vorhanden zu sein schien.

Zu meinem Entsetzen fehlte auch der USB-Stick. Glücklicherweise waren die Dokumente nicht ausschließlich darauf gespeichert; wir nutzten ein Cloud-System. Doch das Schicksal meinte es nicht gut mit mir. Als ich auf die Daten zugreifen wollte, war die Cloud aufgrund von Wartungsarbeiten nicht verfügbar. „O Gott, bitte nicht jetzt!" Panik, pure Panik, rauschte durch meinen Körper.

„Haben Sie etwa Flugangst?", erkundigte sich eine ältere Dame von der gegenüberliegenden Sitzreihe.

Ich schüttelte den Kopf. „Ich habe nur etwas sehr Wichtiges vergessen."

„Das ist auch nicht schön", meinte sie sympathisierend. Abrupt erhob ich mich und bahnte mir meinen Weg durch den schmalen Gang zu Dallingfarns Sitzplatz. Er schlummerte und blickte irritiert auf, als ich ihn weckte. Er hatte nur die Zahlen für seinen Anteil des Vortrags dabei. Miller war unerreichbar und im Büro ging niemand ans Telefon. Die Lage war ernst.

Mit einem durchnässten Hemd und ohne die notwendigen Statistiken stand ich vor dem Kunden.

Der Pitch musste aus dem Stegreif erfolgen. Die Verantwortung für das Desaster lag allein bei mir. Es war kein komplett katastrophaler Pitch, aber nicht überzeugend genug, um den Auftrag zu erhalten – dieser ging zu Recht an einen Konkurrenten. Als wäre das nicht schon genug, wurde mein Rückflug gestrichen, was mich stundenlanges Warten kostete. Zu Hause angekommen, erwarteten mich Rechnungen im Briefkasten. Rechnungen, die unter normalen Umständen kein Problem gewesen wären, wenn Cora nicht Pseudo-Schauspielerin wäre und ich mein Projekt wie geplant abgeschlossen hätte.

KAPITEL 23

In der Nacht riss mich ein Geräusch aus dem Schlaf. Ich lauschte ins Dunkel. Abgesehen vom gewohnten Knarren des alten Hauses war alles still. Doch dann hörte ich es erneut. Wie ein Schlüssel, der wiederholt sein Ziel verfehlte und auf Metall kratzte. War da jemand an der Tür?

Ich griff nach rechts, suchte nach Cora. Doch ihre Seite des Bettes war verlassen – ich war allein. Mit einem kaum hörbaren Klicken gab das Schloss nach und die Tür öffnete sich mit einem Quietschen. In diesem Moment war dieses Geräusch sowohl ein Segen als auch ein Fluch, denn es verriet die Ankunft. Die Tür schloss sich mit demselben Geräusch, Schritte hallten vom Wohnungsflur herüber. Das Abstreifen von Schuhen ...

Es musste Cora sein. Niemand sonst besaß einen Schlüssel zu dieser Wohnung. Ich griff nach meinem Smartphone, dessen Bildschirm mich im Dunkeln blendete. Es war 2:30 Uhr.

Ich stand auf und trat in den Flur.

„Wo warst du?", fragte ich.

„Christian, lass uns wieder ins Bett. Du hast nur schlecht geträumt. Sie, die normalerweise halb nackt im Bett schlief, hatte sich in eine weite Jogginghose, ein

Shirt und sogar eine Wolljacke gehüllt. Sie war definitiv nicht so ins Bett gegangen. Wir waren um 22:30 Uhr schlafen gegangen, jetzt war es halb drei – etwa vier Stunden später. Wo war sie also gewesen?

„Ich war nur im Bad, Chris", antwortete sie.

„Wieso hast du denn dann deine Schuhe ausgezogen?"

„Meine Hausschuhe? Die Puschen meinst du? Weil ich zurück ins Bett wollte. Du hast bestimmt geträumt." Mein Blick huschte an ihr herunter, auf der Suche nach einem Beweis.

„Ich habe nicht geträumt."

„Dann hast du eben geschlafwandelt. Lass uns wieder schlafen gehen, ok?" Sie griff mein Handgelenk und zog mich ins Schlafzimmer. Ich blieb noch lange wach.

Doch der springende Punkt war: Ich hatte nicht geschlafen, ich war wach!

In mir braute sich ein flaues, schlechtes Gefühl zusammen, das wie ein Tumor wuchs, während ich mich zur Arbeit begab. Ich hatte mir die Vorkommnisse nicht eingebildet! Doch noch während ich in der Metro durchgeschüttelt wurde, war diese Überzeugung einer nagenden Unsicherheit gewichen. In der letzten Zeit hatte ich öfter Dinge vergessen oder Sachen durcheinandergebracht. Warum sollte es dieses Mal nicht genauso gewesen sein? Ich schob die Gedanken beiseite und wandte mich in Gedanken meiner Arbeit zu. Der gescheiterte Pitch ging auf meine Kappe und George würde toben, so viel war sicher.

„Morgen Christian!", begrüßte mich Haylee im Büro und winkte. Ich sah ein schwarzes Armband um ihr linkes Handgelenk, das sonst nicht da war und auf das Haylee zeigte.

„Es ist ein Schrittzähler – wir machen als Firma bei so einer Schritte-Challenge mit. Für die gesammelten Schritte spenden wir dann etwas an eine gemeinnützige Organisation. Magst du auch mitmachen?"

„Gerade lieber nicht, aber ich denke drüber nach." Mir war nicht danach zumute.

Im Flur rannte ich fast in Amber hinein.

„Hi Amber."

„Hi", sagte sie. „George will dich sehen."

„In Ordnung, ich geh direkt vorbei." Sie zog ab und ich sah ihr einen kurzen Moment hinterher, verwundert darüber, weshalb sie mir gegenüber so kühl war. Unmittelbar nachdem ich meine Sachen im Büro abgestellt hatte, klopfte ich an Georges Tür.

„Komm rein", hörte ich.

Ich trat ein und sah mich in seinem Büro um. Es war ein himmelweiter Unterschied zu meinem – nicht, dass mein Büro schlecht war, aber er hatte bessere Möbel und es war deutlich größer.

„Setz dich bitte", sagte George und wies auf einen Lehnstuhl.

„Hör zu George, ich weiß, es geht um den Pitch – es tut mir leid, das kommt bestimmt nicht mehr vor. Ich mach es wieder gut."

„Um den Pitch geht es nicht, nicht vordergründig. Es geht darum, dass wir eine Neubewertung des Personalbedarfes vorgenommen haben und wir Personal abbauen werden." Er schenkte sich ein Glas Wasser ein und nahm einen Schluck. Ich machte mir keine Sorgen deswegen. Ich war an sich ein guter Mitarbeiter, einige Jahre im Unternehmen und es gab Leute, die weniger Erfahrung hatten.

„Ich habe gründlich darüber nachgedacht, Christian, und, so schwer es mir auch fällt, entschieden, dass du leider derjenige sein wirst, der unsere Abteilung verlässt."

„Was?", fragte ich und lachte. „Ich mache einen Fehler und werde gekündigt?" George schüttelte den Kopf.

„Um einen Fehler geht es nicht. Ich habe das Gefühl, dass du nicht mehr ganz bei der Sache bist. Es geht mich nichts an, was Sie in Ihrer Freizeit machen, aber die Sache mit deinem Auge. Dann der Umstand, dass Sie sich nicht bei Amber gemeldet haben, bis ich sie jemand anderem unterstellen musste."

Ich lehnte mich zurück und schaute ihn an.

„Was soll das heißen? Amber hat sich nicht bei mir gemeldet. Ich habe keine Mails von ihr erhalten."

Meinen Protest winkte George ab. Er öffnete eine Schreibtischschublade, zog ein Dokument hervor.

„Was ist das?", fragte ich.

„Ein Angebot meinerseits. Ein Aufhebungsvertrag. Wir beenden das Arbeitsverhältnis zum Ende des Monats und du bekommst eine Abfindung und natürlich ein gutes Arbeitszeugnis." *Wollte man mich so dringend loswerden?*

„Es ist ein gutes Angebot, Christian. Du bist jung und gut in dem Job, nur nicht mehr richtig in unserem Unternehmen."

„Ich verstehe nur nicht, wieso", antwortete ich.

George griff zu einem Stift und reichte ihn mir.

„Es geht um ihre emotionalen Ausbrüche, die sich häufenden Überstunden ... all das lässt vermuten, dass Sie die Arbeit nicht mehr in der vorgegebenen Zeit schaffen."

„Aber meine Arbeit war doch immer zufriedenstellend!"

„Würden Sie Ihr letztes Projekt so einschätzen?" Ich verstummte und sah in seinen Augen, dass ich in dieser Firma keine Zukunft mehr hatte. Mein Herz stockte, während ich einen Stift in die Hand gedrückt bekam. Ich unterzeichnete den Vertrag. Ein Handschlag war das letzte, was ich jemals von George sehen sollte.

In weniger als zehn Minuten hatte ich meine persönlichen Gegenstände in einen Karton gepackt. Ich verzichtete auf einen Abschied bei den Kollegen, letztlich würde der Kontakt nicht bleiben und das Gespräch ohnehin schnell die Runde machen. Innerlich verfluchte ich die missliche Lage. Den Karton in der Hand verließ ich mein Büro und ging eilig zum Aufzug. Haylee saß natürlich am Empfang und sah mich verwirrt an.

„Gehst du schon wieder?", fragte sie.

„Fürs Erste, ja."

„Hast du dich entschieden? Machst du bei der Challenge mit?"

Ich denke, sie hatte nicht die richtige Verknüpfung zum Karton hergestellt.

„Eher nicht, ich möchte so ein Armband nicht unbedingt tragen."

„Das macht gar nichts, dein Smartphone hat bestimmt einen Schrittzähler installiert – du kannst mir die Screenshots schicken und ich trag es ein."

„Ja, das stimmt! Danke, Haylee, du bist genial. Lass dir bloß von niemandem etwas anderes einreden." Mit den Worten und unter ihren verwirrten Blicken verschwand ich in den Aufzug und ließ das Gebäude hinter mir.

Zurück in meiner Wohnung pfefferte ich den Karton mit Büroequipment in eine Ecke, ging zu meiner Vitrine. Über die Jahre hatte ich mir eine Auswahl von Whiskeys, Sherrys und Gins zusammengesammelt. Manche waren hochwertig, andere akzeptabel, aber immer war die Flasche schön verarbeitet und hübsch anzusehen. Ich schüttete mir einen starken Drink ein, leerte ihn in einem Zug und fiel in meinen Sessel. Meine Gedanken wanderten umher, fanden jedoch kein Ziel, das es wert war, mehr als einige Sekunden daran zu verschwenden. Diesen Tag würde ich mir gönnen, ohne einen Gedanken an die Zukunft zu verschwenden. Erst morgen würde ich mich beim Amt wegen der bevorstehenden Arbeitslosigkeit melden. Cora gegenüber wollte ich den Verlust der Stelle vorerst verschweigen. Gehalt bekam ich noch. Es sollte also nicht weiter auffallen, wenn ich morgens wie gewohnt das Haus verlassen würde. Je mehr ich darüber nachdachte, desto dringender war es, das Smartphone von Cora zu überprüfen. Ich glaubte ihr nicht.
Die Ungewissheit nagte an mir, fraß mich innerlich auf und ging mir im wahrsten Sinne des Wortes an die Nieren. Würde ihr Smartphone in der Nacht über hundert oder gar tausend Schritte gezählt haben? Ich musste es wissen. Es gab Grenzen und eine Vertrauens-

basis in der Beziehung, aber mein Vertrauen war erschüttert und das nicht erst seit dieser Nacht. Immer öfter zweifelte ich an mir selbst und meiner eigenen Wahrnehmung. Ich brauchte Fakten. Und heute Nacht würde ich mir diese Fakten beschaffen.

KAPITEL 24

In der Stille der Nacht lag ich auf meiner Seite des Bettes und wartete darauf, dass Cora in den Tiefen des Schlafes versank. Erst als ihr Atem so ruhig und gleichmäßig wurde, griff ich über sie hinweg, um ihr Smartphone vom Nachttisch zu nehmen.

Ich schaltete das Smartphone ein und gab die PIN ein, den ich mir bei ihr abgeguckt hatte. Das Smartphone war entsperrt und der Messenger zeigte neue Nachrichten an. Obwohl die Versuchung groß war, einen Blick darauf zu werfen, wollte ich mich nicht dazu herablassen. So wollte ich nicht sein.

Stattdessen konzentrierte ich mich auf den Schrittzähler. Ich fand die entsprechende App und öffnete sie. Als die Tagesübersicht erschien, überkam mich ein flaues Gefühl im Magen. Schritte. Sehr viele Schritte. Mein Körper zitterte. Ich sah die Zahlen vor meinen Augen.

Ich hatte mich nicht geirrt. Statt Erleichterung zu verspüren, schwirrte mir der Kopf. Mir war gleich, was der Grund war. Es war mir egal, ob sie jemand anderen vögelte, Drogen verkaufte oder nachts dreibeinige Hunde für eine wohltätige Organisation ausführte.

Ich schloss die App, legte das Smartphone wieder zurück auf ihren Nachttisch und ging in das Wohnzimmer. Ich griff zu einem Whisky, goss etwas davon in ein

Glas und leerte es in einem Zug. Auf keinen Fall wollte ich mir die Blöße geben, mich aus der Fassung bringen zu lassen. Was mich aber am härtesten traf, war die Tatsache, dass sie mich als das Problem darstellte und mich dazu gebracht hatte, an mir selbst zu zweifeln.

Konnte man einen Menschen überhaupt jemals wirklich kennen? Jemandem blind vertrauen? Ich hatte vor Jahren ein Buch gelesen: Sun Tsu ‚Die Kunst des Krieges‘. ‚Wenn du dich und den Feind kennst, brauchst du den Ausgang von hundert Schlachten nicht zu fürchten. Wenn du dich selbst kennst, doch nicht den Feind, wirst du für jeden Sieg, den du erringst, eine Niederlage erleiden. Wenn du weder den Feind noch dich selbst kennst, wirst du in jeder Schlacht unterliegen.‘

Natürlich war Cora nicht meine Feindin. Ich hatte kein Interesse daran, sie leiden zu sehen. Dennoch wurde mir bewusst, dass dieses über 2000 Jahre alte Zitat meine Situation gut beschrieb.

Ich kannte Cora nicht wirklich, das wurde mir jetzt bewusst. Und als ich mich selbst nicht mehr kannte, konnte ich nur noch verlieren.

Ich hatte ein Rätsel gelüftet. Warum sollte ich jetzt aufhören? Mein Arbeitslaptop war noch in meinem Besitz und mit ein bisschen Glück hatte ich immer noch Zugriff. Eine Sache ließ mich nicht los: der Vorwurf bezüglich Amber. Eine neue Mail teilte dem Team mit, dass ich das Unternehmen verlassen hatte.

Ich navigierte durch die verschiedenen Ordner des Programms, darunter einige, die ich bisher nie benötigt hatte. Ein bestimmter Ordner zog meine Aufmerksamkeit auf sich – er enthielt mehrere Unterordner. Ein kleiner Pfeil ermöglichte es mir, ihn zu erweitern und die enthaltenen E-Mails zu enthüllen. Doch diesen Ordner hatte ich nie erstellt. Elf Nachrichten von Amber. Eine von Haylee. Alle als gelesen markiert, ohne dass ich sie tatsächlich gelesen hatte. Wie oder warum Cora so etwas tat, wusste ich nicht. Genug war genug. Das Maß war voll!

Diese Nacht würde ich auf dem Sofa verbringen, morgen alles beenden – strategisch. Dieses Mal bestimmte ich die Spielregeln.

Ein Klaps auf meine Brust riss mich aus dem Schlaf. „Aufwachen, Schlafmütze. Warum liegst du denn auf dem Sofa?"

Cora schwebte mit leichtem Gang an mir vorbei. Ich murmelte eine unverständliche Antwort. Das vertraute Klicken unseres Toasters drang zu mir, gefolgt vom Geräusch einiger Schnittlauchstängel, die von der Topfpflanze getrennt wurden. Ich sah um die Ecke in die Küche.

Cora hatte ein Messer aus dem Block genommen und schnitt damit auf meinem geliebten Kirschholzbrett herum, das ich sorgfältig gepflegt hatte. Das Brett war nie zum Schneiden gedacht gewesen. Das wusste sie auch, grub aber mit jedem Schnitt tiefe Furchen in das Holz.

„Du ruinierst es", bemerkte ich, stellte mich hinter sie und nahm ihr das Messer aus der Hand.

„Was? Das Messer oder das Brett?"

„Beides."

Sie zuckte mit den Schultern, offensichtlich unbeeindruckt von meinem Einwand.

„Spülst du denn das Geschirr ab, wenn du fertig bist?", fragte ich.

„Später", entgegnete sie knapp.

Das Brot sprang mit einem lauten Klack aus dem Toaster. Cora beschmierte die heiße Scheibe mit Butter, die direkt schmolz, streute den geschnittenen Schnittlauch und eine Prise Salz darüber. „Ich bin dann mal weg", rief sie, während sie mit schnellen Schritten an mir vorbei zur Tür eilte.

Ich sah ihr nach, während sie die Wohnung verließ. Mit der Handfläche fuhr ich über das Kirschholz und schloss die Augen, fühlte jede Einkerbung. Das Brett war ein Andenken an meine Mutter. In diesem Moment spielte ich mit dem Gedanken, ihre Sachen zu packen und einfach vor die Tür zu stellen, sie vor vollendete Tatsachen zu setzen. Doch ich entschied mich dagegen. *Noch nicht*, dachte ich.

Trotzdem packte ich ihre Sachen in große, schwarze Müllsäcke. Einen nach dem anderen verschnürte ich und türmte sie im Schlafzimmer auf. Cora würde erst am Abend zurückkehren. Ich griff nach einer der Tabletten, legte mich hin, um etwas Ruhe zu finden. Als ich am Nachmittag aufwachte, zog ich mir einen schwarzen Pullover über, meine Jeans und Sneaker an, anstelle meines gewohnten Dienstags-Dresscodes in Hemd und Anzug.

KAPITEL 25

Ich schlenderte am Ufer der Themse entlang, ließ meinen Blick schweifen und verweilte beim Anblick des London Eye, das sich gegen den Himmel abzeichnete. Die gläsernen Kabinen des Riesenrads spiegelten die Lichter der Stadt wider, während es langsam seine Runden zog. Über der Themse waberte Nebel, setzte das Rad in Szene und verschluckte einen Großteil des Sonnenlichts.

„Christian! Hey, Christian!"

Mein Name schwebte über die Menge zu mir. Ich kannte diese Stimme; sie gehörte zu Julia. Beim Gedanken an den siebenminütigen Anruf zuckte ich zusammen. Ich wandte mich um und erblickte Julia, wie sie sich durch die Menschenmenge schlängelte. Ihr Lächeln reichte von einem Ohr zum anderen. Sie war bezaubernd in ihrem blumigen Kleid, das sie unter ihrem locker fallenden, sandfarbenen Mantel trug.

„Julia! Das ist eine schöne Überraschung", sagte ich und erwiderte ihre Umarmung.

„Hast du Zeit? Magst du mit mir was Warmes trinken?", fragte sie.

Ich stimmte zu und sie suchte ein Café aus. Wir fanden einen Tisch am Fenster, von dem aus wir einen guten Blick hatten.

„Hast du etwa Urlaub?", fragte sie mit einem Hauch von Neugier in der Stimme, während ihre Hand ihn ihren Haaren spielte.

„Ja, das könnte man so sagen. Im Moment zieht mich absolut nichts ins Büro."

„Schön für dich! Du hast auch immer so viel gearbeitet."

Ich wollte Julia nichts von meiner Kündigung erzählen und räusperte mich.

„Felix hatte mir schon vor Monaten berichtet, dass du bald die Beförderung bekommen solltest. Herzlichen Glückwunsch. Schade, dass du nicht bei Stevens Geburtstag warst, dann wären wir uns mal früher über den Weg gelaufen", sagte sie.

„Du ... Der Anruf ...", stammelte ich, führte das Thema weg von meiner beruflichen Situation. „Ich lag im Krankenhaus und war nach der Narkose noch nicht richtig wach und so. Mir ist das sehr unangenehm." Ich strich mir über meinen Nacken.

Julia lachte auf und berührte meinen Arm. „Ach das! Hättest du nichts gesagt, hätte ich schon gar nicht mehr dran gedacht."

„War also nicht so schlimm?", fragte ich.

„Schlimm? Nein, war eher lustig. Du hast nichts Schlimmes gesagt. Alles gut."

Ihre Worte waren wie Balsam für meine Seele.

„Da bin ich aber beruhigt. Was gibt es bei dir Neues?"

„Bei mir ist einiges im Umbruch, aber viel wichtiger ist, wieso du im Krankenhaus warst. Hoffentlich war es nichts Ernstes. Felix hatte mir gar nichts gesagt."

„Nur eine kleine Operation – nichts Erwähnenswertes."

Sie schaute mich mit großen Augen an. Doch bevor sie dazu kam, wurde sie vom Kellner unterbrochen.

Julia bestellte eine Tasse Tee, ich einen großen schwarzen Kaffee.

Der fruchtige Geruch, der vom Nachbartisch zu uns herüberwehte, war betörend. „Bringen Sie uns bitte auch noch zwei warme Apple Crumble mit Vanillesoße. Ich lade dich ein. Das duftet schon die ganze Zeit so köstlich“, sagte ich.

Julia lächelte mich an. „Es duftet für mich nach unserer gemeinsamen Weihnachtszeit. Das liegt sicherlich an der Bratapfel-Zimt-Note. Wie wir an den Adventssonntagen in deinem kleinen blauen Tonstövchen selbst Bratapfel gemacht haben ... Ich vermisse das“, sagte sie.

Eine Welle der Nostalgie rollte über mich hinweg und ließ mich schmunzeln. „Ein einziger Bratapfel, mehr passte da nie rein und es hat ewig gedauert, bis das kleine Teelicht den Apfel durchgebraten hatte“, erinnerte ich mich. „Ohne dich habe ich das nicht mehr gemacht“, stellte ich fest.

„Wieso nicht?“

Ich überlegte. Es lag verborgen in meinem Schrank, vergessen und doch präsent in der hintersten Ecke. „Es hat sich einfach nicht ergeben“, antwortete ich. „Wenn du magst, schenk ich es dir. Dann wird es wenigstens genutzt und in Ehren gehalten.“

Sie runzelte die Stirn und zog die Augenbrauen hoch, als ob sie nicht sicher war, ob sie mich richtig verstanden hatte. Ein kleines Lächeln spielte um ihre Lippen. „Das ist lieb, aber ... bist du dir sicher?“ ,

„Ja, hol es gern mal ab, wenn du in der Nähe bist.“

Der Kellner brachte uns die dampfenden Getränke und kurze Zeit später das süßliche Dessert. Ich sog das Aroma von frisch gebrühtem Kaffee und den verführerischen Duft von warmem Apple Crumble mit einer sanften Vanille-Note auf. Die Säure des Apfels vermischt mit dem zuckrigen Teig zerging auf meiner Zunge.

Ich war dem Schicksal unendlich dankbar, mich mit Julia zusammengebracht zu haben. Vielleicht war es nur ein Produkt der Atmosphäre und der Erinnerungen, die das Gespräch hervorgerufen hatte, aber in meinem Hinterkopf nagte ein Gedanke. Ich vermisste sie so sehr. Meine besten Jahre hatte ich mit ihr verbracht – mit ihr, nicht mit Cora, Sandra, Charline, Ann oder wie sie alle hießen. Was wäre, wenn sie ebenso dachte? Hatten wir noch eine Chance? Dieser Gedanke nahm immer mehr Form an, während ich den Kaffee trank. Wenn ich es jetzt nicht täte, würde ich es nie tun.

Außerdem wäre ich nach dem heutigen Abend eh ein freier Mann und würde weder Cora noch Julia Unrecht tun. Es war an der Zeit, ehrlich zu sein!

„Woran denkst du?", fragte sie und sah mich mit ihren großen Augen an.

Ihre Frage riss mich aus meinem inneren Monolog. „Nun, ich möchte dir schon länger etwas Wichtiges sagen. Ich ... Also ich ..." Mein Smartphone vibrierte.

Cora: Wo bist du?

Ich wollte gerade das Smartphone zur Seite legen, als sie mich anrief. Ich drückte auf Ablehnen und beförderte Cora damit direkt auf die Mailbox.

„Möchtest du nicht rangehen?“

„Ist nicht wichtig.“ Ich legte es mit dem Display nach unten. Eine Reihe Nachrichten ging ein und ich schaltete es aus. Bevor ich jedoch fortfahren konnte, unterbrach Julia mich aufgeregt.

„Ich habe auch Neuigkeiten und ich platze gleich, wenn ich es dir nicht sofort erzähle.“ Sie strich sich über den Bauch. „Eigentlich wollten wir es noch niemandem erzählen“, sagte sie und sah mich an.

Ihre Worte hingen in der Luft und es dauerte einen Moment, bis ich begriff.

„Du ... bist schwanger?“, fragte ich vorsichtig.

Sie nickte und strahlte vor Glück. „Wow, ähm, Glückwunsch, man sieht ja noch gar nichts“, stammelte ich.

„Wir wissen es auch erst seit Kurzem und sind überglücklich.“ Ihre Worte trafen mich wie ein Schlag.

„Wow, das ist ... Wow!“, sagte ich. Ich setzte ein Lächeln auf.

„Wir wollen bald schon umziehen, raus der Stadt ins Grüne der Außenbezirke. Kleines Häuschen mit Garten und Hund. Richtig spießig.“

„Klingt fantastisch.“

„Wirklich? Das war doch immer dein Albtraum, so wie deine Eltern zu leben.“

„Irgendwie ist man doch still und heimlich erwachsen geworden, ohne es zu merken.“

„Das verändert vieles, nicht?“

„Ich freue mich wirklich aufrichtig für dich“, sagte ich. Ich meinte es ehrlich. Sie war glücklich, das war offensichtlich. Trotzdem kam ich nicht umhin, ein Gefühl des Verlustes zu empfinden. Sie hatte das bekommen, was sie immer gewollt hatte – ein Kind, ein Haus, ein glückliches Leben. Und ich war kein Teil davon.

„Um ehrlich zu sein, hatte ich immer gedacht, dass wir gemeinsam diese Reise antreten", flüsterte sie und sah mich an. Ihre Worte schnürten mir die Kehle zu. „Aber ich muss dir danken. Ohne dich hätte ich niemals meinen Mann kennengelernt."

„Dann hatte es wenigstens etwas Gutes, dass ich mich wie ein Idiot benommen habe."

„Das ist doch alles lange her."

Ich wiegte den Kopf hin und her. Für mich war es das nicht. Für mich war es beinahe täglich Realität. Ich lächelte nunmehr gezwungen.

Wir verbrachten die restliche Zeit damit, über alte Zeiten zu reden und zu lachen, ehe ihr Smartphone klingelte. „Ich werde gleich abgeholt. Ich bezahle schnell meinen Tee und geh schon mal an die Kreuzung. War wirklich schön, dich mal wiedergesehen zu haben. Komm uns doch mal besuchen."

„Ich sagte doch, ich lade dich ein." Ich stand auf und nahm sie ein letztes Mal in den Arm. Ein allerletztes Mal.

„Alles Gute euch." Sie sah sich noch mal um, als sie durch die Glastür ins Freie trat und winkte mir zu.

Ich setzte mich wieder und schwenkte den Rest des Kaffees, der sich am Boden der Tasse gesammelt hatte, hin und her. Etwas regte sich in mir, eine Mischung aus Nostalgie und leiser Traurigkeit. Ich war wütend auf mich und traurig darüber, dass ich mir das Glück selbst verbaut hatte.

Ich ließ die Knöchel meiner rechten Hand knacken, um den Druck abzubauen, der sich aufgestaut hatte. Der nächste Schritt war nun, die Person aus meinem Leben zu entfernen, die mir mehr Unglück brachte als sonst etwas. Also ignorierte ich die Nachrichten, bestellte etwas ohne Koffein, dafür mit anderen Vorzügen, um mich auf das Drama einzustimmen, das mir gleich bevorstand.

KAPITEL 26

Coras Miene war ein offenes Buch, als ich durch die Tür trat.

Ihre Augen offenbarten Enttäuschung und Wut. Ich konnte nicht sagen, was von beidem überwog.

„Ich weiß, wo du heute Nachmittag warst!" Sie war sich ihrer Sache sicher. Ich verteidigte mich nicht. Innerlich hatte ich mit der Beziehung bereits abgeschlossen.

„Cora, wir müssen reden."

„O ja, das sollten wir", zischte sie. „Du schuldest mir eine Erklärung. Eine verdammt gute. Heimliche Treffen mit deiner Ex hinter meinem Rücken? Meinst du, das entgeht mir?" Ihre Blicke bohrten sich in mich.

„Ich schulde dir nichts. Nicht mehr", erwiderte ich, während mein Geduldsfaden riss. „Du lügst, ohne mit der Wimper zu zucken." Ich trat einen Schritt auf sie zu. Unwillkürlich ballte ich meine Hände zu Fäusten. Jedes Wort lag schwer auf meiner Zunge. „Die traurige Wahrheit ist, dass unsere Wege sich schon lange getrennt haben – Respekt und Ehrlichkeit betreffend."

„Was hast du mit meinem Eigentum angestellt!" Sie holte Luft. „Du ..." Sie setzte an, doch meine Frustration ließ ihr keinen Raum.

„Nimm deine Sachen und all das Chaos, das du mitgebracht hast. Ich will, dass du gehst."

Pures Entsetzen zeichnete sich auf ihrem Gesicht ab, Fassungslosigkeit. Sie schüttelte den Kopf, während Tränen sich in den Augenwinkeln sammelten, bereit, überzulaufen. „Nein", hauchte sie.

Ich rollte mit den Augen und verschränkte meine Arme über der Brust. „Spar dir die Theatralik, Darling."

Etwas veränderte sich. Ihr Gesichtsausdruck erstarrte, ihre Züge wurden harte. „Ist es ihretwegen?", brach es aus ihr heraus.

„Wegen wem?"

„Deiner Julia."

Wie war es ihr möglich, von Julia zu wissen? Hatte sie etwa in meine privaten Nachrichten geguckt? Der Gedanke blitzte nur für einen flüchtigen Augenblick durch meinen Kopf. „Nein, das hier geht nur uns beide etwas an."

„Das wirst du bereuen", sagte sie.

Was konnte sie schon ausrichten?

„Du drohst mir? Ernsthaft?", fragte ich mit einem durchdringenden Blick.

„Denk nicht mal im Traum daran ...", raunte ich. Sie wich zurück, ihre Augen spiegelten für einen Moment Verwirrung wider. Cora stand nur da, äußerte keine Widerworte.

„Entschuldige mich kurz, ich brauch einen kühlen Schluck." Sie wandte sich ab und ihre Schritte entfernten sich in Richtung Küche. Das Klirren von Glas und das Geräusch von Wasser.

Das wars, alles war gesagt.

Kurz darauf fiel die Badezimmertür zu, der Schlüssel drehte sich. Ein Krachen, ein Scheppern, als würde

Cora persönlich gegen meine ganze Einrichtung rebellieren und das Bad in Schutt und Asche legen. Glas barst mit einem schrillen Klang.

Ich rannte zum Bad, stand ungläubig davor. Was passierte da?

„Verflucht, mach die Tür auf!", rief ich und klopfte mit meinen Fäusten dagegen. „Wenn du jetzt nicht öffnest, trete ich die Tür ein. Und glaub mir, was dann kommt, willst du nicht erleben!" Ich hämmerte mit der Faust gegen das Holz. „Mach die verdammte Tür auf! Cora! Mach keinen Blödsinn."

Stille setzte ein. Eine bedrohliche Ruhe, die mir mehr Sorgen machte als das Chaos zuvor.

Ich presste mein Ohr gegen die Oberfläche der Tür. „Cora, ich bitte dich, lass diese Spielchen sein."

Ihre Antwort war ein gedämpftes Schluchzen, gefolgt vom Wahlgeräusch eines Anrufs, das im Badezimmer widerhallte. Sie hatte das Gespräch auf Lautsprecher gestellt. Eine Frage formte sich in meinem Kopf, doch bevor sie Gestalt annahm, zog ich mich von der Tür zurück. Eine distanzierte Stimme meldete sich – Polizei.

„Bitte, kommen sie schnell! Ich brauche Hilfe", flehte sie, jede Faser ihrer Stimme zitterte.

„Cora, verdammt! Hör auf. Es ist genug!" Meine Fäuste donnerten gegen die hölzerne Barriere. Und dann, mit der Präzision eines Richterspruchs, sprach sie meine Adresse aus, das Stockwerk, meinen Namen. Ich erstarrte für einen Moment.

„Hören Sie ihn? Ich habe Angst. Er ist nicht mehr er selbst. Er hat wieder getrunken."

Die Panik stieg in mir hoch.

„Nein … Bitte, beeilen Sie sich." Ihr Weinen verschluckte jedes weitere Wort und die Stille kehrte zurück. Ich stand da, wie vom Blitz getroffen. Was glaubte sie, zu erreichen?

Ich wich zurück. Die Situation entglitt meiner Kontrolle, schneller als ich es je für möglich gehalten hätte.

„Sieh mal einer an. Du hast ja doch schauspielerisches Talent." Meine Stimme war lauter als beabsichtigt. Frust brach aus mir hervor. Ich warf mich gegen die Tür. Mein Schulterblatt traf auf das Holz, gefolgt von einem Strom stechenden Schmerzes.

„Hör auf damit", schrie ich sie an. Ich warf mich erneut gegen die Tür. Ich wusste nicht, was ich tun sollte. Selbst die Polizei verständigen? Ich würde ihnen erklären, dass der Streit aus dem Ruder gelaufen war. Sie würden es doch sicherlich verstehen, Cora der Wohnung verweisen und es wäre vorbei. Ich wählte die Notfallnummer, kam aber nie dazu, die dritte Ziffer zu drücken. Sirenen drangen an mein Ohr. Sie kamen näher. Schnell.

Stiefel hallten durchs Treppenhaus, näherten sich meiner Wohnung. Durch das Fenster konnte ich rotierende Lichter sehen. Die Wohnungstür flog aus den Angeln, begleitet von einem mächtigen Krachen. Eine Schar Uniformierter flutete den Raum, verteilte sich.

„Auf den Boden!", donnerte eine Stimme. Doch meine Muskeln gehorchten mir nicht, ich war wie gelähmt. „Runter!" Irgendetwas in der Unerbittlichkeit seiner Stimme löste meine Schockstarre. Langsam, als würde ich mich durch Wasser bewegen, kniete ich nieder, heftete meinen Blick auf das Muster des Parkettbodens.

„Hände hinter den Kopf!" Ein fester Griff drückte mich zu Boden. „Haben Sie eine Waffe bei sich?", fragte der Beamte, während seine Hände professionell und ohne Zögern meine Taschen durchkämmten.

„Nein."

Mein Smartphone glitt in seine Hand. „Ist sie dort drin?" Er nickte zur verschlossenen Tür. Zum ersten Mal sah ich ihm direkt in die Augen; darin lag eine Klarheit, die keinen Zweifel an seiner Entschlossenheit ließ.

„Sie spielt Ihnen etwas vor", presste ich heraus, mein Herzschlag überschlug sich beinahe. „Sie ... Sie täuscht das alles nur vor, okay?" Mein Atem stockte. Die folgenden Worte blieben mir im Hals stecken, als mein Blick zur Tür schweifte. Dort, unter dem schmalen Schlitz, breitete sich langsam eine rote Pfütze aus. Wie weit ist sie gegangen? Was hatte sie getan?

Der Polizist bemerkte es ebenfalls, brüllte etwas zu seinen Kollegen. Sie öffneten die Tür, sie war nicht verschlossen – hatte Cora sie geöffnet, als sich die Polizei näherte? Der Anblick brachte mein Herz zum Stillstand.

Cora lag da, umgeben von ihrem eigenen Blut auf den weißen Kacheln.

Ohne zu zögern, ließ sich der Beamte neben ihr nieder. „Können Sie mich hören?", fragte er. Er presste Mittel- und Zeigefinger an ihren Hals.

Im Hintergrund verlor sich eine weibliche Stimme in den Dissonanzen eines Funkgeräts. Codewörter wurden durchgegeben.

„Der Notarztwagen ist unterwegs", sagte sie ihren Kollegen.

Coras Gesicht erzählte eine Geschichte von Gewalt, Hämatomen und Schnitten. Die Verletzungen, die sie sich zugefügt haben musste, waren massiv. Ihr Kopf hatte Bekanntschaft mit der Kommode gemacht, wie die dunklen Flecken auf dem Holz und dem Boden verrieten. Sie rührte sich nicht unter den Rufen des Polizisten.

Ich folgte dem Blut und stockte. Ein Küchenmesser steckte tief in ihrer Schulter – das gleiche Messer, das ich heute Morgen in der Hand gehalten hatte.

„Ich war das nicht!", schrie ich. Mein Körper kämpfte gegen das Gewicht der Anklage, die mich niederdrückte – schwerer als die Hände, die mich festhielten. „Sie hat sich das selbst angetan. Ich schwöre es Ihnen!" Niemand glaubte mir. Ich sah es in ihren Blicken.

Währenddessen durchforsteten zwei Polizisten meine Zimmer, jeden Winkel meiner Privatsphäre. In einer Ecke des Geschehens stand ein weiterer Beamter. Seine Augen hatten sich verengt und seine Lippen bildeten eine schmale Linie. „Im Badezimmer und im Schlafzimmer fanden wir mehrere Medikamente", berichtete er. „Leere Packungen von Schmerz-, Schlaf- und Beruhigungsmitteln. Den Alkohol riecht man bis hier. Wir ordnen vollständige Labortests an."

„Sie verstehen das nicht!" Die Panik ließ meinen Puls rasen, mein Herz hämmerte gegen die Brust. Ich verlor mich in einem Albtraum, unfähig, zu erwachen.

KAPITEL 27

Die Handschellen klickten, schmiegten sich kühl an meine Handgelenke. Dann zogen zwei Polizisten mich hoch. Ihr Griff war fest, schmerzhaft, als hätten sie sich schon ein Urteil gefällt. Sie führten mich ins Treppenhaus. Die Tür des Nachbarn unter uns war angelehnt. Ich erspähte die Augen einer jungen Frau, die durch den Türschlitz lugten. Draußen blickte ich auf die Häuser der gegenüberliegenden Straßenseite. Verschiedene Häuser, ein einheitlicher Anblick. Schemenhafte Gestalten standen an den Fenstern, versteckt hinter halb zugezogenen Vorhängen, ergötzten sich an dem, was geschah. Sie führten mich zum zweiten Fahrzeug in der Reihe, rissen die hintere Tür auf.

„Kopf runter", raunte einer der Polizisten, als man mich in den Sitz hineinpresste.

Der Wagen setzte sich in Bewegung und ließ dabei meine Wohnung, mein Viertel und den Großteil dessen, was ich kannte, hinter sich.

Das Licht des Einsatzfahrzeuges spiegelte sich in Fenstern, tanzte über den nassen Asphalt und brach sich in tausend Splittern.

Die Polizisten unterhielten sich gedämpft. Nur ein undurchdringliches Konstrukt aus Wortfetzen kam tatsächlich bei mir an. Wie konnte ein Mensch nur so weit gehen, um einem anderen Menschen zu schaden? Warum tat sie mir all das an?

Dann war es still. Einen kurzen Moment lang. Ich musste es zumindest versuchen.

„Sie haben das missverstanden. Die hat sich selbst verletzt. Cora hat sich selbst verletzt, hören Sie?"

Der Polizist auf dem Beifahrersitz starrte mich an. Ein Blick, der härter traf als jeder Schlag. Seine Augen waren kalt, sein Schweigen eine unausgesprochene Forderung nach Ruhe auf den hinteren Plätzen.

Die Vorstellung, die Nacht hinter kühlen Stahlgittern zu verbringen, verfolgte mich, während wir durch London glitten. Das Raunen des Motors verstummte. Wir standen vor einem Gebäude. Es war keine Polizeiwache, keine karge Fassade, sondern ein imposantes Gebäude, dass einem Hospital glich. Die beiden Polizisten stiegen aus. Der Beifahrer, der mich zuvor mit Schweigen gestraft hatte, packte mich.

Sein Griff um meinen Oberarm war unnachgiebig, doch seine andere Hand formte ein Schutzdach über meinem Kopf. Eine Geste, die Schonung suggerierte, während alles andere Zwang verhieß.

„Nicht so fest", schimpfte ich. Der Griff verstärkte sich. Es war der Arm, den ich mir beim Versuch, die Tür zu öffnen, verletzt hatte.

Mein Körper rebellierte gegen den zunehmenden Schmerz, mein Arm zog sich gewaltsam zurück. Ich wand mich, trat und schlug um mich. Der andere Beamte eilte zu uns herüber.

„Ich hab ihn", verkündete er siegessicher, als würde er ein widerspenstiges Tier bändigen. Mein Arm wurde langsam taub.

Der Polizist wandte sich direkt mir zu, das Gesicht kaum erkennbar im dämmrigen Licht der Straßenlaternen, aber der Tonfall ließ keinen Raum für Missverständnisse. „Wir können die Angelegenheit friedlich regeln oder auf andere Weise – es liegt in Ihrer Hand." Das Klinikpersonal navigierte uns durch die beleuchteten Korridore. Ich unterdrückte ein Husten. Meine Kehle war trocken. Schließlich fand ich mich in einem sterilen Labor wieder, umgeben von zwei Polizisten und zwei Pflegern, die mir mitteilten, dass der Arzt jeden Moment eintreffen würde. Mein Arm wurde kühl besprüht, desinfiziert, eine Nadel durchbohrte meine Haut. Ein Mitspracherecht hatte ich nicht. Untersuchungen wurden durchgeführt; Fingerabdrücke sorgfältig erfasst. Man legte mir eine Manschette an und maß die Vitalwerte. Erst als ich all das über mich ergehen gelassen hatte, geleitete man mich in einen kleinen Vorraum.

Die Pfleger sahen mich kühl an, teilnahmslos. Die Polizisten jedoch schienen mir gegenüber feindselig zu sein, verfolgten jede meiner Bewegungen mit ihren Blicken und spannten sich an. In einem schmucklosen Raum wurde ich einem Arzt gegenübergestellt. Die Handschellen klickten auf, ließen endlich von meinen Handgelenken ab, während einer der Polizisten seine Hand auf meine Schulter legte. Als wollte er meine Realität erden und mich mit sanftem Druck zwingen, auf einem Stuhl Platz zunehmen.

„Mr. Evans – Sie sind auf polizeiliche Anordnung hier ..."
„Sie war es, okay?", platzte es aus mir heraus.

„Ganz ruhig, wenn Sie etwas zu sagen haben, erzählen sie es der Reihe nach.“

Ich beugte mich vor und faltete meine Hände. „Ich ... hab anonyme Anrufe bekommen auf der Arbeit und Mails, meine dienstlichen Mails, wurden gelesen und verschoben. Ich hatte Cora im Verdacht, da sie mich anlog in Bezug auf die Schritte in der Nacht, sie hat sich rausgeschlichen, und dann ... dann wollte ich, dass sie geht, aber sie schloss sich im Bad ein und verletzte sich. Sie rief die Polizei und mir wirft man es vor.“

Er betrachtete mich mit der distanzierten Neugier eines Mannes, der es gewohnt ist, Puzzle zusammensetzen.

„Sie müssen dies aufklären! Bitte! Ich bin unschuldig!“, flehte ich.

„Habe ich das richtig verstanden? Sie sind der Ansicht, dass all dies nur inszeniert war?“

„Genau das.“ Er lehnte sich zurück, seine Augen unverwandt auf mich gerichtet. Es war, als wäre ich eine Gleichung, die er zu lösen gedachte, unsicher, welcher Schritt als Nächstes käme. „Sie macht das schon eine ganze Weile, verstehen sie?“

„Die Polizei teilte mir mit, Sie hätten eine Dame, Ms. Coraline Sanders, schwer verletzt. Sind Sie sich der Schwere dieser Aussage bewusst?“

„Ich habe niemanden verletzt. Sie hat sich das selbst angetan, ganz allein. Ich stand vor der Tür im Flur, ich schwöre es Ihnen. Sie hat sich selbst verletzt, hinter verschlossener Tür.“

„Nach meinen Informationen stand die Tür offen, als
die Polizei kam. Ms. Sanders lag verletzt und blutüber-
strömt da. Mit einem Messer verwundet. Wie erklären
Sie sich das?“

„Das stimmt. Die Tür ... Sie wurde nicht von mir geöffnet. Und das Messer ... Sie hatte es schon vorher. Cora
ging in die Küche, bevor ...“ Meine Worte überschlugen
sich förmlich.

„Sie ging in die Küche, bevor sie sich im Bad ein-
schloss?“ Seine Augenbrauen zogen sich zusammen,
während er Notizen auf einer Akte machte.

„Ja genau, vorher“, sagte ich und nickte, als könnte
diese Geste meine Behauptungen untermauern.

„Wenn die Polizei das Messer untersucht, würde sie
demnach keine Fingerabdrücke von Ihnen darauf finden, verstehe ich das richtig?“

In meinen Augen sammelten sich Tränen, als Zeugnis
meiner Verzweiflung. „Doch, würden sie, aber ihre sind
ebenfalls darauf. Sie war heute Morgen dabei, als ich es
in der Hand hielt. Es ist doch meine Wohnung. Aber die
Tür, sie war zu. Ich ... Sie können das doch bestimmt
überprüfen – Sie können doch nachvollziehen, wer sie
wie verletzt hat. Ich war es nicht.“ Ich schluckte, wollte
die Kontrolle zurückgewinnen, die mir längst entglit-
ten war.

„Cora hat Sie beobachtet. Am Morgen, als noch alles
in Ordnung war. Ich verstehe ...“ Auch mir war klar, wie
fadenscheinig diese Worte klangen, als würden sie gegen mich zeugen, statt meine Unschuld zu untermauern. „Mr. Evans, in Ihrer Wohnung wurden verschreibungspflichtige Medikamente gefunden. Nehmen Sie
diese regelmäßig ein?“

„Wenn ich nicht schlafen kann, dann ja." Die Worte flossen durch meine zitternden Hände.

„Sie nehmen die Medikamente also nicht regelmäßig. Sie nehmen sie zur Nacht, nehme ich an? Haben Sie sie zuletzt gestern Nacht eingenommen?"

„Nein."

„Wann dann?", fragte der Arzt.

„Heute Vormittag."

„Konnten Sie dann heute gut schlafen?"

Ein Kopfschütteln war alles, was ich ihm entgegenbringen konnte. Ich weiß nicht, wie ..." Ich brachte kein Wort mehr heraus. Alles, was ich sagte, machte meine Situation nur schlimmer.

„Haben Sie Alkohol konsumiert?".

„Ich habe kein Alkoholproblem", sagte ich, gleichermaßen verzweifelt und empört.

„Das war nicht die Frage, Mr. Evans. Wir werden das anhand Ihres Blutbildes nachweisen können. Ich nehme an, Sie haben mehr konsumiert als für ihre Verhältnisse gewöhnlich? Wollten sie das damit sagen?"

Ich nickte.

„Wie viel genau?"

Ich schwieg, senkte den Blick.

„Haben Sie im Laufe des heutigen Tages weitere verschreibungspflichtige oder frei zugängliche Substanzen eingenommen, außer den bereits besprochenen?"

Ich sah wieder auf und nickte.

„Welche?"

„Nur Kopfschmerztabletten – gegen Kopfschmerzen."

„Mehrere?", drängte er weiter vor.

Er stellte immer weiter Fragen – mehr und mehr Fragen. Ich konnte irgendwann nicht mehr reden. Ein Nicken, Zittern, eine Träne rann hinunter. Er wandte sich den Polizisten zu, die im Hintergrund warteten.

„Ich würde empfehlen, erst morgen eine Befragung zum Sachverhalt durchzuführen. Mr. Evans befindet sich aktuell in einer akuten Krisensituation. Sie können sich zurückziehen – wir kümmern uns um ihn." Seine Körpersprache war entspannt, als ob es sich um eine gänzlich alltägliche Situation handeln würden.

Die Entscheidung war gefallen. Die Polizisten, deren Gesichtszüge sich in Falten des Missfallens legten, nahmen sie mit stummer Resignation zur Kenntnis und gingen. Der Arzt richtete seinen Blick auf mich.

„Mr. Evans, wir werden Sie heute Nacht hier bei uns behalten", sagte er. „Ich werde Ihnen den weiteren Ablauf in Ruhe erklären. Die Polizei hat uns Ihre Habseligkeiten übergeben, die wir für Sie sicher aufbewahren werden. Es ist auch notwendig, dass wir Ihnen Ihren Gürtel und die Schnürsenkel abnehmen, um jegliches Verletzungsrisiko auszuschließen."

„Ich bin doch keine Gefahr. Ich habe nichts verbrochen." Mein Versuch, meinen Standpunkt klarzumachen, verpuffte in der Kühle seines klinischen Blicks.

„Man wird sich hier gut um Sie kümmern", entgegnete der Arzt, ohne auf mein Drängen einzugehen. „Morgen erfolgt Ihre Verlegung in eine andere Einrichtung."

„Verlegung?"

„Der Erlass tritt am morgigen Tag in Kraft. Bis dahin bleiben Sie unter unserer Obhut und Beobachtung."

„Was soll das genau bedeuten?"

„In akuten Krisensituationen – bei Selbst- oder Fremdgefährdung – sind wir angehalten, Sie zum Schutz aller Beteiligten aufzunehmen", erklärte er.

„Ich bin weder verrückt noch gefährlich. Ich werde definitiv nicht hierbleiben." Ich erhob mich. Mein Stuhl fiel krachend zu Boden.

„Bitte beruhigen Sie sich", sagte er. „Hier wird niemand als verrückt bezeichnet; diesen Begriff verwenden wir nicht. Sie sind Patient. Wir möchten Sie unterstützen und ihnen helfen."

Ich riss meinen Blick von ihm los, mein Puls hämmerte in meinen Schläfen. „Ich bin aber keiner ihrer Patienten. Ich bin nicht krank", stieß ich hervor. Ich drehte mich um, strebte zur Tür. Ein Pfleger hielt mich zurück.

Ich bäumte mich auf. Eine Flut von Adrenalin ließ mich um mich schlagen. Doch es war, als würde ich gegen die Schwerkraft selbst kämpfen. Weitere Hände umklammerten mich, drückten mich zu Boden, bis ich das kalte Linoleum unter mir fühlte. Hilflosigkeit erfüllte mich.

„Das dürfen Sie nicht!" Panik fegte durch meinen Kopf. Mit jedem Atemzug wurde der Raum kleiner und kleiner, bis ich keine Luft mehr bekam.

Ein Stechen in meinem Oberarm riss mich aus meinem Kampf. Wärme breitete sich in meinem Inneren aus. Mein Feuer kühlte bald zu einem sanften Glühen aus. Der Raum um mich herum verlor seine Konturen. Mein Atem flachte ab. Die letzten Fetzen meiner Auflehnung zerrannen. Vage nahm ich noch wahr, wie der Pfleger etwas zum Arzt murmelte – die Worte waren

nur ein undeutliches Summen in meinem Ohr. Mit einem letzten Aufflackern meines Bewusstseins gab ich
mich der Dunkelheit hin, die mich in ihre samtigen
Arme nahm.

Ich erwachte in einem kühlen, engen Raum. Riemen
lagen um meine Handgelenke und meinem Oberkörper. Die Tür öffnete sich und eine Frau trat herein.

„Wir mussten Sie fixieren, um Sie zu schützen. Aber
keine Sorge, Sie sind nicht allein. Ich bin gleich nebenan und immer für Sie da. Es ist wirklich nur zu ihrem Besten." Ihr Finger deutete auf eine Glasscheibe.
Ich zwang meinen Kopf dazu, ihrer deutenden Einladung zu folgen.

„Bitte", flüsterte ich. „Mir tut alles weh. Können Sie
mich nicht losbinden?"

„Das ist leider nicht möglich."

Meine Gedanken hasteten umher, suchten nach einem Ausweg, einer Pause von dieser Unerträglichkeit.
„Und wenn ich ... zur Toilette müsste?"

„Keine Sorge", erwiderte sie ungerührt, als ein Schatten sich über meine Hoffnung senkte. „Machen Sie sich
einfach bemerkbar, wir kommen dann zu Ihnen."

Mit diesen Worten verschwand sie, ließ mich allein
zurück in der drückenden Stille. Das Licht einer Straßenlaterne, das ungehindert durch das nicht verhangene Fenster strömte, malte ein Spiel aus Licht und
Schatten auf die kahlen Wände meines Zimmers. Hin
und wieder durchschnitten die Scheinwerfer vorbeieilender Autos die Dunkelheit, erhellten sie für den Augenblick, nur um dann wieder in der Nacht zu ver

schwinden. Meine Gedanken suchten nach Beruhigung, nach einer Erklärung, süß genug, um geglaubt zu werden. *Der Aufenthalt ist nur für kurz*, redete ich mir ein. Sicherlich nur eine Angelegenheit für weniger Stunden. Morgen früh würde man alles mit der Polizei klären. Ich würde mich von jedem Verdacht reinwaschen. Und ich würde nach Hause zurückkehren.

Erinnerungen an die Worte einer Freundin huschten durch meinen Verstand. Sie hatte einige Zeit in einer psychiatrischen Klinik verbracht, weit entfernt von den schaurigen Klischees, die man so oft auf der Leinwand sieht. Sie sprach von einem privaten Zimmer, wohlwollenden Ärzten und einem strukturierten Tagesablauf. Die Situation war tatsächlich etwas anderer Natur; sie hatte sich wegen einer Essstörung freiwillig in Behandlung begeben.

„Es wird schon werden, alles halb so schlimm. Zudem steht das Gespräch mit der Polizei erst für morgen an – dann läuft alles in geregelten Bahnen", flüsterte ich mir zu, als würde der Klang meiner eigenen Stimme die Wahrhaftigkeit der Worte erhöhen. Ein Tag ... Was war schon ein Tag?

Ich hatte nur einen falschen Eindruck hinterlassen. Alles kein Problem. Jetzt galt nur, den Kopf unten zu halten, nicht aufzufallen, um nicht wieder eine Nacht angekettet auf der Pritsche zu verbringen.

Ich drehte den Kopf hin und her, um meinen steifen Nacken zu lockern. Die Muskeln protestierten gegen jede Bewegung. Seitenschläfer zu sein, war Teil meines Wesens. Und nun, als Gefangener in der Rückenlage, blieb mir nichts anderes übrig, als das Muster der Deckenplatten zu studieren, sie zu zählen und wieder zu zählen, bis die Zahlen selbst ihren Sinn verloren.

Eine Uhr tickte irgendwo im Verborgenen, irrelevant geworden in dieser endlosen Nacht. Krankenschwestern und Pfleger tauchten sporadisch auf – Geister in Weiß, die nach dem Rechten sahen, bevor sie mich wieder allein ließen.

Irgendwann hatte mich doch der Schlaf übermannt.

Eine Pflegerin riss mich aus den Träumen. Sie löste meine Fesseln – ein kurzer Moment der Erleichterung, in dem ich meine verspannten Gelenke strecken konnte. Bald darauf wurde mir erneut eine Manschette angelegt, um meine Vitalwerte zu überprüfen. Ich wurde durch die Flure geführt, erneut für eine Blutabnahme. Danach gab es Frühstück. Das folgende Ärztegespräch war gefüllt von bürokratischen Details, von dem ich kaum etwas aufnehmen oder gar behalten konnte. Kurz darauf fand ich mich im Freien wieder. Zwei Männer bugsierten mich auf die Rückbank eines Vans, schnallten den Sicherheitsgurt fest und fuhren los. Dort saß ich nun hinter dem Gitter, das mich von den Vordersitzen trennte. Meine Augen huschten zwischen den verriegelten Türen hin und her. Ein Fluchtgedanke zuckte durch meinen Kopf. Doch von innen gab es keine Türgriffe – eine Flucht war unmöglich. Instinktiv tastete ich nach meinem Smartphone, nur um in meiner Tasche gähnende Leere vorzufinden. Sie hatten es mir weggenommen. Die Fahrt zog sich dahin. Wir manövrierten durch den dichten Verkehr der Londoner Innenstadt, bis wir in ländlichere Gegenden eintauchten.

KAPITEL 28

„Was geschieht jetzt?“ Ich ließ die Frage in den Raum zwischen uns fallen.

Der Mann auf dem Beifahrersitz warf mir einen beiläufigen Blick zu. „Ich würde Sie ja gerne ins St. George bringen, aber du kommst in eine andere Anstalt – irgendein Pilotprojekt. Neuer Therapieansatz. Reine Geldverschwendung, die wir von unseren Steuern zahlen.“

Ein beklemmendes Gefühl breitete sich in meiner Brust aus. Der Wunsch, einfach nur nach Hause zu kommen, übermannte mich.

Die Straßen lichteten sich, bis wir ein Areal erreichten, geschützt von hohen, von Stacheldraht gekrönten Mauern und darauf ausgelegt, die Bewohner drinnen zu halten. Der Wagen hielt vor dem Tor und der Fahrer stieg aus, ging zu einem Häuschen, tauschte Dokumente aus und lachte, als das Tor aufglitt. Es folgte ein kurzer Tunnel mit konvexen Spiegeln an der Decke. Der Wagen rollte eine lange Ausfahrt hoch, an grünen Wiesen und kleineren Gebäuden vorbei, hielt vor einem sternenförmigen Prachtbau, in dem mehrere Flügel zusammenliefen. Überall waren Kameras installiert, bewachten jeden einzelnen Winkel des Geländes.

Mich erwartete ein Empfangskomitee aus zwei hochgewachsenen Pflegern. Die Uniformen ähnelten denen der Fahrer, waren aber besser geschnitten. Sie nahmen mich in Empfang und eskortierten mich durch ein Labyrinth aus Gängen, durch mehrere Sicherheitsschleusen und bis zum zweiten Stockwerk.

Man führte mich in ein Zimmer, dass stark nach Desinfektionsmittel roch. Es war schlicht gehalten: eine Liege, ein Tisch, zwei Stühle. Das Milchglas-Fenster war verriegelt.

Der Pfleger wies mich an, mich zu setzen, und führte ein langes Gespräch mit mir. Wo ich war, warum ich hier war und was nun passieren würde, fachärztliche Diagnosen, Vorerkrankungen etc. wurden besprochen und dokumentiert.

Die Einrichtung war die Dreadmoor Forensic Psychiatry, soviel hatte ich behalten. Am Ende des Gespräches schickte er mich hinter einen Sichtschutz. Ich entkleidete mich, gab meine Kleidung ab und bekam im Gegenzug T-Shirt, einen grauen Jogginganzug und weiße Turnschuhe mit Klettverschluss. Wieder musste ich Untersuchungen über mich ergehen lassen, trotz meiner Proteste. Erst als alle Tests durchgeführt waren, kam ein blonder Pfleger mit freundlicher Miene ins Zimmer. Er stellte sich mir als Morris vor und meinte, er würde mich für den Anfang bei der Hand nehmen. Weitere Flure folgten. Der Gang führte durch eine schwere Flügeltür in einen hellen Aufenthaltsraum, der von Tageslicht geflutet wurde. Hohe, vergitterte Fenster ermöglichten einen Blick auf den grünen Hof vor dem Gebäude. Mehrere Patienten waren dort. Manche diskutierten lebhaft, einer wirkte lethargisch, allesamt Männer. Ein Schrei ertönte und ließ mich zusammenzucken. Ich war der Einzige, der sich offenbar daran gestört hatte.

Neben den Flügeltüren, durch die wir gerade geschritten waren, gab es in dem Raum drei weitere Türen, die jeweils in unterschiedliche Korridore führten. Morris wählte den Flur uns gegenüber und öffnete mir einen Raum zur Linken. Spartanisch eingerichtet. Ein paar Schritte genügten und ich hatte die Dimensionen des Raumes erfasst. Mein Blick huschte über die gekachelten Wände zum kleinen Nebenzimmer, das mit einer Toilette und einem Waschbecken ausgestattet war.

„Hören Sie – kann ich nicht doch wieder nach Hause?", fragte ich angesichts meiner Unterkunft.

„Das klären Sie mit Dr. Thompson, unserem Leiter. Er wird heute noch mit Ihnen sprechen. Dort werden all ihre Fragen in Ruhe besprochen, okay?", sagte Morris.

„Okay."

„Bis dahin, bleiben Sie hier und gewöhnen sich ein."

„Hier? In dieser Zelle?"

Moris lachte. „Wir haben hier keine Zellen, nur Zimmer. Nach dem Gespräch mit dem Leiter können Sie sich auf der Station frei bewegen."

Ich rümpfte missbilligend die Nase. Morris verließ den Raum. Ich setzte mich auf das Bett und war allein. Kein Pfleger, kein Internet, kein Smartphone. Nur das Zimmer und ich.

Erst am Nachmittag klopfte es an der Tür. Ich sah vom Bett auf und sah Morris.

„Kommen Sie bitte mit, Mr. Evans", sagte er und lächelte.

„Ist es so weit? Kann ich jetzt mit Thompson sprechen?"

„Noch nicht, Mr. Evans. Wir müssen erst ein paar Untersuchungen vornehmen. Für Sie wurde eine Magnetresonanztomografie angeordnet."

„Bitte, ich kann das nicht. Die Idee, in eine Röhre zu steigen, macht mich wahnsinnig. Ich bekomme kaum Luft, nur beim Gedanken daran! Ich will doch nur mein Gespräch führen." Morris nahm neben mir Platz. „Du brauchst wirklich keine Angst zu haben. Entschuldige – darf ich dich duzen?"

„Schon", murmelte ich.

„Es besteht wirklich kein Grund zur Sorge. Es ist nicht viel mehr als ein übergroßer Fotoapparat – nur eben für das Gehirn."

Seine Erklärung war zwar gut gemeint, half mir aber nicht.

„Ich mag keine engen Räume."

„Das verstehe ich. Aber schau mal. Je schneller wir mit den Untersuchungen fertig sind, desto früher kannst du das Gespräch mit Dr. Thompson führen."

Wir gingen zum Aufzug, er hielt mir im Gehen einen Vortrag über den grundsätzlichen Aufbau der Station und brachte mich ins zweite Untergeschoss. Jeder Schritt auf den Apparat zu ließ mich zittern.

Das Kellergeschoss wirkte wie eine Welt für sich. Die Wände hier waren einheitlich in einem Ton gestrichen, der an nebelverhangene Morgen erinnerte – ein trauriges tristes Grau.

Jeder Schritt hallte gedämpft zwischen den Betonmauern wider, deren Eintönigkeit nur durch die regelmäßigen Unterbrechungen schwerer Türen gebrochen wurde.

Beim Eintreten in den Behandlungsraum, dessen Tür sich mit einem Surren geöffnet hatte, wurde die Luft dünner, meine Kehle enger. Dort stand das MRT-Gerät. Ein weißer Koloss, der sowohl hochmodern als auch bedrohlich archaisch wirkte. Der Raum selbst war kühl, auch von der Temperatur her. Ein Arzt war mit im Raum. Morris legte seine Hand auf meine Schulter und sagte, in deutlichen, langsamen Worten, was passieren würde. Mit jedem Wort schnürte sich weiter meine Kehle zu.

„Wir gehen ganz langsam vor", sagte Morris. „Du atmest einfach tief durch und bevor du es merkst, ist alles vorbei."

Ich atmete schwer. „Als ob!"

Meine Stimme zitterte leicht. „Aber ich werde nichts von der Außenwelt sehen können?"

„Richtig, Christian." Er deutete auf die Liege. „Dort wirst du ganz entspannt liegen und die Welt bewegt sich langsam um dich herum. Ich werde nicht im Raum sein, während der Scan läuft, aber wir können über Lautsprecher miteinander reden. Du bist zu keinem Zeitpunkt allein."

„Die Geräusche, die du hören wirst, sind normal. Das rhythmische Wummern braucht dir keine Angst zu machen. Es kann auch wie ein Klopfen klingen." Morris' Augen ruhten auf mir, ein Fels in der Brandung meiner Nervosität.

„Bereit?"

Bereit war ich nicht; ich wollte nur weg. „Wir werden dir ein Kontrastmittel verabreichen. Es lässt gewisse Strukturen in deinem Körper deutlicher erscheinen“, sagte Morris „Ich werde dir eine Infusion legen und danach kannst du dich hinlegen und versuchen, ein wenig zu entspannen, bevor wir beginnen.“

Ich schloss kurz die Augen und wappnete mich. „Ist das alles wirklich notwendig? Ich hatte noch nie ein MRT und bin damit immer gut gefahren.“

„Laut Dr. Thompson ja. Wir suchen nach Anzeichen, die nicht ins Bild passen. Nach allem, was nicht sein sollte. Dir wird in der Röhre nichts passieren. Das verspreche ich.“ Ich entkleidete mich, setzte mich auf einen Stuhl und beobachtete argwöhnisch, wie Morris eine Infusion an meinem Handgelenk anlegte. „Wir sind so weit. Das Kontrastmittel sollte sich schon ausreichend verteilt haben“, sagte er.

Ich stand auf, ging die wenigen Schritte zur Liege und legte mich hin. Er setzte mir Kopfhörer auf und fixierte meinen Kopf.

Ich zuckte zusammen als die Mechanik der Liege mich in das Herz der Maschine trug. Die Röhre war so eng, dass mir das Atmen schwerfiel. Ich hörte die beruhigende Stimme von Morris, die mein Verbindungsstück zur Außenwelt war. Ich schwitzte, zitterte und bemühte mich nach Kräften, ruhig zu bleiben, dazuliegen, damit ich den Aufenthalt nicht unnötig verlängerte. Es ratterte um mich herum.

„Wir sind gleich fertig, Christian“, sagte Morris. „Nur noch eine Minute, dann holen wir dich raus. Du machst das großartig!“

Die Zeit schien sich in der Endlosigkeit aufzulösen. Ich atmete tief ein. Eine Minute noch. Eine Minute. Ich hörte noch, dass Morris etwas sagen wollte, dann brach die Verbindung ab. „Hallo?", fragte ich unsicher.

Alles wurde dunkel. Das MRT war ohne Strom. Ich rutschte auf der Liege hin und her, wollte mich aus der Röhre winden, konnte es aber nicht. Zu wenig Bewegungsfreiheit. Ich drückte meine Hände gegen jede Seite und riss mir panisch die Halterung und die Kopfhörer herunter.

Ich hörte, wie sich vor dem Gerät etwas tat.

„Ganz ruhig, Christian. Wir holen dich sofort raus. Gib uns nur einen Augenblick.

„Holt mich hier raus!", schrie ich verzweifelt. Mit meinen Händen stieß ich gegen die niedrige Decke. Ich fühlte mich dem Tod näher als dem Leben. So musste es sich anfühlen, lebendig begraben zu sein. Die Panik verschlang meine Gedanken. Ich hatte Angst, elendig zu ersticken. Ich konnte nicht denken, nicht handeln, nur meine Fäuste gegen das kalte Gefängnis der Röhre hämmern.

„Christian, bleib ruhig! Christian, kannst du uns hören? Es gab einen Stromausfall. Wir können die Liege nicht automatisch herausfahren lassen. Aber keine Sorge, wir holen dich heraus. Bleib ruhig, ja? Alles wird gut."

Hände griffen nach meinen Fußgelenken und zogen mich heraus aus meinem engen Sarg. Ein unkontrollierter Tritt meinerseits traf einen Körper. Ein Stöhnen verriet mir, dass ich den Arzt getroffen hatte.

Das Nächste, was ich wahrnahm, war der kühle Boden unter mir. Morris sah mich mit einer Mischung aus

Sorge und Erleichterung an. „Atmen, einfach nur atmen.“

Dr. Lindberg leuchtete mit einer winzigen Taschenlampe auf mich und spendete Licht.

Der Sauerstoff fand in meinen Lungen keinen Platz. Ich kämpfte darum, meinen Atemrhythmus wiederzugewinnen, meinen Körper zu beruhigen. Mit jedem mühsam eingezogenen Atemzug kehrte ein Hauch von Kontrolle zurück, bis sie mir schließlich halfen, mich aufzurichten.

„Du hast gesagt, es passiert nichts!“, pflaumte ich Morris an, als ob es seine Schuld gewesen wäre.

„Ich weiß nicht, was passiert ist. Normalerweise haben wir ein Notstromaggregat damit solche Fälle nicht passieren, aber es ist nicht angesprungen. Es tut mir so leid. Komm, ich bringe dich direkt zurück zu deiner Station. Der Stromausfall ist schnell wieder behoben.“

„Ich gehe nie wieder ... nie wieder in dieses Ding!“, stieß ich hervor und meinte es auch so.

KAPITEL 29

Dunkelheit, Enge und Angstschweiß waren hängengeblieben. Morris führte mich sichtlich bestürzt über den Vorfall zurück zum Zimmer, entschuldigte sich bei mir.

Zurück im Raum verging die Zeit nur träge. Mit dem Einbruch der Dämmerung musste ich mich damit abfinden, dass ich entweder vergessen oder das Gespräch mit Thompson verlegt wurde, ohne dass ich darüber informiert worden wäre.

Während ich wartete, durchschnitt ein ohrenbetäubender Alarm die Ruhe der Einrichtung. Ich saß kerzengerade auf dem Bett. Schritte, Wortfetzen, hektische Betriebsamkeit. Ich stürzte zur Tür, rüttelte daran, um herauszukommen. Verschlossen. Einige Minuten vergingen, als es ruhiger auf dem Flur wurde. Kurze Zeit später wurde die Tür aufgerissen. Morris stand da. „Wir haben ein Problem mit dem Westflügel und müssen die Zimmer neu belegen", sagte er.

„Was bedeutet das?" Ich hob eine Augenbraue und schaute ihn an, doch er antwortete nicht. „Christian, du gehst mit Cooper." Hinter Morris trat ein zweiter Pfleger hervor. Seine Statur war athletisch, seine Haare dunkel und ein schwarzes Tattoo zierte seinen Oberarm.

„Kommen Sie bitte mit", sagte er. Er hatte etwas Autoritäres an sich, was mir nicht zusagte.

Ich stand auf, folgte ihm. Auf dem Flur gab es einen Tumult. Ein anderer Patient hatte sich losgerissen, nutzt den Moment der Unordnung.

Cooper und Morris tauschten einen Blick, sahen mich an, bevor Morris loslief. Cooper übte sanften Druck auf meinen Rücken aus und ich ging voran. Er war schnell; ich hatte Mühe Schritt zu halten.

„Sie dürfen Teil einer Wohngemeinschaft sein", sagte er.

„Was? Eine WG?"

Wir hielten vor Zimmer 233. Cooper schloss auf und öffnete die Tür. Das Zimmer erinnerte mich an eine Jugendherberge. Vier Betten standen entlang der Wände, zwei davon bereits belegt. Daneben hatte man offene Regale für die Kleidung platziert.

Ich wandte mich an Cooper. „Ist es nicht möglich, ein Einzelzimmer zu bekommen? Ich bin eh nicht lange hier. Zahle auch gern mehr dafür."

Cooper lachte schallend. „Natürlich! Für das richtige Trinkgeld reiche ich auch gleich einen gekühlten Sekt und Kaviar aufs Zimmer." Sein Blick verfinsterte sich. „Ob Sie lange hier sind oder nicht, liegt übrigens nicht in Ihrer Hand."

„Ich sollte mit Thompson sprechen", erwiderte ich.

„Dr. Thompson hat gerade Besseres zu tun. Er wird morgen auf Sie zukommen", schnitt er meinen Einwand ab. Ein weiterer Pfleger trat hinzu. „Jennings, ich komm gleich."

„Ist alles in Ordnung?", fragte der dunkelblonde Pfleger.

„Klar. Mr. Evans erliegt nur dem Irrglauben, er sei hier in einem Hotel", sagte Cooper.

Jennings nickte, als würde er verstehen. „Hat sich Andrews um den Problemfall gekümmert?“

„Der ist nun im Kriseninterventionsraum“, antwortete Cooper mit starrem Gesichtsausdruck.

Jennings wandte sich zu mir. „Es tut mir leid, dass Ihre Aufnahme nicht so abgelaufen ist, wie gewohnt. Das Gespräch mit Dr. Thompson wird morgen nachgeholt. Wir haben hier leider eine ungewöhnliche Situation.“

Nachdem sich die Tür geschlossen hatte, betrachtete ich meine Mitbewohner. „Hallo, ich bin Christian“, sagte ich leise. Die beiden Männer, die das Zimmer mit mir teilen sollten, beachteten mich nicht. Der eine vertiefte sich in ein Buch. Er nickte mir nur kurz und freundlich zu.

Der andere Mann, dessen robuste Statur und Energie ihn als Mittvierziger auswiesen, musterte mich skeptisch.

„Anscheinend haben wir deine Erwartungen hier nicht ganz erfüllen können“, stellte er fest. Ich zögerte. „Es geht nicht um Erwartungen“, erwiderte ich schnell. „Es war nur eine Frage.“

„Lass dich von ihm nicht einschüchtern.“ Mein anderer Mitbewohner erhob sich, legte sein Buch zur Seite und streckte mir die Hand entgegen. „Ich bin Nadir Omar.“

Nadir hatte einen dunklen Teint und seine braunen Augen strahlten Intelligenz und Wärme aus.

„Boland“, knurrte der andere kurz angebunden.

„Jetzt sei nicht so, Shane“, mischte sich Nadir ein.

„Ich kenne ihn nicht. Für dich heiß ich Boland.“

Offensichtlich hatte er sich bereits ein Urteil über mich gebildet. Wohl kein schmeichelhaftes.

„Boland legt großen Wert auf den Schutz der Privatsphäre."

„Ob da die Ansprache mit dem Nachnamen schützt ... Ich weiß nicht", sagte ich und lächelte.

„Am besten, man akzeptiert das einfach und stellt keine weiteren Fragen." Mit einem finsteren Blick wandte er sich Nadir zu, als ob dieser bereits zu viel gesagt hätte.

Als ich mich schließlich auf eines der freien Betten setzte, das direkt am Fenster lag und auf der linken Seite des Raumes stand, konnte ich Bolands Blicke in meinem Rücken spüren. Nadir hatte das Bett gegenüber von mir gewählt, ebenfalls am Fenster. Boland hingegen hatte sich für das Bett zur Rechten entschieden, näher an der Tür. Wie konnte nur alles so schnell schiefgehen? Gestern hatte ich noch mit Julia im Café gesessen und Apple-Crumble gegessen.

„Ist dort drüben das Bad?", fragte ich mit einem Wink zur einzigen anderen Tür im Zimmer.

Nadir gab ein Nicken als Bestätigung.

Ich wagte einen flüchtigen Blick in den bescheidenen Waschraum. Keine Spur von einer Dusche, kein Fenster, nur das sterile Weiß der Kacheln.

„Wo findet man denn hier eine Dusche?", fragte ich.

„Die Duschen sind Gemeinschaftsanlagen auf dem Flur", erklärte Nadir. Rückwärts ging ich aus dem Bad heraus und blickte mich um. Das Fenster war das Einzige von Interesse.

Ich zog kräftig daran, um die kühle Abendluft hereinzulassen. Es rührte sich nicht. Mit jedem vergeblichen Ziehen wuchs meine Frustration.

„Ist verschlossen", murrte Boland. „Damit keiner von uns einen nächtlichen Ausflug macht, wenn er unserer charmanten Gesellschaft überdrüssig wird. Aber aus dieser Höhe überlebt das sowieso niemand." Erst jetzt nahm ich das kleine Schloss am Fenster wahr.

Mein Mund war am Morgen trocken wie Staub und Nadir reichte mir Wasser, das ich dankend annahm. „Nebenwirkungen der Medikamente, man gewöhnt sich dran", sagte er.

Nicht die einzige Nebenwirkung, stellte ich fest. Mein Kopf fühlte sich an, als wäre er in Watte gepackt.

Boland wies mich darauf hin, dass es ohnehin besser sei, die Pillen nicht zu nehmen, aber ein diskretes Kopfschütteln von Nadir ließ mich verstehen, dass er nichts von Bolands Meinung hielt. Sie führten mich zum Speisesaal, der links lag, wenn man den Gemeinschaftsraum durchquerte. Nadir gab mir eine schnelle Einführung: Hier steht der Kaffee, dort der Tee, und er teilte mit, welches Essensangebot man besser umgeht und was tatsächlich schmeckt. Mein Appetit war zwar abwesend, aber ein aufmerksamer Pfleger bemerkte dies und tat mir dennoch etwas Toast auf.

Am Tisch kaute ich auf dem Toast herum, das ich mit einem stumpfen Messer mit etwas Marmelade bestrichen hatte, und schlürfte einen furchtbaren Kaffee. Dabei ließ ich meinen Blick durch den Raum schweifen. Er sah aus, wie eine gewöhnliche Kantine.

„Was passiert nach dem Frühstück?", wollte ich wissen.

Nadir antwortet: „Es stehen Therapiesitzungen und Sportangebote an. Was genau bei dir geplant ist, kann ich nicht sagen. Aber keine Sorge, man wird dich entsprechend informieren. Siehst du die Tafel dort? Eine ähnliche findest du auch im Aufenthaltsraum. Dort sind alle Termine und Orte verzeichnet, an denen du sein musst. Diese wird wöchentlich aktualisiert."

KAPITEL 30

„Evans?" Ich erschrak, hatte den Pfleger, Andrews laut seines Namensschildes, nicht kommen sehen, der plötzlich neben mir stand. „Thompson möchte, dass ich Sie zu ihm bringe." Er sah kurz auf meinen leeren Teller.

Ich stürzte den restlichen Kaffee herunter. Wir passierten die Flügeltüren und bewegten uns anschließend durch endlos erscheinende Korridore der Klinik. Mit jedem Schritt wuchs meine Anspannung, während wir uns dem Sprechzimmer von Dr. Thompson näherten.

***

„Ja, genau jenem Dr. Thompson, dem sie offenbar vorhin vor der Tür begegnet sind."

Parker nickte zustimmend.

„Sie kennen ihn also schon? Ein Paradebeispiel für einen Psychiater, nicht wahr? Kühle Professionalität, akademische Distanz und merkwürdigerweise zugleich vertrauenswürdig. Ich bin mir ziemlich sicher, dass dies das erste Mal war, dass ich Zeuge wurde, wie er die Beherrschung verlor. Aber wie auch immer."

***

Als ich das Zimmer betrat, fiel mein Blick sofort auf
den warm schimmernden Holzboden. Das sanfte Licht
einer Papierstehlampe hüllte den Raum ein, während
Pflanzen in der Ecke eine Oase bildeten. Dr. Thompson
wartete in einem schwarzen Ledersessel, umgeben von
einer beeindruckenden Kulisse gefüllter Bücherregale.
Die Masse an Büchern ließ mich kurz innehalten. Die
Buchrücken gewährten mir einen kryptischen Einblick
in ihre Inhalte – Psychiatrie, Medizin, Psychologie und
neurologische Fachgebiete.

„Guten Tag, Mr. Evans", begrüßte er mich. „Mein
Name ist Dr. Richard Thompson."

Andrews positionierte sich an der Wand hinter mir.

„Es ist, heute eingerechnet, der dritte Tag, an dem ich
wie ein Paket von A nach B geschickt werde, ohne dass
jemand dieses Durcheinander aufklären möchte", antwortete ich.

„Dann wollen wir uns nun um eine Klärung bemü-
hen. Bitte setzen Sie sich erst einmal", erwiderte
Thompson, ohne auf meine Ausführungen weiter einzugehen.

„Das kann doch nicht angehen, dass ..."

„Eine Klärung ist genau das, was wir hier anstreben.
Aber bitte, nehmen Sie zuerst Platz", sagte er erneut,
nickte flüchtig zu Andrews. Erst als ich mich nieder-
ließ, fuhr er fort. „Mr. Evans, sind Sie sich im Klaren
darüber, wo Sie sich befinden?"

„In einer psychiatrischen Klinik, aber ..."

„Ich bitte Sie darum, zunächst nur meine Fragen zu
beantworten", unterbrach er mich sanft, doch mit einer
Bestimmtheit, die keinen Widerspruch duldete. „Über

Ihre Bedenken und Fragen können wir später sprechen. Können Sie mir sagen, welchen Wochentag wir haben?"

„Freitag", antwortete ich. Ein Gefühl der Unsicherheit machte sich breit, als mir klar wurde, wie viel Wert er auf diese scheinbar trivialen Details legte.

In diesem Moment, eingehüllt in die Ruhe des Raumes, unterbrochen nur durch das gelegentliche Rascheln von Papier oder das leise Klicken des Stiftes, mit dem Dr. Thompson Notizen machte, fühlte ich mich wie auf dem Prüfstand.

„Sind Sie sich bewusst, warum Sie hier sind?"

„Weil meine ehemalige Freundin eine Simulantin ist", gab ich nach einer kurzen Pause zu verstehen.

Dr. Thompsons Gesichtsausdruck veränderte sich nicht. „Könnten Sie mir bitte näher erläutern, was genau Sie damit meinen?

Ich atmete tief durch. Die Erinnerungen flossen wie ein Strom durch mein Bewusstsein – mein zufälliges Aufeinandertreffen mit Julia, der darauffolgende Streit mit Cora. Ich beugte mich ein Stück vor, fast so, als könnte die physische Nähe meiner Erzählung mehr Glaubwürdigkeit verleihen. „Sie konnte es nicht ertragen, die Kontrolle über die Situation zu verlieren, und hat sich selbst verletzt. Als Mittel, um Druck auszuüben, denke ich." *Oder vielleicht, um mir zu schaden, mir eins auszuwischen ...*

Dr. Thompson sah mich direkt an.

„Es war auch nicht das erste Mal. Cora ... hat ein Talent dafür, sich zu inszenieren."

Dr. Thompson nickte bedächtig. „Und wie haben Sie darauf reagiert?"

„Wie sollte ich denn schon darauf reagieren?“ Ich faltete die Hände, knetete meine Finger. „Ich wollte sie zur Rede stellen. Ihr sagen, dass sie aufhören soll, Gaslighting zu betreiben.“

„Sie meinen eine Form der Manipulation innerhalb ihrer Beziehung“, sagte Dr. Thompson schließlich. „Wenn sie über ihre Partnerin reden, dann sprechen Sie von Ms. Coraline Sanders?“, fragte er.

Ich nickte. „Ja natürlich!“

„Also verstehe ich das richtig, dass Sie nichts mit dem Zustand Ihrer Partnerin zu tun haben und es keine körperliche Auseinandersetzung zwischen Ihnen gab?“

„Das sage ich doch: Ich habe ihr nichts getan!“

Während Dr. Thompson eifrig Notizen machte, streckte ich mich, um einen Blick auf seine Aufzeichnungen zu erhaschen. Ohne Erfolg.

„Das wäre zunächst alles zu Ms. Coraline Sanders. Können Sie mir Ihren aktuell behandelnden Hausarzt nennen?“

„Wie bitte? Ach so, äh, Dr. Heavington in Covent Garden.“

„Können Sie sich auch noch an Ihren Kinderarzt erinnern?“

„Ja, warum?“

„Es hilft uns, einen umfassenden Einblick zu erhalten. Nicht nur eine Momentaufnahme.“

Seine Erklärung klang logisch und doch stellten sich mir die Nackenhaare auf. „Dr. Arthur Walker in Manchester - St. Peter's Square“, murmelte ich langsam.

„Würden Sie mir dann bitte folgendes Formular unterschreiben, das es mir erlaubt, die Akten einzusehen?" Er schob mir ein Dokument und einen Stift über den Tisch.

„Wenn es hilft, hier schneller herauszukommen." Mit einem tiefen Seufzer, der mehr über meine innere Verfassung aussagte als Worte es je könnten, griff ich zum Stift. Die Bewegung war träge, fast, als würde jeder Muskel in meinem Körper gegen die bevorstehende Handlung protestieren. Meine Augen wanderten kurz über das Dokument vor mir, nicht wirklich lesend. Ich zögerte. Der Strich des Stiftes verlief gegen meine Überzeugung. Mit einem letzten Ruck vollendete ich die Unterschrift und ließ den Stift fallen.

„Haben Sie vielen Dank." Dr. Thompson nahm das Dokument entgegen und schob es außerhalb meiner Reichweite.

„Mr. Evans, sind Sie derzeit berufstätig?"

„Ja", antwortete ich reflexartig, nur um mich gleich darauf zu korrigieren. „Nein."

„Ja oder nein?" Er neigte den Kopf zur Seite und machte ein leises Klickgeräusch mit seinem Kugelschreiber.

„Ich war bis vor Kurzem in einer Marketingagentur im Stadtzentrum beschäftigt", erklärte ich, als ob diese Information irgendeine Bedeutung hätte.

„Bis vor Kurzem also ...", sagte Thompson, als würde er meine Worte auf eine unsichtbare Waagschale legen. „Haben Sie gekündigt?", fragte er weiter.

Ich biss mir auf die Unterlippe. „Nein", raunte ich und sah, wie er meine Antwort mit hochgezogenen Augenbrauen auf seinem Notizblock vermerkte.

„Sie wurden entlassen?“

Ich nickte, vermied jedoch seinen Blick.

„Der Grund war welcher?“

„Wie bitte?“

„Handelte es sich um eine betriebsbedingte Kündigung?“

„Ich, ähm, würde sagen, es war eine Kombination aus Umstrukturierungen und persönlichen Differenzen.“

„Ich verstehe“, sagte er, aber etwas an ihm konnte ich nicht deuten. Thompson schrieb und schrieb. Sein Stift kratzte ununterbrochen auf dem Papier, während er gelegentlich innehielt.

Ich saß ihm mit gefalteten Händen gegenüber, mein Blick ging zwischen ihm und dem Bücherregal hin und her. Mit jedem weiteren Wort, das er zu Papier brachte, dachte ich mir: *Was mache ich hier überhaupt?*

„Was ist überhaupt der Sinn all dessen?“, fragte ich. „Ich würde gerne wissen, wann ich hier endlich rauskomme.“

„Eins nach dem anderen, Mr. Evans“, erwiderte Thompson mit einer Ruhe, die fast schon provokant wirkte. „Zuerst muss ich ein klares Bild von Ihnen bekommen. Dafür müssen wir unser Gespräch fortsetzen. Sind Sie damit einverstanden?“

Ich schnaufte. „Wenn es nicht anders geht ...“, murmelte ich.

„Erzählen Sie mir etwas über Ihre Familie, ihre Biografie“, sagte er. Ich gab ihm, widerwillig, die Informationen, die er verlangte. Mein Vater hatte uns verlassen, meine Mutter war verstorben.

„Haben Sie Geschwister oder andere Familienmitglieder, zu denen Sie Kontakt haben?“

„Nein.“

„Gab es Konflikte zu Hause?“

„Nein“, erwiderte ich. „Ich hatte eine Bilderbuchkindheit.“ Bei meiner Antwort lächelte Dr. Thompson. „Das ist schön zu hören. Was sind einige Ihrer liebsten Erinnerungen aus dieser Zeit?“

Ich musste nicht lange nachdenken. „Selbstgemachte Pancakes am Sonntagmorgen und dazu alte Zeichentrickfilme im Fernsehen.“ Es waren einfache, aber glückliche Momente. Momente, die jetzt weit entfernt schienen.

„Wann hatten Sie zuletzt Kontakt zu Freunden? Abgesehen von Ihrer Partnerin?“

„Das muss schon einige Monate her sein“, antwortete ich leise, ein beklemmendes Gefühl machte sich in meiner Brust breit. War es wirklich schon so lange her, dass ich das letzte Mal mit meinen Freunden zusammen war, in einer verrauchten Kneipe ein Bier trank oder Sport guckte? Diese Erkenntnis traf mich härter, als ich zugeben wollte. „Es ist nicht so, wie Sie denken“, sagte ich rasch, als ich merkte, wohin das Gespräch führte. Ich fühlte mich, wie in die Ecke gedrängt – unfreiwillig arbeitslos, isoliert von Freunden und Familie. Wie sah das denn aus?

„Was genau meinen Sie damit?“

„Ich bin hier nicht das Problem. Hören Sie? Wann kümmert sich die Polizei? Ich sollte Cora anzeigen! Ich sollte eine Anzeige stellen. Sie sollte diejenige sein, die hier sitzt“, entgegnete ich, während ich mit den Armen umher fuchtelte.

„Die Polizei hat ihre Arbeit getan, Mr. Evans“, antwortete Thompson.

„Ach, wirklich?“

„Sie scheinen aufgebracht.“

„Dieses Gespräch, die ganze Situation, regt mich auch auf. Und ja! Alles, was seitdem passiert ist ... Wissen Sie, was sie in der letzten Klinik mit mir gemacht haben? Sie haben mich an ein Bett gebunden! Mein Nacken ist immer noch verspannt deswegen.“

„Können Sie beschreiben, was Sie gerade fühlen?“, fragte er.

Ich konnte nur mit den Augen rollen. Das konnte doch nicht sein Ernst sein. Ich schwieg, ließ Thompson das Wort ergreifen und den Ball zurückspielen.

„Mir liegen die Berichte der Polizei vor.“

„Und?“

„Laut diesen haben Ihre Nachbarn von häufigen Streitereien berichtet. Wie würden Sie das bewerten?“

„Das waren doch bloß Meinungsverschiedenheiten“, erklärte ich mich. „Das ist doch normal in jeder Beziehung.“

„Dass Konflikte in einer Beziehung auftreten können, ist nicht ungewöhnlich, das stimmt. Es gab jedoch auch eine öffentliche Auseinandersetzung, entschuldigen sie, Meinungsverschiedenheit. Vor einer Bar. Ist das korrekt?“ Seine Augen verengten sich ein wenig.

Er sprach von der Bar in Soho und der Anzeige. Wenn ich jetzt log, würde meine Glaubwürdigkeit darunter leiden. Ich senkte den Blick auf meine Hände. „Ja, es gab einen Zwischenfall. Ich wollte einer bedrängten Frau helfen, Zivilcourage zeigen. Niemand sonst hat geholfen.“

„Könnte es sein, dass Sie die Situation falsch eingeschätzt haben?“

Mein Kiefer spannte sich an, knackte fast unter der Last meines aufgestauten Ärgers. Nein, ich hatte nichts falsch eingeschätzt, ganz gleich, was alle anderen dachten. Doch diese Worte behielt ich für mich, verbarg sie hinter einem tiefen Atemzug. Egal, was ich jetzt sagen würden, vermutlich würde es mir falsch ausgelegt werden.

„Haben Sie an dem Abend Alkohol konsumiert?“

Meine Finger krallten sich in den Stoff meiner Hosen. „Ja“, sagte ich kurz und knapp. „Ich möchte mit Ihnen nun endlich über meine Entlassung sprechen.“ Thompson legte seinen Stift zur Seite.

„Ich muss Ihnen leider mitteilen, dass ich Ihren Wunsch nach Entlassung momentan nicht erfüllen kann. Sie sind aus einem bestimmten Grund hier – aufgrund einer behördlichen Anordnung.“ Er zog ein weiteres Blatt Papier aus seiner Schreibtischschublade und platzierte es auf dem Tisch.

„Das kann doch nicht Ihr Ernst sein. Das dürfen Sie nicht! Sie haben kein Recht, mich hier festzuhalten!“

„Angesichts der Vorfälle sah sich das Gericht veranlasst, Sie in Absprache mit der Polizei und des einweisenden Arztes hierher zur stationären Unterbringung in die forensische Psychiatrie einzuweisen, damit wir Ihnen helfen können.“

„Was?“ Ich musste schlucken. „Also gab es nie wirklich eine Chance, dass Sie mich entlassen?“

„Die polizeilichen Untersuchungen laufen noch. Und wenn es neue Beweise gibt, wird dementsprechend gehandelt“, fuhr Thompson fort. „Aber bis dahin ist es unser Ziel, Sie zu unterstützen. Wir möchten, dass Sie sich auf Ihre Genesung konzentrieren.“

„Genesung wovon?“, entfuhr es mir. „Von einem Verbrechen, das ich nicht begangen habe?“

„Von dem, was Sie hierhergeführt hat“, antwortete Thompson.

„Dann hauen Sie mal raus, Doc. Was ist Ihre angebliche Diagnose?“

Dr. Thompson zögerte. „Ich habe derzeit lediglich einen Verdacht und ich denke, dass wir dies zu einem geeigneteren Zeitpunkt besprechen sollten.“

„Verdammt, ich glaub das alles nicht.“ Ich vergrub mein Gesicht in den Händen, wollte die Realität, die Dr. Thompsons Worte skizzierten, ausblenden. „Und was ist jetzt mit Cora? Wo ist sie?“, fragte ich.

„Das weiß ich nicht“, gab er prompt und unverblümt zurück. Es war keine Lüge, das spürte ich. Doch es war auch keine Antwort, die mich beruhigte oder gar zufriedenstellte.

„Sie müssen doch irgendwas wissen“, sagte ich und beugte mich zu ihm vor. „Ein Rettungswagen hat sie fortgebracht, nachdem sie sich selbst verletzt hat. Ich hab sie in ihrem Blut liegen sehen. Wie geht es ihr?“ Ich wollte, nein, ich brauchte Antworten und war noch immer ungläubig, wie weit Cora gegangen war.

„Nicht Ms. Sanders ist meine Patientin, sondern Sie“, antwortete er und beendete die Diskussion. Nein, das war ich nicht. Ich war nicht sein Patient. Ein Gefangener, das war ich. Ich schüttelte den Kopf, unfähig, seine Worte zu akzeptieren.

„Diese Einrichtung ist ein Ort der Unterstützung und Hilfe, vorausgesetzt, Sie sind bereit, diese anzunehmen“, sagte Thompson.

„Sie sperren mich weg. Mich! Ich bin hier das Opfer und Sie sperren mich weg!“, schimpfte ich.

„Wir verfügen hier über ein exzellentes Team, das sich um Sie kümmern wird. Zu diesem gehören Psychiater, Therapeuten, internistische Ärzte, Pflegepersonal und weitere Fachkräfte, die Sie im Laufe der Zeit kennenlernen werden. Diese Klinik genießt das Privileg, umfangreiche Fördermittel von der Regierung zu erhalten, wodurch wir Ihnen eine Vielzahl von therapeutischen Ansätzen bieten können. Damit heben wir uns deutlich von allen anderen Institutionen in diesem Land ab. Sie werden hier mehr Freiräume haben als anderswo“, erklärte er.

Ich fragte mich, ob es so etwas wie Freiheit innerhalb dieser Mauern gab. „Was soll man hier schon machen?“

„Sie erhalten anfangs Einzel- und Gruppentherapien. Außerdem steht Ihnen eine ganze Reihe an Aktivitäten in Ihrer Freizeit zur Verfügung. Diese sind jedoch am Anfang begrenzt.“

Ich runzelte die Stirn.

„Und dann gibt es da noch die Außenaktivitäten, das Gartenprogramm – das jedoch erst wieder im Frühling beginnt – die Sporthalle und die Werkstätten.“

Seine Worte klangen wie aus einer Werbebroschüre – die positiven Aspekte wurden hervorgehoben, während die negativen geschickt verschwiegen wurden. Das gleiche Prozedere hatte ich dutzende Male in meinen eigenen Projekten angewandt. Ich konnte nicht anders, als den Kopf zu schütteln. Alles an dieser Situation fühlte sich falsch an, so surreal. Ich war hier fehl am Platz, verloren in einem Szenario, in dem ich unfreiwillig die Hauptrolle spielte. Jeder Muskel in meinem Körper spannte sich an.

„Anfangs sind die Angebote zwar begrenzt, sie sollen sich ja erst mal eingewöhnen. Aber zu einem späteren Zeitpunkt, können wir über Ihre persönlichen Wünsche sprechen und das Angebot individuell an Ihre persönlichen Interessen anpassen. Haben Sie bis hierher Fragen?"

„Ich muss telefonieren – ich brauche sofort einen Anwalt."

„Eine kluge Entscheidung", entgegnete Thompson. Er tippte etwas in seinen Computer und füllte dann ein Formular aus, das er mit einer fließenden Unterschrift versah. Er reichte das Papier an Andrews weiter. „Bringen Sie Mr. Evans zum Personalzimmer, damit er telefonieren kann."

Thompson's Reaktion überraschte mich. Ich hatte erwartet, dass er Einwände erheben oder versuchen würde, mich davon abzuhalten, aber er tat das Gegenteil. Vielleicht war es ein strategischer Zug. Vielleicht glaubte er wirklich, dass ich das Recht hatte, mich zu verteidigen. In diesem Moment war mir das egal. Die Möglichkeit, einen Anwalt zu kontaktieren, gab mir ein winziges Gefühl von Kontrolle zurück in dieser sonst so ausweglosen Situation.

KAPITEL 31

Im Besucherraum traf ich am nächsten Tag auf Felix, begleitet von Cooper. Felix saß unruhig an einem Tisch nahe der Tür, wippte mit dem Knie. Ich machte einen Schritt auf ihn zu, meine Arme weit geöffnet zu einer Umarmung, doch Felix deutete auf den anderen Stuhl.

„Lass uns das schnell erledigen", murmelte er. „Ich habe eine Anwältin eingeschaltet. Eine gewisse Mrs. Beck wird Kontakt zu dir aufnehmen. Deine Kleidung – Anzug, Hemd und Krawatte für die Verhandlung – habe ich auch schon am Empfang abgegeben."

„Das ist gut", antwortete ich, ein flüchtiges Lächeln auf den Lippen – das erste seit Tagen.

„Unfassbar, wie dreist du bist. Deine Wohnung ist ein verdammter Tatort, Christian! Hättest du mich nicht vorwarnen können?", keifte er mich an.

„Felix, ich bin unschuldig. Es tut mir leid, dass ich das nicht erwähnt hatte, okay?", erwiderte ich.

„Falls du jemals wieder an dein Telefon kommst, lösch meine Nummer und ruf mich nie wieder an."

„Wir doch sind Freunde. Das meinst du nicht ernst."

„Mit so was will ich nichts zu tun haben. Verstanden?"

Seine Worte trafen mich wie ein Vorschlaghammer. „Mit so was? Warum glaubst du mir nicht? Ich bin unschuldig!"

„Ich denke, du glaubst, was du sagst, sonst wärst du vermutlich nicht hier", erwiderte Felix. Kurz blitzte etwas wie Mitleid in seinen Augen auf. Doch der Moment verging schnell. Er erhob sich, schlüpfte in seine Jacke, die über dem Stuhl hing und ließ mich ratlos zurück. So zerbrach unsere Freundschaft. Mein bester Freund verließ den Raum, ohne einen Blick zurückzuwerfen.

„Also, dann sollten wir Sie zurückbringen, bevor Sie hier Wurzeln schlagen. Dies ist schließlich kein Aufenthaltsraum und der Besuch ist weg, also hopp", meinte Cooper, nachdem Felix gegangen war.

Ich erhob mich, doch blieb regungslos stehen.

„Geht es Ihnen nicht gut? Wollen Sie sich noch mal kurz setzen?", fragte Cooper und hielt die Lehne des Stuhls fest. Ich ahnte, dass er solche Gespräche schon mehrfach miterlebte.

„Alles in Ordnung." Natürlich war es eine Lüge. Nichts war in Ordnung.

Cooper brachte mich durch die Sicherheitsschleusen zurück auf meine Station. Ich steuerte mein Zimmer an und ließ mich auf das Bett sinken. Mein Herzschlag beschleunigte sich, ich schloss die Augen. Ein Gefühl, als stünde jeder Teil meines Körpers unter Strom, machte sich breit. Ein Kloß im Hals, angespannte Muskeln, sogar meine Rippen schmerzten vor innerem Druck. Die Atmung flachte ab. Sollte das jetzt mein Leben sein?

„Es ist okay", sagte Nadir, der nach mir ins Zimmer getreten war und zu mir kam. Er hatte einen fast väterlichen Blick. „Hör auf meine Stimme und atme tief ein und aus." Mit seinen Händen machte er eine Geste, sog Luft in sich und ließ sie wieder entweichen. „Du hast eine Panikattacke. Konzentriere dich lediglich auf deinen Atem. Tief einatmen, halten, halten, und jetzt ausatmen." Er setzte sich neben mich auf das Bett. „Lief alles nicht so wie geplant, was? Du wirst lernen müssen, mit Enttäuschungen umzugehen. Das bleibt an diesem Ort nicht aus. Mit der Zeit wird es leichter."

KAPITEL 32

Ein Pfleger klopfte am nächsten Morgen an die Tür. „Mr. Evans, wir haben einen Anruf für Sie in der Leitung. Kommen Sie bitte zum Stationszimmer."

Da mir der Zugang zum Flurtelefon noch verwehrt war, konnte der Anruf nur über das Personalzimmer erfolgen. Könnte es die Polizei sein oder vielleicht Felix mit einer Entschuldigung? Zu meiner Überraschung meldete sich bereits die Anwältin Sophia Beck, engagiert von einem ‚Bekannten' – ein Wort, das so schmerzhaft distanziert klang.

„Können Sie mir helfen?", fragte ich und griff die Tischkante.

„Ich gebe mein Bestes", sagte sie, ihr Tonfall ließ jedoch Raum für Komplexität. „Es könnte kompliziert werden. Sie wurden auf polizeilichen Beschluss hin eingewiesen", erklärte sie. „Wäre dieser nicht erweitert worden, wären Sie bereits frei."

Erinnerungen an Formulare und Dokumente bei meiner Einweisung kamen mir in den Sinn.

„Offen gesagt, ich bin neu in diesem Bereich, aber ich werde mich mit aller Kraft für Sie einsetzen." Felix hatte mir eine unerfahrene Anwältin an die Seite gestellt, eine Anfängerin – na toll. Doch vielleicht bedeutete dies auch, dass sie mit umso mehr Engagement und Leidenschaft bei der Sache war.

„Was werden Sie tun?", fragte ich.

„Ich werde Ihre Einweisung infrage stellen und die Ermittlungen im Auge behalten, die gerade anlaufen. Ich würde Ihnen gerne ein paar Fragen stellen. Sind Sie bereit?"

„Ja."

Was folgte, war ein ganzer Fragenkatalog zu Cora, zu der Verhaftung und zu der Einweisung. Wie lange war ich schon hier? Wie viele Personen waren anwesend gewesen, als ich eingewiesen wurde? Hatte ich Cora angegriffen? Jede der Fragen beantwortete ich wahrheitsgemäß.

„Falls die Polizei ein weiteres Verhör mit ihnen durchführen möchte, möchte ich informiert werden. Sagen Sie dann nichts ohne mich und lassen Sie sich auch nicht darauf ein, ohne mich verhört zu werden."

„Verstanden. Haben Sie noch einen Ratschlag für mich?"

„Es ist wichtig, dass Sie kooperativ sind. Das wird sehr positiv aufgenommen."

KAPITEL 33

All meine Hoffnungen lagen auf der Anwältin; sie war mein Lichtblick, meine einzige Verbindung zur Außenwelt. Diese Erkenntnis wurde zu meiner Realität. Ich würde nicht so bald nach Hause zurückkehren können und brauchte Freunde, Verbündete. Allein bleiben wollte ich nicht. Meine zwei Mitbewohner waren, ob sie wollten oder nicht, die naheliegendste Wahl.

Ich wusste kaum etwas über sie. Was brachte sie her?

„Darf ich dich etwas fragen?“ Als Erstes wandte ich mich an Nadir. „Wieso bist du hier?“ Nadir hatte gerade wieder in dem Buch gelesen und legte es zur Seite.

„Mir ging es eine Zeit lang sehr schlecht. Ich durchlitt mehrere Psychosen. Als es irgendwann besonders schlimm war, und man mir kaum noch helfen konnte, schickten sie mich in diese Einrichtung. Und nun geht's mir besser.“ Mir war klar, dass es nicht die ganze Geschichte war. Etwas musste geschehen sein, das er mir verschwieg. Aber er war offen mit mir und ich dankbar.

„Und du?“, fragte ich Boland.

„Rutsch mir den Buckel runter. Das geht dich gar nichts an“, sagte er und würdigte mir nicht mal einen Blick.

„Und was ist mit dir?“ Nadir hatte sich mir zugewandt.

„Ich wollte mich von meiner Freundin trennen. Wir stritten, der Streit eskalierte und sie verletzte sich selbst. Sie rief die Polizei, um mir alles anzuhängen und nun bin ich hier."

„Ein Frauenschläger, hm?", tönte Boland. Ich stand kurz davor, zu ihm zu gehen und ihm die Meinung zu geigen – eine solche Anschuldigung wollte ich nicht auf mir sitzen lassen – aber ich beließ es dabei, ballte nur meine Hände zu Fäusten. Boland schien mir kein netter Zeitgenosse und aufbrausend zu sein.

„Eben nicht", sagte ich nur und drehte mich wieder zu Nadir. „Wenn es dir besser geht, wieso bist du dann noch hier?"

„Noch ist die Zeit nicht reif; bald wird es aber so weit sein. Zur nächsten Anhörung habe ich ein gutes Gefühl." Boland stand auf und stürmte aus dem Raum, ohne einen Grund anzugeben.

„Wieso ist Boland hier?", flüsterte ich, nachdem ich einige Sekunden gewartet hatte.

„Ich kann dir nichts darüber sagen", sagte Nadir. „Er spricht nie darüber. Es muss was Persönliches sein. Wenn er es dir nicht sagen will, lass es besser. Jeder hier hat eine Vergangenheit, die ihn belastet. Ein Fehler, der nachwirkt. Mein Rat? Wenn du hier zurechtkommen willst, belass es dabei und sei nicht zu neugierig. Manchmal ist weniger zu Wissen der Schlüssel zu einem normalen Miteinander."

***

„Ich habe darüber nachgedacht und bin zu dem Schluss gekommen, dass er recht hatte. Jeder von uns trägt seine eigene Geschichte und Gründe in sich, die unser Handeln und Verhalten bestimmen", reflektierte Evans. „Selbst wenn es oft wider Willen geschieht", entgegnete Parker. Es kostete ihn zwar einige Mühe und Geduld, doch bis jetzt hatte er Evans in seinem eigenen Tempo erzählen lassen.

KAPITEL 34

Von Beginn an hatte Morris mir versichert, dass die ersten Tage hier ganz im Zeichen des Ankommens und der Eingewöhnung stehen würden. Thompson legte Wert darauf. Bis jetzt hatte mein Name auf keiner der Aktivitätslisten gestanden. Das änderte sich. Eine neue Phase, in der ich nicht länger nur Zuschauer, sondern aktiver Teil des Gefüges sein würde. Dr. Thompson erwartete mich in seinem Büro und Morris brachte mich, wie zuvor auch Andrews, dorthin.

„Guten Morgen, Mr. Evans", sagte Dr. Thompson mit einem Lächeln, als ich sein Büro betrat. Morris ließ uns allein.

„Haben Sie sich gut eingelebt?", fragte er.

Ich schüttelte den Kopf. Nichts war nach Plan verlaufen – zumindest nicht nach meinem. Die vergangenen Tage waren seltsam, anstrengend und voller Enttäuschungen gewesen.

„Nehmen Sie sich die Zeit, die Sie brauchen, um sich an die neue Umgebung und den Tagesrhythmus zu gewöhnen. Es ist normal, dass die meisten Patienten anfangs Schwierigkeiten haben, sich einzuleben", sagte er mit einer Ruhe, die fast ansteckend wirkte.

Er schenkte mir ein Glas Wasser ein, räusperte sich. „Mr. Evans, Sie sind sich bewusst, dass Ihnen eine

Straftat zur Last gelegt wird und Sie deshalb unter unserer Aufsicht stehen." Thompson lehnte sich zurück und faltete seine Hände auf seinem Schoß.

„Es gibt etwas, das ich zu vermitteln versuche. Meine Rolle hier ist es nicht, ein Urteil über die Geschehnisse zu fällen. Das ist Sache der Polizei, die ermittelt, und des Richters, der Recht spricht." Er pausierte kurz. „Mein Anliegen ist Ihre mentale Gesundheit. Sie und Ihre Partnerin, Sie haben sich in einer außergewöhnlichen, einer kritischen Situation befunden."

„Wissen Sie mittlerweile, wie es ihr geht?", fragte ich.

„Nein, das weiß ich nicht. Aber ich möchte heute auch nicht über Coraline Sanders sprechen."

„Ich würde jedoch gerne darüber sprechen", sagte ich, krallte meine Finger in den Stoff meiner Hose. „Sie hat mich angelogen – ich kann es anhand Ihrer Gesundheitsapp beweisen, die Schritte zeigen es", sprudelte es aus mir heraus. Thompson machte sich ein paar Notizen, legte den Block wieder beiseite und hielt seine Hände vor sich, als würde er etwas von sich wegschieben wollen.

„Alles zu seiner Zeit, Mr. Evans. Wir haben mittlerweile die Akten aus Ihrer Kindheit erhalten – Dr. Heavington praktiziert nicht mehr, aber ein Kollege hat seine Praxis übernommen."

„Ja? Und?" Mir war nicht klar, wie uralte Akten etwas mit meiner Situation zu tun haben könnten. Thompson griff zu einer Akte und schlug sie auf. Das Papier war bereits vergilbt und staubig.

„Sie sagten mir, dass Sie keine Geschwister hätten, richtig?"

„Ja."

„Oh nanu. Hier steht aber, Sie hatten eine Schwester.“ Er drehte die Akte um, sodass ich sie lesen konnte.

Thompson zeigte auf eine Linie in dem Text, blätterte um und wies auf einen anderen Bericht. Ich zog die Akte zu mir und las. Es waren nur Randnotizen, kaum mehr als Erwähnungen und Querverweise auf eine Akte, die noch in den Archiven liegen musste.

„Lacie Evans“, las ich ihren Namen. Meine Lippen öffneten sich, mein Mund wurde unglaublich trocken.

Thompson ließ sich in den Stuhl zurückfallen und beobachtete mich, ließ mich in meiner Ratlosigkeit warten. Je länger ich den Namen las, desto höher wurde mein Puls, bis er geradezu raste. Mir wurde heiß, dann kalt, und saurer Mageninhalt stieg in mir hoch.

„Ich sag Ihnen etwas.“ Thompson hatte seine Ellenbogen auf dem Tisch abgelegt, sah mich an und nahm die Unterlagen wieder an sich. „Ich denke, dass Sie für heute genug haben. Seien Sie unbesorgt. Wir werden dem schon zusammen auf den Grund gehen.“ Er stand auf, trat an einen Bücherschrank und zog einen ledernen Einband hervor.

„Ich schenke Ihnen dieses Buch. Noch ist es leer. Füllen Sie es mit ihren Gedanken, Geschehnissen – allem, was Ihnen wichtig ist.“

„Also ein Tagebuch?“ Ich blickte ihn mit gehobenen Augenbrauen an, schluckte die Übelkeit runter und fragte mich, weshalb nun schon der zweite Arzt mir aufgab, Tagebuch zu führen.

„Ja. Es wird Ihnen helfen, Dinge zu ordnen. Des Weiteren werde ich Ihre Medikamente anders einstellen, die Sie bei der Ausgabe erhalten. Ich denke, Sie benötigen noch etwas Zeit und ich auch, um Nachforschungen anzustellen."

Ich nahm das Buch entgegen. Der Einband fühlte sich kalt und glatt unter meinen Fingern an, als ob es schon seit Jahren benutzt wurde. Dennoch waren die Seiten leer, bereit, mit meinen Gedanken gefüllt zu werden.

„Muss ich das zwingend machen?" Die Worte kamen fast widerwillig über meine Lippen.

„Sehen Sie es als Hausaufgabe. Okay? Bringen Sie es von nun an zu jeder unserer Sitzungen mit."

Ich sah auf das Buch, das schwer in meinen Händen lag.

„Ist das dann alles?", fragte ich.

„Fürs Erste."

KAPITEL 35

Noch am selben Tag wurde ich in die Gruppentherapie eingebunden, die von Dr. Wright geleitet wurde.

„Guten Tag, Mr. Evans", begrüßte er mich. Er war größer als ich, hatte eine dunkle Hautfarbe und intelligente Augen, die durch seine schwarze Brille hindurch lächelten.

„Hallo", murmelte ich, schüttelte seine Hand und trat in den Therapieraum ein. Ein Stuhlkreis stand in der Mitte, eine Topfpflanze in der Ecke. An den Wänden hingen eingerahmte Naturfotografien.

Meine Mitbewohner gesellten sich zu mir. Neben uns bestand die Gruppe auch aus einigen anderen Patienten. Unter ihnen befand sich ein Mann meines Alters, dessen sonnenblondes Haar und eisblaue Augen eine unnahbare Kühle vermittelten. Ein weiterer Patient hatte die siebzig überschritten; sein von den Jahren gezeichnetes Gesicht erzählte von einem langen Leben. Etwas abseits saß ein Mann, dessen Alter schwer einzuschätzen war – Ende 50 vielleicht, erkennbar an den feinen Linien um seine Augen. Seine kastanienbraunen Haare, waren durchsetzt mit silbergrauen Strähnen.

„So, meine Herren. Ich freue mich, dass Sie zu mir gefunden haben. Beginnen wir also mit der Sitzung. Hat jemand etwas, dass er loswerden möchte?", fragte Wright. Bolands Arm schoss in die Höhe.

„Ich finde es nicht gut, dass wir überwacht und aufgezeichnet werden. Sie drangsalieren und kontrollieren uns."

„Wir brauchen eine lose Kameraüberwachung, damit wir unseren Aufgaben nachkommen können. Die Überwachung ist auf einige Bereiche beschränkt und dient Ihrer eigenen Sicherheit. Ihre Privatsphäre wird durch die Überwachung im Bereich der Ein- und Ausgänge, der öffentlichen Bereiche und der Kriseninterventionsräume kaum beschränkt. Das wissen Sie doch, Mr. Boland. Möchte jemand anderes noch etwas beitragen?"

Bevor jemand anders auch nur zucken konnte, schnellte Bolands Hand erneut in die Höhe.

„Ja, Mr. Boland?", fragte Wright.

„Und was ist mit Harrison?"

„Sie sind doch darüber informiert, dass Ihr ehemaliger Mitbewohner, Harrison, verlegt wurde."

„Das ist Unsinn und sicherlich nicht auf Ihren Kameras!"

„Mr. Boland, bitte. Wir haben diesem Thema bereits genug Aufmerksamkeit gewidmet."

Die Tatsache, dass keiner von uns freiwillig hier war, blieb. Wir waren hier, weil jemand entschieden hatte, dass wir Hilfe benötigten. Und diese ‚Hilfe' kam mit Überwachung als notwendiges Übel daher.

„Mr. Evans, haben Sie vielleicht etwas zu sagen?", fragte mich Wright. Ich sah in die Runde. Die Blicke der anderen lagen auf mir.

„Um ehrlich zu sein, würde ich mir das Ganze erst mal nur ansehen wollen."

„In Ordnung – mag jemand anderes?"

Der ältere Mann zeigte auf. „Bitte", sagte Wright.

„Ich hatte kürzlich Besuch erhalten und konnte meinen jüngsten Enkel zum ersten Mal im Arm halten. Noch lehnt das Komitee eine Entlassung ab – ich wurde weiterhin als Gefahr eingestuft."

Auf mich wirkte er wie ein freundlicher, gebrechlich wirkender alter Mann. Sein Lächeln schien ehrlich. Dabei runzelte ich die Stirn. Mit viel gutem Willen konnte der Mann sechzig Kilogramm wiegen, wahrscheinlich eher fünfundfünfzig. Wie konnte er also eine Gefahr darstellen?

Der blonde Mann berichtete von seinen Fortschritten und Fehlschlägen in der Therapie. Der abseits sitzende Mann blieb still. Jeder einzelne Vortrag berührte mich.

Ich sollte wütend sein, dass man mich zu Unrecht hier festhielt und mir meine Freiheit genommen hatte. Das war ich auch. Oder sollte ich dankbar sein, dass ich nicht in einer Gefängniszelle eingesperrt war? Hatte ich überhaupt das Recht, hier zu sein, wo es doch sicherlich andere gab, die diesen Platz und die Hilfe dringend brauchten?

Kaum war die Stunde vorüber, ließ mich im Aufenthaltsraum nieder und sinnierte. Ein Gefühl der Fehlplatzierung überkam mich, vergleichbar mit dem eines Kindes, das sich in der hektischen Großstadt von seinen Eltern getrennt wiederfindet. Ein Gedanke schoss mir durch den Kopf: *Ich muss hier weg.* Weg von diesem Ort, fort aus dieser Institution.

Nadir gesellte sich zu mir und stupste mich in die Seite.

„Was ist los mit dir?", fragte er.

„Ich gehöre hier nicht hin."

Er betrachtete mich ernst, bevor er antwortete: „Ob du hierher gehörst, kann ich nicht sagen. Deiner Schilderung nach zu urteilen, eher nicht. Aber der einzige Ausweg führt durch die Vordertür, mit einem offiziellen Entlassungsschein. Beschwerden oder Fluchtversuche sind zwecklos – das haben schon viele vor dir herausgefunden. Du musst dich einbringen und mitarbeiten – das ist deine einzige Chance hier raus." Er schnaubte. „Weißt du, wer hier am längsten bleibt?"

„Die Aggressiven? Die Unruhestifter?"

Nadir schüttelte den Kopf. „Nein, falsch, es sind die Stillen, die sich der Therapie verweigern. Ich bin seit zwei Jahren hier, Boland sogar schon dreizehn – ohne Aussicht auf Entlassung. Er war erst in einer anderen Einrichtung. Engagement wird hier bemerkt."

„Boland ist seit dreizehn Jahren hier? Das ist unvorstellbar." Allein die Idee, einen Monat hier zu verbringen, ließ mich frösteln. „Wann kommt man denn spätestens raus?"

„Einige nie", antwortete Nadir.

„Das kann nicht sein!", entgegnete ich. Es musste einen Ausweg geben.

Nadir zuckte nur mit den Schultern. „Es ist, wie es ist." Er erhob sich, legte eine Hand auf meine Schulter. „Weißt du, ich bin mir sicher, du wirst das schon hinbekommen. Du scheinst mir clever zu sein." Mit diesen Worten ließ er mich zurück auf dem Sofa.

„Wo gehst du hin?"

„Speisesaal – es gibt Kuchen."

Nadir verschwand aus meiner Sicht und ich blieb, ließ meinen Blick durch den Raum schweifen. Ringsum saßen Menschen, die ähnlich wie ich, als Bedrohung für sich oder andere angesehen wurden. Ich wusste natürlich, dass dies auch auf Nadir zutraf – er war ja ebenfalls hier –, doch ich verdrängte es. Währenddessen näherte sich ein Mann und nahm ohne vorherige Anfrage neben mir Platz. Es war der Blonde mit den hellblauen Augen, der ebenfalls an Wrights Stunde teilgenommen hatte.

„Hey Mann – ich bin Jamie, Jamie Shanning. Alles gut bei dir?", fragte er.

„Denke schon. Christian Evans."

„Du bist neu hier, oder?"

„Seit ein paar Tagen hier", antwortete ich. Unser Gespräch wurde unterbrochen, als eine Frau in Begleitung von Pflegepersonal auf dem Flur zu sehen war, außerhalb des Saales und in der Nähe des Aufzugs. Es war die einzige Patientin, die ich seit meiner Ankunft hier gesehen hatte und sie war so schnell aus dem Blickfeld verschwunden, wie sie hineingetreten war.

„Ich dachte schon, es gäbe keine Frauen in der Einrichtung", sagte ich.

„In unseren Bereichen haben Sie keinen Zutritt. Wir werden streng voneinander isoliert und sie sind woanders untergebracht – anderer Trakt. Wir haben hier eine Reihe von Sexualstraftätern, vor denen Frauen geschützt werden sollen."

Daran hatte ich bis zu diesem Augenblick gar nicht gedacht und ärgerte mich einen Moment über meine Naivität.

„Wartet draußen jemand auf dich?", fragte Jamie. Es war eine sehr persönliche Frage, dafür dass ich ihn kaum kannte.

Tatsächlich hatte ich niemanden mehr: Felix und der gesamte Freundeskreis hatten sich abgewendet, Cora war für mich Geschichte und Julia war wie ein Traum verflogen.

„Ich glaube nicht", sagte ich nur. Jamie sah mich einen kurzen Augenblick von der Seite an und berührte mich an der Schulter. „Möchtest du mitkommen? Kuchen essen?"

KAPITEL 36

Das Zimmer 233 im C-Korridor blieb nicht lange uns dreien vorbehalten. In der Einrichtung herrschte eine konstante Dynamik von Ankünften und Abgängen. Nur ein Bruchteil der Bewohner wurde tatsächlich entlassen; die meisten wurden intern in Bereiche mit entweder mehr Freiheiten oder strengeren Sicherheitsvorkehrungen umgesiedelt. Nur in seltenen Fällen kam es zu Verlegungen in andere, scheinbar geeignetere Einrichtungen. Eines Abends brachte man einen neuen Mitbewohner zu uns. Er war schlank, mit markanten Wangenknochen. Seine Blässe kontrastierte mit seinem pechschwarzen Haar, das ihm einen jugendlichen Charme verlieh. Zwei Gedanken schossen mir durch den Kopf: *Warum wird noch jemand zu uns gebracht, obwohl unser Trakt überbelegt ist? Und gehört er wirklich hierher?* Er wirkte deutlich jünger als der Durchschnitt in unserer Gruppe. Ein Jugendlicher.

Bei Morris war er jedenfalls in guten Händen. Morris drückte ihm Bettlaken und Schlafzeug in die Hand und wandte sich an Nadir. „Das ist euer neuer Mitbewohner. Nehmt ihn ein wenig an die Hand, ja?" Morris verschwand wieder.

„Du bist ja blass wie die Wand, warst du nie draußen?", raunte Boland.

„Mach mal halblang", sagte Nadir.

Der junge und eingeschüchtert wirkende Jasper Mason stellte sich uns mit einem gezwungenen Lächeln vor. Sein Eintreffen hatte zwei Seiten: Einerseits wurde es noch enger im Zimmer, andererseits gab ich den Titel des ‚Neuen‘ weiter. Jasper wirkte trotz seiner Volljährigkeit etwas kindlich und verloren.

Wir nahmen ihn mit zum Abendessen. Es gab Brot mit verschiedenen Aufstrichen und Suppe, aber Jasper nahm sich nichts, setzte sich ohne Essen an den Tisch.

„Willst du nichts essen?“, fragte ich ihn.

Doch Jasper sah mich stumm an, seine Augen blutunterlaufen. „Ich habe keinen Hunger“, murmelte er.

Jennings kam zu unserem Tisch, starrte auf Jaspers leeres Tablett. „Ist alles in Ordnung bei Ihnen?“, fragte er. Die direkte Ansprache ließ Jaspers blasses Gesicht noch mehr an Farbe verlieren.

„Ja, natürlich“, erwiderte er, drehte sich schnell zu dem Pfleger um. „Ich mag nur gerade nichts essen. Mir ist etwas flau.“

Jennings nickte verständnisvoll, behielt aber seine entschlossene Miene bei. „Das kann ich verstehen, Mr. Mason. Es ist nur so, dass es nicht gut für Sie wäre, wenn Sie vor Ihrer Medikamenteneinnahme nichts zu sich nehmen. Das könnte für uns beide unangenehm werden, wenn Ihnen später deshalb schlecht wird. Kommen Sie mal mit mir mit? Wir gucken noch einmal zusammen, ob Sie nicht doch etwas finden, das Ihnen zusagt. In Ordnung?“ Dabei legte er seine Hand an die Rückenlehne von Jaspers Stuhl, suggerierte Nähe, ohne ihn tatsächlich zu berühren. „Und wenn wir nichts finden, dann sehen wir in der Küche nach. Dort, wo sie das wirklich gute Zeug verstecken." Jennings zwinkerte ihm zu.

Jasper zögerte nur einen Moment, bevor er aufstand und Jennings folgte.

Boland war sich sicher, dass Jasper Glück hatte, dass Jennings Dienst hatte und nicht Cooper oder Andrews, die wären nicht so freundlich vorgegangen. Am meisten beschäftigte uns jedoch die Frage, ob Jasper hier nicht komplett falsch am Platz war. Er wirkte freundlich, aber fragil, geradezu zerbrechlich.

„Der wird es hier nicht leicht haben", sagte Boland. „Und irgendwie sieht der auch krank aus. Der hat doch was."

Ich musste ihm recht geben. Selbst Nadir, der normalerweise vorsichtiger mit seinen Urteilen war, prophezeite, dass Jasper wahrscheinlich eine schwierige Zeit bevorstand.

In mir keimte die Frage auf, was ihn hierher gebracht hatte, dass er so überdurchschnittlich viele Medikamente bekam, wie wir bei der Ausgabe beobachteten, und er nicht in eine Jugendeinrichtung eingewiesen wurde.

Eine Antwort auf die Fragen erhielt ich nicht, dafür jedoch die Einteilung in einer der Kunstgruppen, gemeinsam mit anderen Patienten und meinen Mitbewohnern. Jasper hatte sich in den ersten Tagen gut eingewöhnt, schreckte aber oft hoch, wenn etwa Besteck und Geschirr durch die Gegend schepperten, was immer wieder vorkam. Mit gemischten Gefühlen schloss ich mich dem geschlossenen Zug zur Kunsttherapie an. Die Stunde fand in einem kleinen, gut ausgeleuchteten

Raum statt, dessen Wände mit den Kunstwerken früherer Patienten behangen waren. Die Kunsttherapeutin, Mrs. Winters, war Ende zwanzig und verfügte über eine freundliche Aura. Mit einem breiten Lächeln begrüßte sie uns. Ihr Outfit war für meinen Geschmack etwas zu farbenfroh. Es leuchtete in allen Farben des Regenbogens – ein greller Kontrast zu unseren tristen, einheitlichen grau-weißen Kleidungsstücken. Der Raum war mit zwei Reihen von Stühlen bestückt, vor denen jeweils eine Staffelei stand, auf der eine blanke Leinwand thronte. Die Leinwände waren eine Einladung, uns selbst auf sie zu projizieren. Für jeden hatte sie beim Eintreten einen maßgeschneiderten Spruch parat – außer für Jasper und mich.

Für uns zwei erklärte sie den Ablauf ganz von vorn. Cooper hielt sich im Hintergrund zurück, mimte den Aufpasser. Unter dem interessierten Blick von Mrs. Winters gingen wir nach vorn und stellten uns eine Farbpalette zusammen. Es würde helfen in sich zu gehen, zu sehen, was einen im Inneren beschäftigte, welche Gefühle wir spüren und diese dann entsprechend auf die Leinwand zu bringen.

Meine Farben waren rot und grün geworden. Ich hatte lange für die Auswahl gebraucht, aber ich folgte ihrem Rat und ging in mich. Was bewegte mich? Mein Ärger ergab das Rot, bei Cora dachte ich an Grün, wie bei ihrem Rock. Es waren Kontrastfarben mit einer Vielzahl von Deutungsmöglichkeiten. Rot steht auch für die Liebe, Grün steht für die Hoffnung, kann aber auch für die katholische Kirche stehen. Mit dieser konnte ich zwar nichts anfangen, aber die Hoffnung war ein gern aber selten gesehener Gast, seitdem ich in

der Einrichtung verweilte. Ich malte in grüner Schrift
C-O-R-A in die Mitte des Bildes und umrahmte es in Rot.
Cora – einstmals Hoffnung auf eine gemeinsame Zukunft. Es sah noch etwas zu ordentlich aus, also kam
noch etwas Kleckserei à la Paradiesvogel hinzu.

In der Kunst existieren kein richtig oder falsch, hatte
Mrs. Winters gesagt. Doch als wir unsere Werke vorstellten und diese mit ihr erörterten, bemängelte sie,
ich hätte mich zu sehr auf eine sachliche Herangehensweise konzentriert. Dabei war es doch die Aufgabe gewesen, tiefer in sich selbst hineinzufühlen und diese
Emotionen auf die Leinwand zu bringen.

Ich sah in das Gesicht von Boland, der den Kopf schüttelte.

Jasper hingegen hatte sich nur schwarz und grau als
Farben genommen und eine Art Gekritzel gemalt, das
kaum zu erkennen war und wie ein explodierender
Seeigel aussah. Sie lobte Jasper für seine Ausdrucksstärke, auch wenn sie gar nichts zu dem Bild sagte.
Mein Blick wanderte weiter nach rechts zu Boland. Ich
sah genauer hin. Er malte eine Blumenwiese. Grüne
Hügel, dahinter eine aufgehende Sonne vor einem
strahlend hellblauen Himmel. Auf das Grün seiner
Wiese tupfte Boland rosa und weiße Blüten. Handwerklich war das Bild gut gemacht; ich hätte nie gedacht, dass Boland ein Talent für Kunst hätte.

„Mr. Boland, Sie haben uns wieder mit einer wunderbaren Blumenwiese beglückt. Sie malen dieses Motiv in
jeder unserer Stunden. Möchten Sie etwas zu dem bereits Gesagten hinzufügen?“
„Nein, Mrs. Winters.“

„Mr. Reford, würden Sie bitte heute etwas zu ihrem Bild sagen?“

Reford blickte auf und ich sah zum ersten Mal in sein Gesicht, in das die braun-grauen Strähnen fielen. Sein Gesicht war dürr, was seine Wangenknochen zum Vorschein brachte.

Scott Reford ließ nur ein abfälliges Schnauben als Antwort hören. Ich bemerkte, dass Cooper sein Bild interessiert betrachtete.

„Nun, dann weiter mit … Mr. Nadir Omar?“

„Ja, also ich habe mit hellen Farben gemalt, ein helles Blau, Grün und Gelb. Mir geht es zurzeit gut. Was ich genau gemalt habe, weiß ich nicht, es ist etwas abstrakt. Ich habe den Pinsel einfach fließen lassen.“

„Wofür könnte diese Figur stehen?“ Mrs. Winters deutete auf ein bläuliches, großes, geschwungenes D, das inmitten von Nadirs Farbenmeer hervorstach.

„Ein Segel vielleicht?“ Nadirs Antwort war vorsichtig, aber brachte ein Lächeln auf ihr Gesicht. „Die Form wirkt wie das Segel eines Schiffes, in das der Wind bläst. Vorwärts und mit voller Kraft.“

Sie nickte und wandte sich den letzten Bildern zu.

Boland, der bis dahin still an meiner Seite gesessen hatte, sah mich plötzlich durchdringend an. „Psst!“

„Was?“, flüsterte ich zurück und hob fragend die Schultern.

„Nach der Stunde“, raunte er mir zu. „Warte im Flur.“

Nach der Stunde fing Boland mich auf dem Flur ab. Die meisten waren schon gegangen. Er blickte noch einmal nach links und rechts den Flur hinunter, ehe er mich an die Wand schleuderte. „Wie naiv kann man eigentlich sein?"

„Was ist dein verdammtes Problem?", keuchte ich und schubste ihn von mir weg.

„Mein Problem? Ich habe kein Problem, es sei denn, du machst so weiter." Körperlich war er mir weit überlegen. Wenn er eine tatsächliche Konfrontation provozieren wollte, hätte ich keine Chance.

„Und? Was geht es dich an?"

„Du hast noch keine Ahnung, wie es hier läuft. Du lieferst ihnen die Munition, um dich hier festzuhalten, egal ob deine Geschichte wahr ist oder nicht."

„Nadir hat gesagt, ich soll ehrlich sein."

„Das hat er sicherlich nicht so gemeint. Rote Farbe über den Namen deiner Tussi kleckern ... Du Esel! Was denkst du, warum ich ständig Blumenwiesen male? Ich versuche dir nur zu helfen, okay?"

Ich konnte es kaum glauben. Boland, der mich seit dem ersten Moment herablassend behandelt hatte, wollte mir helfen? Sein ganzer Körper war angespannt, aber er beherrschte sich.

„Du musst Ihnen zeigen, dass du stabil bist, auch wenn du es nicht bist. Klar so weit? Kein blutrotes Geschmiere mehr!" Ich verstand ihn in dem Moment.

„Boland, wenn du mir hilfst, dann lass mich dir auch einen Rat geben, in Ordnung? Du musst eine Art Prozess zeigen. Du darfst nicht auf der Stelle treten. Bring beim nächsten Mal ein paar andere Elemente ein, die signalisieren, dass du dich mit etwas auseinandersetzt. Immer Blümchenwiesen, auch wenn es ein wunderschönes Motiv ist, das bist einfach nicht du. Nicht falsch verstehen."

Boland dachte darüber nach, lächelte. Für den Moment hatten wir eine fragile Allianz gebildet. Scott Reford kam heraus, dicht gefolgt von Cooper. Sie mussten sich im Raum unterhalten haben. „Wollt ihr gerade gehen?", fragte Reford. „Ich könnte einen Kaffee vertragen."

KAPITEL 37

Unsere Gruppe bei der nächsten Gruppentherapie war größer geworden. Einer der Ärzte war krank und man hatte die verschiedenen Gruppen zusammengelegt. Jamie winkte mir freundlich zu. Es war wie ein Déjà-vu der ersten Sitzung: Boland ergriff das Wort. Dieses Mal wollte er zurück in ein Einzel- oder Doppelzimmer. Der Platz sei zu eng für vier Personen. Wright bemühte sich, zeitig mit Boland fertig zu werden. Er räusperte sich und betrachtete den Mann mit den silbergrauen Strähnen, der die Arme verschränkt und den Blick zum Boden gerichtet hatte.

„Mr. Reford", sagte er und lächelte. „Bislang haben Sie sich im Hintergrund gehalten. Möchten Sie nicht etwas beitragen?"

„Ich bin kein Freund von Gruppentherapien. Das ist nicht so mein Ding."

Er war einer der Patienten, die vom Westflügel zu uns verlegt worden waren, wie ich durch Nadir erfuhr. Obschon niemand wusste, was er getan hatte, und auch niemand darüber sprach, bedeutete es, dass es etwas Schlimmes gewesen sein musste. Der Westflügel hatte die höchste Sicherheitsstufe.

„Vielleicht könnten Sie es versuchen", sagte Wright. „Es könnte Ihnen helfen, sich zu öffnen, auch wenn Sie kein Freund davon sind."

Reford richtete sich auf und legte seine Arme auf die Knie. „Ich bin Scott und hier, weil ich Stimmen höre und weil ich ein Günstling Satans bin."

Die Worte hingen in der Luft, ließen die anderen Teilnehmer der Gruppe stutzen. Wright verzog keine Miene.

„Wie kommen Sie darauf?"

„Sie kennen doch den Spruch, der Teufel greift seine eigenen Kinder nicht an. So war es auch bei mir. Bis ich es wohl etwas zu bunt getrieben habe."

„Glauben Sie an Gott?"

Reford nickte. „Oja, natürlich. Er beschützt mich, wacht über mich."

Wright runzelte die Stirn. „Das verwirrt mich nun etwas. Stehen Gott und der Teufel nicht in einem gewissen Kontrast zueinander?"

Reford lächelte schief. „Sie wissen doch, Satan ist nur ein gefallener Engel. Und Gott hat auch grausame Dinge getan – die Sintflut, die Tötung der Erstgeborenen. Es ist komplexer, als es scheint, und am Ende sind sie alle gleich. Gott ist nicht immer gut und Satan nicht immer böse. Verstehen Sie? ‚Da entbrannte im Himmel ein Kampf; Michael und seine Engel erhoben sich, um mit dem Drachen zu kämpfen. Der Drache und seine Engel kämpften. Aber sie konnten sich nicht halten und sie verloren ihren Platz im Himmel. Er wurde gestürzt, der große Drache, die alte Schlange, die Teufel oder Satan heißt und die ganze Welt verführt; der Drache wurde auf die Erde gestürzt und mit ihm wurden seine Engel hinabgeworfen.' Johannes Offenbarung, Kapitel 12."

Ich war nicht sicher, was gerade passierte.

„Ich kann Ihnen ehrlich gesagt nicht ganz folgen“, sagte Wright.

Reford sah ihn an, sein Blick durchdringend. „Ich stehe ihnen näher, als Sie denken.“

„Sie sagen also, dass Sie nicht nur in Ihrer Gunst stehen, sondern selbst eine Art Verbindung haben?“

Reford nickte.

„Das ist vermutlich ein Thema, das wir besser in der Einzeltherapie weiter besprechen sollten. Das hier ist nicht der richtige Rahmen dafür.“

Reford zuckte mit den Schultern, senkte wieder den Kopf und verschränkte die Arme. Interessiert betrachtete ich den Mann. Glaubte er, was er von sich gab, oder wollte er nur endgültig seine Ruhe vor Wright? Ich konnte es ehrlich nicht sagen.

„Das war merkwürdig“, sagte ich, als wir im Speisesaal waren.

„Ach, Christian“, seufzte Nadir. „Niemand kommt einfach so hierhin. Seine Geschichte ist nur eine von hunderten, die die Therapeuten gehört haben. Wie viele Leute siehst du hier? Im Raum?“

Ich blickte mich um, zählte sie. „Zehn.“

„Und was glaubst du, wie viele von denen Mörder oder Vergewaltiger sind?“

Keiner der Anwesenden entsprach dem Bild, dass ich mir von so jemandem machte. Ich stutzte. „Das ist die Realität in dieser Einrichtung. Man will mit solchen Geschichten nichts zu tun haben, daher fragt man nicht, was sie getan haben. Und wenn man doch fragt, würden die meisten ohnehin auf unschuldig plädieren.“

„Wie du Christian! Sie alle lügen, als ob es kein Morgen gäbe", murrte Boland.

Nadir fasste sich an die Schulter und knetete sie. „Teilweise. Nicht alle, Boland. Manche belügen die Ärzte und sich selbst und nur diejenigen, die damit aufhören, haben jemals eine Chance."

KAPITEL 38

Als die ersten Schneeflocken den Boden berührten, rief Beck an, um mir telefonisch mitzuteilen, dass noch keine endgültige Entscheidung gefallen war. Die Anhörung war aufgeschoben; es fehlte der abschließende Bericht von Dr. Thompson. Mit dem Dezember vor der Tür zweifelte ich daran, ob ich Weihnachten zu Hause verbringen würde. Wie eine Kette reihte sich jeder Tag nahtlos an den anderen: Einzeltherapiegespräche, Angebote mit Entspannung und Kunst und Gruppentreffen.

Dazwischen webten sich die hitzigen Debatten zwischen Boland und Nadir über Belanglosigkeiten, die nichts Neues boten, außer der Gewissheit, dass die Erde sich draußen weiterdrehte. Über allem schwebten Albträume, die mich heimsuchten und die ich nicht loswurde.

Jaspers Blick schweifte häufig aus dem Fenster des Gemeinschaftsraumes in die Ferne, wo die Trauerweide immer mehr unter den Schneemassen ächzte.

Die Wochen verwehten wie der Schnee. Es stand bereits mein nächstes Gespräch mit Dr. Thompson an. Inzwischen wurde ich auch nicht mehr durch die Pfleger begleitet. Als ich über den Gang lief und an seiner Bürotür anklopfte, empfing er mich mit einem herzlichen Lächeln.

„Mr. Evans, wie steht es um die Albträume?", erkundigte er sich.

„Immer noch präsent", antwortete ich und wagte einen Vorstoß in Richtung einer persönlicheren Ebene. „Übrigens, wir könnten uns duzen, wenn Sie möchten. Oder zumindest könnten Sie mich duzen. Christian ist völlig in Ordnung."

Dr. Thompson neigte den Kopf. „Das ist ein freundliches Angebot von Ihnen, Mr. Evans, aber ich ziehe es vor, bei der förmlichen Anrede zu bleiben. Es ist eine Frage des Respekts."

„Oh, okay", erwiderte ich. Morris hatte mich immer geduzt, was mir ein Gefühl von Nähe und Vertrautheit gegeben hatte. Vielleicht wollte er gerade das nicht. „Ich wollte nur höflich sein. Und ich muss Ihnen etwas gestehen."

„Gestehen?" Er hob eine Augenbraue.

„Als ich hierherkam, fühlte ich mich fehl am Platz und ließ das offen an Ihnen aus. Das war ungerecht Ihnen gegenüber. Sie haben einfach Ihren Job gemacht, ohne persönlich für meine Situation verantwortlich zu sein. Trotzdem habe ich in erster Linie Ihnen die Schuld gegeben. Das erscheint mir rückblickend nicht fair."

Ein Lächeln umspielte Dr. Thompsons Lippen.

„Das ist ein natürlicher Teil des Anpassungsprozesses, Mr. Evans, und kommt nicht selten vor. Persönlich habe ich Sie nie so wahrgenommen, wie Sie sich gerade beschrieben haben. Haben Sie Ihr Tagebuch dabei?"

Ich legte es auf den Tisch.

„Darf ich?", fragte Dr. Thompson.

Ich nickte – etwas besonders Spannendes hatte ich dort sowieso nicht eingetragen.

Er blätterte die Seiten meines Tagebuchs durch. Seine Augen huschten über die Zeilen, ehe er mir das Buch reichte. „Könnten Sie bitte den Eintrag vom 30. November lesen?"

„Der 30. November." Ich stockte. Hatte ich mich vertan? Ich blätterte wieder zurück. Merkwürdig.

„Haben sie es gefunden? Danke, das genügt dann. Bitte, sehen Sie sich nun den Eintrag vom 02. Dezember an."

Ich blätterte weiter. Einige Daten tauchten mehrmals auf. Meine Stirn legte sich in Falten, während ich durch die Seiten ging. Jede einzelne war ein Spiegelbild meiner wachsenden Verwirrung. Unterschiedliche Daten mit unterschiedlichen Inhalten des Tages. Wie konnte das sein?

„Ist Ihnen etwas aufgefallen?" Seine Frage klang beinahe beiläufig, doch seine Augen ruhten fest auf mir.

„Die Einträge wiederholen sich", flüsterte ich.

„Aber die Schrift ist Ihre eigene?"

„Ja, ja, das ist meine Schrift." Ich schüttelte den Kopf, während ich noch mal die Seiten durchging. Was hatte das zu bedeuten? War ich an den Tagen zerstreut gewesen?

„Mr. Evans, bevor wir weitergehen, möchte ich betonen, dass es Zeit braucht, um zu einer präzisen Diagnose zu gelangen. Unser Weg wird aus zahlreichen Gesprächen bestehen und uns zwingen, die vielschichtigen Aspekte Ihres Erlebens und Verhaltens zu beleuchten." Er machte eine kurze Pause, als ob er mir Zeit geben wollte, mich auf das vorzubereiten, was kommen würde. „Es gibt Indizien in Ihrer Erzählung, die mir einen ersten Hinweis liefern." Er hielt inne, sein Blick suchte den meinen, bevor er fortfuhr: „Sie könnten unter einer dissoziativen Amnesie leiden. Diese Störung zeichnet sich durch das Unvermögen aus, sich an signifikante persönliche Informationen zu erinnern, weit über das übliche Vergessen hinaus. Auslöser können belastende Ereignisse sein wie traumatische Erfahrungen in der Kindheit oder im Erwachsenenleben."

„Ich verstehe nicht."

„Zudem weisen einige Symptome darauf hin, dass Sie möglicherweise eine posttraumatische Belastungsstörung, kurz PTBS, entwickelt haben. Das Vergessen von traumatischen Ereignissen und das Wiedererleben dieser in Form von Albträumen sind charakteristisch. Eine dissoziative Störung könnte eine Erklärung für die wiederholten Tagebucheinträge sein, an die Sie sich nicht erinnern können. Das ist jetzt nur sehr allgemein und vereinfacht gesagt." Er lehnte sich zurück. „Wie bereits erwähnt, dies sind lediglich erste Überlegungen basierend auf Ihren Schilderungen und wie ich sie hier in unseren gemeinsamen Gesprächen erlebe. Um zu einer genauen Diagnose zu gelangen, bedarf es eingehender Untersuchungen und weiterer Sitzungen. Eine körperliche Ursache konnten wir bisher nicht feststellen." Die Art und Weise, wie Thompson sprach – bedacht, tief empathisch – änderte nichts an dem Gefühl, das sich in meinem Magen ausbreitete. Er schlug eine Brücke, aber etwas in mir blockierte, setzte diese Brücke in Brand.

„Was reden Sie denn da?", hauchte ich.

„Möchten Sie ein Glas Wasser?"

Ich nickte stumm, er schenkte es mir ein.

Ich trank einen großen Schluck, ehe er mir einen Platz auf dem Sofa zuwies, das am anderen Ende des Raumes stand.

„Machen Sie es sich bitte bequem."

Widerstrebend legte ich mich hin und nahm einen Zeitungsartikel entgegen. Der Druck war frisch, doch das Datum auf dem Blatt zeigte zwanzig Jahre zurück.

Mein Blick wanderte über den Artikel, blieb an einem alten Foto hängen. Ein kleines Mädchen mit hellblonden Haaren und strahlenden Augen. Sie war so klein. Ohne jede Vorwarnung liefen mir die Tränen über die Wangen.

„Wieso zeigen Sie mir das?", fragte ich und stockte, als ich die Überschrift las.

„Können Sie sich an diesen Tag erinnern?"

„Nein ..."

Ich schluckte. Die Luft im Raum wurde dünner, zu dünn, um sie zu atmen.

„Lassen wir den Artikel zunächst beiseite und konzentrieren uns darauf, was Sie in Ihren Träumen erlebt haben." Er beugte sich nach vorn. „Schließen Sie ruhig die Augen und entspannen Sie sich. Sie sind hier sicher."

Ich hörte das leise Rascheln seiner Kleidung, als er sich in seinem Sessel neben mir bewegte.

„Atmen Sie dreimal tief ein und aus. Entspannen sie ihren Körper und konzentrieren sie sich darauf, wie Ihr Atem fließt."

Ich folgte seinem Rat, schob das Kissen zurecht und lockerte meine Gelenke.

Ich horchte in mich hinein, wählte einen Traum, der in verschiedenen Ausführungen meinen Schlaf dominierte.

„Ich finde mich in einem Raum wieder, kein großer Raum."

„Was tun Sie da? Wo sind Sie genau?"

„Es ist ein … ich weiß nicht."

„Das ist in Ordnung", sagte Dr. Thompson. „Versuchen Sie sich an Einzelheiten zu erinnern. Etwas, das Ihnen ins Auge springt."

Ich kniff die Augen noch enger zusammen. „Ich denke … ich denke, es ist ein Wohnzimmer. Ein Sofa steht darin, braun. Ich sitze darauf."

„Sehr gut. Wieso sitzen Sie auf dem Sofa?" Während ich nachdachte, hörte ich das Kratzen eines Stifts auf Papier.

„Ich spiele etwas."

„Sind Sie denn allein in dem Raum?"

„Nein – ein Mädchen mit langen blonden Haaren ist auch da."

„Kennen Sie das Mädchen?", fragte Thompson. Ich hörte, wie er mit dem Kugelschreiber klickte und ihn auf das Klemmbrett legte. Meine Gedanken schwirrten – kannte ich das Mädchen? „Es ist das Mädchen von dem Foto, aus dem Artikel."

„Können Sie mir ihren Namen nennen?"

„Nein."

„Können Sie sich an den Namen aus dem Artikel erinnern?"

„Lacie … ja, Lacie."

„Der gleiche Name, wie der Ihrer kleinen Schwester."

Sogleich war mir, als würde ich die Szene Bild für Bild erneut durchleben. „Sie zog an meinem Arm. Sie wollte, dass ich mitkomme."

„Sind Sie dann mit dem kleinen Mädchen mitgegangen?", fragte Thompson.

„Ich wollte nur mein neues Videospiel ausprobieren, konnte doch nicht ahnen, dass ..." Meine Stimme versagte, erstickt vom Gewicht einer schweren Schuld.

„Dass was, Mr. Evans?"

Ich konnte es nicht aussprechen.

„Dass jemand ihr etwas antun könnte?", fragte Dr. Thompson nach.

„Ja", hauchte ich.

„Wann haben Sie davon erfahren?"

„Mein Dad kam nach Hause. Meine Eltern stritten lautstark, weil meine Mutter im Bett lag und schlief, anstatt sich um den Haushalt zu kümmern. Dann kam die Polizei." Jedes Wort ließ die Szene klarer werden, als würden die Ereignisse von damals zu neuem Leben erweckt.

„Was haben Sie gefühlt, als das kleine Mädchen verschwand?"

„Ich weiß nicht." Mein ganzer Körper bebte unter der Last dieser Frage.

„Glauben Sie, Sie waren daran schuld? Am Tod des kleinen Mädchens? Ihrer Schwester? Am Tod von Lacie?"

Ich konnte ihm nicht antworten.

„Sie waren selbst noch ein Kind. Sie hatten nicht die Verantwortung für Ihre Schwester."

„Ich hätte bei ihr sein sollen, auf sie aufpassen müssen. Es war meine Schuld", flüsterte ich.

„Sie waren genauso verletzlich und schutzbedürftig. Hätten Sie sich draußen befunden, wäre es Ihnen möglicherweise genauso ergangen wie Ihrer Schwester. Vielleicht hätten Sie schreien oder um Hilfe rufen können, aber in Wahrheit hätten Sie sich selbst nicht retten können.“

„Es war meine Schuld“, sagte ich.

„Wer behauptet das?“

„Mein Dad, meine Mom, ich …“ Die Worte schmeckten bitter auf meiner Zunge. Ich wollte die Augen öffnen, doch Thompson bat mich, noch einen Moment damit zu warten.

„Erinnern Sie sich an das Befinden Ihrer Mutter zu jener Zeit?“

„Sie stand kaum noch auf, verbrachte Wochen im Bett.“ Ich hielt inne, meine Hand krampfte sich um eines der Kissen in Griffweite, während die andere am Stoff meines Oberteils zerrte. Die Bilder von dem Mädchen flackerten vor meinen Augen auf. „Meine Mutter wurde Dad gegenüber aggressiv, geradezu feindselig. Als klar wurde, dass Lacie nicht zurückkehren würde, verließ er uns. Er gab mir die Schuld und dann … ging er einfach. Nacht für Nacht malte ich mir aus, wie ich dem Mann, der das getan hatte, es heimzahlen würde, wie ich sie retten würde.“

„Aber Sie konnten nichts tun“, sprach Dr. Thompson die bittere Wahrheit aus.

„Nein, wir wussten nicht, wo sie war. Ihre Leiche wurde nie gefunden. Das war das Schlimmste. Was wäre, wenn sie noch lebt? Wenn sie noch leidet?“

„Und was geschah mit Ihrer Mutter, nachdem Ihr Vater gegangen war?“

„Eines Tages kam ein Polizist zu uns.“

„Können Sie sich an Details erinnern?“

„Ich weiß nicht, warum er zu uns kam. Der Polizist hieß Opton. Er war nett, hatte Orangen-Minz-Bonbons dabei. Er sah das Chaos bei uns, kniete sich vor mich hin und sagte, dass eine schwere Zeit bevorstünde und ich immer daran denken sollte, dass meine Mutter mich liebt, egal was passiert. Und dass alles besser werden würde. Aber ... er war ein Lügner.“ Eine Träne stahl sich über meine Wange. „Dann wurden wir in getrennten Fahrzeugen abgeholt. Mich brachten sie in ein Heim, sie ins Krankenhaus.“

„Haben Sie Ihre Mutter je wiedergesehen?“

Ich schluckte schwer, bändigte das Knäuel in meiner Kehle. „Nur einmal. Ich besuchte sie.“

„Hat sie etwas zu Ihnen gesagt?“

„Nicht zu mir“, antwortete ich. „Sie wandte sich an das Krankenhauspersonal, ‚Das ist nicht mein Kind! Wo ist mein Kind? Wo ist meine Tochter?‘ Der Klang ihrer Stimme, die Enttäuschung in ihrem Gesicht schnitt tief. Und ich hasste sie in diesem Moment. Und ich hasste mich. Sie hatte auf Lacie gehofft. So einfach war das. Und dann, nach einer Weile, verstarb sie. Ich konnte mich nicht dazu bringen, die Umstände ihres Todes zu ergründen. Die Frage blieb unausgesprochen, aber ich habe mir meinen Teil gedacht. Zu ihrer Beerdigung bin ich nicht gegangen. Und dann waren sie alle fort – nur ich blieb zurück.

Und es tat so verdammt weh. Egal, was andere sagen. Hätte ich anders entschieden, dann wäre sie nicht gestorben. Dann wären alle noch da.“ Meine Stimme brach ab. „Ich wünschte, ich wäre an diesem Tag entführt worden. Und insgeheim wünschten sich das alle anderen auch." Die Worte waren wahr. Und das war das Schwerste daran.

„Bis Sie die Erinnerungen weggeschlossen haben", sagte Dr. Thompson leise.

„Ich will hier raus." Ich weinte wie ein Kind. „Ich will das nicht mehr!"

Dr. Thompson legte mir die Hand auf die Schulter. „Ich organisiere jemanden, der Sie begleitet." Er rief Jennings, der kurz darauf erschien, um mich in mein Zimmer zurückzuführen. Jennings redete auf mich ein, doch seine Worte verloren sich in dem Chaos, das in mir herrschte.

Ich bemerkte nur flüchtig, wie er das ledergebundene Tagebuch auf meinen Nachttisch legte, den Stift jedoch in seiner Hosentasche verschwinden ließ. Mein Körper war taub an. Ich ging nicht zum Essen, lag nur auf meinem Bett und betrachtete den fallenden Schnee und die Dämmerung. Keiner sprach mich an und das war auch gut so. Was ist nur falsch mit mir? Was stimmt denn nicht mit mir? Ich verstand die Welt und mich nicht mehr, wollte nur hier raus. Ich schrie in mein Kissen, so voller Schmerz, dass ich nicht wusste, wohin mit mir. Es sollte alles wieder normal werden – und zwar sofort. Das sollte aufhören.

KAPITEL 39

Thompson räumte mir eine Gesprächspause von mehreren Tagen ein, während ich meine Scherben zusammenkehrte. Es half, dass ich nicht alleine war und Ablenkung hatte. Jamie, mit dem ich viel Zeit verbrachte, war mir besonders ans Herz gewachsen.

Ich spielte im Gemeinschaftsraum mit ihm und Jasper Karten. Mein Blatt war denkbar schlecht, aber die beiden hatten ihre Freude daran, zu beobachteten, wie der Fächer aus Karten in meiner Hand wuchs. Gerade hatte ich zwei Karten aufgenommen, als Jamie mich ernst ansah.

„Ich spiel nicht mehr lange mit euch."

„So schlecht spiele ich jetzt auch nicht", sagte ich und sortierte die Karten zu den anderen.

„Darum geht's nicht. Ich hab bald einen Anhörungstermin und die Prognose ist gut. Drei Wochen noch. Ich hab schon alles geregelt – Ausbildung zum Tischler, Wohnung." Ich wählte eine meiner Karten aus und fluchte fünf Sekunden später, als Jasper mir wieder neue Karten aufbrummte.

„Aber ja – du bist wirklich nicht gut. Vielleicht liegts doch daran", sagte Jamie und legte beiläufig eine Karte ab.

„Ich hab wirklich noch nie jemanden gesehen, der so viele Karten auf der Hand halten musste", lachte Jasper.

Als die Runde schließlich vorbei war – mit offensichtlichem Ausgang für mich – sprachen wir darüber, was wir draußen als Erstes tun würden. Jamie träumte von Fish and Chips und Schokoladenkuchen mit Sahne. Ich sehnte mich nach richtig gutem Kaffee, statt der dünnen Plörre, die hier aufgetischt wurde. Jasper wollte einen Tag in Ruhe, ohne ständig von Menschen umgeben zu sein. Auch das konnte ich nur allzu gut nachvollziehen.

Es wäre eine Chance für einen Neuanfang.

Wir spielten oft Karten, vielleicht sogar zu oft. Manchmal gesellten sich Nadir, Boland und sogar Scott dazu. Es gab auch Brettspiele, aber Karten waren der kleinste gemeinsame Nenner.

***

„Verbrachten Sie viel Zeit mit Scott Reford?", fragte Parker.

„Ehrlich gesagt nicht. Wir waren in den gleichen Gruppen – bei Mr. Wright und Mrs. Winters. Er zog es aber vor, für sich zu bleiben", antwortete Evans. „Und das war unserer kleinen Runde eigentlich auch ganz recht so."

„Was können Sie mir über ihn sagen?"

„Nicht viel mehr, als dass er ein Einzelgänger war. Er verbrachte fast seine gesamte Zeit zurückgezogen in seinem Zimmer, erschien lediglich zu den Mahlzeiten, wo er dann abseits saß. Unsere Gesellschaft suchte er nur selten. Es gab da etwas an ihm, das mir nicht gefiel. Keine Ahnung, was."

KAPITEL 40

Der Weckdienst erhellte das Zimmer in der frühen Morgenstunde, und so verlief ein weiterer Tag nach dem gewohnten Rhythmus: Gang ins Bad, Duschen auf dem Flur, Anziehen, Frühstück, Medikamenteneinnahme, die Zeit irgendwie totschlagen. Am Frühstückstisch fand ich meinen gewohnten Platz neben Jasper. Er wirkte erschöpft. Wie konnte er trotz seiner starken Schlafmedikation so abgeschlagen sein? Vielleicht war er tatsächlich körperlich krank.

Ich stocherte in meinem Porridge, das ich zu dem Zeitpunkt noch immer nicht angerührt hatte.

„Guten Morgen", sagte Jamie in die Runde, als er an unserem Tisch vorbei zum Buffet ging.

„Morgen", murmelte ich und wandte mich wieder dem Porridge zu, das eine klebrige Substanz hatte und längst auf Raumtemperatur war. Nach dem Frühstück zog ich mich in mein Zimmer zurück, um die Tagebucheinträge von gestern nachzuholen.

Jamie schritt ebenfalls den Flur entlang. Nur wenige Schritte vor mir bog er in sein Zimmer ab, als ein markerschütternder Schrei ertönte.

„Jamie?", rief ich, während mein Puls hochschnellte. Ich erreichte gerade seine Tür, als er rücklings heraus taumelte und gegen mich stolperte.

„Er ist tot."

„Wer? Dein Zimmergenosse?“

„Er ist ganz blau. O Gott!“, stammelte Jamie.

Andrews eilte uns über den Flur entgegen. „Wartet hier, verstanden?“ Ohne eine Antwort abzuwarten, betrat er das Zimmer und erschien kurz darauf wieder im Flur, schloss die Tür, drehte den Schlüssel und steckte den Schlüsselbund weg.

„Der Zimmernachbar von Jamie wurde bereits heute Morgen entlassen. Das Zimmer ist leer“, erklärte der Pfleger. „Mr. Shanning, es ist alles gut.“ Er hob beschwichtigend die Hände.

Jamie schüttelte den Kopf. „Nein, nein.“ Er beugte sich zu mir, sein Atem streifte mein Ohr. „Er ist wirklich tot, Christian. Wirklich, sieh doch,“ flüsterte er.

Andrews verschloss das Zimmer von außen, packte Jamie fest am Arm und wandte sich an mich. „Ich bringe ihn zur Krankenstation, damit er sich beruhigen kann.“

„Darf ich mitkommen?“, fragte ich. Ich blickte zur verschlossenen Tür und dann zu Jamie, der sich kaum auf den Beinen hielt.

„Zur Krankenstation? Nein.“

Auch Morris und Cooper waren durch den Schrei alarmiert worden und wechselten einige Worte mit Andrews. Plötzlich sahen alle drei Pfleger zu mir. Andrews schüttelte den Kopf. Ich hatte nicht um die Ecke ins Zimmer sehen können und wusste nicht, wem ich glauben sollte. Jederzeit war es möglich, dass sich jemand etwas einbildete und ich hatte keinen Grund, den Pflegern nicht zu glauben. Andererseits war Jamie mein Freund und sehr klar gewesen. Wer also sagte die Wahrheit? Was war geschehen?

KAPITEL 41

„Harrison ist verschwunden! Ich hab es euch doch gesagt! Und der Mitbewohner von Jamie, weiß der Kuckuck, wie der hieß, ist der Beweis!", sagte Boland, starrte uns mit aufgerissenen Augen an, als erwarte er, dass wir uns von seiner Panik anstecken ließen.

„Wer ist das überhaupt?", fragte ich mit einem Anflug von Verwirrung, da ich keinen Schimmer hatte, über wen sie sprachen.

„Harrison, der ehemalige Mitbewohner von Boland", erklärte Nadir und wandte sich dann an Boland. „Wir haben dieses Thema ausdiskutiert. Wir und auch Wright. Vielleicht wurde er in den Bereich für die zu Entlassenen versetzt? Dort leben sie quasi in einem kleinen Haus, gestalten ihren Tag weitgehend selbstständig. Es gibt dort allerdings nur wenige Plätze. Oder vielleicht in einen anderen Flügel der Klinik."

„Nein!", entfuhr es Boland. Der Lärm, den er verursachte, brachte andere dazu, sich interessiert zu uns umzudrehen.

„Du klingst paranoid, weißt du das?", sagte ich. „Warum bist du dir so sicher?"

Boland atmete tief durch und senkte zum ersten Mal seine Stimme.

„Ich habe mir unerlaubterweise etwas Persönliches von Harrison genommen. Ein kleines Büchlein mit Fotos. Mir war langweilig. Ich habe es auf mein Regal gelegt. Und als die Zimmerseite von ihm geräumt wurde, waren all seine Sachen verschwunden, aber seine Familienfotos nicht. Niemand kann mir erzählen, dass das keinem auffällt. Fotos sind doch das Wichtigste hier drin. Das Persönlichste. Das Büchlein lag für jeden sichtbar da, aber die wussten das nicht, deshalb versuche ich schon seit Ewigkeiten, darauf aufmerksam zu machen, dass er sie bei einer Verlegung nicht vergessen hätte. Ich kann es euch zeigen! Ich habe es immer noch."

Nadir sah auf seine Hände. „Wenn sowohl du als auch Jamie das Gleiche erzählen – dass der Mitbewohner tot oder verschwunden ist – aber es in beiden Fällen heißt, sie wurden verlegt ... könnte da wirklich etwas dran sein. Aber ich weiß nicht, was man jetzt tun könnte. Vielleicht wurden sie tatsächlich nur verlegt und die ganze Aufregung ist umsonst."

Boland fauchte. „Und was, wenn nicht? Was, wenn sie ermordet wurden? Jamie sagt, sein Mitbewohner habe sich umgebracht. Was ist denn, wenn alles nur vertuscht wird?"

KAPITEL 42

Ich wollte mit Jamie sprechen, ihm meine Unterstützung anbieten, auch wenn es nichts gab, was ich hätte tun können. Aber ich fand ihn nicht. Nicht auf seinem Zimmer, nicht im Aufenthaltsraum und auch nicht auf der Krankenstation. Auch die Pfleger konnten oder wollten mir keine Auskunft über ihn geben. Jamies Platz in der nächsten Gruppensitzung blieb leer.

„Sollen wir anfangen?", fragte Wright in die Runde.

Ich hob meinen Arm. „Wir sollten noch auf Jamie warten – er ist auch Teil dieser Gruppe."

Wright wandte sich mir zu und sah mich mitfühlend an.

„Jamie wurde auf eigenen Wunsch verlegt und befindet sich nicht mehr auf dieser Station", sagte er und führte die Sitzung wie gewohnt durch. Erst Harrison, dann die Verlegung von Jamie und sein Mitbewohner? Etwas stimmte hier nicht. Jamie hätte sich niemals so kurz vor der Entlassung auf eigenen Wunsch verlegen lassen. Es war nicht so, dass ich Jamie nicht verstand. Wahrscheinlich hätte ich auch nicht im Zimmer schlafen wollen, wenn ich Nadir oder sonst wen tot in unserem Zimmer gefunden hätte. Andererseits war es nicht mehr lange, bis zu seiner Anhörung. Eine andere Einrichtung und ein anderes Komitee würden seine Entlassung sicherlich gefährden, da er sich neu eingewöhnen müsste. Er hätte dort keine Vertrauten, keine Freunde.

„Nadir?", zischte ich. „Nadir, bist du wach?"
„Jetzt schon", entgegnete er und stöhnte.
Ich musste leise sein. Boland war zu impulsiv, Jasper erschien mir zu labil, als dass ich sie unmittelbar einbinden wollte. „Wir müssen an die Daten kommen", flüsterte ich.
„Was redest du denn da?"
„Irgendwas geht hier vor. Harrison, Jamie … Es macht keinen Sinn, dass sie verlegt wurden. Irgendwas anderes muss hier vor sich gehen. Und wenn Boland recht hat mit dem, was er sagt, will ich nicht hier sein. Echt nicht."
Er presste sein Gesicht in das Kissen.
„Wieso habe ich jetzt zwei Bolands auf dem Zimmer? Womit habe ich das verdient?"
Den Vergleich hatte ich verdient. Ich klang beinahe Wort für Wort wie Boland, der mit seinen kruden Behauptungen den Vogel regelmäßig abschoss.
„Du kannst nicht einfach hier rausspazieren. Die Tür ist abgeschlossen, falls es dir nicht aufgefallen ist. Und Akten liegen hier nicht einfach zugänglich rum."
„Wo sind die denn?"
„Was?"
„Wo findet man die Patientenunterlagen?"
Nadir stand leise auf und ging in das Badezimmer. Wir setzten uns auf den Boden.

„Ich weiß nicht, wieso ich überhaupt darüber spreche, aber die Akten sind im Verwaltungsbüro. Das ist so eine Art Archiv."

„Wie komme ich dorthin?"

„Am besten gar nicht. Du hast da nichts zu suchen. Selbst wenn du es aus dem Raum schaffst ... Du müsstest an den Pflegern vorbei, einen Schlüsselbund stehlen, das Büro finden und so weiter."

„Das sind nur drei Dinge, die wir schaffen müssen."

„Wir? Du glaubst doch nicht, dass ich dir helfe."

„Bitte, Nadir."

Er rieb sich die Schläfen.

„Du willst doch hier raus, oder?", fragte ich. „Wie stehen die Chancen, dass deine Anhörung diesmal zu deinen Gunsten entschieden wird?"

„Ich war bei den letzten Malen optimistisch, aber am Ende haben sie jedes Mal meinen Aufenthalt verlängert." Er atmete schwer aus und seufzte.

„Gibt es jemanden, der draußen auf dich wartet?"

„Ja, meine Frau Aynur."

„Lebt sie hier? In London?"

Nadir verzog die Lippen. „Nein, aber sie wartet auf mich, wie auch mein Sohn."

„Du hast zwei Möglichkeiten," fuhr ich fort. „Ich kann allein gehen, was fürchterlich schiefgehen wird, da ich mich hier nicht gut auskenne. Oder du kommst mit. Wenn es irgendwo einen Bericht über die Anhörung gibt, kannst du nachlesen, wo das Problem war und weshalb man dich nicht rauszulassen hat. Dann wärst du bei der nächsten Anhörung draußen. Du vermisst Aynur doch, oder? Dann gib deinem eigenen Schicksal einen Schubs in die richtige Richtung."

„Mehr als alles andere auf der Welt."

„Dann weißt du, was zu tun ist."

„Trotzdem habe ich dabei kein gutes Gefühl."

„Ich übernehme die volle Verantwortung", versprach ich.

Nadir zögerte weiterhin.

„Vertrau mir nur dieses eine Mal, okay? Wenn nicht für mich, dann tu es für Aynur. Ich gehe jedenfalls, ob mit oder ohne dich."

„Gibst du mir dein Wort, dass du mich schützt, falls alles auffliegt?"

„Ich gebe dir mein Wort. Hier ist irgendetwas im Gange. Ich muss herausfinden, was mit Jamie passiert ist. Und ehrlich gesagt möchte ich auch nicht hier enden." Letztendlich war es nur eine Frage der Zeit, bis unser Ausflug auffliegen würde. Es gab viele Risiken und wir kämen nicht ohne Unterstützung durch Jasper aus, der seine Medikamente einen Tag lang nicht nehmen durfte, da er stark dosierte Schlafmedikamente erhielt.

Ich lag wach, ging immer wieder den Plan durch. Gegen zwei Uhr zählte ich die Glockenschläge einer entfernten Kirche, stand auf und klingelte den Notschalter. Jasper zitterte unter seiner Decke, schlief einen unruhigen Schlaf. Seine Tabletten hatte ich zu feinem Staub zermahlen und eine ausgerissene Seite meines Tagebuchs mit dem Pulver gefüllt.

Morris stand in der Tür. Dies war der Moment, auf den wir gewartet hatten. Ich trat etwas vor, damit sein Blick nicht auf Jasper fiel. Von all den Pflegern, die an diesem Abend Dienst hatten, musste es ausgerechnet Morris sein. Er war immer freundlich zu mir gewesen, hatte immer ein offenes Ohr und ein aufmunterndes

Wort parat. Ihm etwas anzutun, fühlte sich falsch an, wie ein Verrat. Ich zögerte.

Morris musterte mich. „Christian, was gibt es denn?", flüsterte er.

Ich atmete tief durch. „Kann nicht schlafen. Boland schnarcht zu laut und ich habe noch immer Albträume vom MRT."

„Medikamente darf ich dir nicht geben. Das weißt du doch." Er blickte zu Boland, der wie üblich lautstark schnarchte. In seiner Miene spiegelte sich Verständnis.

„Kann ich mir einen Pfefferminztee holen?", fragte ich.

„Eigentlich nicht, wir sind gerade etwas dünn besetzt. Grippesaison."

„Morris, bitte! Wenn schon nichts zum Einschlafen, dann wenigstens etwas Tee."

Morris wirkte nicht begeistert, gab aber nach. „Na dann komm, aber leise", sagte er. „Aber sobald jemand anderes mich braucht, bringe ich dich sofort zurück ins Zimmer, egal ob der Tee ausgetrunken ist oder nicht. Sonst bekomme ich Ärger, verstanden?"

„Klar, natürlich", bestätigte ich.

Abends wurde im Speisesaal alles abgeräumt. Es gab nur noch heißes Wasser aus großen Kannen. Morris schloss einen Schrank auf, um an den Tee zu gelangen.

„Nimmst du auch einen Tee?", fragte ich, als mein Puls emporschnellte.

„Ähm, einen könnte ich schon trinken", antwortete Morris. Er nahm einen zweiten Teebeutel und ich füllte zwei saubere Tassen mit heißem Wasser.

„Könnte ich noch etwas Zucker haben?", fragte ich, als er den Beutel in die Tasse tunkte. Er nickte und ging zur

Küchenzeile. Ich zog das Pulver aus meiner Hosentasche, entfernte ein paar Flusen und ließ es in den dampfenden Tee rieseln.

Wir setzten uns im Aufenthaltsraum auf das Sofa am Fenster.

„Hast du dich schon gut eingelebt?", fragte Morris.

„Mittlerweile schon. Aber es war nicht einfach", antwortete ich und pustete auf meinen Tee. „Bist du Fußballfan? Hast du einen Lieblingsverein?" Ich kannte Morris nicht gut, aber Fußball war oft der kleinste gemeinsame Nenner.

„Natürlich", antwortete Morris und lachte. Er nahm einen ersten Schluck vom Tee. Meine Hände wurden schwitzig. Von nun an gab es keinen Weg zurück.

„Welchen?", fragte ich und sah ihn an.

„Das kann ich dir nicht sagen, sonst ziehst du mich nach jedem Spieltag auf."

„Das öffnet viele Optionen, ich könnte raten."

„Viel Erfolg." Er nahm einen weiteren Schluck und gähnte. „Entschuldige."

„Macht doch nichts", sagte ich und wank die Entschuldigung ab, „Was interessiert dich außer Fußball?"

„Schwierige Frage." Wieder gähnte er laut. Ich war erstaunt, wie schnell die Medikamente ihren Zweck erfüllten. „Nach der Arbeit hat man oft keine Zeit für Hobbys, aber ich mag alte Filme." Er schloss die Augen, wartete darauf, dass er weitersprach. Seine Atmung wurde ruhiger.

Ich nahm ihm die Tasse aus Hand und griff seinen befestigten Schlüsselbund von seinem Gürtel, murmelte eine Entschuldigung und schlich zu Nadir.

„Kennst du den Weg?", flüsterte ich.

„Ja – wir müssen in den Korridor A." Die Flure lagen still und dunkel da und wir schlichen uns hindurch. Nadir ging mir voran. Morris schlief in Ruhe und wir huschten an ihm vorbei. Geräusche drangen an unsere Ohren. Nadir hob eine Hand und hielt an.

„Was ist?", wisperte ich.

„Das Personalzimmer – wir müssen daran vorbei." Ich horchte. Stimmen erklangen. Im Fernseher lief eine Serie, welche konnte ich nicht erkennen.

„Jetzt ganz langsam und leise", flüsterte Nadir. Nach jedem Schritt wartete er, horchte. Vor dem Eingang zum Personalzimmer wagte er einen kurzen Blick hinein und ging rasch am Eingang vorbei. Ich folgte ihm. Jemand lachte und ich schrak zusammen, rutschte weg. Meine Turnschuhe machten ein quietschendes Geräusch und ich sah Nadir mit vor Schreck aufgerissenen Augen an. Bange Sekunden vergingen. Wir setzten den Weg fort. Das Verwaltungsbüro hatte eine Eisentür mit einem Milchglasfenster. Wir probierten etliche Schlüssel aus, bis wir den richtigen fanden. Der Raum selbst war ein unspektakuläres Büro, roch nach altem Papier und Druckertinte. Die Wände waren von hohen Regalen gesäumt, die unter der Last von Akten, Ordnern und Dokumenten ächzten. Nadir bewegte sich zielsicher durch den Raum; seine Hände ertasteten eine kleine Schreibtischlampe. Mit einem Klick wurde es hell. Er drehte die Lampe weg von der Tür und kniete sich neben einen Aktenschrank. „Wie heißt Jamie mit Nachnamen?"

„Shanning", sagte ich, hielt bereits nach der passenden Schublade Ausschau. „Da ist sie. S – T." Weit unten, nah am Boden. Er probierte mehrere der kleinen Schlüssel aus. Der dritte passte.

Nadir durchsuchte die Schublade. „Hier ist nichts", stellte er fest. „Dann konzentrieren wir uns auf Harrison."

„Gut. Harrison dürfte hier oben sein."

Wieder probierte er den gleichen Schlüssel wie unten aus. „Harris, Harris", murmelte Nadir. „Harrisworth? Ich finde die Akte hier auch nicht."

„Das kann doch nicht sein. Lass mich mal." Ich ging die einzelnen Akten durch, las jeden Namen und hatte ebenso wenig Erfolg. Die Unterlagen fehlten. Ich blickte zum Computer. „Ich kenn die Zugangsdaten nicht", hauchte ich, schaltete aber den PC ein.

„Mrs. Hopper ist ein Überbleibsel aus einer vergangenen Ära", stellte Nadir fest, während ich die Tastatur betrachtete. „Versuche mal die Klassiker unter den Passwörtern."

„12345, Passwort, Qwerty und so weiter?" Ich lächelte, tippte die Worte ein, doch jedes Mal leuchtete der Bildschirm rot auf und erklärte mir, dass meine Eingabe ungültig war. „Verdammt, was jetzt?", murmelte ich, während ich die Stirn in Falten legte. Ich suchte in den Notizblättern, der Mausunterlage nach einem Hinweis, drehte die Tastatur um. „Das gibts doch nicht."

„Ach, unsere alte Mrs. Hopper. Sie hasst wirklich alles digitale", sagte Nadir, der bereits seine eigene Patientenakte gefunden hatte.

Auf einem gelben Klebezettel auf der Tastaturunterseite standen in fein säuberlicher Schrift Passwörter und Nutzernamen.

„Wie hieß noch mal Jamies Nachbar?", raunte er.

„Keine Ahnung."

Während Nadir mit bemerkenswerter Gelassenheit weiter stöberte, war ich ein Bündel aus Anspannung und Ungeduld. Ich kämpfte mich durch die unbekannten Programme auf dem Computer auf der Suche nach den digitalen Akten und den Anmerkungen.

Nadir kicherte. „Wenn Boland wüsste, wie leicht wir an seine Daten kommen könnten, wäre er stinksauer." Er blätterte wahllos durch Bolands Akte und wurde stiller. Als ich kurz zu ihm herüberblickte, sah ich sein ernstes Gesicht, wie er den Kopf schüttelte, bevor er die Akte zur Seite legte. Ich konzentrierte mich auf den Bildschirm vor mir.

„Mach mal lieber die Lampe aus", murmelte ich.

„Aber das blaue Leuchten vom Bildschirm sieht man doch auch durch die Tür", antwortete Nadir.

Ich ignorierte ihn und löschte das Licht der kleinen Schreibtischlampe. Mein Adrenalinpegel schoss in die Höhe.

„Hey! Na toll, jetzt muss ich zu dir rüberkommen", murrte Nadir und schnappte sich einige Akten, die er herausgesucht hatte. Er trat an meine Seite und hielt die Akte ins matte Licht des Monitors.

Endlich fand ich das richtige Programm. Es sah archaisch aus, aber es gab mir die Datensätze, die ich wollte. Harrison war der Erste. ,Verlegung auf Zimmer 009' stand dort. Es gab sogar einen Therapiebericht, unterzeichnet von Thompson. Danach nahm ich mir Jamie vor. ,Verlegung von Zimmer 237 auf Zimmer 388'. 388 war ein anderer Flügel, aber er war noch im Gebäude. Sein Gespräch mit dem Komitee war abgesagt worden; seine Unterbringung verlief unbefristet weiter. Was zur Hölle war da passiert?

Ich suchte mit der Suchfunktion nach ‚237‘, um unseren Nachbarn zu finden. „Wood hieß der Nachbar. Der wurde auch verlegt.“

„Wohin?“

„Wieder ‚Verlegung auf Zimmer 009‘ – das kann nicht stimmen.“

„Was denn?“

„Harrison und Wood wurden beide auf Zimmer 009 verlegt. Weißt du, welcher Trakt mit null anfängt?“, fragte ich.

Nadir zuckte nur die Schultern. „Steht das da nicht?“

„Nein. Ich guck mal die Ordner durch. Vielleicht finde ich was.“

„Monitor aus“, flüsterte Nadir und legte sich ruckartig auf den Boden.

Ohne zu zögern, griff ich hinter den Monitor und drückte den Knopf, der den Bildschirm schwarz werden ließ. Dann folgte ich ihm auf den Boden. Durch die Tür war nur ein schwaches Licht zu sehen, aber es war genug, um eine Silhouette zu erkennen. Mein Herz hämmerte in meiner Brust, während draußen im Flur Schritte zu hören waren. Als sie vorüber waren, blickte ich zu Nadir.

„Vielleicht nur eine Toilettenpause? Vor einigen Tagen war die Personaltoilette in unserem Trakt defekt. Aber wir sollten erst mal still sein. Vielleicht kommt er wieder.“

Ich nickte. „Meinst du, sie suchen uns?“

„Es war nur eine Person. Wenn sie uns suchen würden, wären sie mindestens zu zweit unterwegs.“

Nadir hatte recht. Die Schritte kehrten zurück und hielten erneut vor der Tür inne. Für einige quälend lange Sekunden hielt ich den Atem an, aus Angst, das kleinste Geräusch könnte uns verraten. Die Schritte entfernten sich und ich atmete aus. Ich richtete mich auf, wartete aber mit dem Einschalten des Monitors, bis ich die Schritte nicht mehr hören konnte. Schweiß tropfte von meiner Stirn; mein Körper war unter Strom.

Ich las Ordner um Ordner quer.

„Hast du nicht alles gefunden, was du gesucht hast? Was erhoffst du noch zu finden?"

Ich wollte nur noch wissen, was es mit Zimmer 009 auf sich hatte, und blätterte so schnell ich konnte die abgegriffenen Ordner in Reichweite durch. Ich suchte nach einem Anhaltspunkt, der uns weiterbringen könnte. Die Stille wurde durch ein lautes Räuspern von Nadir unterbrochen.

„Ist alles in Ordnung?", fragte ich.

„Das solltest du dir ansehen", fuhr er fort. Sein Finger zeigte auf einen Abschnitt, der mit rotem Stift markiert war.

„Was ist das?", fragte ich.

„Jaspers Akte. Das ist wirklich heftig", zischte Nadir.

„Gib mal her."

„Zwölf Menschen", antwortete er langsam.

„Jasper hat zwölf Menschen getötet? Unser kleiner lieber Jasper? Unmöglich", sagte ich.

Er reichte mir die Akte, zeigte mir einen Bericht. Ich schluckte schwer. Darauf war ich nicht vorbereitet gewesen. Wie um mich davor zu schützen, blendete ich es aus. Ich hatte keine andere Wahl, musste meine Aufgabe hier noch erledigen.

Nadir schüttelte sich, massierte mit den Fingerspitzen seiner rechten Hand die Schläfe. Er widmete sich einer anderen Akte, dünner als die von Jasper. „Hey, warte ... Ist das meine Akte?" Ich starrte Nadir mit einer Mischung aus Entsetzen und Verwirrung an.

„Yep." Er nickte nur, ohne den Blick von der Akte abzuwenden.

„Spinnst du?"

„Na, wir sind alle nicht hier, weil wir eine Packung Kaugummi geklaut haben, nicht wahr? Willst du sie lesen?"

Ich zögerte. „Ich muss erst die anderen Infos finden."

„Der Patient, Christian Evans ... geboren am ... hmhmhm ... in Manchester? Du bist ein Mancunian? Blablabla. ‚Die Ergebnisse der körperlichen Untersuchungen sind samt und sonders unauffällig, auch die Motorik des Patienten ergibt keine Auffälligkeiten. Anfangsverdacht für eine dissoziative Störung. Auch eine dissoziative Identitätsstörung kann derzeit noch nicht ausgeschlossen werden.' Na, wenigstens ist dein Blutbild in Ordnung."

Ein Geräusch war auf dem Flur zu hören. Nadir verstummte.

„Wir sollten gehen. Jetzt", sagte er. Etwas in seinem Blick machte mir Sorgen. Endlich fand ich einen Gebäudeplan, dahinter die Raumaufteilung, als sich meine Brust zusammenzog. „Das Zimmer 009."

„Lass uns abhauen", drängte Nadir.

„Nadir."

„Was denn? Komm schon!"

„009 ist kein Zimmer.“
„Was soll das denn sonst sein?“
„Die Leichenhalle.“

KAPITEL 43

Wir schlichen durch die Flure, gaben keinen Laut von uns. Ein Geräusch hallte durch den langen Korridor – Schritte auf dem Boden, gefolgt von einer Art Klopfen. Wir hielten inne.

„An die Wand", raunte Nadir.

Ich wagte es nicht, um die Ecke zu schauen, aus Angst erwischt zu werden. Das Klopfen hörte auf, wich einem Schlurfen und weiteren Schritten. Dann war alles still. Mein Herz schlug so laut, dass man es noch im anderen Flur hören musste.

Nadir schlich weiter. Schneller nun, doch genauso leise wie zuvor.

Wir bogen um die Ecke und sahen einen schwachen Lichtschwall von einer geöffneten Tür. Es war kein richtiges Licht, nur das Schimmern des nächtlichen Mondes, das durch das Fensterglas fiel.

Nadir ging auf die Tür zu und lugte hinein, sah auf das Türschild, das in einem kleinen Plastikkasten angebracht war. „217", murmelte er, wiederholte die Zahl immer wieder wie ein Mantra.

„Wem gehört das Zimmer?", fragte ich.

„Siehst du hier etwa ein Namensschild?"

In dem Raum ließ nichts auf einen dauerhaft eingerichteten Bewohner schließen – keine Bilder, keine

Kleidung. Nur die chaotisch zurückgeschlagene Bettdecke verriet, dass überhaupt jemand hier geschlafen hatte.

„Normalerweise wohnt hier jemand, der nicht mit anderen zusammenleben kann oder als extrem gefährlich eingestuft wird. So kommt man zum Einzelzellenluxus.“

Ein kalter Schauer lief mir über den Rücken. Etwas auf dem Boden zog meine Aufmerksamkeit auf sich. Ein Stück Stoff, das zwischen der Tür und dem Rahmen eingeklemmt war und verhinderte, dass die Tür sich vollständig schloss. Ich beugte mich hinunter und hob es auf, achtete aber darauf, dass die Tür nicht zufiel. „Was machen wir jetzt?“, fragte ich.

„Wir gehen zurück in unser Zimmer, was sonst? Was auch immer hier vor sich geht, wir wollen nichts damit zu tun haben.“ Nadir ging voraus, seine Schritte so leise, dass sie kaum ein Geräusch machten.

Ich warf einen letzten Blick auf das Schild an der Tür und legte den Stoff zurück, bevor ich ihm folgte.

Wir mussten uns zur Verbindungsschnittstelle begeben, die in den großen Aufenthaltsraum mündete. Ich beschleunigte meinen Gang, um mit Nadir Schritt zu halten, der immer schneller wurde.

„Da ist etwas“, flüsterte ich. Im schwachen Schein der nächtlichen Notschildbeleuchtung lag etwas am Boden. Ich hielt inne und auch Nadir stoppte abrupt.

Er betrachtete das Bündel am Boden. „Wahrscheinlich nur Wäsche. Jemand hat sich wahrscheinlich eingemacht. Die Reinigungskräfte sind nur tagsüber da. Die Pfleger sollten es eigentlich übernehmen, aber sie lassen es oft genug einfach liegen." Er ging, ohne zu zögern, weiter, an dem Bündel vorbei, und stoppte abermals, als hätte ihn ein Stromschlag getroffen.

Ich strauchelte. „Was ist los?"

„Mist, ich bin in was getreten", flüsterte er.

Nadir hob sein Bein an, griff nach seinem Schuh. Etwas hatte seine Hand dunkel gefärbt. Den Blick hatte er nach unten gerichtet. „O Gott", wisperte Nadir.

„Was ist los?" Ich drängte mich an ihm vorbei, um selbst einen Blick darauf zu werfen.

„Hier ist eine Hand", antwortete er knapp. Nur vier Worte, deren Bedeutung eigentlich klar und unmissverständlich war.

Nadir zog die Laken zur Seite. Der Anblick, der sich uns bot, ließ mir das Blut in den Adern gefrieren. Ich verkrampfte und unterdrückte den Drang, mich zu übergeben.

Ein Mann lag auf dem Boden, regungslos. Sein Mund war zu einem stummen Schrei geöffnet, das Gesicht im Todeskampf verzerrt. Jemand hatte ihm ein Tuch in den Hals gestopft. Seine Augen waren weit aufgerissen und starrten ausdruckslos zur Decke. Sein Hals war von einer großen Wunde durchzogen. An mehreren Stellen hatte etwas tief ins Fleisch geschnitten. Dunkle Rinnsale von Blut liefen von diesen Stellen hinunter und hatten die helle Pyjamahose der Klinik sowie die Laken dunkelrot gefärbt. Ich sah auf die Hand des verrenkten Arms. Die Fingerknöchel waren rot angelaufen, als hätte er gegen etwas Hartes geschlagen, wieder und wieder, bis es schmerzte. Wir waren in Gefahr.

„Der hat geklopft. Das war das Geräusch", sagte Nadir.

Trotz des Schocks machte ich Anstalten, mich hinunterzuknien und dem Mann zu helfen, zu sehen, ob noch ein Hauch Leben in ihm steckte.

Nadir hielt mich mit einem kräftigen Griff zurück. „Nicht. Zieh die Schuhe aus."

„Wir müssen doch etwas tun! Jemandem zu Hilfe rufen", haspelte ich.

„Nein, für ihn kann niemand mehr etwas tun."

Ich setzte zu einem Protest an, aber Nadir packte mich am Kragen. „Wir dürfen nicht hier sein, Christian. Wenn du jetzt auspackst, musst du auch den Angriff auf Morris erklären und dann werden wir beide hier niemals rauskommen."

Ein Gefühl der Abscheu überfiel mich. Wegen des Blutes, das an meinen Schuhen klebte. Wegen der Leiche, deren verzerrtes Gesicht einen stummen Schrei in die Dunkelheit schickte. Wegen des Mannes neben mir, der in diesem Moment kein Mitleid für den Toten zeigte, sondern nur an seine eigene Haut dachte. Und doch hatte er recht. Wir mussten die Schlüssel zurückbringen und in unser Zimmer gehen.

Zweifellos würde man unsere DNA finden. Ich hatte den Türrahmen berührt und den Stoff, der die Türe offenhielt. Bis eben hatten wir beide blutige Spuren auf dem Boden verteilt.

Ich starrte auf den Körper des Mannes, der in einer sich immer weiter ausbreitenden Lache seines eigenen Blutes lag, das sich fortwährend über den kargen Boden verteilte. Aus moralischer Sicht war die Situation klar. Ich sollte den Notfallknopf drücken, warten, bis die Pfleger eintrafen, und ihnen alles erzählen. Doch das tat ich nicht. Mit den blutbefleckten Schuhen in der

Hand rannten wir auf unseren Socken in Richtung des Aufenthaltsraums. Unsere Blicke huschten auf der Suche nach einer möglichen Bedrohung umher. Morris war zur Seite gekippt. Ich hoffte inständig, dass es ihm gut ging und er noch atmete. Wir durchquerten den Raum und spähten um die Ecke, ob Korridor C frei war. Der Rückweg zu unserem Zimmer war wie eine endlose Tortur. Mit jedem Atemzug brannte meine Lunge wie Feuer. Die Panik griff nach mir, drohte mich zu lähmen. Doch ich musste weitermachen. Es gab keine andere Wahl. Jeder Schritt war eine Überwindung, ein Kampf gegen die lähmende Angst, die mich zu erdrücken drohte.

Selbst die Stille des Flurs wirkte bedrohlich; jedes noch so kleine Geräusch ließ mich zusammenzucken.

Als wir die Tür öffneten, stand jemand auf der Innenseite. Der Schreck fuhr mir durch die Glieder. Es war Boland.

„Was zur Hölle geht hier vor?", schnauzte er.

Ich nickte Nadir kurz zu. Er nahm meine blutigen Schuhe entgegen und ich machte mich immer noch auf Socken auf den Weg zum Aufenthaltsraum in die Nische am Fenster, wo Morris noch immer lag. Ein Anflug von Erleichterung durchströmte mich, als sich sein Oberkörper sanft hob und senkte.

Es dauerte einige Minuten, mit meiner zitternden Hand das Sicherheitsband seiner Hose wieder am Schlüsselbund zu befestigen. Der elastische Zug rutschte mir mehrmals durch die Hand. Jeder weitere Moment war eine Zerreißprobe für meine Nerven.

Das einzige Detail, das wir nicht bedacht hatten, war, dass die Tür beim morgendlichen Rundgang nicht verriegelt wäre.

Ich war völlig außer Atem, als ich zurück in unser Zimmer kam. Als sich die Tür schloss, lehnte ich mich mit dem Rücken daran und rutschte langsam zu Boden.

„Was ist passiert?" Boland kreuzte die Arme, doch ich winkte nur ab.

Ich hatte keine Luft mehr in meinen Lungen. Der Rest der Nacht war wie ein Albtraum. Nadir erklärte Boland knapp, was geschehen war, damit er endlich den Mund hielt. Jasper zitterte unentwegt und konnte kein Auge zu machen.

Wir reinigten unsere Schuhe und unsere Hände, schrubbten und schrubbten, auch wenn es nie so sauber sein würde, wie wir es uns gewünscht hätten. Jeder Fleck war ein Beweis unserer Schuld. Und doch mussten wir vorgeben, es wäre nichts geschehen und dieser Abend hätte nie stattgefunden.

KAPITEL 44

Der Stress des letzten Abends hatte mich keine Sekunde schlafen lassen. Mein Kopf schmerzte furchtbar.

Ich sah nach den Schuhen unter dem Bett. Ein Blutfleck war immer noch sichtbar. Ich befeuchtete meinen rechten Zeigefinger mit meiner Zunge, wischte das getrocknete Blut weg. Im Badezimmer war mit bloßem Auge kein Blut zu erkennen. Das Wichtigste war, dass wir unbeschadet aus der Sache herauskamen. ‚Die Sache‘ war die Leiche im Flur, die ohne jeden Zweifel gefunden werden würde und Polizei, Spürhunde und Spurensicherung auf den Plan riefe. Spätestens dann wäre unsere Scharade vorbei. Das Blut würde wie ein Leuchtfeuer im Schwarzlicht leuchten, selbst wenn wir sicher waren, es entfernt zu haben. Sie würden es sehen.

An diesem Morgen kam der Weckdienst mit einer ungewohnten Verspätung. Als ich den Flur entlangschritt, trat mir Morris in den Weg. Er sah aus wie der lebende Tod. Seine dunklen Ringe unter den Augen waren so tief wie schwarze Höhlen.

„Halt, Freundchen!“ Seine Hand schloss sich fest um meinen Arm und er winkte den anderen Insassen, weiterzugehen. „Sag mal, hast du den Verstand verloren?“, zischte er mit gedämpfter Stimme.

„Ich weiß nicht, was du meinst.“

Morris schnippte mir gegen die Stirn. „Und jetzt auch noch frech werden, was? Na, das haben wir hier gern." Seine Stimme zitterte vor unterdrückter Wut. „Du hast mir einen Bären aufgebunden. Noch nie bin ich während einer Schicht eingeschlafen. Noch nie! Wegen solchen Dingen fliegst du hochkant hier raus. Nächste Station: Sicherheitsverwahrung. Hältst du mich für inkompetent, oder was?"

„Natürlich nicht."

„Ich habe die Medikamentenschränke überprüft, es fehlt nichts, alles ist vollzählig. Ich weiß nicht, wen du überredet hast, aber ..." Er atmete kurz durch. „Du kannst froh sein, dass ich es nicht melde! Ich brauche diesen Job! Ich habe Verantwortung – eine Familie, die ich versorgen muss! Das war das letzte Mal, dass ich dir entgegenkommen bin. Ich schwöre, das letzte Mal. Und solltest du dich nur einmal danebenbenehmen, ich schwöre es dir, dann wirst du die Konsequenzen in voller Härte tragen. Hast du mich verstanden?"

Jennings stieß zu uns mit Arbeit für Morris und rettete mich vor dem unangenehmen Gespräch. Der Speisesaal war voll. Der Weckdienst hatte scheinbar alle Bewohner des Nordflügels hergebracht, was nicht üblich war. Sonst stand es den Leuten im gewissen Maße frei. Ich blickte mich um. Wer hatte es getan? War es ein Arzt, Pfleger oder Patient?

Die Pfleger unterhielten sich flüsternd, blickten immer wieder in die versammelte Menge. Thompson kam. Er hatte sich nie im Speisesaal blicken lassen. Räuspernd baute er sich im Zentrum des Saals auf und verschaffte sich Gehör.

„Meine Herren, ich muss Ihre Aufmerksamkeit auf eine ernste Angelegenheit lenken. In der vergangenen Nacht ist einer unserer Patienten verschwunden, Mr. Charles Tremblay. Für alle, denen der Name kein Begriff ist: ein Mann mittleren Alters, grauhaarig, ungefähr 1,80 Meter groß. Er bewohnte ein Zimmer im Korridor A des Nordflügels. Sollten Sie Informationen über seinen Verbleib oder seine Pläne haben, bitte ich Sie dringend, sich nach dieser Versammlung an mich oder einen Ansprechpartner zu wenden. Ihr Tagesablauf wird erst am morgigen Tag wie geplant fortgesetzt." Anscheinend hatte man den Vorfall auch vonseiten der Leitung bemerkt.

Lügen, dachte ich. Es waren dreiste Lügen.

Wir zogen uns ins Zimmer zurück.

„Was machen wir jetzt?", fragte ich. „Sie haben uns belogen! Sie haben Jamie aus dem Weg geräumt und wir wissen es. Tremblay muss der Tote sein."

Nadir lachte bitter auf. „Und was, glaubst du, können wir dagegen tun?"

Ich konnte die Verzweiflung in seiner Stimme hören, das Gefühl der Ohnmacht, das auch mich erfüllte. In meinem Kopf spielten sich bereits Szenarien ab, wie es von hier an weitergehen könnte. Doch ich wusste auch, dass die Realität oft unvorhersehbarer war als alles, was ich mir vorstellen konnte. „Wir rufen die Polizei an", sagte ich. Nach der Ansprache kamen Thompson und die Pfleger natürlich nicht mehr dafür in Betracht, sich ihnen anzuvertrauen.

„Niemand glaubt uns. Wir sind hier, weil man die Gesellschaft vor uns schützen will. Was meinst du, wem man eher glaubt? Hochdekorierten Ärzten oder verurteilten Patienten?", fragte Nadir.

„Aber es geht doch irgendwas vor sich", erwiderte ich. „Tremblay, Harrison, Wood. Sie verschweigen etwas! Und Jamie zahlt den Preis dafür!"

„Ich denke das gleiche", raunte Boland.

„Vielleicht. Aber wir können nicht einfach so den Pflegern Bescheid geben oder der Polizei. Falls wir uns je an die Polizei wenden, dann erst, wenn wir unumstößliche Beweise haben. Nicht vorher", sagte Nadir. „Die haben unsere Spuren und unsere Fingerabdrücke, wenn sie danach suchen."

„Aber es gibt einen Mörder zwischen uns!", schimpfte ich.

Nadir sah mich an, legte mir seine Handfläche auf den Mund. „Wir müssen hier heil rauskommen. Das können wir aber nur, wenn wir unter dem Radar bleiben und uns nicht eine Zielscheibe auf den Rücken malen. Was glaubst du denn, was passiert, wenn man einen Mörder in Bedrängnis bringt?"

Alles war so surreal. Ich sah noch immer das schmerzverzerrte Gesicht vor mir, eingefroren in einer Miene aus Agonie. Trotz allem entschieden wir uns, nichts zu sagen. Es war uns mehr wert, unauffällig zu bleiben, als möglicherweise für den Ausflug und den Angriff auf Morris bestraft zu werden. Über allem stand dennoch die Frage, weshalb ein Mensch ermordet werden konnte, ohne dass Polizisten jeden Winkel des Gebäudes auf den Kopf stellten. Wo blieb die Spurensicherung, vor der wir uns gleichzeitig so fürchteten?

KAPITEL 45

Evans gefesselte Hände rieben sich gegeneinander, wischten den Schweiß auf der glatten Oberfläche des Tisches ab. Das metallische Klirren der Handschellen war das einzige Geräusch in dem Verhörraum.

Parker betrachtete ihn aus müden Augen, die schon unzählige solcher Verhöre gesehen hatten. Dieses hier war besonders und dennoch teilte es eine Gemeinsamkeit mit all den anderen: Es gab Momente, in denen eine Pause notwendig war.

„Sammeln wir kurz unsere Kräfte, in Ordnung?" Parker winkte den uniformierten Polizisten an seiner Seite heran. „Lassen Sie ihn sich frisch machen und besorgen Sie ihm neue Kleidung. Und holen Sie ihm einen Kaffee, Wasser und etwas zu Essen. Falls er möchte, kann er sich auch kurz hinlegen. Wir sprechen in zwei Stunden weiter."

Evans wurde aus dem Raum geführt.

Parker wartete, bis ihre Schritte verhallten. Erst dann stand auch er auf, nahm Notizblock und Stift, steckte beides in seine Manteltasche und verließ den Raum. Der Flur lag nun still da. Die Schilder zeigten ihm den Weg zum Ausgang, den er, ohne jemandem zu begegnen, hinter sich brachte.

Er zündete eine Zigarette an und sah sich um. Auf dem einst vollgestellten Vorplatz fanden sich nur noch vereinzelte Einsatzfahrzeuge. Parker zog seinen Mantel enger um sich und schützte sich vor der Kälte.

Mit langsamen Schritten streifte er über das weite Gelände, vorbei an unterschiedlichen Gebäuden.

Er blickte durch ein Fenster ins Innere einer Anlage. Ein Aufenthaltsraum mit Kicker-, Billard- und Snookertischen sowie gemütlichen Sitzecken breiteten sich vor ihm aus. Es gab Zugänge zu den grünen Außenbereichen des Geländes. Der Regen hatte eine kurze Pause eingelegt. Das angesammelte Wasser tropfte immer noch von einem geöffneten Sonnenschirm, der auf einer der Außenterrassen aufgespannt worden war.

Parker hauchte in seine Hände, um sie etwas zu wärmen und nahm einen anderen Weg zurück. Ihm fiel ein großer, überdachter Käfig auf dem Gelände auf. Als er nähertrat, sah er viele kleine Augen, die ihn anstarrten. Flauschige Kaninchen in allen Farben und ein Meerschweinchen, das gerade aus seinem Holzhaus lugte.

„Hallo, ihr kleinen Fellnasen", murmelte Parker, hob vorsichtig die unverschlossene Klappe des Käfigs an und streichelte ein schwarzes Kaninchen, das sich neugierig näherte. „Ist es nicht viel zu kalt für euch?" Er schloss die Klappe wieder und machte sich auf den Weg zurück zum Hauptgebäude.

Er ging nicht unmittelbar in den Verhörraum, sondern machte einen kurzen Rundgang zum Nordflügel. Am Eingang der Flügeltür hörte er Stimmen, die aus der Cafeteria kamen. Zwei Männerstimmen unterhielten sich. Er öffnete die Tür und betrat den Raum. Zwei Pfleger saßen unter einer gedämmten Leuchte.

„Störe ich?", fragte Parker und ging auf sie zu.

„Wie sind Sie hier hereingekommen?", fragte der eine und stand auf.

Parker zeigte den Dienstausweis und verwies auf das Wappen an seinem Mantel.

„Darf ich mich zu Ihnen setzen?", fragte Parker.

Der zweite Pfleger zog einen Stuhl nach hinten, während der erste eine frische Tasse Kaffee eingoss und vor ihn stellte.

„Clifford Parker." Die Pfleger griffen nacheinander die ihnen dargebotene Hand und stellten sich vor.

„Andrews."

„Morris."

Parker ordnete die neuen Gesichter den Namen und Geschehnissen zu, die er von Evans gehört hatte.

„Was machen Sie noch hier?", fragte er. Der Rest der Pfleger aus diesem Flügel war entweder zur Befragung auf dem Revier oder wurden nach Hause geschickt, spätestens mit der vollständigen Evakuierung des Nordflügels.

„Wir haben die letzten Aufräumarbeiten bewältigt", antwortete Andrews. „Die Sachen aus den Kühlschränken ausgeräumt, alles Verderbliche weggeworfen."

Irgendwer musste es tun, dachte Parker. „Kann ich Ihnen ein paar Fragen stellen?" Er sah auf die Uhr an seinem Handgelenk.

Niemand widersprach.

„Ich spreche aktuell mit einem Patienten und er hat mir einige Dinge beschrieben, die sich in der Klinik zugetragen haben sollen."

Ein schrilles Piepen unterbrach Parker. Die Pfleger sahen auf ihre Pieper. Andrews hob beschwichtigend seine Hand, sein Blick auf Morris gerichtet.

„Bleib sitzen, Nathan", sagte er. „Ich kümmere mich darum. Du machst gerade deine erste Pause. Entschuldigen Sie mich bitte." Mit diesen Worten erhob er sich, nickte Morris noch einmal zu und eilte mit schnellen Schritten davon.

„Mr. Andrews? Ich wollte speziell mit Ihnen über Jamie Shanning und seinen ehemaligen Mitbewohner sprechen." Andrews hielt inne und drehte sich noch einmal um. „Es tut mir leid, aber ich muss Sie enttäuschen. Über Patienten darf ich keine Auskunft geben, das fällt unter die Schweigepflicht. Bitte wenden Sie sich mit Ihren Anliegen direkt an die zuständigen Ärzte."

Morris drehte sich zu Parker um und sah ihn mit hochgezogenen Augenbrauen an. „Also, wie kann ich ihnen helfen?", fragte er, als ob die Unterbrechung nur eine kleine Unannehmlichkeit gewesen wäre.

„Es gibt einige Aspekte bezüglich dieser Klinik, die mir noch nicht ganz klar sind", sagte Parker und runzelte die Stirn.

„Zögern Sie nicht. Raus damit", erwiderte Morris und nahm einen Schluck von seinem dampfenden Tee.

„Ich habe mich ein wenig schlau gemacht – ein neuer, anderer Ansatz wird beworben. Was ist das für ein Ansatz?"

„Wir versuchen einen verstärkten Fokus auf die Resozialisierung der Patienten zu legen. Dr. Thompson – der Gründer der Einrichtung – studierte in Norwegen und Deutschland die dortigen Strafvollzugsmodelle und versuchte, seine Erkenntnisse hierher zu übertragen."

„Funktioniert es gut? Das Modell?", fragte Parker.

„Natürlich funktioniert es", sagte Morris und wich Parkers Blick aus.

„Nun, ich sehe aber, dass irgendwas nicht funktionierte. Was Sie sagen, bleibt unter uns. Sie haben mein Wort." Morris sah ihn einen Moment lang an, als würde er abschätzen, ob man dem Wort eines Ermittlers trauen konnte.

„Unsere Einrichtung ist noch recht jung, ebenso wie ihr Konzept. Eng betreute Wiedereingliederung, Therapie für alle Bedürfnisse. Wir bieten ein sehr umfangreiches Angebot. Einzelgespräche, Gruppen- und Ergotherapie, autogenes Training, Sport, Musikstunden, unterschiedlichste Formen der Kunsttherapie und sogar Kurse mit Klangschalen und Techniken wie Tai-Chi."

„Und was hat es mit den Kaninchen auf sich?"

„Patienten, die bereits in ihrer Kindheit Missbrauchs- oder Gewalterfahrungen machen mussten, können durch den Umgang mit Tieren lernen, wieder Vertrauen aufzubauen. Der Kontakt zu ihnen ist heilsam. Wenn die Patienten Fortschritte machen, dürfen sie sogar die Pflege der Tiere übernehmen. Sie lernen wieder, Körperkontakt herzustellen. Für alle anderen Patienten ist es eine nette Abwechslung. Auch der Garten ist nicht nur schön anzusehen, sondern ein Ort des sozialen Miteinanders, an dem unsere Patienten Obst und Gemüse anbauen können."

Morris machte eine kurze Pause, in der er nachdenklich am Tee nippte.

„Das alles ist ein fragiles System, das einen sehr hohen Preis hat und an einem seidenen Faden hängt. Gute Publicity war alles, was zählte, um die Fördergelder weiter zu kassieren." Morris' Stimme sank zu einem

Flüstern. „Thompson hat unsere Bedenken ignoriert. Wir waren alle am Limit. Der Westflügel ... Sie haben sicherlich davon gehört, was dort alles los war?"

„Sicher", antwortete Parker. „Aber ich würde gerne Ihre Sicht der Dinge hören."

Ein dunkler Schatten glitt über Morris' Gesicht. „Es gab Ausfälle in der Stromversorgung, Rohrbrüche ... Die Station und der Sicherheitstrakt waren bald nicht mehr nutzbar. Anfangs dachten wir, es handele sich um technische Störungen. Aber einer der Hausmeister vermutete Sabotage. Herbeigeführte Zwischenfälle. Eines Abends fiel die gesamte Verriegelung aus."

„Was bedeutet das?", fragte Parker.

„Für uns Pfleger entstand ein erhebliches Sicherheitsrisiko und der Flügel wurde unbenutzbar. Wir haben Regeln für einen solchen Fall. Laut denen hätten die Patienten umgehend auf umliegende forensische Psychiatrien und Gefängnisse verteilt werden müssen. Aber Thompson entschied anders. Alles damit die Statistik stimmt."

„Weshalb glauben Sie, hat er so entschieden?"

Morris zögerte. „Es ist sein persönliches Meisterstück. Verstehen Sie? Insassen mit einem erhöhten Sicherheitsrisiko wurden in Einzelzimmern untergebracht; der Rest in den größeren Zimmern zusammengedrängt. Wir waren überbelegt und unsere Arbeit litt darunter, aber in der Statistik tauchte es nie auf."

Er seufzte und lehnte sich in seinem Stuhl zurück. „Es war und ist eine schwierige Situation. Sehr schwierig."

„Ich verstehe. Aber ich muss jetzt ein paar konkrete Fragen stellen. Was war mit Tremblay? Ein Patient sagte aus, er habe seine Leiche gefunden, doch am nächsten Tag wäre er als vermisst gemeldet worden. Was ist genau vorgefallen?

Morris zog die Augenbrauen hoch. „Tremblay war verschwunden. Wir stellten nur fest, dass sein Zimmer offen stand und leer war. Er wurde nie gefunden. Offiziell suchen wir noch immer nach ihm. Ich machte mir Sorgen, ob ich eine Tür nicht ordnungsgemäß verriegelt hatte, da ich in der Nacht ... nicht ganz fit war.“

„War etwas Besonderes an Zimmer 217?“, fragte Parker.

„Der Raum wird Patienten vorbehalten, die nicht mit anderen Insassen zusammengelegt werden können. Tremblay war nur übergangsweise dort, nur für eine Nacht. Da das Zimmer leer stand und wir einen Streit schlichten mussten, haben wir kurzerhand Tremblay dort untergebracht.“

„Wer genau hat Tremblay in 217 untergebracht?“

„Das war ich.“

„Vielen Dank für Ihre Offenheit, Mr. Morris. Das bringt etwas Licht ins Dunkel.“

„Mr. Parker?“

„Ja?“

„Dr. Thompson hat vielleicht nicht in allen Punkten richtig gehandelt, aber seine Intentionen waren nicht schlecht. Er wollte was bewegen. Nur ...“ Er brach ab, schüttelte den Kopf und ließ seinen Blick wieder auf Parker ruhen.

Parker nickte. „Ich verstehe schon“, sagte er. Es war klar, dass die Ereignisse der letzten Monate sowohl von Morris als auch von den restlichen Mitarbeitern ihren Tribut gefordert hatten. „Mich würde interessieren, ob

Sie Mr. Evans eine Tat dieser Größenordnung zu-
trauen?" Morris atmete tief durch und blickte zum
Fenster hinaus. Seine Hände waren in seinem Schoß
gefaltet. „Ich ... Ich denke, dass jeder Mensch, der in eine
Krise gerät, zu Taten im Stande wäre, die man sich
nicht einmal ausmalen möchte", sagte er schließlich.
„In dieser Einrichtung habe ich schon mit Menschen
zusammengearbeitet, die schüchtern und liebenswert
waren. Und wenn man dann erfuhr, was sie hierhergeführt hat, bekam man das blanke Grauen." Er machte
eine Pause. „Ich kann es nicht ausschließen, dass auch
Christian zu solchen Taten fähig ist. Aber in diesem Bereich werden Sie sich sicher besser auskennen."

Parker leerte seine Tasse Kaffee in einem Zug.

„Danke für das Getränk und das Gespräch. Ich muss
zurück zum Verhör", sagte er schließlich und stand auf.
„Falls Ihnen noch etwas einfällt, oder Sie etwas wissen,
das uns helfen könnte, hier ist meine Nummer." Er zog
eine Visitenkarte hervor und reichte sie Morris.

***

Zurück im Verhörraum wartete Evans bereits auf ihn.
Seine Haut hatte wieder etwas Farbe bekommen und
obwohl er immer noch blass aussah, war es ein kleiner
Fortschritt.

„Gut", sagte Parker und setzte sich ihm gegenüber. Er
nahm seinen Block und Stift zur Hand und sah Evans
direkt in die Augen. „Dann wollen wir mal!" Parker
klickte auf das Aufnahmegerät, das sich wieder in den
Betriebsmodus schaltete.

KAPITEL 46

Ein neutraler Beobachter hätte davon ausgehen müssen, dass Tremblay tatsächlich geflohen war. Die Verwaltung leitete sogar eine Suche ein – Plakate, Polizisten, die die Landschaft durchkämmten. Alles, was dazugehört. Jedoch nur außerhalb der Mauern. Währenddessen kannten wir die Wahrheit und warfen mit Theorien um uns, eine wilder als die andere, und überlegten, wie wir etwas beweisen könnten. Keiner von uns kannte sich mit Kriminalfällen oder Forensik aus. Selbst wenn, wären unsere Möglichkeiten begrenzt gewesen. Irgendetwas in der Klinik lief gehörig schief. Der auf dem Korridor hingerichtete Tremblay, der tote Mitbewohner von gegenüber und der angeblich vor seiner Entlassung verlegte Jamie, der plötzlich von der Bildfläche verschwunden war. Das Diskutieren half uns jedoch dabei. Wir taten etwas – in unserem Rahmen. Würden etwas tun. Jeder war verdächtig. Doch dass man es verschleierte, machte deutlich, dass Pfleger und Ärzte in irgendeiner Form mit drin hingen. Wir kannten sie nicht wirklich. War einem von ihnen ein Mord zuzutrauen?

Jasper fing mich ab. „Hast du mal eine Sekunde?", fragte er.

Er führte mich in eine ruhige Ecke des Gemeinschaftsraums. „Christian, ich habe das Gefühl, Nadir hat etwas gegen mich. Er ist total distanziert. Geht, wenn ihr anderen nicht auch dabei seid.“

„Du bist ja nun auch nicht der geselligste“, scherzte ich.

„Das mag ja sein, aber er geht mir aus dem Weg.“

„Und du glaubst, ich weiß, warum?“, fragte ich.

„Ich habe hier niemanden außer euch und ich möchte Boland nicht danach fragen. So eng sind wir nicht. Das wäre irgendwie seltsam.“

Was sollte ich Jasper sagen? Er hatte uns geholfen, ins Büro einzubrechen und nie wieder danach gefragt. Zwar hatten wir Boland eingeweiht, ihn jedoch schlafen lassen – einen unruhigen Schlaf, der ihm die Kenntnis darüber ersparte, was vorgefallen war. „Ich möchte doch nur wissen, ob ich etwas falsch gemacht habe?“, fragte er.

Während ich meine Optionen abwägte, spielte ich mit meinem Ärmelstoff. Nadir und Boland hatten dagegen argumentiert, Jasper in unsere Geheimnisse einzuweihen. Doch stimmte ich ihnen zu?

Selbst wenn ich ihn nicht einweihte, verdiente er doch zumindest ein Stück Wahrheit. Niemand sollte sich ausgeschlossen fühlen, besonders nicht, ohne zu wissen, warum. Und Jasper hatte nichts falsch gemacht. Nicht, soweit es uns anging. „Ich glaube nicht, dass du etwas falsch gemacht hast, was Nadir betrifft“, sagte ich.

„Aber was ist es denn dann?“ Seine Verzweiflung war greifbar und dazu diese großen Augen. Ich rang sehr mit mir selbst, bevor ich meine Stimme senkte, um sicherzustellen, dass uns niemand hören konnte. „In der

Nacht, als Nadir und ich ins Verwaltungsbüro eingebrochen sind, haben wir einige Akten durchgesehen", gestand ich.

„Ihr habt meine Akte gelesen", stellte er nüchtern fest. „Aber du …"

„Ich hatte andere Dinge im Kopf. Es war nur ein flüchtiger Blick", antwortete ich.

Er sackte in dem Sessel zusammen. „Das erklärt es", murmelte er so leise, dass ich ihn kaum verstehen konnte.

Ich setzte mich neben ihn.

„Worum es geht, weiß ich ja gar nicht", sagte ich.

Er sah mich an und ließ dann seinen Blick durch den Aufenthaltsraum schweifen. Es war wenig los. Die meisten waren auf ihren Zimmern oder im Speisesaal zum Kaffeetrinken gegangen.

„Meinetwegen sind Menschen gestorben, aber du weißt du ja sicherlich", flüsterte er.

„Zwölf." Es war die Zahl, die mir Nadir genannt hatte.

Er kratzte sich am Hals. „Ich weiß, es ist schwer nachzuvollziehen, aber es waren Unfälle." Ein Nagel durchbrach seine Haut. Eine rote Kratzspur war das Ergebnis, Blut die Konsequenz. „Das ist alles ziemlich kompliziert."

„Versuchen wir es doch mal."

Er holte tief Luft. „Ich höre Stimmen in meinem Kopf und sehe Sachen, die nicht real sind."

„War das immer schon so?"

„Nein, es begann nach dem Tod meiner Mutter." Er lächelte. „Wir hatten ein festes Ritual, als ich klein war. Sie sah jeden Abend unter mein Bett und in den Schrank, ob dort Monster waren, sonst konnte ich nicht einschlafen. Aber sie war es, die eines Tages ein Monster in unser Haus brachte – meinen Stiefvater. Er hat mich nicht gut behandelt."

„Jasper, du brauchst mir das nicht erzählen."

„Ich möchte, dass du es verstehst."

„Wusste sie es, deine Mutter?"

„Hör bitte einfach zu, okay? Und um deine Frage zu beantworten. Ich durfte nichts sagen, sie brauchte ihn. Sie brauchte seine Unterstützung. Ich konnte ihr das nicht antun ... in der Dunkelheit ... Nein, wie erkläre ich dir das? Nicht vor der Dunkelheit selbst, sondern vor dem, was in der Dunkelheit auf mich wartet, habe ich eine Heidenangst."

Ich runzelte die Stirn, weil er einen Sprung in der Geschichte machte.

„Was genau macht dir denn Angst?"

Jasper rieb sich die Hände, als versuchte er, eine unsichtbare Verschmutzung abzuwischen. „Als ich etwa sechs Jahre alt war, erschien dieses Ding nachts in einer Ecke des Dachbodens", flüsterte er, dass ich ihn kaum verstand.

„Was hast du mit sechs Jahren allein auf dem Dachboden gemacht?"

„Da war mein Kinderzimmer." Jasper lächelte. „Ich weiß, was du jetzt denkst, aber ich mochte es. Es war mein eigenes kleines Reich." Er fuhr mit der Hand über sein Knie, zupfte an der Hose. „Es war ruhig dort oben. Nur die Sterne und ich, die ich nachts durchs Fenster sehen konnte. Aber da war noch etwas. Es war wie eine Art Schatten, aber lebendig ... oder vielleicht auch tot. Ich kann es kaum beschreiben. Wie das, was ich auf meiner Leinwand male. Erinnerst du dich?"

Ich nickte. Das schwarz-graue Bild hatte ich vor Augen.

„Nach dem Tod meiner Mutter dachte ich zuerst, sie wäre es, um auf mich aufzupassen. Dass sie über mich wachte. Wie ein Engel, verstehst du?“

„Hm.“

„Aber ich irrte mich. Irgendwann begann es, unverständliche Dinge zu raunen. Ich hatte jedes Mal panische Angst, ließ das Licht an, damit es mich nicht finden konnte. Mein Stiefvater hatte zwei Jobs; das Geld reichte kaum. Er meinte, es wäre meine Schuld. Für Schnaps reichte es aber immer. Er kam an diesem einen Abend wie so oft sturzbetrunken auf den Dachboden. Als er bemerkte, dass ich nachts das Licht anließ, wurde er wütend. Er war erbost darüber, wie verschwenderisch ich war, und schaltete es aus. Sobald er das Zimmer verließ, machte ich die Lampe wieder an.“

„Und dein Stiefvater hat es bemerkt?“

„Ja, er bemerkte es. Er schimpfte. Jaspers Stimme brach einen Moment lang. „Irgendwann war er so wütend, dass er die Lampe, die auf meinem Nachttisch stand, herunterriss und zerschmetterte. Ich hatte Glassplitter in meinen Haaren. Er behauptete, ich sei selbst schuld daran, dass er so wäre.“ Sein Blick wanderte zur Seite, als suche er seinen Stiefvater, der ihn zur Ordnung rufen würde. „Ich erklärte ihm, dass ich das Licht bräuchte. Erzählte ihm von dem Schatten, der mich jede Nacht heimsuchte. Aber er wollte nichts davon hören. Er tat es als kindische Spinnereien ab, meinte, ich sei dafür zu alt.

Ein bitteres Lachen umspielte seine Lippen. „Als er die Tür hinter sich schloss und mich in der Dunkelheit zurückließ, fühlte ich mich ausgeliefert. Also schlich ich mich in die Küche und suchte nach Kerzen und Streichhölzern. Ich stellte eine in jede Ecke des Raumes und zündete sie an, um die Dunkelheit zu vertreiben. Eine kippte um und das Zimmer fing Feuer."

„Und dann?"

„Als mein ´Stiefvater den Rauch bemerkte, packte er mich und rannte die Treppe hinunter. Er setzte mich im Garten am Zaun ab und sagte, ich solle dort warten. Er wollte die Fotoalben meiner Mutter retten und rannte zurück ins Haus." Jasper schluckte schwer. „Aber er kam nicht wieder. Er starb in dieser Nacht."

Einer von zwölf, dachte ich.

„Ich kam danach in eine Jugendeinrichtung. Aber ich war zu sensibel und hab mir dort keine Freunde gemacht. Also war ich einsam."

In mir regte sich ein mulmiges Gefühl.

„Aber für eine lange Zeit war alles gut. Ich dachte, der Schatten wäre mit dem Haus verschwunden, verbrannt unter den Trümmern. Aber ..."

Jaspers umklammerte den Rand des Tisches so fest mit den Händen, dass seine Knöchel weiß hervortraten. „Soziale Kontakte zu pflegen, fiel mir nicht leicht. Ich hatte Angst zur Schule zu gehen, hatte niemanden in der Einrichtung. Es ist nicht leicht, anders zu sein. Und dann wurde es wieder schlimmer. Ich schwöre, ich wollte nicht, dass etwas passiert", sagte er und verzog die Lippen.

„Sie alle denken, dass ich es allein getan habe. Doch ich war nie allein! Dieser Schatten lauerte mir auf, flüsterte Dinge, die ich nicht verstand, in einer Sprache, die ich nie gehört hatte. Es klang wie Drohungen. Ich hatte solche Angst." Die Erinnerung ließ seine Stimme zittern, seine Augen glänzten feucht. „Jede Nacht lag ich da, erstarrt. Ich rettete mich von Morgen zu Morgen. Eines Nachts brannte eine Lampe durch, verdunkelte eine Ecke der Decke. Ich dachte wirklich, ich müsste sterben. In meiner Verzweiflung griff ich das Feuerzeug, entzündete etwas in Griffweite und warf es in seine Richtung. Es fiel durch ihn hindurch, als wäre er nichts weiter als ein Hauch kalter Luft. Das Feuer landete auf dem Saum des Sofas und entzündete es. Es leckte an dem Stoff, fraß sich seinen Weg hinein und breitete sich aus. Er blieb hingegen unberührt von den Flammen, die immer mächtiger wurden. Sie knisterten und zischten, als sie alles in ihrem Weg verzehrten. Er blieb regungslos, als ob das lodernde Inferno nichts weiter wäre." Jasper lehnte sich nach vorn und knetete seine Hände.

„Irgendwann konnte ich mich aus der Starre lösen, rannte um mein Leben, ohne einen Gedanken daran zu verschwenden, die anderen zu warnen. Sie schliefen alle tief und fest in ihren Betten, nichts ahnend von der Gefahr, die sie umgab. Und keiner in der Jugendeinrichtung wachte jemals wieder auf. Ich hatte eine zweite Chance bekommen, eine zweite Chance jemanden zu retten. Und ich hatte es wieder vermasselt." Seine Hände ballten sich zu Fäusten. „Die Vorstellung, im Gefängnis in eine dunkle Zelle gesperrt zu werden, ohne Möglichkeit zur Flucht, war zu erschreckend. Ich wusste, dass es so nicht weitergehen konnte. Es ist so schwierig, wenn man weiß, dass etwas mit einem nicht stimmt, aber nicht sagen kann, was. Die Brandermittler konnten feststellen, dass der Brandherd in meinem Zimmer lag, und aufgrund meiner Vorgeschichte zählten sie eins und eins zusammen. Ich gestand, was geschehen war, und sie brachten mich hierher."

„Ich verstehe", sagte ich.

„Das, was ich höre und sehe, hat mich dazu gebracht, die Feuer zu legen. Sie sagen, ich hätte Schizophrenie und ich sei dependent. Das Zweite sehe ich nicht so. Ich meine, was soll das eigentlich heißen?"

„Sind sie noch da? Die Stimmen?"

„Es ist noch nie zuvor so still gewesen."

„Ich spreche mit Nadir. Mach dir keine Sorgen."

„Sag aber nicht ..."

„Werde ich nicht. Versprochen." Lärm – laut und durchdringend wie ein Paukenschlag – donnerte durch den Raum. Ich fuhr zusammen, suchte die Quelle.

Es war Scott Reford. Er führte eine hitzige Diskussion mit einem der Pfleger. Bei näherer Betrachtung erkannte ich ihn als Andrews. Der große Mann stand angespannt da, seine Hände zu Fäusten geballt, während Scott auf ihn einredete. Scott schubste Andrews, der daraufhin gegen einen der Tische stolperte und fast zu Boden ging. Bevor die Situation weiter eskalieren konnte, trat Cooper hinzu. Mit Leichtigkeit zog er Scott an sich heran, als würde er ein Stofftier aufheben. Seine Lippen bewegten sich, flüsterten Scott etwas ins Ohr. Scotts Gesicht verlor schlagartig an Farbe, bevor er nickte. Cooper ließ ihn los und Scott ging zurück in seinen Trakt.

„Das war merkwürdig“, bemerkte Jasper.

Jasper war potenziell tödlich. Ein Feuerstarter, der Menschen im Schlaf verbrennen konnte. Und trotz dieser Offenbarung fühlte ich mich seltsam erleichtert. Denn obwohl die Tat und das Ergebnis am Ende gleich blieben, machte es für mich doch einen Unterschied. Es war nicht aus Bosheit oder Grausamkeit geschehen, sondern aus Angst und Verzweiflung.

Während ich diese Gedanken in meinem Kopf sortierte, näherte sich Boland unserem Tisch.

„Na ihr beiden, alles klar?“ Er blickte uns nacheinander an. Jasper war die Aufregung noch ins Gesicht geschrieben, seine Augen waren rot und geschwollen.

„Hast du es ihm etwa erzählt?“, fragte Boland.

„Mir was erzählt?“, erwiderte Jasper und sah zwischen mir und Boland hin und her.

„Na Bravo! Und jetzt heult das Kind auch noch“, patzte Boland mich an. Boland sah mich mit großen Augen an. War das zu fassen?

„Gleich auf dem Zimmer, in Ordnung?“ Boland hatte uns die Entscheidung nun abgenommen, ob wir Jasper die Wahrheit sagen sollten oder nicht.

KAPITEL 47

„Könnten wir heute bitte nicht über Lacie sprechen?", fragte ich. Thompson legte seinen Stift zur Seite.

„Dann möchte ich mit Ihnen gerne über Coraline Sanders reden und ..."

„Könnte ich bitte erst zu was anderem kommen?", unterbrach ich Dr. Thompson erneut.

„Natürlich. Solange wir auf Ihr Tagebuch warten." Ich hatte es absichtlich nicht mitgenommen, um mir Zeit zu erkaufen. Zeit, in der ich frei sprechen konnte.

„Tremblay ... Ich glaube, er ist nicht geflohen. Davon bin ich überzeugt. Und dann ist da noch die Sache mit Jamies Mitbewohner."

„Was lässt Sie das glauben?"

„Jamie war gut gelaunt. Er freute sich auf seine Entlassung, sprach von Kuchen, den er zu Hause essen wollte. Der denkt sich doch nicht einfach aus, dass sein Mitbewohner tot ist. Und selbst wenn, warum haben sie ihn dann einfach verlegt?" Ich schluckte, als meine Stimme brach, während ein Gedanke zum nächsten sprang.

„Ich verstehe nicht ganz, worauf Sie hinauswollen. Wie kommen sie darauf, das Mr. Tremblay nicht geflohen sei? Und Shanning? Hier geht es um Sie, Mr. Evans." Dr. Thompsons Augenbrauen zogen sich zusammen, als er die Stirn runzelte.

„Das muss Ihnen doch auch auffallen. Ich denke, irgendetwas stimmt hier nicht." Mein Blick hielt dem seinen stand, suchte nach einer Spur von Verständnis. Natürlich wagte ich nicht ihm zu sagen, dass wir des Nachts über Tremblays Leiche gestolpert waren. Das würde mir Nadir auch krummnehmen.

Dr. Thompson atmete tief durch und legte nun auch das Papier beiseite. „Über die genauen Umstände bezüglich Patienten darf ich Ihnen keine Auskünfte geben, sosehr es Sie auch persönlich betrifft. Wir tun unser Bestes. Es ist nicht immer offensichtlich, aber die bevorstehende Entlassung und die damit verbundenen Veränderungen könnten eine unvorhersehbare Krise ausgelöst haben. Ich weiß, dass Mr. Jamie Shanning ihr Freund ist. Es tut mir leid, aber ich habe meine Gründe. Ich sage dies mit ehrlichem Respekt gegenüber Ihren Sorgen", sagte Dr. Thompson, „aber ich darf Ihnen keine weiteren Informationen geben."

Ich konnte die Zahnräder in seinem Kopf arbeiten sehen.

„Aber etwas stimmt nicht!"

Dr. Thompson lehnte sich zurück. „Woher kommt dieses Interesse an Tremblay? Ich habe Sie nie zusammen gesehen und Sie haben ihn auch bei keiner unseren Sitzungen im Ansatz erwähnt."

Ich zuckte mit den Schultern. „Flurfunk. Was man so aufschnappt."

„Aha, nur gehört. Soso." Er lehnte sich nach rechts, um eine kurze Notiz zu machen.

„Und noch mal zu Tremblay ... Ich habe hier jedenfalls keine uniformierten Ermittler gesehen."

„Wir haben die Polizei bereits informiert und es wird überregional nach ihm gesucht.“

„Aber Zimmer 217 ...“

„Wie kommen Sie auf dieses spezielle Zimmer?“ Er sah mich an, verengte seine Augen.

„Sie haben mir am Anfang meines Aufenthalts erzählt, dass es hier sicher sei“, fuhr ich fort. „Aber wenn es hier so sicher ist, wie konnte er dann entkommen? Und wenn jemand herauskommen kann, könnte dann nicht auch jemand hineinkommen? An wen soll man sich in solchen Fällen wenden, wenn nicht an Sie? Ich für meinen Teil fühle mich nicht sicher.“

„Wie kommen Sie auf diese Nummer ... 217?“

„Was?“ Mein Puls beschleunigte sich.

„Sie sagten eben Zimmer 217.“

„Seine Zimmernummer“, stotterte ich. „Es war Tremblays Zimmernummer.“

„Nur ist das nicht korrekt. Mr. Tremblays Zimmer war nicht 217.“ Seine Stimme hatte einen seltsamen Unterton, ließ mich stutzen.

„Er war in der Nacht seines Verschwindens dort, aber das war nicht sein Zimmer. Und da er dorthin erst nach der Sperrstunde verlegt wurde, können Sie das überhaupt nicht wissen.“ Er sah mich durchdringend an. „Woher haben Sie also diese vertrauliche Information?“

„Das ... Das weiß ich nicht mehr genau. Ich habe so viel gehört, so viele Gerüchte ... Sagen Sie, wann kann ich entlassen werden? Ich fühle mich hier nicht sicher. Ich will hier raus!“

„Mr. Evans ...“

„Ich möchte wirklich hier weg.“

Er stand auf.

„Und ich möchte wissen, woher Sie von Zimmer 217 wissen." Er trat um den Tisch herum und setzte sich auf die Fläche.

„Also – sagen Sie es mir? Sie sind mir gegenüber gerade nicht ehrlich, nicht wahr?"

„Ich weiß es nicht mehr." Mein ganzer Körper schwitzte vor Aufregung. Sein Blick ruhte mehrere Herzschläge lang auf mir, dann seufzte er. „Auf den Fluren wird wohl viel geredet." Er machte ein paar Schritte hin zu einem Schrank, holte ein Smartphone hervor.

„Wir haben mit ein paar Leuten gesprochen – der Kriminalpolizei, auch mit Mrs. Coraline Sanders. Sie hat eingewilligt, uns das Smartphone für eine kurze Zeit zur Verfügung zu stellen."

„Cora ... geht es ihr gut?" Ich schämte mich dieser Frage. Ich war so sehr mit mir selbst beschäftigt gewesen, dass ich mir um sie kaum Gedanken gemacht hatte.

„Den Umständen entsprechend. Sie hatten mal etwas von Schritten gesagt. Erinnern Sie sich an das Datum?"

„Natürlich!" Mein Herz raste in meiner Brust, als er mir ihr pastell-mintgrünes Smartphone überreichte. Ich scrollte in der App zurück; mein Atem ging schneller. Es war wichtig, dass man meine Geschichte nachvollziehen konnte. Das meine Schlüsse stimmig waren.
Und dann sah ich es.
Die Schrittbalken. Sie waren da, genau wie ich sie in Erinnerung hatte. Das gleiche Auf und Ab. Ich hatte es so oft vor meinem inneren Auge gesehen. Nur war es nicht 3:00 Uhr nachts, sondern 3:00 Uhr nachmittags.

Ein Gefühl des freien Falls ergriff mich, als würde mir der Boden unter den Füßen weggezogen.

„Was … Was soll das?" Mir wurde schwindelig, mein Kopf drehte sich. Das, was ich sah, passte nicht zu meinen Erinnerungen. Es war, als hätte jemand meine gesamte Realität auf den Kopf gestellt. Das war alles zu viel. Lacie, Cora – alles schien aus den Fugen zu geraten.

Thompson seufzte. Ein langer, tiefer Atemzug.

„Angesichts der aktuellen Situation glaube ich, Sie befinden sich auf einem guten Weg und wir machen Fortschritte." Er hielt inne; seine Augen suchten meine Aufmerksamkeit. „Das meine ich ernst. Aber die letzte Zeit scheint Sie sehr aufgewühlt zu haben." Er öffnete eine Schublade und holte einen Block hervor, auf dem er etwas notierte.

„Aber …" Mein Protest wurde von Thompson mit einer beruhigenden Handbewegung unterbrochen.

„Ich garantiere Ihnen …" Er hob seine Hand, als ob er einen Schwur leistete. „Sie sind hier sicher."

Lügner! Er war vielleicht ein guter Therapeut, Psychiater oder was auch immer, aber doch ein Schwindler. Ich kam trotzdem nicht umhin, über das Gesagte nachzudenken. Meine Tagebucheinträge, der Schrittzähler, dissoziative Amnesie – Identitätsstörung stand in der Akte – ein Begriff, der mir vorher nichts sagte und über den ich hier auch nicht wirklich etwas herausfinden konnte. Ich hatte keinen Zugang zum Internet – noch nicht jedenfalls.

„Ich habe Cora in der Nacht angegriffen?", fragte ich.

„Die Polizei ist davon jedenfalls überzeugt", erwiderte Thompson.

„Und? Was glauben Sie? Ich will keine medizinischen Ausführungen, nur eine ehrliche Antwort."

„Ich denke, dass die Möglichkeit besteht, dass Sie Mrs. Sanders in der besagten Nacht mit einem Messer attackiert haben. Ich bin überzeugt, dass Sie nicht zwingend in boshafter Absicht gehandelt haben, sondern aus der Situation heraus. Sie erinnern sich nicht daran – oder anders – Ihr Geist bildet einen Schutz und sperrt die Erinnerungen aus – ähnlich wie bei Ihrer Schwester."

„Halten Sie mich für einen schlechten Menschen?"

„Das tue ich nicht. Nein."

„Wussten Sie schon lange, was mit ihr ist?", fragte ich.

„Ja, seit einer Weile – aber der Fokus lag immer auf Ihnen, darauf herauszufinden, wie man Ihnen helfen kann."

Es klopfte an der Tür und Thompson wandte sich um.

„Ah, das muss ihr Tagebuch sein."

„Ich kann das hier nicht mehr", wisperte ich. Mein Kopf schien zu explodieren. „Lassen Sie mich hier raus."

Die Tür öffnete sich. Ich drehte mich nicht um, sah nicht, wer eintrat.

„Geben Sie uns bitte noch einen Moment", bat Thompson, bevor er sich mir zuwandte. „Mr. Evans. Eine Entlassung ist für Sie zum jetzigen Zeitpunkt ausgeschlossen. Sie müssen Geduld haben."

Alles, was Thompson danach sagte, versank in einem lautstarken Rauschen. Es war ein Albtraum.

KAPITEL 48

Das Gespräch mit Thompson hatte mich in einem Zustand einer Entfremdung zurückgelassen. Es kostete mich eine Menge Mut, ihn auf etwas anzusprechen, von dem ich sicher war, dass er es bereits wusste. Seine Worte bestätigten nur, was ich ohnehin schon befürchtet hatte: Wir waren auf uns gestellt. Die Leitung würde uns nicht helfen, beharrte darauf, dass Tremblay geflohen war.

Ich hatte das quälende Gefühl, dass es für alle besser gewesen wäre, würde ich nicht existieren. Lacie wäre noch am Leben. Mein Vater wäre nicht fortgegangen. Meine Mutter hätte ihre geliebte Tochter noch bei sich. Julia hätte sich nicht mit mir abgegeben müssen und sich ihr Herz brechen lassen. Und Cora ... Meine Gedanken stolperten, als ich ihren Namen dachte. Ich wollte keine Belastung, nicht das Problem sein und in diesem Moment hasste ich mich dafür. Für das, was ich war und tat. Für das, was ich nicht wusste. Ich starrte zur weißen Decke über mir, verarbeitete das Gespräch mit Thompson. Was sollte nun geschehen? Mit mir stimmte etwas nicht und die Tatsache, dass ich nicht in der Lage war, es richtig zu erfassen, ... Ich wirkte doch normal, dachte jedenfalls, ich sei normal. Keiner hatte mir je gesagt, ich sei es nicht. Wie passte das alles zusammen?

Es klopfte laut an unserer Zimmertür. „Evans, mitkommen", sagte Cooper mit dem schneidenden Klang eines Brigadegenerals.

Nadir saß auf seinem Bett und beobachtete das Geschehen mit besorgtem Ausdruck.

Cooper stand da, die Arme vor der Brust verschränkt. Er sah aus, als hätte er die ganze Nacht wach gelegen. Seine Augenringe waren dunkel unterlaufen.

„Moment", hörte ich eine Stimme im Hintergrund sagen. Es war Jennings, der aus dem Nebenzimmer kam.

„Dr. Thompson bat darum, dass wir ein Auge auf ihn werfen. Die Sitzung war wohl schwierig", sagte Jennings und lächelte mir kurz zu.

Cooper nickte und Jennings verschwand wieder.

„Harter Tag, was, Evans?" Fühlen Sie sich in der Lage, mit Ihrer Anwältin zu sprechen?"

„Sie wird mir sagen, dass ich bleiben werde, weil ich hier hingehöre", sagte ich mit heiserer Stimme. „Wir können uns das Gespräch also sparen."

„Sich im Selbstmitleid zu suhlen, ist ja so viel besser, nicht?"

Ich hasste ihn in diesem Moment und bedachte mit einem stechenden Blick.

„Also wollen Sie es versuchen? Sonst schieben Sie es nur vor sich her. Ihre Anwältin kennt die Telefonnummer unserer Einrichtung und wird nicht lockerlassen. Dann muss ich hier immer wieder antanzen."

Ich stand auf. Nicht weil ich mit Beck sprechen wollte, sondern weil ich mir vor Cooper keine Blöße geben wollte.

Er führte mich über den Stationsflur. Seine Schritte waren gleichmäßig, immer einen Schritt hinter mir wie ein wachsamer Schatten.

„Sie hat übers Stationstelefon angerufen“, erklärte Cooper knapp. Ich hörte das Rütteln seines Schlüsselbundes.

„Aber warum müssen wir zum Stationszimmer? Ich darf doch mittlerweile auch das Flurtelefon nutzen.“

„Ihre Anwältin hat darum gebeten, möglichst ungestört mit Ihnen zu sprechen“, erklärte er und öffnete die Tür zum Stationszimmer mit einem leisen Klicken. „Das kann ich am Flurtelefon nicht garantieren. Bitte nehmen Sie Platz.“

Er wies auf einen Bürostuhl vor einem aufgeräumten Schreibtisch. Darauf das Telefon. Keine Akten. Nichts Persönliches. Nichts, was ich nicht sehen durfte.

„Ich werde während des Telefonats an der Tür warten“, sagte Cooper.

„Okay.“ Ich ließ mich in den Bürostuhl sinken, der ein wenig davonrollte. Cooper lehnte sich lässig gegen den Türrahmen. Er durfte mich nicht allein lassen, falls es hier doch etwas gab, das nicht für meine Augen bestimmt war.

Im Hintergrund brummte eine Kaffeemaschine vor sich hin; der Duft von frisch gebrühtem Kaffee erfüllte den Raum.

Cooper ging an mir vorbei, nahm die einzige Tasse und füllte sie. „Möchten Sie auch einen Kaffee? Sie meldet sich in ein paar Minuten noch mal.“

Irgendwie fühlte es sich falsch an. Konnte ich Cooper wirklich trauen?

„Ja, bitte“, sagte ich dennoch. Ich konnte dem herben Duft nicht widerstehen.

„Milch, Zucker?“

„Nein.“

„Also schwarz. So trinke ich meinen Kaffee auch immer.“ Mit diesen Worten verschwand Cooper in einem Nebenraum. Etwas verloren wartete ich, bis er mit einer weiteren Tasse zurückkam. Er füllte sie und reichte sie mir. Ich nahm die Tasse entgegen und betrachtete sie. ‚Keep calm and carry on‘ stand in großen Buchstaben auf einem Union Jack gedruckt. Es war eine dieser Tassen, die man zu Tausenden in Ramschläden findet.

„Keep calm and carry on.“ Ich lächelte über mein Schicksal.

„Beim nächsten Mal vielleicht lieber ein süßes Katzenmotiv? Das wäre die einzige Alternative gewesen. Der Rest ist in der Spülmaschine“, sagte er.

„Nein, es ist in Ordnung“, erwiderte ich und nahm einen Schluck des heißen Getränks.

„Betrachten Sie den Kaffee als eine Art Entschädigung dafür, dass ich Sie aus Ihrem Zimmer geholt habe. Er sollte besser sein als der aus dem Aufenthaltsraum.“ Das war keine besonders hohe Hürde.

„Haben Sie schon etwas Neues über Tremblay erfahren?“, fragte ich beiläufig. Tremblays Flucht war das Gesprächsthema Nummer eins. Er antwortete nicht sofort, sondern trank mit übertriebener Theatralik einen Schluck des Kaffees, der so heiß war, dass er sich dabei hätte die Zunge verbrennen müssen. Sein Kiefer spannte sich an.

„Wir suchen noch, aber wir werden ihn finden. Niemand kann ewig davonlaufen. Nicht vor uns, nicht vor sich selbst."

Ein Schauer lief mir über den Rücken. Einen Teil seiner Worte schien er direkt an mich zu richten. „Das ist gut", antwortete ich. „Es fragen sich eh alle, wie er es geschafft hat, rauszukommen." Ich lehnte mich weit aus dem Fenster damit. Cooper musste, wie alle anderen Pfleger über Tremblays Tod Bescheid wissen. Irgendwer hatte seine Leiche weggebracht und versteckt. Mit sehr hoher Wahrscheinlichkeit war das Pflegepersonal involviert.

„Das fragen wir uns auch andauernd. Er hätte Schlüssel gebraucht oder Hilfe von außen. Das allein ist ein bemerkenswerter Aufwand, finden Sie nicht?"

Ich lehnte mich zu weit aus dem Fenster, schwieg lieber.

„Und glauben Sie nicht, Mr. Evans, dass es dem Weckdienst entgangen ist, dass die Tür Ihres Gemeinschaftszimmers genau in dieser Nacht scheinbar zufällig nicht verschlossen war."

Cooper wusste, dass wir draußen waren. Cooper hatte also in der Nacht Dienst gehabt, so wie Morris. Waren es seine Schritte gewesen, die wir im Büro bemerkt haben? Fragen über Fragen und auf keine davon hatte ich eine Antwort.

Das Klingeln des Telefons unterbrach unser Gespräch.

Ich hob den Telefonhörer auf. „Hallo?"

„Hallo? Mr. Evans? Sind Sie das?"

„Ja."

„Ich habe gute Neuigkeiten für Sie", sagte sie.

„Ich höre", antwortete ich. Meine Erwartungen waren niedrig.

„Das Gericht hat einen Anhörungstermin anberaumt."

Ich antwortete nicht, hing in meinen Gedanken fest.

„Sind sie noch dran? Mr. Evans?"

Mein Blick glitt zu Cooper, der am Rahmen lehnte, seinen Kaffee trank und in Richtung des Aufenthaltsraums blickte.

„Ich kann gerade nicht", murmelte ich und räusperte mich. Die Anspannung hatte meine Kehle ausgetrocknet. Auf der anderen Seite der Leitung herrschte Stille.

„Wie meinen Sie das?" Beck klang verärgert.

„Ich kann es nicht erklären. Nicht jetzt, nicht hier." Wenn Cooper von meinem Ausflug wusste, wer wusste dann noch davon? Würde es der Täter auch wissen? Würde ein Mörder einen potenziellen Zeugen tatsächlich einfach heraus spazieren lassen? Wohl kaum.

Meine Nerven waren zum Zerreißen gespannt. Ein feines Netz aus Schweißperlen bildete sich auf meiner Stirn.

Wieder herrschte Stille, wurde von Sekunde zu Sekunde unerträglicher.

„Ich verstehe nicht, was Sie meinen", brachte sie erneut hervor. „Sind Sie allein?"

„Nein." Wieder Stille.

„Ich werde in den nächsten Tagen vorbeikommen und wir können alles in Ruhe besprechen. Sind Sie damit einverstanden? Mr. Evans?"

„Bin ich", antwortete ich schließlich. „Es tut mir leid." Das nächste Geräusch war das monotone Piepen des Telefons.

„So ein schlechter Tag zieht sich manchmal", sagte Cooper.

Ich musste mich zusammenreißen. Und ich sah etwas. Es war ein flüchtiger Ausdruck, den ich nicht genau deuten konnte.

„Wie meinen Sie das?"

„Ihr Gesichtsausdruck verrät es", erklärte er.

„Das ist heute wohl nicht so schwer. Jennings hat gespoilert", entgegnete ich.

Cooper musterte mich einen Moment lang, schüttelte dann fast unmerklich den Kopf. „Sie haben sich bei Ihrer Anwältin entschuldigt."

Ich strich mir durch die Haare. „Es ist alles ist in Ordnung." Meine eigenen Worte klangen hohl in meinen Ohren.

Wie um mir zu Hilfe zu eilen, piepte sein Pager und rief ihn zu anderen Aufgaben. „Ich muss los", sagte er und scheuchte mich hoch. Hinter mir schloss er das Stationszimmer zu. „Stellen Sie die Tasse später einfach im Speisesaal ab." Er eilte den Flur hinunter und ließ mich mit einer noch halb vollen Tasse Kaffee und einem Kopf voller Fragen allein zurück.

Ich machte mich auf den Weg zu den anderen, blickte dabei immer wieder über meine Schulter, als könnte Cooper plötzlich wieder auftauchen. Im Zimmer waren sie nicht, also zurück. Nadir, Boland und Jasper fand ich im Speisesaal gemeinsam an einem der Tische.

Nadirs Augen weiteten sich, als er die farbenfrohe, beschriftete und glasierte Tasse in meiner Hand erblickte. „Woher hast du die?", fragte er.

„Ich hatte ein Gespräch mit meiner Anwältin, dann mit Cooper. Er hat mir den Kaffee angeboten“, erklärte ich und setzte mich zu ihnen.

„Und was ist dabei herausgekommen?“ Boland lehnte sich vor.

„Sie kommt zur Besprechung der Anhörung persönlich vorbei.“

„Warum freust du dich dann nicht?“, fragte Jasper.

Nadir warf mir einen eindringlichen Blick zu, als ich nach den passenden Worten suchte. „Er hat Angst. Angst, dass er wegen der Anhörung ins Fadenkreuz gerät.“

Ich nickte. „Es ist mir nicht ganz geheuer. Cooper weiß, dass wir in der Nacht von Tremblays Tod draußen waren.“ Bei diesen Worten verstummte Nadir.

„Er weiß von dir und mir?“, fragte er.

„Er weiß, dass unsere Tür morgens nicht verschlossen war.

Ich fuhr mir mit der Hand über die Stirn, drängte den aufziehenden Schleier, der sich über meine Gedanken zu legen drohte, zurück.

„Geht’s dir nicht gut?“, fragte Jasper.

„Tierische Kopfschmerzen. Ich hau mich ins Bett. Der Tag ist gelaufen. Bitte holt mich nicht zum Abendessen. Mir ist eh schlecht“, antwortete ich und stand auf. Meine Glieder waren schwer wie Blei. Ich musste eine Pause einlegen, eine Pause von allem und allen.

KAPITEL 49

Beck begrüßte mich zwei Tage später im Besucherraum. Sie war in einem schlichten, aber eleganten Zweiteiler gekleidet. Ihr Haar fiel locker auf den Kragen.

„Ich hoffe, Sie mussten nicht zu lange warten." Ein Pfleger hatte mich wegen ihres Besuches aus einer Sitzung geholt.

„Nein", antwortete sie und stellte ihre Aktentasche auf den Tisch. „Behandelt man Sie gut?"

„Ich denke schon", sagte ich.

Sie musterte mich. „Hören Sie, ich würde gerne gleich zur Sache kommen. Also, was ist los? Warum konnten Sie nicht frei sprechen?"

Nun saß ich hier, den Blick fest auf meine ineinander verschränkten Hände gerichtet, und suchte nach den richtigen Worten. Es war schwierig, das Geschehene in Worte zu fassen. Ich hatte keine konkreten Beweise. Von meiner Antwort und Becks Reaktion hing alles ab. Ich stand am Scheideweg: Entweder gewann ich eine wertvolle Verbündete oder ich verlor sämtliche Glaubwürdigkeit. Wenn ich scheiterte, hätte ich meinen Trumpf verspielt und den einzigen Menschen vergrault, der auch dazu in der Lage war.

„Sind Sie sicher, dass uns niemand hört?“, wisperte ich. Ich merkte in diesem Augenblick selbst, wie paranoid das klang.

Sie warf einen flüchtigen Blick zur Tür, als ob sie sich vergewissern wollte, dass wir allein waren.

„Ich bin mir sicher.“

Ich stand auf, packte den Stuhl und rückte ihn näher an sie heran, stellte ihn an ihre Seite.

Sie wartete geduldig, wich nicht zurück.

„Ich weiß, das klingt verrückt, aber hier in dieser Einrichtung passieren seltsame Dinge“, sagte ich.

„Wie meinen Sie das?“ Sie beugte sich ein wenig vor.

Ich tat es ihr gleich und senkte meine Stimme zu einem Flüstern. „Es werden Todesfälle verschwiegen. Außerdem gab es einen Mord. Sie behaupten, der Insasse sei geflohen, aber das ist nicht wahr.“

„Und wie kommen Sie zu diesen Informationen?“, fragte sie.

„Weil ich ihn gefunden habe. Ich bin über die Leiche gestolpert, kurz nachdem er getötet wurde.“

„Waren Sie allein?“

„Nein, aber darf Ihnen den Namen nicht nennen.“

„Haben Sie niemanden um Hilfe gerufen?“

Ich schüttelte entschieden den Kopf. „Ich hätte gar nicht dort sein dürfen, nicht auf dem Flur, nicht während der Nachtruhe.“

„Ich befürchte, dass eine bevorstehende Anhörung mich ins Visier des Mörders rücken würde. Es ist möglich, dass wir gesehen wurden, dann hätte ich eine riesige Zielscheibe auf meinem Rücken. Es gibt Leute, die wissen, dass ich in der Nacht, als Tremblay starb, draußen war.“

Beck trommelte mit ihren lackierten Fingernägeln auf dem Ordner und blickte an mir vorbei. „Wie sind Sie denn mitten in der Nacht aus Ihrem Zimmer gekommen?" Ich konnte es ihr nicht sagen.

„Die Tür war nicht verriegelt", log ich und erzählte in groben Zügen, was wir im Archiv taten.

„Und niemand vom Personal hat Sie aufgehalten?"

„Nein."

„Die Leiche wurde nicht entdeckt?"

„Er wurde als vermisst gemeldet. Vielleicht haben sie die Leiche entdeckt, aber weggeräumt. Ich kann nicht sagen, was danach geschehen ist." Becks Blick änderte sich.

Ich lauschte dem Klackern ihrer Finger auf dem Ordner. „Gab es denn polizeiliche Ermittlungen wegen seines Verschwindens? Hat jemand Fragen gestellt?"

„Nein. Die Polizei wurde angeblich informiert, hatte aber mit niemandem von uns gesprochen. Sie waren nur im Außenbereich."

„Eine riesige Vertuschungsaktion also, hm."

„Sie glauben mir nicht, oder?", fragte ich und ließ meine Hände sinken.

„Ihre Geschichte klingt verworren", gab sie zu.

„Schon klar. Wer glaubt schon jemandem, der in einer Einrichtung wie dieser feststeckt?", entgegnete ich und lächelte freudlos. „Entschuldigen Sie, ich bin wirklich gestresst. Diese ganze Situation ..." Meine Stimme brach. Ich atmete tief durch, sammelte mich.

„Es ist okay", sagte sie leise. „Nehmen wir für einen Moment an, ich glaube Ihnen. Was erwarten sie jetzt von mir?"

„Wenn Sie mir glauben, dann glauben Sie auch, dass es hier gefährlich ist. Sie glauben mir, dass jemand mordet. Und Sie glauben mir, dass es vertuscht wird."

Ich machte eine kurze Pause, bevor ich fortfuhr: „Sie könnten Hilfe holen, auch wenn es einige Tage oder Wochen dauern kann."

„Wollen Sie verlegt werden?"

„Ja! Ja, ich will hier weg. Aber selbst wenn ich in Sicherheit wäre, wären es die anderen nicht." Es war ein verzweifelter Versuch, sie zu überzeugen. Ich konnte nur hoffen, dass sie mir glaubte und bereit war, das Risiko einzugehen.

Sie griff in den Koffer, der zu ihren Füßen auf dem kalten Betonboden stand, und zog eine prall gefüllte Mappe hervor, deren Seiten von unzähligen Dokumenten und Notizen ausbeulten. Schließlich reichte sie mir ein leeres Blatt und einen silbernen Kugelschreiber.

Ich starrte sie an, dann das Blatt, dann den Stift. „Was soll ich damit?"

„Schreiben Sie alles auf, was Ihnen einfällt. Ich werde einige Nachforschungen anstellen. Die Polizei wird wahrscheinlich nicht direkt eingreifen, da eben keine konkreten Beweise vorliegen, aber ich werde mein Bestes tun."

„Sie glauben mir also?"

Beck wiegte den Kopf zur Seite; ihr Blick ruhte auf meiner Hand und dem darin befindlichen Kugelschreiber. „Ich möchte ehrlich zu Ihnen sein: nicht unbedingt. Aber ich will es zumindest dokumentiert haben. Es kostet mich auch nicht viel Zeit, eine offizielle Anfrage zu stellen."

Es ist besser als nichts, dachte ich und beließ es dabei. Ob sie tatsächlich eine Anfrage stellen würde, wusste ich nicht. Trotzdem schrieb ich alles auf, was mir einfiel – jedes Detail, jede Beobachtung, jede Vermutung und alle Namen. Es war meine einzige Chance und ich würde sie nutzen.

Sie holte eine Thermoskanne aus ihrer Tasche, schraubte den Deckel ab und goss duftenden Tee hinein. Für einige Minuten war das einzige Geräusch in dem Raum das Kratzen meines Kugelschreibers auf dem Papier. Sie legte den Zettel sorgfältig in ihren Aktenordner zurück, als ob sie ein kostbares Artefakt einpacken würde.

„Was sind nun unsere nächsten Schritte?", fragte ich.

„Nicht unsere, Mr. Evans. Meine. Sie bleiben hier und führen Ihren regulären Alltag fort. Es wird einige Zeit dauern, bis ich Ergebnisse liefern kann. Gehen Sie nicht davon aus, dass sich in den nächsten Tagen etwas ändern wird. Aber Sie sollten sich darüber im Klaren sein, dass Ihre Anhörung bevorsteht. Je nach Ausgang des Verfahrens werden Sie voraussichtlich entweder für längere Zeit in eine Forensische Psychiatrie wie diese oder in ein reguläres Gefängnis kommen. Das muss Ihnen bewusst sein."

Ihre Worte hallten in meinem Kopf nach und ich brauchte einen Moment, um sie vollständig zu verarbeiten. Sie hatte das ausgesprochen, was ich lange ignoriert hatte.

„Die Ermittlungen sind zu dem Ergebnis gekommen, dass Sie die Ihnen vorgeworfene Tat begangen haben. Ihre Darstellung wurde von der Polizei sehr gründlich auseinandergenommen und geprüft. Ich konnte kaum

etwas tun, das Sie entlasten würde – es ging vornehm-
lich um ihre Schuldunfähigkeit. Sie sind auch nicht
hier, weil jemand daran zweifelt, sondern weil überprüft werden soll, ob Sie eine Behandlung benötigen.“

Meine Schultern sackten zusammen.

„Ich denke, wir haben für heute genug besprochen“,
sagte sie schließlich und stand auf. „Ich werde mich
melden, wenn ich Neuigkeiten habe. Passen Sie gut auf
sich auf, ja?“

Sie erhob sich und drückte den Knopf, der Jennings
hineinrief. Als sie ging, warf sie noch einen Blick über
die Schulter. Unsere Augen trafen sich, doch ich konnte
ihren Ausdruck nicht deuten. Er konnte alles bedeuten,
bis hin zu völligem Unverständnis.

„Kommen Sie. Es ist Zeit zu gehen“, sagte Jennings. Ich
folgte ihm. Bevor ich den Raum verließ, warf ich einen
letzten Blick in den leeren Flur. Beck war bereits verschwunden.

KAPITEL 50

Der Pfleger führte mich zurück in den Aufenthaltsraum. Es war viel los. Auch Boland, Nadir und Jasper
waren dort. Sie richteten ihre Augen auf mich; Erwar-
tung spiegelten sich in ihren Blicken. Sie wussten alle,
dass Beck mich besucht hatte. Und wie ich hatten auch
sie Hoffnungen in dieses Treffen gesetzt. Unter uns war
ich der Einzige, der noch einen hilfreichen Kontakt zur
Außenwelt hatte. Ich biss mir auf die Lippe. Es war kleiner Teilerfolg. Doch war das genug?

„Sie wird uns helfen und Ermittlungen anstellen, aber
vorerst nicht die Polizei einschalten. Aber es wird Zeit
brauchen. Allzu enthusiastisch war sie nicht", sagte ich.

„Das wird nicht reichen", sagte Boland. „Wir brauchen jetzt eine Lösung." Er rutschte auf seinem Stuhl
hin und her. Ich konnte seine Frustration nachempfin-
den, sein Gefühl der Dringlichkeit. Doch es gab nichts,
was ich tun konnte, außer zu warten.

„Ich weiß das", flüsterte ich. „Aber späte Hilfe ist immer noch besser als gar keine."

„Das ist doch Unsinn! Wir müssen jetzt handeln.
Jetzt!" Bolands Hand krachte auf den Tisch.

„Und dein Plan ist?", fragte Nadir.

Boland verstummte, zuckte mit den Schultern.

Seitdem wir Tremblay gefunden hatten, machten wir keinen Fortschritt. Es gab keine Untersuchungen seitens der Anstaltsleitung, keine polizeilichen Ermittlungen und wir konnten auch nichts unternehmen.

„Ihr seid doch schon mal ins Büro eingebrochen", sagte Boland. „Macht das noch einmal. Wir finden heraus, wer an den Mordnächten Dienst hatte und ehe wir uns versehen, haben wir Leute, die etwas mitbekommen haben. Ihr könnt doch auch nach einer Verbindung zwischen Tremblay und den anderen suchen. Dann gibst du deiner Anwältin die Infos. Die Tussi hat dann was in der Hand für die Polizei."

„Das wird nicht gehen. Seit Tremblays ‚Verschwinden' haben Sie die Sicherheitsvorkehrungen angezogen und patrouillieren jetzt nachts verstärkt durch die Gänge", sagte ich. „Das Gleiche werden wir nicht noch einmal hinbekommen. Außerdem traut Morris mir nicht mehr."

Nadir murrte eine Zustimmung, kratzte sich am Hals und starrte nachdenklich in die Luft, blickte durch den Raum. „Fällt euch etwas auf?"

Ich folgte seinem Blick, konnte aber nichts Ungewöhnliches entdecken. „Nein, nichts", flüsterte ich.

„Wir sind zu viert, einer mehr, als an Pflegern während der Nachtschicht auf unserer Station sind.

„Du meinst doch nicht ..." Ich machte eine aggressive Geste, nachdem ich mich vergewissert hatte, dass niemand es sah.

„Gott bewahre, nein. Wir prügeln uns natürlich nicht mit ihnen, aber es würde reichen, wenn wir sie überfordern. Mit etwas Glück können wir uns einen Schlüsselbund schnappen."

„Womit sollten wir sie denn überfordern?“, fragte ich.

„Wir bräuchten eine Ablenkung“, sagte Nadir.

Boland räusperte sich. „Ich könnte eine Ablenkung schaffen, Radau machen. Darin bin ich gut.“

„Radau bedeutet Isolation“, mahnte Nadir.

„Du musst das nicht tun, wir finden auch einen anderen Weg“, sagte ich.

„Schon klar. Aber ihr seid besser darin, Sachen zu finden. Ich bin besser in anderen Sachen“, erwiderte Boland und lächelte.

Jasper starrte teilnahmslos auf den Tisch.

„Was hältst du davon?“, fragte ich ihn. „Hilfst du uns?“

„Ich weiß ehrlich nicht, was ich beitragen kann“, antwortete Jasper und sah dabei mich an. „Aber ich helfe euch.“

„Gut, dann schluckst du also nichts am Abend.“

Damit stand der grobe Plan. Fakten finden, um sie Beck in die Hand zu geben oder, wenn sie belastend genug sind, direkt die Polizei einzuschalten.

Wir hatten uns darauf geeinigt, gegen zwei Uhr morgens unseren Plan durchzuführen. Jasper hatte seine Tabletten unter der Zunge versteckt und später ausgespuckt, um dem nächtlichen Tiefschlaf zu entgehen. Die anderen hatten sich hingelegt, um Kraft zu sammeln. Nur ich blieb wach, bereit sie zur richtigen Zeit zu wecken. Jasper bat darum, das Licht im Badezimmer brennen zu lassen. Es würde nicht weiter auffallen. Die Nacht war kalt, fast eisig. Trotz der Heizung lag der Frost förmlich in der Luft. Thompson hatte mir den ausgedruckten Zeitungsartikel gegeben. Ich hielt ihn in der Hand, schaute immer wieder auf das Haus meiner

Kindheit, das dort abgebildet war. Sehen konnte ich nichts. Dafür war es zu dunkel. Als die Kirchenglocke zwei Uhr schlug, weckte ich die anderen. Mit einem leisen Klick schaltete ich das Hauptlicht ein. Meine Augen trafen die von Boland, der nun an der Reihe war, Radau zu machen.

Er spannte seine Muskeln unter dem dünnen Stoff seines Nachtshirts an, und trat auf mich zu. Mit der rechten Faust holte er aus und schlug mir ins Gesicht.

Ich fiel rückwärts zu Boden. Damit hatte ich weder gerechnet noch war es vereinbart gewesen. Der Sturz ließ mich keuchen, während meine Wange brannte.

Boland trat dreimal lautstark gegen die Tür, bevor er sich wieder mir zuwandte. „Wirkt echter", erklärte er knapp.

Nadir drückte den Notrufknopf, sah mich mit einem Zwinkern an.

Ich war gerade wieder auf den Beinen, als mich weitere Hiebe trafen, schwächer, taten aber trotzdem weh. Einige trafen meine Schulter unglücklich und sandten Wellen von Schmerz durch meinen Körper.

„Aufhören!", schrie ich, als meine linke Schulter ein ungesundes Geräusch machte.

Bald hörten wir das Geräusch von schnellen Schritten auf dem Gang. Die Tür wurde aufgestoßen und Morris stürmte herein. Bevor er sich einen Überblick verschaffen konnte, hatte Boland ihn mit einem kräftigen Tritt zurück durch den Türrahmen gestoßen. Morris aktivierte seinen Hilfeknopf am Gürtel. Mit einer Demonstration von roher Kraft rannte Cooper auf Boland zu, umschlang ihn, bevor er mit einem lauten Krachen auf den Boden geworfen wurde. Boland krümmte sich vor

Schmerz, während Cooper ihn auf dem Boden fixierte. Morris, der sich noch immer den Magen hielt, taumelte an die Wand. Ich hörte das Geräusch von weiteren Schritten den Gang hinunter, die sich näherten.

„Ist alles in Ordnung?", fragte Cooper an Morris gerichtet. Dieser nickte schmerzverzerrt. „Und bei Ihnen, Evans?"

„Nicht wirklich", hauchte ich.

„Brauchen Sie medizinische Hilfe?"

Ich wiegte den Kopf hin und her und bejahte anschließend.

„Okay, ich komme gleich auf sie zurück."

Morris atmete tief durch und reichte mir dann seine Hand, um mir aufzuhelfen.

„Sie kommen in die Isolation", raunte Cooper zu Boland und zog ihn hoch. „Sind alle Räume frei?"

Morris verneinte seine Frage. „Einer ist belegt. Ich meine, die KI 2."

Boland wehrte sich nun beharrlich gegen die Isolationszelle, warf sein Körpergewicht gegen Cooper, um sich loszureißen. Morris eilte seinem Kollegen zu Hilfe. Doch Boland stieß ihn von sich – in mich hinein.

Erst jetzt erkannte ich, was vor sich ging. Boland hatte den Plan weiterentwickelt. Er zielte darauf ab, mich so stark zu verletzten, dass ich sofort medizinische Hilfe bräuchte und nicht Cooper oder Morris mich nach seiner Fixierung zur Krankenstation brächten, sondern der dritte Pfleger. Allein.

Ich wäre schon mal draußen gewesen. Damit hätten Nadir und Jasper freie Bahn. Zwei gegen einen Pfleger, das war machbar. Im besten Fall wären wir zu dritt auf dem Flur. Wenn wir es schaffen würden, die Dienstpläne einzusehen, hätten wir Beweise oder jedenfalls Hinweise und das, was danach geschehen würde, hätte vielleicht keine Konsequenzen. Das hofften wir zumindest. Cooper umklammerte Boland mit einer Entschlossenheit, die jede Gegenwehr im Keim erstickte. Morris hatte auf der anderen Seite Position bezogen. Boland tobte, aber es war zwecklos.

Er opferte sich. Fürs Team.

Cooper betätigte sein Funkgerät, seine Augen fokussiert. „Wir brauchen Verstärkung in Zimmer 233. Einer für die Krankenstation."

„Verstanden", war die knappe Antwort.

Ich presste die Zähne zusammen.

„Gleich kommt Hilfe", keuchte Cooper.

Mit einem Klicken fiel die Tür ins Schloss und die Pfleger verschwanden mit Boland. Wir hörten Boland noch eine Weile lang fluchen.

„Ich weiß, was ihr vorhabt! Leute verschwinden! Mich könnt ihr aber nicht zum Schweigen bringen!"

Nadir saß regungslos auf Jaspers Bett, seine Augen starr auf die Tür gerichtet. Doch die versprochene Hilfe kam nicht. Wir warteten und warteten, während Nadir immer wieder den Notknopf betätigte. „Wo bleiben die denn?", zischte er schließlich. „Das gibt's doch nicht. Irgendein Pfleger muss doch verfügbar sein."

Die Hilflosigkeit lastete schwer auf mir, schwerer noch als die Schmerzen, die durch meinen Körper zuckten. Im Spiegel sah ich eine aufgeplatzte Wunde über meinem Auge. Vorsichtig hob ich mein T-Shirt und betrachtete die Folge von Bolands Angriff – eine verfärbte geprellte Schulter.

Jasper hatte sich im Bett aufgerichtet, seine Knie fest an seinen Körper geklammert. Er zitterte.

„Geht es dir nicht gut?", fragte ich ihn.

Er nickte, obwohl seine Augen flackerten. „Etwas unruhig. Das ist alles."

Nach einer quälend langen Zeit heulten Sirenen auf. Ihr lauter Klang hallte wie wütendes Gekreisch durch die Gänge. Immer und immer wieder setzte sie an, ließ ihr markerschütterndes Klagelied ertönen. Ich hielt mir die Ohren zu. Kurz darauf gab es einen Knall. Die Zellentür wurde elektronisch entriegelt und mit solcher Wucht aufgerissen, dass sie lautstark gegen die Wand knallte. Um uns herum hörten wir das gleiche Geräusch dutzende Male – alle Türen sprangen auf und entließen die Patienten in die Freiheit, jedenfalls in den Flur.

Das Licht auf dem dunklen Flur, in dem vorher die Notbeleuchtung herrschte, sprang an und flutete unser Zimmer mit einem grellen Schein.

Ich sah zu Jasper hinüber. Er lag auf dem Boden zusammengerollt, sein gesamter Körper bebte. Verängstigt krallte er seine Hände in die Haare.

Ich kniete mich neben ihn und streckte meine Hand aus.

Er stieß mich weg. Seine Worte gingen im Lärm unter. Ein kräftiger Druck auf meiner verletzten Schulter ließ mich vor Schmerz mein Gesicht verziehen.

„Wir müssen hier raus!", schrie Nadir gegen den Lärm an.

Ich lehnte mich an ihn, dicht genug, dass er mich verstehen konnte. „Was ist mit Jasper?", brüllte ich zurück.

Nadir trat an Jasper heran, packte ihn bei den Schultern und rüttelte ihn. Doch Jasper reagierte nicht. Nadir beugte sich zu ihm, flüsterte ihm etwas ins Ohr und trat dann zurück. Jasper war scheinbar in den Abgründen seines eigenen Verstandes verloren. Nadir hob ihn hoch, aber Jasper wehrte sich, schlug wild um sich. Nadir war gezwungen, von ihm abzulassen.

„Was hast du ihm gesagt?", fragte ich.

„Dass alles gut wird und dass er unter Freunden ist", antwortete Nadir und warf einen mitleidigen Blick auf die zusammengesunkene Gestalt auf dem Boden. „Wir müssen Hilfe holen. Er hat einen psychotischen Schub." Nadir stürzte zur Tür und brüllte in den Flur. „Wir brauchen Hilfe! Bitte, jemand, Hilfe!" Seine Stimme verlor sich in der Weite, absorbiert von dem Schrillen der Sirene und der Schar an Insassen, die durcheinander stoben. Er kam zu mir zurück, sein Gesicht blass. „Da draußen herrscht komplettes Chaos", keuchte er. „Was machen wir jetzt? Allein kann ich ihn nicht tragen und du hast nur einen gesunden Arm."

„Sie werden uns nicht hören können", brüllte ich über den Lärm der Sirene hinweg und drückte mehrmals auf den Notfallknopf. „Wir müssen ihn hier rausholen. Verdammt, wir hätten nie zulassen dürfen, dass er seine Medikamente absetzt."

Nadir nickte. „Nachher ist man immer schlauer." Er sah mich an. „Wenn ich raten müsste, würde ich sagen, dass der Feueralarm das Problem ist und nicht die fehlenden Medis. Oder eben die Kombi. Wie auch immer ... Wir müssen hier raus. Und zwar sofort."

Ich wollte seinen linken Arm über meine geschundene Schulter legen, Nadir den rechten Arm über seine.

Doch er wehrte sich, zappelte und schlug unkontrolliert um sich, biss, kratzte mich in blanker Panik am Hals.

Warmes Blut lief meinen Kragen hinunter. „Noch mal", rief ich Nadir zu.

Plötzlich drang eine Stimme durch den dichten Vorhang aus Lärm. Sie rief unsere Namen. Jennings drückte mich zur Seite, um zu Jasper zu gelangen.

„Ich kümmere mich um ihn. Folgt den Hinweisschildern und den Anweisungen zum Sammelpunkt. Worauf wartet ihr noch? Beeilt euch! Es brennt!" Mit geübtem Griff fixierte er Jasper, hob ihn hoch. „Ich kümmere mich um ihn. Los, raus hier! Sofort!"

„Und Boland? Ist er noch in der Isolation?", brüllte ich.

„Die Kriseninterventionräume werden als Erstes evakuiert. Er ist definitiv schon draußen."

„Sicher?", fragte ich.

„Ich hab es selbst überprüft", antwortete Jennings. „Folgt den Leuchtzeichen und den Anweisungen der Pfleger." Er nickte uns noch einmal zu.

Mit schwerem Herzen ließen wir ihn und Jasper zurück und stürzten uns ins Chaos. Ich trat als Erster in den Flur. Der Korridor war gefüllt mit Patienten und vereinzelten Pflegekräften, die ich noch nie im Leben gesehen hatte. Sie mussten von anderen Stationen zu Hilfe gekommen sein. Dennoch waren es zu wenige, um die Lage unter Kontrolle zu bekommen.

Wir drängelten uns an Patienten und Pflegern vorbei zur Notfallbeschilderung, die den Weg zum Sammelpunkt zeigte. Die Menschen drückten uns durch den Korridor. Ich klammerte mich an Nadir, bemühte mich, ihn nicht aus den Augen zu verlieren, während ich unsanft von hinten geschubst wurde.

Im Durcheinander vor der großen Flügeltür, die zum Treppenhaus führte und damit zum Notausgang im Erdgeschoss, fiel mir etwas auf. Ich stoppte – eine Gestalt, nein. Zwei! Sie gingen in die falsche Richtung. Es war Boland, unverkennbar an seiner Statur, der von jemandem mitgezogen wurde.

„Cooper, das ist Cooper", schrie ich in Nadirs Ohr und packte ihn am Arm. „Wir müssen hinterher!"

Nadir zögerte, sein Blick flackerte zurück zur Flügeltür, sein Körper schrie nach Flucht. Doch ich zog ihn weiter in den dunklen Flur vom Korridor B hinein, weg von der scheinbaren Sicherheit und raus aus dem Strom.

„Aber Jennings sagte, Boland wäre schon draußen", wisperte Nadir. Seine kastanienbraunen Augen waren voller Unsicherheit, suchten nach einem Ausweg aus der Situation.

„Nein, er ist noch hier. Ich schwör es dir: Ich habe ihn gesehen. Boland ist verletzt!", entgegnete ich.

„Du hast auch gedacht, deine Freundin hätte sich selbst verletzt", sagte Nadir und traf mich damit unter der Gürtellinie. „Tut mir leid, Christian. Lass uns jetzt gemeinsam hier rausgehen, okay?"

Ich wandte mich ab.

„Stopp!" Nadir griff fest um meinen Arm. „Willst du wirklich in dieses Inferno rennen? Bitte komm jetzt mit mir zum Notausgang."

„Aber ich habe Boland und Cooper dort drinnen gesehen", entgegnete ich.

„Christian, das ist unmöglich. Jennings hat bestätigt, dass Boland in Sicherheit ist. Und Cooper kümmert sich um die Evakuierung. Von dort gibt es keinen Weg hinaus!"

„Ich bin mir sicher."

„Wir sollten jetzt besser die Treppe runter und nichts wie raus hier. Bitte."

„Nadir, hör mir doch zu!"

„Vertrau mir diesmal, Christian, so wie ich dir in der Nacht des Einbruchs vertraut habe. Kommt dir das nicht merkwürdig vor?"

Ich hielt inne.

Nadir streckte seine Hand aus. „Komm, wir müssen hier raus."

„Ich kann einfach nicht. Der Plan war unsere gemeinsame Idee. Wir können Boland nicht im Stich lassen, nur weil etwas schiefgeht. Es ist unsere Verantwortung, ihm zu helfen."

„Es brennt! Christian, da war niemand." Nadir blickte sich um, als suche er nach etwas.

Ich wusste, was ich gesehen hatte. Ich wusste, dass etwas nicht stimmte. Ich wusste, dass Boland in Gefahr war. „Es geht nicht, du wirst ohne mich gehen müssen."

„Wenn es sein muss …" Nadir packte meinen Arm und zog mich gewaltsam mit sich. Ich biss die Zähne zusammen, stemmte mich gegen ihn. Die freie Hand ballte ich zur Faust und ließ sie nach vorn schnellen. Im nächsten Moment lag Nadir am Boden, hielt sich den schmerzenden Wangenknochen, während meine Knöchel pochten. Langsam rappelte sich Nadir auf.

„Ich habe Aynur ein Versprechen gegeben. Wenn du ins Feuer laufen willst, dann tu es. Aber sei dir bewusst, dass du dann allein gehen musst. Den ersten Polizisten, den ich treffe, schicke ich dir hinterher. Doch für dich verbrennen werde ich nicht."

Ich ließ auch meine gesunde Schulter hängen und atmete aus.

„Verstanden, da hört die Freundschaft wohl auf. Dann jeder für sich selbst", sagte ich und drehte mich zum dunklen Flur.

„Pass auf dich auf", rief Nadir. „Wir sehen uns draußen." Nadirs Schritte verloren sich im Lärm.

KAPITEL 51

Die Blutspuren verteilten sich auf dem Boden, wurden jedoch spärlicher, bis sie schließlich abrupt endeten. Boland musste also irgendwo hier sein. Vielleicht in einem der Räume.

Mit zittrigen Fingern tastete ich nach den Türklinken, drückte sie vorsichtig herunter. Die meisten Türen waren fest verschlossen – allesamt Lager und Technikräume – aber eine war nur leicht angelehnt. Mit angehaltenem Atem öffnete ich sie einen Spaltbreit und lauschte in die Stille hinein. Das Licht war aus. Der Alarm kreischte im ganzen Gebäude, übertönte alles andere. Außer dem Alarm war nichts zu hören. So leise wie möglich trat ich in den Raum und schloss die Tür hinter mir. Ich blinzelte in die Dunkelheit, gewöhnte meine Augen an das schwache Licht, das die Nacht durchs Fenster hineinließ. Es war ein Lagerraum. Überall türmten sich Kartons und Kisten – genug Versteckmöglichkeiten für einen Patienten. „Boland? Bist du hier?"

Eine Hand legte sich von hinten auf meinen Mund, ein Unterarm drückte gegen meinen Hals. Panik durchfuhr mich. Ich war mir sicher: Derjenige, der mich jetzt fest im Griff hatte, war nur einen Augenblick davon entfernt, mein Leben zu beenden. Mein Herzschlag

donnerte in meinen Ohren und bildete einen erschre-
ckenden Gleichklang mit den schrillen Sirenen. Der Gedanke, dass ich bei Nadir hätte bleiben sollen, nagte an
mir. Ich kämpfte gegen die aufsteigende Panik, während ich nach Luft schnappte. Ich riss die Arme hoch,
zerrte an dem Arm und kratzte. Als meine Augen durch
den Raum irrten, erblickte ich eine schwarze Tätowierung am rechten Oberarm meines Angreifers. Es war
Cooper.

Der Türgriff bewegte sich erneut und Cooper zog
mich fester an sich. Ich wollte schreien, aber die Luft
fehlte mir. Tränen stiegen in meine Augen, während
meine Lungen um den ausbleibenden Sauerstoff ran-
gen. Mit Leichtigkeit zog er mich hinter einen Stapel
Kisten, als würde ich nicht mehr wiegen als ein leerer
Karton. Aus dem Augenwinkel konnte ich sehen, wie
ein schwacher Lichtschein den Raum erfüllte, als die
Tür geöffnet wurde. Ein Funken Hoffnung entzündete
sich in mir. Ich wand mich in dem Griff, aber Cooper
drückte nur noch fester zu. Die andere Person betrat
den Raum, schaute sich kurz um. Ich lauschte, während Cooper verkrampfte. Die Tür fiel mit einem lauten
Knall ins Schloss und wir waren wieder allein.

Die Hoffnung verließ mich in diesem Moment. Meine
Schultern sanken herab, mein Blick verschwamm. Das
Bewusstsein wich aus meinem Körper, als Cooper die
Hand von Mund und Nase nahm und der Sauerstoff
wieder in meine Lungen schnellte. Mit einem erstick-
ten Keuchen schnappte ich nach Luft.

„Nur ein Laut und ich mach kurzen Prozess mit dir",
flüsterte Cooper. „Verstanden?"

Ich nickte, so gut ich konnte, meine Kehle zusammengeschnürt von dem Druck, den sein Arm immer noch auf meinen Hals ausübte. Als sein Griff sich schließlich lockerte, wagte ich es, mich zu ihm umzudrehen und aufzublicken.

„Selbst, wenn du mich umbringen solltest …"

Cooper sah mich an, zog eine Falte zwischen seine Augenbrauen. „Warum sollte ich dich töten?"

„Was? Warum hast du Tremblay getötet?"

Coopers Gesicht durchlief eine Vielzahl von Emotionen, Überraschung und Verwirrung kämpften um die Vorherrschaft. „Ich versuche dich zu retten, du Vollpfosten", fauchte er.

„Ich habe dich erkannt. Du hast Boland über den Flur gezerrt, ich habe euch gesehen." Ich unterdrückte einen Hustenanfall.

„Bullshit. Shane Boland war schwer verletzt. Ich musste ihn da rausholen. Er ist auf der Krankenstation."

Ich versuchte, mich großzumachen.

Cooper schmunzelte, legte einen Finger an seine Lippen. Er senkte die Stimme. „Nicht so laut. Wenn ich dich hätte töten wollen, wärst du schon tot."

„Was passiert jetzt mit Boland?"

Coopers Gesicht blieb ausdruckslos, seine Augen fixierten mich mit einer Intensität, die mich fast zurückweichen ließ.

„Warum hast du ihn nicht nach draußen gebracht? Mitten in einem Brand ist die Krankenstation doch kein sicherer Ort. Die Zeichen des Flures zeigen auch nur zum Treppenhaus."

Cooper schwieg weiterhin.

Das Schweigen, das sich zwischen uns ausbreitete, war fast schlimmer als die unausgesprochenen Worte, die im Raum hingen. Bis mir plötzlich klar wurde, dass ich vielleicht etwas übersehen hatte.

„Es gibt gar kein Feuer, oder?", fragte ich.

„Nein, natürlich nicht. Ich habe aus dem Stationszimmer den Feueralarm ausgelöst, weil ich befürchtete, Boland nicht rechtzeitig zu erreichen. In der Videoüberwachung sah ich, dass Boland angegriffen wurde. Ich wusste mir in diesem Augenblick nicht anders zu helfen. Sag mir bitte, dass du der Einzige bist, der noch auf dem Flur herumgeistert."

„Wer hat Boland angegriffen?"

„Jennings."

„Aber das kann doch nicht sein." Ich zögerte. Es passte nicht zusammen. „Bist du dir sicher? Wieso?"

„Natürlich bin ich mir sicher", erwiderte er und fuhr sich durchs Haar. „Ich konnte gerade so verhindern, dass er Boland umbringt. Es war reines Glück. Nichts weiter."

Cooper lehnte sich leise gegen die Wand.

„Aber warum?"

„Dein Zimmernachbar hat etwas von einer Verschwörung des Personals durch den Flur krakelt. Vielleicht dachte er, er wüsste etwas."

Das Blut wich aus meinem Gesicht und ein Schwindelgefühl überkam mich.

Cooper sah mich mit einem besorgten Blick an. „Hey, kipp mir nicht um."

„Jasper ist bei Jennings."

„Wieso?"

„Wir dachten, es gäbe ein Feuer. Jasper hatte eine Panikattacke oder was auch immer und konnte nicht allein den Korridor verlassen. Jennings bot seine Hilfe an“, stammelte ich. Angst kroch in mir hoch. „Wenn das, was du sagst, wahr ist, dann ist Jasper in großer Gefahr.“

Cooper schüttelte den Kopf und schloss kurz die Augen, als würde ein stechender Schmerz seinen Schädel durchbohren. „Was jetzt? Was jetzt?“, murmelte er mehr zu sich selbst als zu mir.

„Können wir Hilfe holen? Die Polizei rufen? Du hast doch sicherlich ein Funkgerät.“

„Das Funkgerät ist nutzlos. Es arbeitet nur auf einer internen Frequenz. Ich kann damit nicht die Polizei rufen, nur das Pflegepersonal. Es hat sowieso einen Schlag abbekommen, als ich Boland gezogen habe. Das Telefon im Personalzimmer funktioniert aber. Nutze das. Ich werde versuchen, Jennings aufzuhalten. Du läufst zur Station und alarmierst die Polizei. Danach holst du von draußen Hilfe. Durch die große Flügeltür im Aufenthaltsraum und den Schildern nach bis zum Treppenhaus. Dort gehst du hinunter bis du das Erdgeschoss erreichst, verstanden?“

„Nein – ich habe überhaupt nichts verstanden. Sag mir, was hier los ist!“

Cooper ging in die Hocke und vergrub sein Gesicht in den Händen. „Ich weiß es doch nicht, ich hab keine Ahnung, was hier los ist. Wenn ich raten müsste, würde ich glauben, dass es mit Tremblay zu tun hat.“

„Du weißt davon?“, fragte ich.

„Ja. Er hätte nicht fliehen können, niemand kommt ungesehen vom Klinikgelände. Ich habe befürchtet, dass etwas im Argen ist. Jennings verhielt sich irgendwann merkwürdig."

„Aber was haben Tremblay und Boland denn gemeinsam?" Ich hatte nicht das Gefühl, sie seien befreundet gewesen und ein Zusammenhang wollte sich mir noch nicht erschließen.

„Was tun wir jetzt?"

„Das weißt du doch. Du alarmierst die Polizei – ich halte ihn auf."

„Wir sind zu zweit und haben das Überraschungsmoment auf unserer Seite. Ich kann helfen – wir können ihn gemeinsam stellen."

„Zur Hölle mit dem Überraschungsmoment", knurrte Cooper. „Ich habe zu lange meinem Gefühl nicht vertraut. Weil ich gezögert habe, ist ein Mensch verletzt worden. Mein Schutzbefohlener." Cooper zog seine Uhr vom Handgelenk und wickelte das Armband fest um seine Faust - ein improvisierter Schlagring. Bevor er den Raum verließ, drehte er sich noch einmal zu mir um. „Du kennst den Plan." Seine Augen bohrten sich in die meinen. „Du läufst zum Telefon. Hier ist der Schlüssel, den du brauchst." Er drückte mir einen kleinen Schlüssel in die Hand. „Sag der Polizei, dass wir hier einen Angreifer auf der zweiten Etage haben. Sag Ihnen, dass es Jennings ist. Dann rennst du raus und informierst das Klinikpersonal. Feuerwehr und Polizei sind wegen des Alarmes bereits unterwegs und werden jeden Moment hier eintreffen. Die Polizei muss wissen, was hier los ist und wo sie hinmüssen. Und egal, was passiert, egal, was du hörst: Lauf. Verstanden?"

Mit aller Kraft sprintete ich den Flur entlang. Das Adrenalin in meinem Blut trieb mich an, ließ mich schneller laufen, als ich es jemals für möglich gehalten hätte. Nicht für mich, sondern für Jasper und Boland. Noch einige Sekunden lang hörte ich Coopers Schritte in meinen Ohren, die sich in die andere Richtung entfernten. Wieder einmal verfluchte ich meine schlechte körperliche Verfassung. Mit letzter Kraft erreichte ich die Station, stürmte fast schon zu hastig in den Raum. Ich prallte halb gegen die Tür. Meine Hand zitterte so sehr, dass der Schlüssel dreimal am Schloss kratzte, bevor ich sie öffnete. Für einen kurzen Augenblick musste ich tatsächlich darüber nachdenken, welche Nummer ich wählen sollte. Ich zwang mich zur Ruhe, atmete tief durch und wählte die drei Ziffern.

Mit einer hektischen Bewegung presste ich den Telefonhörer an mein Ohr und warf gleichzeitig einen Blick durch das Fenster in den Aufenthaltsraum, der mittlerweile verlassen dalag.

„Notrufzentrale London, wie kann ich Ihnen helfen?", erklang eine beruhigende Frauenstimme am anderen Ende der Leitung.

KAPITEL 52

„Hallo, ich bin hier in der Dreadmoor-Einrichtung, Station 2, Nordflügel. Wir brauchen dringend Hilfe!" Ein Schuss zerschnitt die Ruhe der leeren Gänge und ließ mich zusammenzucken.

Cooper hatte nur einen provisorischen Schlagring zur Verfügung. Doch auf wen war geschossen worden?

„Hallo, sind Sie noch da? Wurde bei Ihnen geschossen?"

„Haben Sie das gehört?" Ich ließ den Hörer fallen und stürmte zur Tür. Coopers Anweisungen waren eindeutig gewesen: Telefonieren und die Polizei rufen. Dann rausgehen und Hilfe suchen.

Doch stattdessen lief ich in Richtung des Schusses. Wie hätte ich jetzt weglaufen können?

Ich konnte gerade noch einen Umriss erkennen, der um eine Ecke verschwand – von der Größe her könnte es Jennings gewesen sein. Die Flure boten keinen Schutz und Jennings hatte eine Waffe. Selbst wenn er keine gehabt hätte, war er nicht derjenige, der von Boland verprügelt wurde und gnadenlos übernächtigt war. Von irgendwo aus dem Korridor tönten heiseres Schreien und Klopfen, das durch die leeren Flure an meine Ohren getragen wurde. Ich schlich auf Zehenspitzen. Die Schreie kamen aus einer Seitentür. Sie klangen nach absoluter Panik, nach Kratzen und Schlägen an der Tür.

„Jasper, bist du das?“, fragte ich leise.

„Christian? Hol mich raus! Hol mich raus!“ Die schwere Tür erstickte seine Stimme größtenteils.

Ich sah hinunter. Blut rann unter der Tür hindurch, erinnerte mich an Cora. Ich tastete meine Hosentaschen ab. „Da ist er“, murmelte ich leise und zog Coopers Schlüssel hervor. Unruhig steckte ich ihn ins Schloss und drehte – nichts. Er passte nicht. Ich riss am Türgriff, stieß mit meiner gesunden Schulter gegen die Tür. „Es geht nicht“, rief ich, raufte mir die Haare und blickte auf die verschlossene Tür. „Ich suche Cooper. Bin gleich zurück.“

„Nein! Bitte geh nicht, Christian. Nicht weggehen!“, wimmerte Jasper von der anderen Seite. „Bitte lass mich nicht allein.“ Seine Worte zerrissen mein Herz, aber ich hatte keine andere Wahl. Ich konnte die Tür nicht öffnen. Nicht allein. „Ich muss! Ich hole Hilfe. Ich verspreche es“, sagte ich. Und dann ließ ich Jasper allein.

***

„Entschuldigung, darf ich kurz unterbrechen?“, fragte Evans.

„Brauchen Sie eine Pause?“ Parker blickte auf die Uhr.

„Die Schmerztabletten lassen nach“, erklärte Evans mit einem gequälten Gesichtsausdruck.

„Verstehe. Ein Fall für Simon Campbell.“ Parker nickte dem Arzt zu, der am anderen Ende des Raumes noch immer in der Ecke saß. In dem Moment klopfte es leise an der Tür und Miss Caldenbeath steckte den Kopf herein.

„Sir? Würden Sie bitte kurz mal mit rauskommen?"

„Perfektes Timing. Mr. Evans braucht ohnehin gerade ein großes Glas Wasser", sagte Parker und erhob sich von seinem Stuhl. Er schloss leise die Tür hinter sich und wandte sich an Caldenbeath. „Miss Caldenbeath, Sie sollten schon lange nicht mehr hier sein. Sie waren also keinen Kaffee trinken, nehme ich an?"

„Nein, Sir. Wie könnte ich, während mein Partner im Krankenhaus um sein Leben kämpft, während Sie den Schützen dort drin haben."

Parker seufzte. „Weshalb haben Sie mich rausgerufen?"

„Folgender Bericht kam gerade rein. Die verkohlte Leiche, es handelt sich um einen gewissen Jasper Mason. Er war Patient dieser Einrichtung. Das linke Handgelenk war gebrochen." „Geben Sie mir mal die Akte." Er nahm das dünne Dossier entgegen und schlug es auf. Auf den Bildern ragten nur die Zähne unter dem verkohlten Schwarz hervor.

„Kein schöner Anblick", murmelte Miss Caldenbeath.

„Nein." Parker schloss kurz die Augen, dann blickte er wieder auf das Dossier.

„Sie haben ein Feuerzeug bei ihm gefunden. Sie gehen auch davon aus, dass der Brand sich aus diesem Raum ausgebreitet hat. Die Feuerwehr entdeckte ein Einschussloch an der Decke."

Parker blickte kurz auf die verschlossene Tür des Verhörraums, dann wieder auf die Fotos der Leiche. Seine Stirn legte sich in Falten.

„Was haben Sie?"

„Ich versuche, das Ganze zu rekonstruieren, nach der
Version der Geschichte, die ich eben gehört habe", antwortete er. Er lehnte sich an die Wand, schloss die Augen und malte die Szenerie vor seinen Augen aus.

KAPITEL 53

Jaspers Körper fühlte sich erschöpft und entkräftet, geradezu leer an. Seine Augen waren geschwollen und gerötet vom vielen Weinen. Er vernahm das ferne Heulen von Sirenen. Sein Blick glitt suchend durch den Raum. Nadir war nicht mehr da, Christian ebenso wenig. Boland war schon vor längerer Zeit verschwunden. Man hatte ihn fortgebracht. In die Isolation. Wo waren alle anderen?

Jemand sprach mit ihm. Jennings stand ein paar Schritte entfernt und redete auf ihn ein. Seine Hände waren erhoben, als wolle er ihn beschwichtigen. Immer wieder drehte er sich zur Tür um. Jasper folgte seinem Blick. Niemand war da. Jennings streckte ihm eine Hand entgegen. Mit dem Ärmel wischte Jasper sich die Tränen aus dem Gesicht und sah seinen Helfer an. Der Alarm lärmte weiterhin, rief alle Patienten zu den Sammelplätzen. Jeder Ton ließ ihn erschauern; jedes Heulen der Sirene zwang ihn in die Knie.

„Wir müssen gehen. Es bleibt nicht mehr viel Zeit", sagte Jennings. Er schob Jasper aus dem Raum und in eine bestimmte Richtung. Die Wegweiser zum Sammelpunkt zeigten in die entgegengesetzte Richtung.

Jasper sah sich um. Er fühlte sich verloren und desorientiert, wusste nicht, wohin sie gingen. Er folgte Jennings durch die dunklen Gänge, vorbei an leeren Räumen und geschlossenen Türen. Die Sirenen heulten immer noch, ihr

Lärm bohrte sich in seinen Kopf. „Wo gehen wir hin?", fragte Jasper, als ihm kein Raum mehr bekannt vorkam.

Jennings antwortete nicht. Mit einem Ruck riss er die Tür zu einem Raum auf und stieß Jasper gewaltsam hinein.

Ungeschickt landete Jasper auf dem Boden des Zimmers, knickte mit der linken Hand um. Auf Knien suchte er nach Halt.

Jennings blickte auf Jasper hinab, dann in den leeren Flur hinaus. „Ich habe keine Zeit für dich", murmelte er und trat auf Jasper zu.

Angst schoss in Jaspers Inneres. Er kroch tiefer in den Raum, floh vor Jennings. Seine Augen suchten nach Hilfe. Es gab keine Fenster und nur eine Tür, vor der Jennings wie eine unüberwindbare Barriere stand. Langsam griff Jennings unter sein Klinikoberteil, zog eine kleinkalibrige Pistole hervor, die er am Rücken unter seinem Gürtel versteckt hatte.

Jaspers Körper erstarrte.

Jennings starrte ihn an, rührte sich nicht. Mit einem Seufzen kramte Jennings in seiner Hosentasche und holte ein metallenes Feuerzeug heraus. Er warf es vor Jasper auf den Boden. „Hier!", sagte er leise. „Vielleicht hilft dir das."

Jasper erstarrte.

„Na los, nimm es." Jennings Stimme klang ungewöhnlich sanft.

Jasper zitterte, streckte seine rechte Hand aus und griff nach dem Feuerzeug. Seine Augen waren auf Jennings gerichtet. Er konnte die dunkle Öffnung der Pistole nicht ignorieren, die sich in sein Blickfeld drängte.

Jennings atmete tief durch und hob die Waffe in Richtung der Deckenleuchte.

Reflexartig schützte Jasper sein Gesicht mit dem Arm, ächzte vor Schmerz als Glassplitter herabregneten.

„Tut mir leid", murmelte Jennings. Er wandte den Kopf ab und schloss die Tür hinter sich. Die Dunkelheit umhüllte Jasper wie ein alter Feind. Wie ein Schiffbrüchiger, der sich an das letzte Stück Treibholz klammert, saugte Jasper das schwache Licht in sich auf, umschloss die Erinnerung daran. Ein Flüstern und Raunen erklangen, leise zuerst, aber dann immer lauter. Es war hinter ihm, neben ihm, um ihn herum. Panik ergriff ihn. Mit aller Kraft hämmerte er gegen die Tür, brüllte aus voller Kehle.

***

Er hielt sich die Ohren zu, sperrte die Stimmen aus. Doch sie drangen durch, bohrten sich in sein Bewusstsein. Das Feuerzeug in seiner Hand versprach Erlösung –eine kurze Pause vom endlosen Getuschel. Er entzündete es und starrte in die kleine Flamme. Für einen kurzen Moment konnte Jasper atmen.

Er warf einen Blick auf die Regale um ihn herum, auf die Kanister, die darauf standen. Wenn das kleine Licht des Feuerzeugs die Dunkelheit für einen Moment vertrieb, brauchte er ein größeres Feuer. Mehr Licht, mehr Wärme, um seinen Dämon in Schach zu halten.

***

So oder so ähnlich musste es abgelaufen sein. Parker seufzte. Jasper Mason war gerade einmal 21 Jahre alt geworden.

KAPITEL 54

Parker ließ sich erneut auf seinem Stuhl nieder, direkt Evans gegenüber. Seine rechte Hand umklammerte eine Tasse mit mittlerweile kaltem Kaffee. „Und? Fühlen Sie sich etwas besser?"

„Es war ein verdammt langer Tag", murmelte Evans.

Parker seufzte und rieb sich die Stirn. „Sagen Sie, der Junge ..."

„Jasper?"

„Genau, Jasper." Parker räusperte sich. „Haben Sie ihn befreit?"

Evans schüttelte langsam den Kopf. Sein Blick fiel auf seine gefalteten Hände, die auf dem Tisch vor ihm ruhten. „Nein."

Parker nahm einen Schluck aus seiner Tasse und stellte sie auf den Tisch. „Bitte fahren Sie fort."

***

Cooper war nirgends zu finden. Ich rannte die Gänge entlang, bis ich auf eine geöffnete Tür traf. Ein anschließender Schuss brachte die Gewissheit, dass ich nicht allein war. Doch dieses Mal mischten sich Schreie mit dem Knall der Waffe. Jemand war verletzt worden. Ich folgte den Schreien. Notleuchte nach Notleuchte ließ ich hinter mir. Mit jedem Schritt kam ich dem

Raum näher, aus dem die Schreie kamen und aus dem Licht schien. Die Geräusche eines Kampfes drangen aus dem Zimmer – kehliges Ächzen und wütendes Fluchen. Ich riskierte einen kurzen Blick auf das Schild neben der Tür: Es war ein Werkraum. Warum waren sie hier?

Ich blickte hinein. Scott Reford lag auf dem kalten Betonboden, sein Körper in einer unnatürlich gekrümmten Position. Ein stetiger Fluss von Blut sickerte aus einer Wunde am Bauch, ergoss sich rot über den grauen Boden. Sein Brustkorb hob und senkte sich mühsam, als würde jede Atmung ihn an den Rand seiner Kräfte bringen. Er war das Ziel des Pistolenschusses gewesen. Ich zwang mich, den Blick abzuwenden. Stattdessen richtete ich meine Aufmerksamkeit auf das Geschehen in der Mitte des Raumes. Cooper und Jennings waren in einen erbitterten Kampf verwickelt.

Ich stand immer noch wie erstarrt im Türrahmen, unfähig, mich zu rühren.

Jennings stieß Cooper aus dem Gleichgewicht und warf ihn zu Boden. Er trat nach Cooper, der sich die Arme vors Gesicht hielt. Mit einer Bewegung rutschte Cooper rückwärts über den Boden, sein Blick loderte. Jennings holte erneut aus und traf Cooper mit einem harten Tritt.

Ich zuckte zusammen. Bis zu diesem Moment hatten die beiden Kämpfer meine Anwesenheit nicht bemerkt. Doch als Jennings sich abrupt zu mir drehte, nutzte Cooper die Gelegenheit und stieß sich von ihm weg.

Jennings taumelte einige Schritte zurück, während Cooper sich auf die Beine kämpfte. Mit der Schulter zuerst stürmte er auf Jennings zu und schleuderte ihn an die Wand.

Ich sah mich um. Irgendetwas musste ich tun. Auf dem Boden lag die Pistole, deren Schuss ich zuvor gehört hatte. Cooper musste Jennings entwaffnet haben. Mit zitternden Händen bückte ich mich, hob sie auf. Das kühle Metall der Pistole lag in meiner Hand. Währenddessen verbissen sich Cooper und Jennings in einen Kampf um Leben und Tod. Mein Blick huschte zu den beiden, zu der Waffe in meiner Hand und wieder zurück. Ich wusste nicht, wie man eine Pistole richtig entsichert, geschweige denn abfeuert. Wie könnte ich? Noch nie in meinem Leben war ich in einer solchen Situation gewesen.

Ich hob die Waffe, schloss ein Auge, visierte Jennings an. Immer wieder floh er aus meinem Blick. Beide stürzten hin und her. Mal sah ich Jennings, dann wieder Cooper. Bis Cooper den Arm von hinten um Jennings' Hals legte und ihn fest im Griff hatte.

„Nun mach schon, Evans! Worauf wartest du?", schrie er mich an.

Jennings kämpfte immer noch unerbittlich gegen Cooper an. Ich konnte den Abzug nicht drücken. Eine unsichtbare Barriere lähmte meine Hand. Es war, als ob eine innere Stimme mir zurief, dass ich das nicht tun konnte, dass ich nicht zum Mörder werden durfte. Aber was blieb mir noch übrig? Cooper brauchte meine Hilfe und ich stand nur mit einer Waffe in der Hand da, unfähig, sie abzufeuern. Was, wenn Cooper mich zum Narren hielt? Was, wenn Jennings unschuldig war? Ich zögerte, war mir der Sache nicht mehr sicher.

„Die Waffe ist entriegelt. Beweg dich endlich!", brüllte Cooper. Seine Muskeln zuckten unter der Anstrengung. Jennings wand sich aus Coopers Griff. Er stemmte sich hoch und riss Cooper mit sich, der den Halt verlor. In diesem Moment drückte ich ab.

Der ohrenbetäubende Knall der abgefeuerten Waffe ließ mich zusammenzucken. Augenblicke später breitete sich ein dunkelroter Fleck auf Coopers weißer Arbeitskleidung aus. Der Atem stockte in meiner Brust, während die Realität mich wie ein Schlag traf: Ich hatte Cooper getroffen. Nicht Jennings.

Cooper taumelte einen Moment, sah mich ungläubig an. Er fasste sich an den Blutfleck, als könnte er nicht fassen, was geschehen war.

Jennings richtete sich auf und packte Cooper.

Cooper wehrte sich, doch seine Schläge verfehlten ihr Ziel, waren nunmehr unkoordiniert. Er suchte meinen Blick, seine Augen weit aufgerissen vor Angst. „Schieß, schieß!", keuchte Cooper unter Schmerzen.

Aber ich konnte nicht. Ich war wie erstarrt, paralysiert vor Schreck und unfähig, noch einmal den Abzug zu betätigen.

Cooper erkannte das. Die Panik in seinem Blick wich etwas anderem. Ich ... kann es schlecht beschreiben, aber sein Gesichtsausdruck wurde ... ich denke, er fand sich damit ab.

Jennings drehte Coopers Kopf mit einem schnellen Ruck zur Seite. Es gab ein lautes Knacken. Cooper sank zu Boden, röchelte nicht einmal mehr, bevor sein Körper erschlaffte.

Coopers schlagartige Hinrichtung rüttelte mich aus meiner Starre. Mein Zögern hatte Cooper das Leben gekostet.

Jennings sank auf die Knie.

Gab er auf? Ergab er sich?

„Wir haben es geschafft, Christian. Der Albtraum hat endlich ein Ende." Ich sah Tränen in seinen Augen.

Ich verstand nicht, wovon er sprach. Meine Hand zitterte, als ich die Waffe weiterhin auf ihn richtete, auch als er sich langsam erhob und auf mich zuging. „Stopp!", schrie ich.

Er hielt inne und hob die Hände. „Wir haben es endlich zu Ende gebracht. So viele unnötige Tode, aber wir haben am Ende für Gerechtigkeit gesorgt." Sein Blick wanderte zu Scott Reford, der nach Luft rang. „Er hat deine Schwester auf dem Gewissen, weißt du? Deine Lacie. Nur zu. Bei seiner Verletzung hat er noch genug Zeit."

Ich folgte seinem Blick zu Scott und ein Schauer lief mir über den Rücken. Eine Flut von Erinnerungen brach über mich herein. Das Phantombild von damals ... Es sah ihm ähnlich, war aber älter. Der Mann, den ich von hinten auf der Straße sah. Aber war er es wirklich? „W-w-wie?", stammelte ich. Nichts ergab einen Sinn. Ich komme aus Manchester. Wie konnte es sein, dass der Mann, der sie entführt hatte, sich nun mit mir in einer Londoner Einrichtung befand? Ich hatte mit diesem Mann geredet, zusammen Kaffee getrunken.

„Scott Reford ist hier eingewiesen worden, weil er sich zur Zeit der Festnahme in London befand", erklärte Jennings und ich sah zu meinem Entsetzen, wie sich ein Lächeln auf seinem Gesicht abzeichnete.

Der Alarm heulte nach wie vor aus den Lautsprechern, ein wachsendes Grollen und Knacken mischte sich darunter. Ich blickte mich um. Was war passiert? Was sollte ich tun?

„Nimm die Waffe runter", sagte Jennings. „Bitte. Ich weiß, dass es dich auch unsäglich gequält haben muss. Niemand hat etwas unternommen."

Mein Vater, der uns verließ. Meine Mutter, die sich das Leben nahm. Meine Schwester, die nie wieder heimkehrte. Die Hölle, durch die ich in den letzten Wochen ging. Das alles sollte die Schuld von Scott sein?

„Wovon redest du denn da?", schrie ich ihm entgegen. „Wieso hast du Tremblay getötet, wenn es dir um Reford ging?"

„217 war Refords Zimmer. Aber er kam in die Iso und Morris verlegte Tremblay in sein Zimmer, ohne, dass ich es wusste. Aber als ich es bemerkte, war es schon zu spät. Du hast ja keine Ahnung, was ich alles tun musste, um den Westflügel in den Nordflügel verlegen zu lassen." Ich spielte nur auf Zeit, wollte mir wertvolle Minuten erkaufen.

„Und wieso Boland?", fragte ich.

„Du hast ihn doch selbst gehört", antwortete er. „Es war allen klar, dass jemand einen Ausflug gemacht hatte. Nach seinem Geschrei konnte ich kein Risiko eingehen aufzufliegen und musste schnell handeln."

„Du bist krank", sagte ich.

„Du verstehst es nicht, oder? Ich tue das seinetwegen." Er zeigte auf Scott Reford, ging auf ihn zu und kniete sich vor Reford hin. „Du willst nicht?" Jennings blickte mich an, bevor er zu Reford starrte. „Eine letzte Sache: Wo ist sie?"

Die Luft wurde schlechter, Rauch breitete sich im Flur aus. Refords glucksendes Lachen wurde von einem blutigen Hustenanfall unterbrochen. „Ich sage es dir", krächzte er. Er reckte den Kopf in Jennings Richtung, flüsterte etwas, das ich nicht hören konnte.

„Ist das die Wahrheit?", fragte Jennings.

„Vielleicht habe ich gelogen, vielleicht auch nicht." Reford grinste und stimmte einen Singsang an. „Ich weiß etwas, was du nicht weißt ..."

Blutige Zähne glänzten im Licht. Refords Augen waren glasig, aber ich erkannte etwas darin, dass mir vorher entgangen war. Pure Boshaftigkeit.

Jennings schlug ihm mit der Faust ins Gesicht, noch mal und noch mal. Die Wucht der Schläge ließ Refords Kopf irgendwann zur Seite knicken. Sein Brustkorb regte sich nicht mehr, seine Augen wurden leer.

Es war vorbei. Doch zu welchem Preis? Jennings ging einige Schritte auf mich zu. Weitere, andere Schritte näherten sich, schnell und entschlossen. Sie kamen näher.

Jennings ging von der Wand aus frontal auf mich zu, seine Hände erhoben in einer Geste der Kapitulation. „Bitte", flehte er. „Lass die Waffe fallen, Christian."

Konnte ich das? Nach allem, was geschehen war? Mein Finger zuckte am Abzug, unsicher, was ich als Nächstes tun sollte. Ich blickte zu Refords leblosem Körper, der wie eine groteske Puppe verdreht auf dem Boden lag. Ich empfand nichts. Kein Mitleid. Aber auch keine Genugtuung. Mein Blick schweifte zu Cooper, der seinen letzten Kampf verloren hatte, um uns zu schützen. Meine Hände hielten die Waffe hoch, fest und entschlossen.

„Keinen Schritt weiter", raunte ich Jennings entgegen. Ich wollte keine seiner Rechtfertigungen hören. Sollte ich ihm dankbar sein, dass er Reford getötet hatte? Nein! Er hatte Boland angegriffen. Er hatte Cooper getötet, der mich unter Einsatz seines Lebens schützen wollte. Jennings setzte seinen langsamen Marsch fort, jeder Schritt eine Provokation. „Wir können das klären. In Ordnung?"

Ein Schrei hinter mir durchbrach die Spannung. „Polizei! Waffe fallen lassen!" Die Autorität in der Stimme ließ keinen Zweifel an der Ernsthaftigkeit der Situation.

„Nicht schießen! Er braucht dringend Hilfe!", rief Jennings dem Polizisten entgegen, mit berechnendem Gesichtsausdruck. Nur ich konnte es sehen. Nur ich war Zeuge seiner Heuchelei.

In diesem Moment begriff ich seinen Plan. Die Polizei würde mich als Bedrohung sehen und ausschalten.

„Runter mit der Waffe!"

Es gab nun drei Optionen.

Erstens: Ich würde mich ergeben und er könnte seine verdrehte Geschichte erzählen. Wer würde mir glauben? Einem Insassen? Einem Straftäter? Niemand.

Zweitens: Die Polizei würde mich überwältigen und festnehmen.

Oder drittens: Die Polizei würde mich erschießen. In jedem Fall wäre ich aus dem Weg. Jennings musste nur rauskommen, irgendwie aus dem Gebäude hinaus und fort, getarnt als Opfer und nicht als der Mörder, der er war. Das würde ich nicht zulassen. Wer weiß, ob er aufhörte? Vielleicht würde er einfach weitermachen, Richter und Henker sein, unter dem Deckmantel eines Schutzpatrons.

Ich drehte mich ruckartig zur Seite, die Waffe in einer Hand und schoss auf den Polizisten. Die Waffe machte ihn zur größten Gefahr – würde ich zuerst auf Jennings schießen, hätte ich rasch eine Kugel im Körper. Ob ich ihn traf oder nicht, war unwichtig – töten wollte ich ihn nicht, nur Zeit gewinnen. Zeit, um Jennings ins Visier zu nehmen.

Es war die gleiche Situation, die mich in die forensische Psychiatrie gebracht hatte. Alle Zeugen waren gegen mich, die Fingerabdrücke an der Waffe, die Schmauchspuren, die Kugel in Coopers Körper. Einer Verurteilung konnte ich nicht mehr entgehen. Jennings war noch nicht am Ende, hatte ein merkwürdiges Feuer in den Augen. Ich hatte auf seinen Kopf gezielt, aber die Kugel schlug in seiner Schulter ein. Er kippte nach hinten, getragen von der Wucht. Dann ging alles ganz schnell. Ich ließ die Waffe fallen. Das Knacken wurde lauter. Der Rauch kam näher. Ich hörte Schreie, Aufforderungen, Schritte, bis ich zu Boden gerissen wurde. Handschellen klickten. *Tatverdächtiger festgenommen.*

KAPITEL 55

Mit einem Klick schaltete Parker das Aufnahmegerät ab, dessen Innenleben von der ungewöhnlichen Dauer seiner Aufgabe warmgelaufen war. Er legte den Kugelschreiber neben den Notizblock. Evans sah ebenso erschöpft aus, wie er sich fühlte. Sein Körper war in den Stuhl gesunken. Parker goss Wasser in zwei Gläser, schob eines über den Tisch hinweg zu Evans. Dann füllte er zwei Tassen mit frischem Kaffee.

Irgendwann war Evans Vortrag anstrengend und schnell geworden, als würde er befürchten, die Erinnerungen an die Geschehnisse könnten wie Sand durch seine Finger rinnen, wenn er sie nicht sofort aussprach.

Eine Polizistin, die ihren Vorgänger abgelöst hatte, hatte die Tür einen Spalt weit offengelassen, sodass eine Brise frischer Luft hereinströmte und den Raum belebte.

Evans legte seine Finger um die heiße Tasse. Seine Knochen würden später den Tribut für die stundenlange Bewegungslosigkeit fordern.

„Danke", murmelte er.

Parker lehnte sich zurück und ließ seinen Blick über die Notizen gleiten, die mehrere Seiten füllten. Der Gedanke, seine eigene hastige Schrift später zu entziffern, ließ ihn innerlich seufzen.

„Wie geht es jetzt weiter?", fragte Evans.

Parker richtete seinen Blick wieder auf ihn. „Sobald Sie ausgetrunken haben, werde ich Sie abführen lassen. Sie werden in Gewahrsam genommen." Welche Zukunft konnte er noch haben, nach allem, was vorgefallen war?

„Ich wollte das alles nicht", wisperte Evans und vergrub das Gesicht in seinen Händen. „Ich wollte nichts davon."

Parker hatte unzählige Verhöre geführt, zahllose Aussagen gehört. Fast jeder Angeklagte sprach diesen Satz aus, in der Hoffnung auf eine mildere Strafe. Reue spielte eine bedeutende Rolle bei der Festsetzung des Strafmaßes. Sie konnte es zumindest tun. Hatte er jemals einem Verdächtigen so ohne Weiteres geglaubt? Ihm fiel kein Fall ein.

Sein Blick ruhte auf der zusammengesackten Gestalt, die ihm gegenübersaß. „Danke für Ihre Offenheit", sagte Parker.

„Ich hätte Cooper retten können, ich hab es vermasselt."

Dieses Bedauern sprach er nicht für Scott Reford aus. Eine faszinierende Kleinigkeit. Jennings Worte hatten irgendetwas in Evans ausgelöst. Gleich, ob er Jennings glaubte oder nicht – Jennings würde gegen Evans aussagen, Scott Reford hatte Lacie Evans getötet. Empfand Evans Genugtuung? Das Motiv war da. Sowohl Jennings als auch der Polizist Carter wurden nachweislich von Evans angeschossen.

Wenn man die Fakten betrachtete, hatte Evans recht. Cooper lag nun auf dem kalten Stahltisch der Gerichtsmedizin. Ein anderer Mann hatte Cooper wahrscheinlich retten können, aber das sagte Parker nicht. Es wäre weder gegenüber Evans noch gegenüber Cooper fair gewesen.

Doch was hätte Jennings für ein Motiv gehabt? Ein Pfleger, der einen anderen ermordete. Das Ganze ergab kaum Sinn. Jahrelange friedliche Zusammenarbeit und dann ein solches Fiasko? Die Logik dieses brutalen Aktes entzog sich Parkers Verständnis. Es war ein Puzzle, dessen Teile nicht zueinander passten.

„Sofern Sie die Wahrheit gesagt haben, haben Sie das Beste aus Ihren Möglichkeiten gemacht. Man kann nicht immer alle retten." Parker lächelte. Er kannte diese bittere Erfahrung nur allzu gut.

„Ich möchte einfach nur wieder nach Hause", bat Evans.

Der Instinkt sagte Parker, dass er damit nicht das Apartment in der Londoner Innenstadt meinte.

Er winkte die Polizistin herein, flüsterte ihr etwas zu und schickte sie fast sofort wieder fort. Sie kam mit einem Kollegen zurück und drückte ihm einen kleinen Schlüssel in die Hand. Evans erhob sich ohne Widerstand. Die Polizisten stellten sich links und rechts von ihm auf.

„Danke, dass Sie mir zugehört haben", sagte Evans.

Parker nickte und zwang sich zu einem Lächeln, während das Trio in den Gängen der Klinik verschwand.

KAPITEL 56

Parker sortierte seine Unterlagen und verstaute sie in der Aktentasche. Er hatte sich ein Kaugummi genommen, um den Hunger zu unterdrücken, der sich nach dem stundenlangen Verhör bemerkbar machte. Es klopfte noch einmal an der Tür; ein junger Beamter steckte seinen Kopf herein.

„Entschuldigen Sie. Nadir Omar wäre jetzt so weit. Wir haben ihn in ein anderes Zimmer gebracht, damit Sie ungestört reden können."

„Danke Ihnen. Wissen Sie, was mit Shane Boland ist? Ist er vernehmungsfähig?"

„Ich frage eben nach." Der Polizist murmelte etwas in sein Funkgerät und erhielt eine undeutlich gesprochene Nachricht.

„Wir haben Kollegen bei ihm, aber noch ist er nicht vernehmungsfähig. Er hat einen Schlag auf den Kopf bekommen und kann sich bisher nicht daran erinnern, was in den letzten Stunden passiert ist." Parker rümpfte missbilligend die Nase.

„Wie ist Ihr Name?", fragte er den Polizisten.

„Constable Donovan."

„Dann haben Sie jetzt das Privileg, mich zu begleiten, Donovan."

Weder Parker noch Donovan hatten Nadir Omar zuvor gesehen, der im Zimmer auf und ab lief.

„Nadir Omar?", fragte Parker.

„Ja?"

„Mein Name ist Clifford Parker, das ist Constable Donovan."

Nadir trug eine Jogginghose und einen Pullover, der lose an ihm herabhing. Er wischte sich mit dem Ärmel durchs Gesicht. „Erzählen Sie mir, was geschehen ist. Nachdem der Alarm losging", sagte Parker.

„Wir hörten den Alarm und Jasper brach zusammen. Das hat wohl irgendwas bei ihm ausgelöst und wir konnten ihm nicht helfen. Dann kam Jennings, schickte Evans und mich fort – nach draußen in Sicherheit."

Parker nickte. Bis hier deckte es sich jedenfalls mit Evans' Ausführungen.

„Wir liefen den Flur entlang in Richtung Notausgang. Für gewöhnlich wären die Pfleger da gewesen, um die Evakuierung zu koordinieren, aber es herrschte Unordnung. Jennings war bei Jasper, Morris, der auch Dienst hatte, nirgends zu sehen und Cooper ..."

„Was war mit Cooper?"

Er zupfte an seinem Pullover, als sei ihm warm. „Ich weiß es wirklich nicht. Christian sah, wie er Boland über den Flur zog. Aber es machte keinen Sinn. Jennings hatte uns gesagt, Boland sei schon draußen."

„Sie glaubten ihm also nicht?" Parker wusste, dass die Frage gemein war. Wenn Nadir Omar seinem Freund nur halb so zugetan war, wie Evans ihm gegenüber, muss es ihm schwergefallen sein, ihn allein zu lassen.

„Nein", sagte Nadir. Seine Finger krallten sich in den Stoff der Hose. „Ich hatte sie nicht gesehen. Weder Cooper noch Boland. Ich laufe nicht in ein brennendes

Gebäude, das gerade evakuiert wird, verstehen Sie? Uns wurde gesagt, die Isolationszimmer wurden bereits evakuiert.“

„Aber Sie haben doch sonst auch nicht immer den Pflegern oder der Leitung geglaubt, oder nicht? Ihr kleiner Einbruch in der Nacht zum Beispiel verkörpert alles andere als blinde Hörigkeit.“

Jede Farbe wich aus Nadirs Gesicht; Überraschung sprach aus seinem Blick.

„Machen Sie sich keine Sorgen, das ist uns egal. Wir würden nur gerne wissen, was Sie von Cooper und Evans hielten.“

„Cooper ist einer der guten Pfleger, aber eben anders. Ich denke, er mag es nicht, wenn Patienten im Selbstmitleid versinken. Er will, dass wir uns herausfordern, und da ist er schon mal etwas gröber. Aber das ist eben seine Art.“

„Und Christian?“

„Er ist ein Freund. Er hat seine Probleme, aber ohne Probleme kommt man nicht in diese Einrichtung, nicht wahr? Aber wieso fragen Sie danach?“

Bisher hatte Parker in voller Absicht vermieden, darüber zu sprechen, *was* genau passiert war. Noch war Omar unwissend. Er wusste zwar, dass etwas vorgefallen war, aber nicht was. Er musterte Omar. „Jennings wurde nachweislich von Evans angeschossen und ringt aktuell um sein Leben. Cooper wurde getötet, ebenso Scott Reford. Evans wird aktuell in beiden Fällen als Täter gehandelt.“

„Blödsinn! Das glaube ich Ihnen nicht. So ist Christian nicht!“

„Mr. Evans hat zuerst mit einer Handfeuerwaffe auf einen Polizisten geschossen, dann auf den Pfleger Jennings. Evans sagt aus, dass Jennings die andern beiden getötet habe. Jennings behauptete laut Aussage der anwesenden Polizisten das Gegenteil.“

Bei der Erwähnung des Schusses auf seinen Kollegen setzte Donovan eine düstere Miene auf.

„Nichts von dem, was Sie mir erzählen, macht Sinn. Christian würde so etwas nicht tun; Jennings, Cooper und Scott auch nicht.“ Er stürzte die Wörter hervor und erhob sich. Constable Donovan machte ebenfalls Anstalten, aufzustehen.

Parker legte eine Hand auf seinen Arm. „Lassen sie ihn.“

„Christian hatte Cooper im Verdacht, nicht Jennings. Er würde aber niemals so weit gehen und Cooper etwas antun. Das glaube ich einfach nicht! Da halte ich Scott Reford eher für verdächtig.“

„Haben Sie sonst noch etwas, das Sie mir sagen möchten?“, fragte Parker.

Dieser verneinte die Frage und ließ den Kopf hängen.

KAPITEL 57

Nadir Omar hatte alle Beteiligten als gute Mitmenschen eingeschätzt und weder Evans noch Jennings etwas in der Art zugetraut.

Vielleicht war genau das der Punkt. Jemand hatte außerhalb seines eigentlichen Verhaltens gehandelt. Untypisch. Clifford Parker griff nach dem Smartphone in seiner Manteltasche, wählte eine Nummer und stellte auf Lautsprecher.

„Wird Mr. Jennings durchkommen?"

„Er wurde erfolgreich operiert, ist aber noch im Aufwachraum."

„In Ordnung. Wie lange dauert es ungefähr, bis er vernehmungsfähig ist?"

„Die Vollnarkose wirkt noch. Morgen können Sie ihn vernehmen. Der Blutverlust hat ihn sehr geschwächt."

„Entschuldigung? Mr. Parker?", ertönte es aus dem Flur.

„Ich melde mich wieder", sagte Parker in den Hörer und wandte sich dem Mann zu, einem Beamten der Spurensicherung, der das Oberteil seines weißen Schutzanzuges ausgezogen und um die Hüfte festgeknotet hatte.

„Wir haben die Spurensicherung abgeschlossen. Wir würden alles ins Labor geben, wenn Sie uns grünes Licht geben."

„Ich würde mir gerne alles anschauen, bevor sie es wegbringen. Ich komme gleich zu Ihnen“, sagte Parker.

„Natürlich. Ich sage Bescheid.“ Der Kollege verschwand und Parker widmete seine Aufmerksamkeit wieder dem Telefonat.

„Liegen bei David Jennings irgendwelche Vorstrafen vor?“ Er wartete eine Minute lang, bis die Antwort kam.

„Nein, keine Vorstrafen im System.“

„Danke. Das wärs fürs Erste.“ Parker legte auf und ging mit Donovan durch die Flure. Die großen Flügeltüren, der lange Korridor – alles wie in Evans Beschreibung. Er trat hindurch, las die verschiedenen Türschilder, erreichte schließlich das Büro der Leitung.

Er klopfte nicht und öffnete direkt die Tür. „Störe ich Sie, Dr. Thompson?“

„Gar nicht“, antwortete Thompson, während er am Regal ein Buch einsortierte.

„Ich würde gerne ein paar Worte mit Ihnen wechseln.“

Thompson verwies auf den Sessel. Parker blickte sich im Raum um und setzte sich, während Donovan sich in einer Ecke positionierte. Eine teure Einrichtung schmückte das Zimmer.

Thompson nahm eine kleine Tablette aus dem Schreibtisch, spülte sie mit Wasser hinunter und wandte sich dem Polizisten zu, der den Vorgang beobachtete. „Kopfschmerzen. Bei Stress plagt mich das Leiden ab und an.“

„Stress ist ein verharmlosendes Wort für Ihre Situation. Finden Sie nicht?“, fragte Parker. „Legen Sie mein Wort nicht auf die Goldwaage, aber für Ihre Institution sieht es düster aus.“

„Ich sehe das nicht so. Was passiert ist, ist gleichwohl ein bedauerlicher Zwischenfall, der natürlich niemals hätte geschehen dürfen.“

„Da werden Ihnen Ihre Pfleger Cooper und Jennings und auch Ihre Patienten Reford und der junge Mr. Mason sicherlich zustimmen“, sagte Parker.

Thompsons Gesichtsmuskel zuckten. „Sagen Sie endlich, was genau Sie wollen.“

„Ich habe mehrere Fragen. Zu Beginn, wie schätzen Sie Mr. Evans ein?“

„Wir haben mehrere Diagnosen festgestellt. Mr. Evans bedarf weiterer Behandlung und ist, meiner Einschätzung nach, als nicht schuldfähig einzustufen.“

„Vielleicht können Sie mir etwas erklären. Wie kann es sein, dass Evans keine Erinnerungen an gewisse Geschehnisse hat?“

„Das ist ein Trugschluss. Mr. Evans leidet – meiner ärztlichen Meinung nach – an einer dissoziativen Störung. Dissoziation bedeutet ‚Trennen‘ – das Auftrennen von Erinnerungen und Gedanken. Die Erinnerungen sind noch da, tief verborgen. Schon Pierre Janet hat vor über hundert Jahren gewusst, dass ein Trauma seine zerstörerische Wirkung in Proportion zu Dauer, Intensität und Wiederholung entfaltet. Zu dem Trauma von Mr. Evans müssen Sie verstehen, dass der unzeitige Verlust seiner Schwester – obschon ein einmaliges Ereignis – ein andauerndes, sich jeden Tag wiederholendes Trauma darstellt. Jeden Tag wurde er daran erinnert, dass sie nicht mehr da war. Die ganze Familie, sein ganzes Leben litt darunter. Über die Zeit musste Mr. Evans die Erinnerungen daran aussperren. Es war eine Art Schutzmechanismus.“

„Das erklärt vielleicht die Schwester, aber was ist mit Coraline Sanders?“

„Das ist eine äußerst interessante Frage. Etwas trieb Mr. Evans dazu, Gewalt anzuwenden. Womöglich war es der vermeintliche Verrat oder die Nebenwirkungen verschiedener Medikamente in falscher Dosis, dazu Alkohol, man weiß es nicht genau. Das, was er getan hat und was er sah, der Konflikt wurde zum Teil abgespalten. Eine Krankheit hält sich nicht immer an festgelegte Grenzen. Sie kann individuell verlaufen. Das Aufrechterhalten der Erinnerungen zerrt das gesamte System auseinander und kostet dem Patienten viel Kraft und Energie. Dann braucht es nur einen falschen Schritt und die Dominos fallen.“

„Jasper Mason war auch unter den Todesopfern. Hatten er und Evans Probleme? Wie war ihre Beziehung?“

„Probleme sind mir nicht aufgefallen, aber Mr. Mason hatte einige Verhaltensauffälligkeiten schon seit seiner Kindheit.“

„Inwiefern?“

„Einige unserer Patienten wurden in früheren Tagen wiederholt Opfer von Gewalt – physisch, psychisch oder sexuell.“ Er machte eine Pause und räusperte sich. „Erlebt jemand in der Kindheit Gewalt, kann das schwerste Trauma hervorrufen. Mehr noch. Die Gewalt mag irgendwann enden, war womöglich sogar einmalig, schlägt sich aber auf das gesamte Leben nieder. Die Spuren der Gewalt durchziehen jeden Bereich des Lebens. Es gibt das Phänomen der Reviktimisierung. Das bedeutet, dass Personen, die z. B. in ihrer Kindheit Opfer von Gewalt waren, Gefahr laufen, erneut Opfer von Gewalt zu werden. Sie sind oftmals nicht in der Lage,

Gefahren rechtzeitig zu erkennen. Nichts davon ist die Schuld der Opfer. Aber will man sie davon befreien, braucht man Geduld, Empathie und Aufmerksamkeit. Nur so ist es möglich, den Zyklus der Reviktimisierung zu durchbrechen und damit auch den Patienten zu ermöglichen, ein stabiles soziales Gefüge zu spinnen, das sie nicht in ihren schwächsten Momenten ausnutzt. Jasper Mason wurde in seiner Kindheit Opfer von Gewalt und war aufgrund seines verstärkten Zugehörigkeitsgefühls davon gefährdet, an die falschen Personen zu geraten."

„Jasper Mason ist in dieser Nacht bei lebendigem Leibe verbrannt. Was sagen Sie dazu?", fragte Parker.

„Es ist nicht auszuschließen, dass er die falschen Schlüsse zog und sich der falschen Person anvertraute."

„Dann zu etwas anderem. Was hat Sie dazu veranlasst, Reford und Evans in einer Abteilung unterzubringen?"

„Ich sehe Ihr Problem nicht."

„Die beiden hätten durchaus in dieser Einrichtung Platz finden können, ohne sich jemals zu begegnen. Doch spätestens, nachdem Sie von Lacie Evans und ihrem Schicksal durch Scott Reford erfahren haben, hätten sie als Verantwortungstragender die größtmögliche Entfernung zwischen die Insassen bringen müssen. Oder sehen Sie das anders?"

„Nachdem uns der Westflügel weggebrochen ist, war es eine Art Experiment. Eines, das ausgezeichnet lief. Warum sollte ich eine laufende Gruppendynamik ändern? Dafür gab es keinen Grund. Beide Patienten fügten sich gut ein." Thompson massierte sich die Schläfen, während er nach den richtigen Worten suchte. „Wissen Sie: Unser Rechtssystem nutzt die Gefängnisse sehr großzügig, so sehr, dass sie aktuell überfüllt sind. Gefängnisse haben zwei Nutzen. Schutz der Bevölkerung vor den Straftätern und Resozialisierung. Nach dem Absitzen der Strafe soll die Person wieder als neuer Mensch in die Gesellschaft kommen. Die Resozialisierung kommt aber meiner Meinung nach viel zu kurz. Viele Verurteilten, gerade die Erkrankten, werden verwahrt, teilweise ohne Aussicht auf Entlassung."

Parker runzelte die Stirn, unsicher, worauf Thompson hinauswollte. Dass die Gefängnisse voller und voller wurden, war kein Geheimnis.

„Unser Fokus liegt daher auf der Resozialisierung. Sie erhalten Behandlung, parallel werden die sozialen Fähigkeiten gestärkt."

Parker lauschte, ohne dass seine Miene verriet, wie er darüber dachte.

„Nichts hätte die erfolgreiche Resozialisierung so sehr bescheinigt wie das friedliche Zusammenleben von Opfer und Täter. Ein Erfolg für uns als Klinik und für die Gesellschaft."

„Es hat offenbar nicht funktioniert."

„Nein, hat es nicht. Was ich sagen will, ist, dass wir durchaus in der Lage sind, die Einrichtung wiederherzustellen, trotz dieses Fehlschlages", schloss er seine Ausführungen.

„Darf ich Sie etwas anderes fragen?"

„Sicher doch", sagte Thompson.

„Wieso haben Sie es gemacht? Die Statistiken gefälscht, die Abteilungen überbelegt. Wenn ich Evans

Glauben schenke, und das tue ich bis zu einem gewissen Grad, haben Sie Tote verschwiegen."

„Können Sie Ihre Behauptung durch Fakten stützen?", fragte Thompson.

„Harrison, Woods – wenn ich recht habe, befinden sich ihre Leichen in der Leichenhalle, ohne jemals als verstorben gemeldet worden zu sein. Wir prüfen natürlich alles mit der Zeit, aber ich verstehe nicht ganz, wieso Sie es getan haben."

„Eine diffizile Frage mit einer schwierigen Antwort. Es gab über die Jahre hinweg einige wenige Fälle von Suizid, das kommt vor und ist bedauerlich. Die Einrichtung konnte keine schlechte Publicity gebrauchen. Nicht zu diesem Zeitpunkt. Unsere Erfolge haben uns landesweit in den medialen Fokus gerückt und hätten zu einer grundlegenden Veränderung im Gesundheitssystem führen können – im Sinne der Patienten und im Sinne der Gesellschaft. Daher und weil an der Anzahl der Patienten in unserer Einrichtung die Fördermittel bemessen werden, mussten wir versuchen, einige Verstorbene, natürlich wie unnatürlich, unter dem Radar zu halten."

„Das war eine eigentlich sehr einfache Antwort", sagte Parker trocken. „Der Grund war Geld. Wenn Geld auf dem Spiel steht, ist die Antwort überraschend oft leicht."

Thompson lachte kurz auf. „Sie haben zwar nicht Unrecht, aber mir persönlich ging es nicht um die Fördermittel. Die Einrichtung ist in diesem Land einzigartig, noch zumindest. Genau das ist der Grund, weshalb das Projekt noch nicht am Ende ist. Sie denken viel zu klein."

„Ich bitte um Verzeihung?"

„Die Toten sind tot; die stört gar nichts mehr. Die Fördergelder sind in die Einrichtung geflossen und kamen
nicht mir, sondern den Patienten zugute. Wie kann das
bitte falsch sein? Niemandem wurde geschadet."

Parker wiegte den Kopf zur Seite. „Wofür haben Sie
es wirklich getan? Ruhm? Anerkennung? Sie haben
aufgehört, an die Patienten zu denken, als Sie ihnen die
Totenruhe und den Angehörigen den Abschied verwehrt haben. Und allerspätestens, nachdem Sie sich
entschlossen hatten, Wölfe in ein Schafgehege umzu-
siedeln, anstatt sich ihr Scheitern einzugestehen. Ihre
Sturheit war es, die diesen Menschen heute Nacht das
Leben gekostet hat. Und Evans möglicherweise eine Zukunft."

„Das ist so nicht richtig." Thompson schüttelte den
Kopf. „Ich habe immer nur zum Wohl der Gemein-
schaft gehandelt. Dem übergeordneten Wohl – ‚The
greater good'."

„Ich bin mir nicht sicher, ob dies den Familien als Erklärung genügt, die verzweifelt versuchten, ihre Angehörigen zu erreichen, ohne zu wissen, dass sie längst tot
sind. Donovan, würden Sie sich bitte um Mr. Thompson kümmern? Übergeben Sie ihn an Long. Er wartet
im Erdgeschoss und soll Mr. Thompson zunächst aufs
Revier bringen. Ich übernehme indes die Abnahme bei
der Spurensicherung."

Parker ging den Korridor zurück in Richtung der
Krankenstation.

Das war es dann wohl. Christian Evans war nicht ent-
lastet worden. Ob er nach diesem Desaster noch mal
freikommen würde, war fraglich. Ein Mann nicht mal

Mitte dreißig ... Er hatte eigentlich ein gutes Gespür, aber niemand konnte die Geschichte von Evans bezeugen, die er heute erzählte. Alle, die es hätten tun können, waren entweder tot oder lagen im Krankenhaus. Seine Krankengeschichte konnte er auch nicht völlig außer Acht lassen. Er hatte mehr erzählt, als erwartet wurde. Ein Patient hätte niemals in diese Lage gebracht werden dürfen. Es war eine Schande. Die Flure waren mittlerweile wieder freigegeben worden. Den kleinen Schlüssel in der Hand folgte er dem Geruch im Korridor B zu dem Raum, in dem das Feuer ausgebrochen war. Einige Feuerwehrkräfte waren noch immer mit den Aufräumarbeiten beschäftigt. Die Tür stand weit offen. Von innen war sie kohlrabenschwarz, wie auch der gesamte Raum. Das Feuer war gelöscht worden, kurz nachdem Evans verhaftet worden war. Die Zerstörung, die es in dieser kurzen Zeit anrichtete, war trotz allem massiv. Der Schlüssel lag leicht in seiner Hand, wog kaum etwas. Parker führte den Schlüssel ins Schlüsselloch, drehte ihn und ruckelte. Entweder passte der Schlüssel nicht, oder das Schloss hatte Schaden genommen und sich unter der Hitze verformt. Er presste das Schloss gegen die Tür und versuchte es noch einmal mit Kraft. Das Klicken des Schlosses bestätigte seine Befürchtung. Seufzend ließ er den Raum hinter sich und ging weiter in Richtung des Werkraums, in dem sich so viel Leid abgespielt hatte.

Er blickte sich ein letztes Mal an dem Tatort um. Die Toten waren in die Rechtsmedizin gebracht worden. Die gesammelten Beweismittel waren bereits in einer schwarzen Box in Tüten gepackt und beschriftet worden. Auf dem Boden waren Nummern und Umkreise gezeichnet worden.

Parker öffnete die schwarze Box und sah sich jede der Beweismitteltüten genau an.

Er stutzte bei einem Schlüsselbund, der auf dem Boden des Raumes gesichert wurde. Er schüttelte die Tüte, bewegte den Schlüsselbund, bis ein Anhänger in seinen Blick fiel. Ein neongrüner Dino... Es lief ihm eiskalt den Rücken hinunter. Sofort griff er nach seinem Smartphone.

„Clifford Parker noch mal. Sie sagten doch, es gab keine Vorstrafen zu David Jennings, richtig?"

„Das müsste ich überprüfen ... Genau wir haben bei der Überprüfung des Pflegers festgestellt, dass er keinerlei Vorstrafen hatte. Das ist korrekt."

„Hat er geheiratet und einen neuen Nachnamen angenommen?"

„Warten Sie bitte."

Parker begutachtete den Schlüsselanhänger. Er war alt, aber in einem vergleichsweise guten Zustand.

„Laut den behördlichen Unterlagen gab es eine Namensänderung vor etwa neunzehn Jahren. Mr. Jennings nahm seinen Geburtsnamen wieder an. Früher hieß er David ..."

„Bennett?"

„Richtig."

„Warten Sie kurz", sagte Parker, schaltete das Telefon auf stumm und raufte sich die Haare.

„Ist alles in Ordnung?", fragte Donovan, der gerade wieder den Raum betrat.

„Nein! Nichts ist in Ordnung. Wir verhören Evans stundenlang, dabei liegt die Antwort in den gottverdammten Polizeiarchiven. Jennings ist Bennett, verstehen Sie?“

„Ich verstehe gar nichts, um ehrlich zu sein.“

„Scott Reford entführte vor zwanzig Jahren die Töchter von David Bennett. Zwanzig Jahre lang jagen wir Reford, fassen ihn endlich und bringen ihn wie einen Präsentkorb in die forensische Klinik zu einem der Menschen, die ihm buchstäblich die Hölle auf Erden wünschen.“

„Das ... konnten wir nicht wissen, oder? Oder?“, fragte der Kollege und sprach damit aus, was sich jeder fragen würde, sobald die Geschehnisse an die Öffentlichkeit traten.

Dass sie sich die Frage überhaupt stellen mussten, füllte Parkers Rachen mit saurer Galle. Es war eine der Fragen, die man als Polizist niemals hören wollte.

„Er war vor Gericht gestellt und hier eingewiesen worden, aber ob eine Hintergrundprüfung der Pfleger erfolgt? Unwahrscheinlich.“ Parker hob sein Smartphone und suchte erneut das Gespräch mit der Einsatzzentrale. „Schicken Sie bitte ein zusätzliches Einsatzteam zum Krankenhaus. Sie sollen das Zimmer von Jennings bewachen.“

„Verstanden. Die Kollegen sind unterwegs.“

„Geben Sie sofort die Order raus, dass sie ihn überwachen sollen. Sie dürfen ihn nicht aus den Augen verlieren. Ein leises Schnaufen kam aus der Leitung. „Ich gebe es sofort durch.“ Das Gespräch endete und Parker blickte sich um.

„So eine Scheiße!“

KAPITEL 58

Es war zwar noch dunkel, aber bald schon würde der Morgen grauen. „Was machen wir jetzt?", fragte Donovan. Er kaute auf einem Kaugummi und lenkte den Wagen in Richtung der Stadt, warf dabei einen Blick auf Parker.

„Abwarten. Jennings wird bald aufwachen und wir werden da sein, um ihn in Empfang zu nehmen", antwortete Parker.

„Sie kennen ihn also aus der Vergangenheit?"

„‚Kennen' ist das falsche Wort." Es fiel Parker schwer, darüber zu reden. Zwanzig Jahre war es jetzt her, aber der Tod von Opton fraß sich immer noch in seine Seele. „Ich hab einen Fehler gemacht. Vielleicht war ich noch zu unerfahren und mein Partner starb deswegen. Und Bennetts Tochter ... Eine haben wir gefunden, aber ... sie hat nicht überlebt. Ich selbst lag lange im Krankenhaus. Als ich wieder konnte, fuhr ich zu den Bennetts, auch wenn es mir untersagt wurde. David Bennett wollte sich an diesem Tag das Leben nehmen. Ich sah es durchs Fenster, schlug das Fenster ein und bin hindurch. Ich schaffte es, ihn am Leben zu halten, bis die Sanitäter eintrafen. Danach schwor ich mir, Scott Reford zu fassen und ihn zur Strecke zu bringen. Ich glaube, er schwor es sich ebenfalls." Parker schluckte.

„Tut mir leid“, sagte der Kollege. „Ich hätte nicht fragen sollen.“

„Schon in Ordnung.“ Parker winkte ab, sah dann den jungen Polizisten an. Seine blonden Haare hatten sich in alle Richtungen zerstreut.

„Hat sich Bennett versetzen lassen?“

„Das hab ich mich auch gefragt“, sagte Parker und lehnte sich zurück. „Er war schon damals ausgebildeter Krankenpfleger, hat viele Überstunden gemacht, um seiner Familie ein besseres Leben zu bieten. Ich kann nur spekulieren. Vielleicht war es reiner Zufall und wir haben Reford zur falschen Zeit am falschen Ort erwischt, oder Jennings hat abgewartet.“

Wie schon so oft in den letzten Stunden klingelte das Telefon.

„Er ist weg! Jennings ist weg“, berichtete eine aufgelöste Wacheinheit.

„Was soll das heißen?“

„Verschwunden. Er ist nicht mehr im Krankenbett.“

„Wie konnte das passieren? Wie? Suchen Sie das Krankenhaus ab.“ Er legte auf. Parker wählte schon die nächste Nummer. „Ich brauche einen Fahndungsaufruf für David Jennings, Beamte bei seiner Wohnadresse und Infos darüber, was für einen Wagen er fährt. Auf der Stelle!“ Er studierte die Notizen aus dem Gespräch mit Evans. Zwar gab es noch Hoffnung, David Jennings an seiner Wohnung im Arbeiterviertel Londons aufzulesen, aber diese Hoffnung schwand mit jeder Sekunde. Was aber trieb ihn an? Jennings konnte nicht ernsthaft glauben, dass er es schaffen würde, unterzutauchen, wie es einst Scott Reford gelungen war. Ohne medizinische Hilfe würde er nicht lange durchhalten; vielleicht gerade noch lange genug für eine letzte Fahrt. Dabei hatte er sein Ziel schon erreicht. Scott Reford lag tot in der Gerichtsmedizin.

Auf der vorletzten Seite seiner Notizen wurde Parker fündig. Was hatte Jennings noch gleich gesagt? *Wo ist sie?* Die Frage konnte sich nur auf eine Person beziehen die Antwort, wohin Jennings unterwegs war, wurde schmerzlich klar. Emily.

„Fahren Sie zur M4, nehmen Sie die Ausfahrt 4B bei Heathrow in Richtung Oxford", sagte Parker dem Kollegen.

„Wo fahren wir hin?", fragte dieser.

„Zum einzigen Ort, der für Jennings einen Sinn ergibt. Manchester."

„Das sind vier Stunden für eine Strecke", antwortete der Kollege und runzelte die Stirn. „Glauben Sie, er schafft es bis dahin?"

Parker war kein Mediziner, aber er hatte eine gute Vorstellung davon, wie sehr Adrenalin den Körper über die Grenzen bringen konnte. Sackte das Adrenalinniveau ab, würden Müdigkeit und Erschöpfung ihn einholen und übermannen. „Er wird es versuchen. Er hat nur die eine Chance. Seine andere Tochter haben wir nie gefunden, wie so viele andere verschwundene Mädchen. Keine Lebenszeichen, keine Leiche. Keine Spuren."

„Sie glauben, dass er weiß, wo er seine Tochter findet?"

Parker schüttelte den Kopf. „Nein, er weiß vielleicht lediglich, wo er ihre Überreste finden kann, oder er macht sich was vor, denkt er könnte sie retten. Wie auch immer. Er wurde selbst zu einem Mörder, hat Unschuldige getötet und seine eigenen Interessen verfolgt. Ich denke jedenfalls nicht, dass er mit einer Rückkehr rechnet."

Die Meldungen überschlugen sich, als Kollegen durchgaben, dass der Jennings' Wagen noch bei seiner Wohnung parkte und er dort nicht aufgetaucht sei. Gleichzeitig meldete jemand den Diebstahl eines Wagens aus dem Krankenhausparkhaus.

„Geben Sie den Wagen ebenfalls zur Fahndung aus", sprach Parker in das Funkgerät. „Geben Sie den Kollegen der Thames Valley Police, der Warwickshire Police, der West Midlands Police Bescheid sowie den Kollegen der Northamptonshire und der Bedfordshire Police Bescheid." Mit dem Einbezug der verschiedenen Polizeibehörden würden sie die Hauptstrecken engmaschig überwachen können. Die eine Strecke, die sie auch selbst befuhren, verlief über die M4 weiter über die M25 und schließlich die M40 an Oxford vorbei. Die andere führte am industriell geprägten Luton auf der M1 vorbei in Richtung Norden. In Birmingham liefen die beiden Strecken üblicherweise zusammen. Von dort nahm man in Richtung Manchester die M6, musste jedoch Maut zahlen, um die Straße zu passieren. Da auch Jennings das wusste, war es wahrscheinlich, dass er irgendwo vor Birmingham in das Netz aus Landstraßen der Grafschaft Worcestershire ausweichen würde. „Sagen Sie den Kollegen, sie sollen ihm unauffällig folgen. Kein Blaulicht. Keine Sirenen."

Der Kollege sah ihn mit offenem Mund an. „Wieso sollen sie nicht eingreifen? Sie können ihn doch anhalten und die Fahrt beenden."

„Er wird nicht anhalten", sagte Parker. „Er wird wissen, dass ein verschwundener, kürzlich operierter Patient auffallen wird. Seine Hoffnung war sicherlich, dass Evans erschossen wird oder er als Opfer der Umstände gilt. Mit der Polizeibewachung vor seiner Tür muss er gewusst haben, dass sein Plan nicht funktionieren wird. Hätte er diese Chance nicht ergriffen, säße er im Gefängnis und hätte seine Tochter nicht suchen können."

„Aber ... das macht doch keinen Sinn. Wir hätten die Tochter doch finden können."

„Würden Sie einer Institution vertrauen, die aktiv am Tod Ihres eigenen Kindes beteiligt war? Die zwanzig Jahre gebraucht hat, um Ihren Peiniger zu fassen, während Sie die Hölle auf Erden durchmachen? Es ist besser, wenn wir ihn überwachen, als dass wir ihn in die Ecke drängen, solange er niemanden Weiteres gefährdet."

Der Kollege schwieg. Dazu gab es nichts mehr zu sagen.

Fünfzig Minuten nachdem Parker die Meldung herausgegeben hatte, meldete ein ziviles Einsatzfahrzeug der Warwickshire Police, den gesuchten Wagen gesichtet zu haben und ihm in einem unauffälligen Abstand zu folgen. Der Wagen hielt sich nicht an die Verkehrsregeln, fuhr zügig und überholte rasant, aber wirkte nicht gefährlich, berichteten die Kollegen. Parkers Kollege beschleunigte stark, schloss zu den Zivilwagen auf, hielt sich aber außerhalb des Sichtfeldes. Die M40 in Richtung Westen war zu diesem Zeitpunkt nicht stark befahren, bot freie Fahrt. Zu den Seiten standen Bäume

entlang einer lang gezogenen Steinmauer, die die
Straße abgrenzte. Parker hatte die Notizen weggelegt
und dachte darüber nach, wie das erste Zusammentref-
fen mit David Bennett, nun David Jennings, verlaufen
würde. Beim letzten Treffen hatte Bennett blutend auf
dem Sessel im Wohnzimmer gesessen und mit durch-
trennter Armvene um sein Leben gebangt. Es waren
also denkbar schlechte Vorzeichen. Gesprochen hatten
sie an diesem Tag nicht mehr. Ein Gefühl der Beklom-
menheit macht sich in seinem Bauch breit.

Damals klebte das Blut an seinen Händen. Er hatte
Bennetts Wunde abgedrückt. Aus dem Versuch, ein un-
schuldiges Leben zu retten, erwuchs eine Kettenreak-
tion, die weiteren das Leben gekostet hatte.

Aus dem Augenwinkel sah er, wie ein Blaulicht an-
sprang. Der Zivilwagen der Kollegen hatte sich vor Jennings Wagen gesetzt, forderte ihn auf, anzuhalten.

„Was machen die denn? Verdammt, ich hatte doch
extra gesagt, nicht anhalten!", schimpfte Parker. „Setzen Sie sich vorsichtig hinter Jennings Wagen, wenn er
anhält. Halten Sie Abstand und steigen Sie nicht aus."
Parker griff zum Funkgerät, als Jennings Wagen ab-
bremste und tatsächlich auf dem linken Seitenstreifen
zum Stehen kam. Er beobachtete, wie die zwei Kollegen
ausstiegen. Einer von Ihnen hielt die Dienstwaffe im
Anschlag und näherte sich von der linken Seite, der Bei-
fahrerseite.

Das Quietschen von Reifen erfüllte unvermittelt die
Luft, mischte sich mit den Geräuschen der Straße und
ließ zwei Fahrzeuge, die neugierig das Tempo gedros-
selt hatten, vor Schreck aus der Spur kommen und
schlingern. Jennings fuhr mit Vollgas los und riss im

Vorbeifahren das Rücklicht des geparkten Fahrzeuges
ab. Der bewaffnete Polizist richtete seinen Lauf in die
grobe Richtung, zögerte aber und ließ die Arme sinken.

„Hinterher!", rief Parker dem Kollegen zu. „Wieso haben Sie ihn angehalten?", schimpfte Parker ins Funkgerät.

„Wir hatten eine gute Gelegenheit gesehen, die Fahrt
zu beenden", keuchte es aus dem Lautsprecher. „Das
war ein Fehler."

„War es! Und eine Missachtung meiner Anweisungen."

Sie näherten sich dem Wagen bis auf ein paar wenige
Meter. Nah genug, dass Parker Jennings gehetzte Au-
gen in dessen Rückspiegel sehen konnte. War da eine
Spur der Erkenntnis? Hatte er ihn erkannt? Parker war
älter geworden, aber die Überbleibsel des damaligen
Unfalls machten ihn schwer verwechselbar.

„Er nimmt die Abfahrt!", rief der Kollege.

Jennings schnitt ohne Rücksicht auf die anderen
Fahrzeuge zwei Spuren von rechts nach links, um die
Ausfahrt zu nehmen.

Sie folgten ihm; hinter sich die Kollegen im Zivilwagen, die mittlerweile um Verstärkung gebeten hatten.

Jennings nahm eine scharfe Kurve und fuhr die ge-
genüberliegende Abfahrt entgegen der Fahrtrichtung.

„O Gott! Er fährt in den Gegenverkehr", brüllte Parker.

„Ich folge ihm", erwiderte Donovan, ohne zu zögern.
Dutzende Autos kamen ihnen entgegen. Parker aktivierte Blaulicht und Sirene.

Jennings fuhr auf der eigentlichen Überholspur, dicht
gefolgt von dem Streifenwagen.

„Soll ich ihn überholen?", fragte Donovan.

„Nein", antwortete Parker und bat über Funk um eine
Straßensperre an der nächsten Ausfahrt. Nun blieb
ihm keine andere Möglichkeit mehr, als die Fahrt von
Jennings zu beenden. Er hängte das Funkgerät ein und
blickte wieder auf die Straße. Ein silbergrauer Kombi
hatte sich auf die Überholspur gesetzt und fuhr auf den
roten Wagen zu, den Jennings sich angeeignet hatte.
Jennings hatte, um eine Kollision zu vermeiden, das
Fahrzeug im letzten Moment aus dem Weg gerissen,
fuhr jedoch mit hoher Geschwindigkeit in die Leit-
planke. Der Wagen geriet aus dem Gleichgewicht, das
Eisen der Planke zerschnitt die Karosserie. Der Wagen
schleuderte umher und kam auf dem Dach liegend zum
Stillstand.

Mit quietschenden Reifen kamen drei Wagen zum
Stehen. Aus dem Einsatzwagen sprangen Parker und
Donovan heraus, eilten zur Unfallstelle. Der Fahrer des
silbergrauen Kombi hatte ebenfalls angehalten, schien
unter Schock zu stehen, die Hände fest ums Lenkrad
gekrallt.

Parkers Muskeln verkrampften sich und sein Magen
zog sich zusammen. Erinnerungen flackerten vor seinen Augen auf und der Geruch von auslaufendem Ben-
zin füllte seine Nase. Er schüttelte die Erinnerungen ab.
„Helfen Sie mir!", schrie er zum Kollegen.

Gemeinsam zogen Sie an der Tür des demolierten
Wracks, bis sie sich aus den Angeln hob. Jennings lag
schlaff im Fahrerraum, in sich zusammengesunken.
Donovan packte ihn vorsichtig und zog ihn mit Parkers
Hilfe aus dem Wagen, einige Meter weg von der Unfall-
stelle. Schmerzerfülltes Ächzen begleitete sie bei jedem

Schritt. Sie legten ihn behutsam ab und Donovan legte seine Finger ums Handgelenk, um den Puls zu messen.

„Ich denke nicht, dass er es schaffen wird. Er muss schon vor der Fahrt in einem kritischen Zustand gewesen sein", sagte Donovan an Parker gerichtet. „Sein Puls ist sehr schwach."

„Noch ist er bei Bewusstsein. Wir müssen tun, was wir können", erwiderte Parker, zog den Mantel aus und legte ihn behutsam über Jennings, dessen Gesicht an Farbe verlor. Seine Gedanken kreisten darum, was sie tun könnten. Erschreckend wenig, war das Ergebnis. Blutende Wunden könnten sie verbinden, die Blutung so stillen und hoffen, dass es reichen würde, um die Abwehr des Schocks gelingen zu lassen, mit dem Jennings ganzer Körper rang. Die nicht blutenden Verletzungen und die, die unterhalb der Haut lagen waren das größte Problem. Ihnen wäre durch Erste Hilfe nicht beizukommen. Am Rande seines Bewusstseins drängte ein weiteres Einsatzfahrzeug an die Unfallstelle.

„Hören Sie mich, David? Sie müssen bei uns bleiben, ja?" Jennings Blick wandte sich umher, fand den seinen schließlich. Er hustete laut und heftig, spuckte schäumendes Blut.

„Es ist alles gut", beruhigte Parker ihn. „Sie werden schon wieder. Hilfe ist schon unterwegs. Sie haben es beim letzten Mal auch geschafft." Parker sah zu Donovan, der Jennings Kleidung zerrissen hatte um den Brustkorb freizulegen und nun mit ganzer Kraft auf die Wunde presste, die der Schuss von Evans hinterlassen hatte und die sich beim Unfall geöffnet hatte und nun erneut blutete.

Jennings gurgelte etwas.

Parker beugte sich zu ihm hinunter, um ihn besser verstehen zu können.

„Lügner!" Mit seinem rechten Arm suchte Jennings nach Parker, der seine blutgetränkte, zitternde Hand griff.

Im Hintergrund röhrten Sirenen, die das Anrücken von Feuerwehr und Rettungsdienst ankündigten. Jennings sah Parker in die Augen. Seine Lippe formte letzte, leise Worte.

„Wie werden Sie finden", versprach Parker.

KAPITEL 59

Nach einer schier endlosen Doppelschicht, die sich über die gesamte Nacht bis in den neuen Tag hinzog, empfand er eine tiefe Erleichterung, als er endlich die vertrauten Wände seines Zuhauses erreichte, um sich auszuruhen und eine erfrischende Dusche zu genießen. Sein Haus lag in Beckenham, südöstlich des Stadtzentrums.

Er steuerte den Wagen durch einen grauen Vorhang aus Regen. Parker war allein unterwegs. Der Verkehr quälte sich langsam in Richtung der Themse. Er ließ den Wagen in eine Einfahrt gleiten, suchte einen Parkplatz und stieg aus. Um sich auf dem kurzen Weg vor Wind und Regen zu schützen, schlug er den Mantelkragen hoch. In den Räumlichkeiten selbst war es warm, jedenfalls bis zur Anmeldung der Rechtsmedizin. Dies änderte sich, als er an der Rezeptionistin vorbeiging und in den Raum hineintrat, der ihm vorab genannt worden war. Es war kühl hier unten.

Dr. Carson Langley drehte sich zu dem Besucher um. „Sind Sie so weit?"

Mehr gab es nicht zu sagen. Zwei Bahren hatte Langley in den Raum hineingezogen. Auf den Beistelltischen stand jeweils ein Plastikbeutel mit Habseligkeiten. Parker nickte.

Langley schlug das Laken über dem ersten Leichnam zurück.

Es war merkwürdig, Scott Reford so zu sehen.

Parker warf einen Blick in den Plastikbeutel, der die wenigen Habseligkeiten enthielt, die er bei seiner Hinrichtung bei sich getragen hatte.

Zwei Bonbonpapiere, ein gebrauchtes Taschentuch. Parker hatte seine Spur verfolgt, durch alle Identitäten und Aliase hindurch. Bis er Reford schließlich fand und stellte. Nie hatte er damit aufgehört zu ermitteln, selbst als die Spuren kalt wurden. Die Jahre der Flucht hatten bei Reford Spuren hinterlassen. Ein grauer Schimmer durchzog seine Haare, die sein ausgemergeltes Gesicht umrahmten. Ganz anders als der Mann, der ihn damals an der Tür begrüßt hatte. Fast zwei Jahrzehnte lang hatte er ihn gejagt. Neben den alten Verletzungen waren in der letzten Nacht etliche neue hinzugekommen.

Eine Kugel hatte ein klaffendes Loch zwischen seiner Schulter und Brust hinterlassen. Das Projektil war tief eingedrungen und hatte am Rücken eine Austrittswunde gerissen.

Er hörte sich Dr. Langleys Bericht an und schwieg. Der Bericht war sachlich und präzise gehalten.

Scott Reford hatte unter anderem ein Schädel-Hirn-Trauma erlitten, war jedoch letztendlich verblutet. Er hatte vor seinem Tod Qualen gelitten, die von einer grausamen Intimität zeugten – einer zielgerichteten Wut, die nur aus tiefstem Hass hervorgehen konnte. Langley schloss den Bericht, wartete noch einen Moment.

„William Cooper?", erkundigte sich Parker.

„Seine Obduktion habe ich vor einigen Stunden beendet. Er ist bereits zurück in der Kühlung, wo Reford auch gleich landet. Wollen Sie ihn noch mal sehen?"

„Nein, nicht nötig. Sagen sie mir einfach das Nötigste." Parker griff sich die beschriftete Tüte auf dem Beistelltisch.

In der Tüte fand sich ein Portemonnaie, darin eingewickelt ein Ring und eine silberne Kette. Bei der Arbeit war es dem Pflegepersonal untersagt gewesen, Schmuck zu tragen. Dass Cooper den Schmuck dennoch bei sich hatte und nicht in seinem Zuhause verwahrte, ließ darauf schließen, dass er ihn umgehend anlegte, sobald er die Türen der Einrichtung hinter sich ließ.

Der im Beutel enthaltene Ring ließ auf eine Beziehung schließen. Er hatte etwas von einem Verlobungsring an sich, kein reiner Modeschmuck. In den Klinikakten waren keine nächsten Angehörigen vermerkt. Es gab demnach doch jemanden, den sie über Coopers Tod informieren mussten. Ansonsten waren dort nur ein Schlüsselbund und die Identifizierungskarte. Der Rechtsmediziner reichte ihm die Unterlagen in einer Akte. Coopers Genick war durch Gewalteinwirkung gebrochen worden. Er war auf der Stelle tot gewesen. Sein Körper wies mehrere Prellungen auf, dazu eine markante Schusswunde am Oberarm. Eines der Fotos zeigte eine Detailaufnahme seiner Tätowierung – drei lateinische Wörter, gezogen wie ein Band. Darüber befand sich ein Stab, um den sich eine Schlange wand, umgeben von einem Lorbeerkranz, der sich nach oben richtete und von einer Krone abgeschlossen wurde.

„In arduis fidelis", murmelte Parker. „Mein Latein ist etwas eingerostet." Er blickte zum Arzt.

„Treu in der Not", übersetzte Dr. Langley. „Ich würde vermuten, dass Mr. Cooper beim medizinischen Korps war." Dann schritten sie zur zweiten Bahre.

Es schmerzte ihn, dass sie ihn nicht retten konnten.

Nach dem Unfall rang Jennings noch eine Weile um sein Leben, doch letztendlich unterlag er diesem Kampf noch vor der Ankunft im Krankenhaus. Noch war sich Parker unsicher, was er fühlen sollte. Wenn die Obduktionen und Spuren eines festgestellt hatten, dann, dass der Ablauf schlüssig zu dem passte, was Evans ausgesagt hatte. Dazu gehörte auch, dass es Jennings war, der Cooper und Reford tötete.

Obwohl er sich zur Professionalität verpflichtet fühlte, konnte er sein Mitleid nicht unterdrücken, als er David Bennett und nicht nur Jennings vor sich sah – ein Vater, der um jeden Preis sein verlorenes Mädchen nach Hause bringen wollte.

„Ist alles in Ordnung?", fragte Langley, richtete seine Brille und lehnte sich an die Bahre.

„Nein", antwortete Parker, wandte sich den Habseligkeiten von Jennings zu. Er sah ein Foto, alt und vergilbt, aber in eine Schutzfolie eingeschweißt, die es vor dem endgültigen Verfall schützte. Darauf war eine Familie abgebildet – zwei Mädchen, ein glücklicher Vater, eine strahlende Mutter.

„Kannten Sie ihn etwa?"

„Nicht wirklich. Aber ich war Teil seiner Tragödie, die mit Reford seinen Anfang nahm."

„Also ... nahm Jennings an ihm Rache?"

Ein Nicken reichte als Antwort. Coopers Tod war eine andere Sache, aber kein Vater – auch Parker selbst – konnte sich davon freisprechen, in einer solchen Situation nicht ans Äußerste zu gehen.

Der Arzt versank seine Hände in den weiten Taschen seines Mantels. „Jedes Verbrechen an einem anderen Menschen hat das Potenzial, einen Kreislauf der Gewalt anzustoßen. Mal unter uns, das ist nicht deine Schuld Cliff.“

„Seit wann sind wir denn per du?“

„Schien mir angemessen, aber was weiß ich Pathologe denn schon.“

Selbstjustiz war archaisch und hatte keinen Platz in einem modernen Rechtssystem. Beide wussten das. Und doch lag auch Scott Reford auf der Bahre. Seine Festnahme war das Resultat jahrzehntelanger Polizeiarbeit gewesen, sein Tod der Beweis, dass das System am Ende gescheitert war.

„Es ist fast, als erschaffen Monster, Monster“, sagte Langley.

Parker dachte über die Worte nach, sah den Mediziner an und schüttelte den Kopf. „Reford war kein Monster. Er war immer noch ein Mensch und es ist wichtig, dass wir das in unserer täglichen Arbeit nicht vergessen. Ein paar Monate zuvor, als wir ihn gefasst hatten, bleibt mir eine Erinnerung besonders präsent: Wir hatten ein Kind unversehrt aus seiner Gewalt befreit. Das Verhör führte ich persönlich durch. Fünf Kollegen standen in dem Beobachtungsraum hinter dem Spiegel. Mir fiel auf, wie ruhig er war. Kein Wort kam über seine Lippen. Er ließ uns unsere Arbeit machen – sein gutes Recht. Was auch beinhaltete, ihn als Täter zu schützen. Er warf einen flüchtigen Blick auf Refords Leichnam. „Nach Stunden mit ihm, wurde er dann redseliger. Eine Sache werde ich jedoch nicht los. Als er darüber sprach, was er den Kindern angetan hat, da lächelte er so zufrieden … Ich glaube, es gab in meiner Karriere nie zuvor ein Verhör, einen Moment, bei dem es mir so schwerfiel, meinem Gegenüber nicht sämtliche Zähne auszuschlagen. Bis zu diesem Zeitpunkt hegte ich noch immer die Hoffnung, dass er uns etwas über die Ablageorte verrät.“

„Und hat er?“

„Nein, nicht mir … Aber Jennings. Stellt sich nur die Frage, ob er gelogen oder im Angesicht des Todes Anstand bewiesen hat, soweit man das überhaupt so nennen darf.“

„Ich möchte Ihren Job nicht machen.“

„Jennings … David Jennings starb auf der M40. David Bennett jedoch war schon seit etwa zwanzig Jahren tot. Er war ein gebrochener Mann. Jedenfalls endete dieser Kreislauf der Gewalt mit diesen beiden Toten und alle haben in diesem grausamen Spiel verloren. Und ich … ich frage mich nur, ob mich die Schuld daran trifft.“

Dr. Langley zog das Tuch wieder über das Gesicht des Toten. „Sie haben nur Ihre Pflicht getan. Alles andere ist Zufall oder auch der Lauf des Schicksals, je nachdem, wie Sie es betrachten möchten. Aber ganz sicher ist es nicht Ihre Schuld. Die Kontrolle über alles zu haben, ist uns schlicht nicht möglich – es gibt einfach zu viele potenzielle Variablen.“

Parker ließ ein tiefes Seufzen hören. „Geben Sie mir die Berichte bitte mit“, sagte er und blickte den Arzt an, der sofort nickte.

„Was wird nun aus dem Insassen?", fragte Dr. Langley.

„Es gibt genug juristische Winkelzüge, um Evans aus dem Gröbsten rauszuholen. Notwehr, das Stoppen eines Amokläufers – das ist dann Sache der Anwälte."

Es regnete noch immer, als Parker sich verabschiedete und hinausging. Er lehnte sich an die überdachte Außenwand des Gebäudes und sah in den Regen, der einen dichten, grauen Schleier über den Parkplatz legte. Er nahm sich fünf Minuten, um an nichts zu denken und dem Plätschern zu lauschen.

In den kommenden Tagen würde sich alles auf Berichte, Analysen und Pressekonferenzen konzentrieren, bis die Angelegenheit vollständig aufgearbeitet war.

Er nickte einer rothaarigen jungen Kollegin zu, die eilig an ihm vorbeihastete, um das Gebäude zu betreten. Er atmete die frische Luft tief ein und begab sich durch das fortwährende Nass zu seinem Wagen, um einzusteigen.

Parker steckte den Schlüssel ins Zündschloss, drehte ihn herum, und der Motor erwachte zu neuem Leben. Das Radio des Wagens schaltete sich automatisch ein. Eine Nachrichtensprecherin berichtete darüber, dass mehrere Leichen aufgrund eines Hinweises auf dem Gelände eines Industriegebiets in Manchester gefunden und die Überreste geborgen wurden. Die Körper waren in Teichplanen gehüllt und unter einer Lagerhalle, die normalerweise zur Aufbewahrung von Containern diente, einbetoniert worden. Reford hatte tatsächlich im Angesicht des Todes die Wahrheit gesagt.

David würde sein allerletztes Geleit gemeinsam mit seiner Tochter begehen. Vielleicht würde nun auch er selbst endlich Frieden mit der Vergangenheit schließen können. Mit einem Lächeln auf den Lippen wechselte Parker den Sender.